新中国70年70部
长篇小说典藏

杜鹏程

(1921—1991)

当代作家,陕西韩城人。

新中国70年70部
长篇小说典藏

保卫延安

杜鹏程——著

学习出版社
人民文学出版社

图书在版编目（CIP）数据

保卫延安/杜鹏程著. —2版. —北京：人民文学出版社：学习出版社，2019

（新中国70年70部长篇小说典藏）
ISBN 978-7-02-015444-9

Ⅰ.①保… Ⅱ.①杜… Ⅲ.①长篇小说—中国—当代 Ⅳ.①I247.5

中国版本图书馆CIP数据核字（2019）第156183号

责任编辑　刘　稚
装帧设计　刘　静
责任印制　王重艺

出版发行　人民文学出版社　学习出版社
社　　址　北京市朝内大街166号
邮政编码　100705
网　　址　http：//www.rw-cn.com

印　　刷　河北鹏润印刷有限公司
经　　销　全国新华书店等

字　　数　368千字
开　　本　680毫米×960毫米　1/16
印　　张　28.25　插页2
印　　数　1—5000
版　　次　1954年6月北京第1版
　　　　　1956年6月北京第2版
印　　次　2019年9月第1次印刷

书　　号　978-7-02-015444-9
定　　价　78.00元

如有印装质量问题，请与本社图书销售中心调换。电话：010-65233595

出 版 说 明

为庆祝中华人民共和国成立70周年,全面展现中华民族的文化创造能力和文学发展水平,深入揭示新中国70年来的伟大历程、辉煌成就和宝贵经验,激励人们为实现"两个一百年"奋斗目标、中华民族伟大复兴的中国梦而不懈奋斗,我们策划出版了这套"新中国70年70部长篇小说典藏"丛书。为将该丛书打造成思想精深、艺术精湛、制作精良的精品丛书,我们成立了丛书评审专家委员会,成员均为密切关注和深刻了解我国长篇小说创作动态的资深评论家。委员会从历史评价、专家意见和读者喜好等方面对新中国成立70年来众多优秀长篇小说进行综合评定,从中选出70部描写我国人民生活图景、展现我国社会全方位变革、反映社会现实和人民主体地位、弘扬社会主义核心价值观和讴歌中华民族伟大复兴中国梦的精品力作。这些作品,大多为曾获中宣部"五个一工程"奖、"茅盾文学奖"等重大国家级奖项的长篇小说,政治性、思想性和艺术性高度统一,代表了中国文坛70年间长篇小说创作发展的最高成就。

我们致力于"把提高作品的精神高度、文化内涵、艺术价值作为追求"的使命任务,通过这套丛书的出版,在讲好中国故事、传播中国声音、阐释中国精神、展现中国风貌的同时,倡导精品阅读,引领和推动未来的中国文学原创出版。

"新中国70年70部长篇小说典藏"
评审专家委员会名单

评审专家委员会主任： 李敬泽

评审专家委员会委员（按姓氏笔画排序）：

丁　帆	白　烨	朱向前	吴义勤	何向阳
应　红	张　柠	张清华	陆文虎	陈思和
孟繁华	胡　平	南　帆	贺绍俊	梁鸿鹰
董保生	董俊山	谢有顺	臧永清	潘凯雄

项目统筹： 吴保平　宋　强

目 录

第 一 章　延安　　　　　　　　　1
第 二 章　蟠龙镇　　　　　　　　56
第 三 章　陇东高原　　　　　　　118
第 四 章　大沙漠　　　　　　　　166
第 五 章　长城线上　　　　　　　215
第 六 章　沙家店　　　　　　　　299
第 七 章　九里山　　　　　　　　372
第 八 章　天罗地网　　　　　　　416

第一章 延 安

一

一九四七年三月开初,吕梁山还是冰天雪地。西北风滚过白茫茫的山岭,旋转啸叫。黄灿灿的太阳光透过干枯的树枝杈照在雪地上,花花点点的。山沟里寒森森的,大冰凌像帘子一样挂在山崖沿上。

山头上,山沟里,一溜一行的战士、战马和驮炮牲口,顶着比刀子还利的大风前进。有些战士抓起把雪往口里填;有些战士把崖边上的小冰凌锥用刺刀敲下来,放在嘴里吮着。他们的灰棉军衣都冻得直溜溜的,走起路来咔嚓嚓响。因为他们晚间是在雪地里过夜的。

这是人民解放军的一个纵队,奉命从山西中部出发,不分日夜向西挺进。他们,像各战场的人民战士一样,从人民解放战争开头到如今,没日没夜地奋战了八个来月。目下,他们要去作战的地方,环境将更艰苦,战斗将更残酷。

枪不离肩马不离鞍,战士们急行军十来天,赶到了黄河畔。

黄河两岸耸立着万丈高山。战士们站在河畔仰起头看,天像一条摆动的长带子。人要站在河两岸的山尖上,说不定云彩就从耳边飞过,伸手也能摸着冰凉的青天。山峡中,浑黄的河水卷着大冰块,冲撞峻峭的山崖,发出轰轰的吼声。黄河喷出雾一样的冷气,逼得人喘不上气,透进了骨缝,钻进了血管。难怪扳船的老艄公说,这里的人六月暑天还穿皮袄哩!

纵队的前卫部队在沟口里的山岔中集结,准备渡河。蒋匪的五六架美国造战斗机,在黄河渡口上空盘旋侦察,俯冲扫射;枪声、火药味,加上黄河的吼声,让人觉得战场就在眼前,让人感到一种不寻常的紧张。

旅长陈兴允骑马从山口里驰出来,眼前就是黄河,他急忙勒住马。那匹高大肥实的枣红马,抖了它通身上的汗水,竖起耳朵,对黄河嘶叫了几声。又扬起尾巴猛摆头,两个前蹄在地上刨着,像是陈旅长一放缰绳,它就会腾空而起,纵过黄河。

陈旅长跳下马,把马交给身后的通信员。他向前走了几步,习惯地看看左右的山势。接着,双手帮在腹前,长久地望着那急湍的浪涛。

团参谋长卫毅和第一营教导员张培,从山口出来走到陈旅长身边。

卫毅和张培站在一起,看来蛮有意思。卫毅,脸方,眉粗,身材高大结实,肩膀挺宽,堂堂正正的,不愧是个山东大汉。张培呢,比卫毅低一头,身体单薄,脸膛清瘦,看起来斯斯文文的。他负过四次伤,流血多,身体单薄,这么看外表,谁也不相信他是过了十年战斗生活的人。

陈旅长说:"我们在黄河上来回过了多少次啊!黄河跟我们是有老交情的。"这愉快、爽朗的声调,是卫毅他们听惯了的。

卫毅微微耸动肩膀,淳厚地笑了笑说:"我们跟黄河打交道多,并不是讨厌的事哪!"

陈旅长笑了:"怎么会是讨厌的事呢?相反的,我每次渡黄河,心里总是很不平静。想想看,几千年来中华民族在它身旁进行了多么英勇而艰苦的斗争啊!"他扭头看张培:"是咯,你总是这样悄悄的不大吭声。"

张培脸红了。他温和而谦逊地说:"习惯很难改,也是进步慢啊!"

陈旅长猛一挥手,说:"瞎扯,瞎扯!像你这样脾性也是蛮好的。大约,你们营的战士们把你当母亲看,是么?"

张培微微一笑,说:"战士们要真的这样看我,那倒是让人高兴的事。"

陈旅长问:"这几天日夜急行军,你吃得消?"

"我骑马行军,还有什么好说的。战士们倒是真够呛!"

陈旅长明知故问:"卫毅,张培真是骑马行军?"

卫毅挺不自然,微微耸肩,说:"行军中,他的马总是让走拐了腿的战士骑。"

陈旅长脸上闪过不满意的气色,说:"这些事,我真是懒得再说!"

张培知道旅长不满意他的来由。半个来月前,张培还躺在医院里,胸脯上的弹伤算好了,身体呢,还很弱。他听说部队要过黄河去作战,就再三要求提前出院归队。部队出发的头一天,他赶回来了。这几天行军中,陈旅长每次碰到他都要说:"身体这样弱,为什么要急着赶回来?同志,打仗的机会有的是啊!"

敌人的五六架飞机,从黄河上空俯冲下来,扔了几颗小型炸弹,扫射了一阵子,怪叫着钻到云彩里去了。

陈旅长脸上闪过严峻的气色,说:"我们得抓紧每一分钟往前赶。西北形势严重,非常严重!"

他把敌人的阵势讲了一番。八年的抗日战争,打得多么苦啊!可是一场大战刚完,中国人民连一口气都来不及喘,以蒋介石为首的国民党反动派,凭借四百三十万兵力和经济优势,把没有飞机坦克、大炮很少的一百二十万人民解放军和中国人民,根本不放在眼里。在去年六月底,以中原解放区为起点,悍然发动了对我解放区的"全面进攻"。其势汹汹,不可一世啊!敌人以为三个月到六个月,就可以举杯庆祝胜利了。可是,我解放区军民,挺起胸膛,英勇而坚决地展开了自卫作战。八个多月,为了使自己保持主动地位,我们放弃了不少地方和一百多座城市。可是,作战一百多次,消灭敌人七十多万,迫使敌人从三月份起,放弃了"全面进攻",只好集中重兵,在山东和西北发动什么"重点进攻"。现在敌人几十万人马正向山东疯狂进攻;我们西北哩,敌人总共动员了三十多万军队,用在第一线的军队就二十几万。三月十三日,南线,胡宗南的十四五万军队,沿咸榆公路及其以东地区,向延安进攻。西线,马鸿逵、马步芳,正向我陇东分区①三边分区②进攻。北线榆林的敌人,准备向我绥德、米脂县一带进攻。这就是说,敌人从四面八方铺天盖地地扑来了!

卫毅和张培看看陈旅长那黑沉沉铁一样的脸色。这脸色,是他们每次在部队发起攻击的时候常见的。

陈旅长望着河西面黑压压的山,低声而沉重地说:"前面摆着更大的考验啊,同志们!"

"保卫党中央!"

"保卫毛主席!"

"保卫延安!"

"保卫陕甘宁边区!"

"打退敌人的进攻!"

战士们的喊声,黄河的浪涛声,汇成巨大的吼声。这吼声,就像三更半夜里,突然雷响电闪、狂风暴雨来了似的。

陈旅长、卫毅、张培回头望去:集结在山口里的部队,利用渡河前的时间,分别举行干部会议、党员会议、军人大会,进行战斗

---

① 系陕甘宁边区的一个分区,包括庆阳环县合水等县。
② 包池定边安边等县。

动员。

在一个连队前面,有个连长模样的人,胸脯抢前,扬着手,大声喊:"同志们,我们去保卫党中央,保卫毛主席……"

陈旅长觉得,战士们浑身全紧张了,像是那讲话的人在战士们心里放了一把火!

那个队前讲话的人,指着黄河喊:"同志们,我们马上要渡河。……敌人正向延安进攻。同志们,延安,那是我们党中央和毛主席住了十几年的地方呀……民主圣地延安,全中国全世界谁不知道……"

战士们都瞅河西的大山。有些个战士,站起来又坐下,像是要说什么。

陈旅长指着战士们面前讲话的人,问:"那是谁?啊,对咯,那是周大勇。"他望着卫毅和张培说:"是咯,要随时向战士们说明,我们到陕甘宁边区作战的意义。"他低头沉思,有些激愤。"前去的路子是艰难的。但是,你们要给战士们特别说明:毛主席在西北亲自指挥我们作战,这就是胜利的最大保证。好吧,你们立刻去组织战士们渡河。我去看看司令员是不是上来咯!"

卫毅迈开稳实的大步,向河边走去。他走了几步,回头看:张培还站在原地望着河西陕甘宁边区的千山万岭,眼睛一眨也不眨,有什么东西在他心里颤动。

卫毅喊:"张培,走哇!你们营马上就要渡河。"

张培缓缓地走到卫毅跟前,嘴唇有点抖动,说:"参谋长!我,我恨不得一下子飞到延安去。"

卫毅瞅着张培,心里也在翻腾,说:"张培,着急没有用。……我们要去和敌人干一场,要结结实实和他干一场!"他举起右拳,从空中猛地劈下来。

长城外刮来的风,带来满天黄沙。战士们向渡口边移动,风把衣服吹得胀鼓鼓的,沙子把脸打得生疼。

大风卷起黄河浪,冲撞山崖,飞溅出的水点子,打在战士们身上、脸上。河上游,有几只小木船,乘风顺水下来了。它们有时爬上像山峰一样高的浪头,接着又猛然跌下来;有时候被大漩涡卷起来急速地打转转,像是转眼就要覆没了,可是突然又箭一样地破浪前进了。船上的水手,"嗨哟——嗨哟——"地呐喊,拼命地摇桨,和风浪搏斗。

河岸上挤满准备渡河的部队、战马和驮炮牲口。有许多战士齐声向扳船的人喊:"扳哟——加油啊!扳哟——加油啊!"有几头高大的驮炮骡子,被人们的喊声和黄河的吼声惊吓得在河滩里胡跳乱蹦。炮兵战士在追赶跑脱的骡子。

指挥员们都非常忙迫地布置过河的事情。参谋工作人员来回奔跑。通信工作人员,有的骑着马去传达命令,有的在检查河边刚拉好的电线,有的背着电话机正把电话线从山口向河边拉。

第一营营长刘元兴,把帽子拿在手里抡着,吼喊:"通信员!喊一连连长来。跑步!"

小通信员一忽溜,向后边跑去了。约有两三分钟的时光,通信员跟一个青年指挥员跑来了。这个青年指挥员跑到营长跟前,左手按住腰里摆动的驳壳枪,脚后跟一靠,敬了礼。端铮铮地站在营长身旁,等候吩咐。

刘营长没还礼,也没吱声,脸色黑煞煞的,很恼火。他回头把第一连连长周大勇瞅了一眼,像是满肚子火气消了大半。他想:"行!不管把什么任务交给他,保险出不了娄子。"

周大勇长得很匀实,肩膀挺宽,个子不算顶高,可是比中等个子的人高出半头,长方脸儿,两道又宽又黑的眉毛下,有一对顽强的眼睛闪闪发光。他站在营长身边像在地上扎了根,让你觉得,就是上去三五个小伙子,也休想推动他。

刘元兴搓着手,说:"吕梁山上冷,黄河边更冷!"

周大勇说:"营长,蹦跶几下满身是火。"

刘营长说:"嗬!年纪不饶人。我要像你那样年纪,又有你那一彪个子,就跳到冰窟窿里也不害怕!"

周大勇笑了:"七老八老,你才三十四呀!"

"那也比你多吃十年饭啊,同志!"

敌人飞机在河对岸疯狂地俯冲、扫射。刘营长望着翻腾的黄河,说:"狗娘养的,你再扫射还能挡住老子过河?周大勇,你们连队先过!"

"我巴不得有这一声命令。"周大勇眼里闪着按压不住的热情。

刘营长问:"战士们把伪装圈做好了吗?"

"做好了。"

刘营长看了一下表,说:"现在是下午两点。旅首长命令,今天黄昏咱们旅一定过完。好啊,你立刻带部队来!"

"行!"周大勇敬了礼正要转身走。

刘营长说:"别忙!你们连队一过去,就摆在对面山头上,组织对空射击。"他指着飞机又说:"这些吃冤枉的家伙是顶怕死的,你摆起机枪摔它两梭子,它飞得可高啦。哦!看,船拉下来了。快,快带部队来过河!"

二

全纵队的人马渡过黄河,由东朝西,直向延安方向进军。敌人飞机顺着窄狭的山沟扫射、轰炸,想阻止我军前进。战士们在敌人飞机扫射的时候卧倒,飞机转过去的时候又爬起来走。卧下去,爬起来……他们就这样行进,一直到天黑,才算平静下来。

战士们经过通夜急行军,三月十八日路过延川县境,这里离延安一百八十里,可是满眼都是战争景象。人民政府的工作人员在转运公粮。老汉和妇女们在坚壁东西。路岔上、村口边,儿童们在放哨。一队一队的自卫军东来西往。他们有的背着七九步枪,有的扛着红缨枪,大约是到什么地方去参加演习的。

战士们急急地向前走去。他们边走边看那小庙墙壁上、石崖上,写的战斗动员标语:

"全边区人民紧急动员起来!保卫共产党中央!保卫毛主席!保卫陕甘宁边区!保卫延安!保卫土地!保卫丰衣足食的生活!"

"边区的军队指挥员、战斗员和后勤人员们!你们是站在最光荣的岗位上,全中国,全世界人民的眼睛都望着你们,他们把重大的希望寄托在你们身上!毛主席、朱总司令所教导的一切,现在是实行的时候了!"

"敌人又要在这里杀人放火了!"第一连连长周大勇心里充满激愤。

陕甘宁边区这片山地,东西七八百里,南北八九百里,可是大城小镇,沟沟渠渠,周大勇差不多都到过。他和陕甘宁边区的老乡,一块度过很多艰难的日子。他在无定河边给老乡们割过庄稼送过粪;在延河畔,老乡们也给他讲过陕北土地革命的故事。

他想起陕北、延安,像想起家乡一样亲切。当他还只有一支步枪高的时候,他就随工农红军,经过二万五千里长征到了陕北。往后,红军改编成第八路军,他像很多红军战士一样,哭着把缀有红五星的帽子裹在包袱里,从陕北开到抗日前线。次后十年内,他跟他的很多战友,几次回到陕北、延安,又几次从陕北、延安出发去远征苦战。

如今,周大勇又踏上陕甘宁边区的土地,又向延安前进。可是,这次回来跟往回不同,因为战争的火在陕甘宁边区烧起来了,而且就要烧到党中央住的延安。这些想法从周大勇的脑子闪过时,惨厉的痛苦和愤怒,就煎熬着他的心。他曾经出生入死,在战争中看见过许多悲痛的事,但是,他从来也没体验过他此刻所产生的激动感情。这正像,一个人走近自己祖祖辈辈生活的村子,看见强盗们在杀自己的生身爹娘一样!

三月十九日,太阳刚爬上东山头,部队就进到延安正东百十里的大川里。川道里尘土滚滚,拥挤着撤退中的人、车辆、毛驴和耕牛。牲口驮着粮食草料,车辆上装着家具、纺线车和盆盆罐罐。有的车辆上,还有只猫睡在家具旁边。……人群中,很少看见中年男人或是年轻小伙子,他们有的去给自己部队带路,有的去抬担架,有的去运粮,有的手执武器去保卫家乡。只有妇女们,背着孩子,挑起全家人的生活担子去逃难;老太太们有的背着包袱,有的抱着鸡,手里还拿着舀水的木瓢。小孩子们,有的扛着放羊用的小铁铲,后面跟着一条狗;有的背着书包、木刀。老汉们,有的背着农具,有的挑着被子、衣物……有些人,谁也不和谁说话,谁也不看谁,仿佛向来就不认识。他们满脸是尘土,看来,又熬累又难过!有些人,一会儿回头望延安的天空,一会儿又望路两旁的田地和山坡。平时,人们很少注意这身边习见的事物,很少注意这黄土山岭、红土山沟和那家乡上空的云彩。如今,战争来了,人们要和这一切分别的时候,便觉得,往日那难得的时光并没有充分地利用,许多美好的事物也没有努力去理解它。

这些逃难的群众没有看见自己队伍的时候,都很惊慌;待看见了自己部队的时候,便坐在路边不朝前走了。照他们想,部队上去,三下五除二就把敌人收拾了,战争就结束了,太平日子就又过起来了。

背着孩子的妇女们,脸上显出喜盈盈的气色。她们都叽叽咕咕地议论起来了:

"啊,瞧呀,咱们的人马多稠。不怕,不怕,天打五雷轰的白军来不了!"

"不怕了,瞧!咱们从河东调过来几十万人马。"

周大勇想:"几十万?一共才五千多人啊!"他在战争生活中常遇到这样的事情:人们往往根据他们的心愿,编造或夸大一些矛盾而可笑的好消息以求得安慰。他边走边问:"老乡,敌人还远哩吧?"

"远哩?人家说,敌人到了咱们延安城啦!依我想,敌人到延安南边的二十里铺啦!"

"咳!你才瞎说。同志,敌人离延安还有三四十里路程。"

"延安……不妙,很不妙!"周大勇感觉到,老乡们说的这些互相有很大出入的消息,给他带来一种沉重的压力。又问:"老乡,不是说你们早就撤退了么?怎么,你们还挤在这里?"

老乡们乱噪噪地回答:

"穷家难离,热土难舍嘛!"

"金窝银窝不如自己的穷窝嘛!"

"这一阵说不来啦!乡长同志天天劝说,叫我们走远处安家。我们可又谋划:咱们的队伍还能叫白军占咱们的延安……反正几天工夫仗就打完了,我们也就回去了。如今呀……昏三倒四……一满说不来了……唉,仗要打到什么年月,以后的日子可怎么过呀!"

周大勇的脸色阴暗暗的。他一面走,一面给老乡解释:要准备长期打仗。

路上拥挤得走不动。旅首长传下命令:"部队靠右首的河边走!"前边部队掉转方向朝河边走,后边部队拥住了。周大勇在一辆大车边停住脚。车上有一个十一二岁的男孩子,躺着呻唤。他是在来路上,敌人飞机扫射时负伤的。这个孩子身边,躺着一个咽了气的女人。周大勇问了一位老乡,知道这个女人是在前边十来里路上,被敌人飞机扫射死的。

周大勇站在那里,右手紧抓住腰里的皮带,左手紧抓住驳壳枪的木套,脸像青石刻的一样,没有任何表情。他全身的血液,像是凝结住不流了;心像被老虎钳子钳住在绞拧。站在离他十几步远地方的指导员王成德,粗粗地出了一口气!

周大勇的眼光从老乡的大车上移到战士们的面容上,战士们都直望着前方,像是不忍看身旁那辆车上的惨情!

大车旁边站着一位老太太。车上一死一伤的人都是她的亲人。老太太望着大车上的尸首跟受伤的孩子,失魂落魄地发呆。她觉得一切都像做梦一样模糊、捉摸不定。她呆滞的眼光,落到战士们那严肃的脸膛上,像是问:"仗可真的要在咱们边区打起来啦?你们就能让白军占咱们延安呀?孩儿,不能吧!"她再看看那车上儿媳妇的尸首跟受伤的孙子时,又觉着无情的火已经烧到延安了,已经烧到自己的头上了!战争,战争已经毁了她血一滴汗一滴建立起的家园!……

周大勇想给老太太宽心。还想说,敌人占不了延安,部队急急忙忙朝前赶,就为的是保卫延安嘛,可是,半句话也没说出来。他心里火燎滚油浇:老乡们老的老小的小,去逃难,可是逃到哪里去呢?军人,军人的责任不就是保卫他们的生命家园么?不就是保护他们不担惊受怕么?周大勇恨不得一步迈到延安,就让他跟他的战友用生命支架住一切打击吧,就让敌人把美国的钢铁跟火药全部抛过来吧!

老太太抬起头,眼泪扑簌簌地落下来。停了好一阵,她从牙缝里挤出一句话:"孩儿,把白军杀人贼的黑心肠掏出来啊!"

周大勇身旁的一个战士说:"老妈妈,你尽管放心,说什么我们也不能让敌人占领咱们延安!"

一群跟上大人逃难的小孩,挤到队伍中间,拉着战士们的手,问东问西。一个六七岁的小孩站在土坎上，一蹦就趴在周大勇的背上。他把小嘴巴贴着周大勇的耳朵，说："叔叔，明天打走白军，我们就该回去了吧！是不是？叔叔，叔叔，你看我把书包也带出来了。"

世界上还有比这不懂事的孩子说的话，更叫人心痛么？周大勇转过身子，双手捧住孩子的脸，眼对眼看了很久，很久！啊，这一对稚气而晶亮的小眼睛，还不知道残暴的敌人怎样残暴；也不知道真正的战争和生活的艰难。因为，当他第一次睁开眼看这世界的时候，他的父兄已经用血汗把陕甘宁边区这一片土地洗刷干净了；当他能辨识人的脸膛的时候，他周围就有许多正直无私而充满感情的脸膛；当他会玩耍的时候，就坐在延河边，一边用胖胖的小脚扑通扑通打水，一边听叔叔和阿姨们唱歌——呼唤幸福生活的歌。可是如今，他要去逃难！……

孩子在周大勇眼瞳里看见了自己的模样，他抱住他的脖子，脸腮靠脸腮，高兴地喊："叔叔，你眼里有个人人……"

突然，前边吹起防空号，霎时间，各个连队的司号员都吹起号来。凄厉而激昂的号声，使人心里打颤！敌人三架战斗机顺大川上来，连圈子也没有绕，就顺着川道向人群俯冲扫射。小孩妇女、头发白花花的老母亲，都跟部队挤在一块；飞机俯冲声，扫射声，女人们尖锐的喊声，孩子们的哭声……指挥员们在高喊："散开，散开！"怎么能散开呢？……一个妇女手一扬，躺在血水中。她怀中正在吃奶的孩子被远远地摔在路边。周大勇不顾飞机扫射，从路上扑过去把那孩子紧紧地抱在怀里，用胸脯护着孩子。他像是觉得自己宽大的脊背，可以挡住敌人的子弹。其实，那孩子早就咽了气！

离周大勇五六步远的地方，有一摊血水，血水中放着一个小书包。血水周围有一些散乱的小学课本的页子；还有些书页子挂在路边的枯草上,有些随风飘飞在空中!

田地里到处是被打坏的车子、农具、家具,还有些衣服、被子、棉花,正在吐火冒烟。路边的蒿草燃烧后,变成一堆堆黑色灰烬。

周大勇,这位在生活中经历过一切打熬的人,这位在战火中走过几万里的人,眼里闪着泪花子。他的每一根神经都在绞痛,每一个细胞都在割裂!……

飞机扫射罢,路边村子里的老乡们,带着门板,跑到大路上救护伤的,抬埋死的。他们,不悲叹也不流泪,不呐喊也不说话。山沟里充满着沉默和严肃。空气中飘飞着尘埃、烟雾和硝烟味。

前川里跑上来十来个区乡干部,都背着大枪;没日没夜地工作,把他们的眼睛都熬得通红。干部们向那拥来挤去的老乡们讲话,告诉他们朝哪里去安全。

成千上万的老人、妇女、娃娃,向东面山沟中的大道上走去——带着苦难和失去亲人的痛苦,向前走去。他们沉重的脚,蹬起了漫天尘土!

周大勇脸色变得黢黑。他眼前不断地出现着老太太们那悲苦的面容和孩子们那水灵灵的眼睛。指导员王成德从他身边闪上去,撕破嗓子喊:"同志们,要记住,这就是美国走狗美国飞机美国子弹杀死的人!同志们……"

王成德就在周大勇跟前吼喊,可是他喊了些什么,周大勇半句也没听清。周大勇和战士们一样,滚沸的血在全身冲激,全部想法、情绪都拧在一件事上:立刻前去,用刺刀捅死窜进陕甘宁边区的强盗!

大路上、小路上、河槽里、山根下,都挤满了飞快前进的部队行列。战士们当中,没有一个人说话,没有一个人咳嗽,像是大家闭住了气,绷紧住嘴。

周大勇瞪起那鹰一样的眼睛,一边走,一边望着前边起伏的山岭、川道里的村庄和树林,望着延安的天空。

延安的天空浮着一团团的云彩。云彩让太阳光烧得火红。

三月十九日晌午,部队穿过延安正东八十里的甘谷驿小镇。这里有一条大路直通延安,清湛湛的延河绕镇子流过。这条河是经过延安流来的,经过党中央和毛主席住的那些窑洞下边的山脚流来的。

甘谷驿,人们该是多么熟悉它啊!

抗日战争中,千万干部从前方回到延安学习,或是从延安出发过黄河到抗日前线去,多半路过这里。先前,这个小镇子是很热闹的,现在呢,小商号的门都死死地关着,冷清清的街上,只有民兵们背着步枪、梭镖、大刀,来回巡游。

像潮水一样的部队急急地流过街道,给甘谷驿小镇添了生气。

远处有打雷一样的爆炸声。战士们在议论,有的说那是炮声,有的说那是飞机轰炸的响声。

团参谋长卫毅跟上本团直属队穿过街道的当儿,看见陈旅长站在街旁的台阶上,朝西望着。他从马上跳下来,走到旅长跟前。

陈旅长回过头,说:"卫毅,延安周围的一草一木,我看起来都蛮眼熟!大概是一九四二年,对咯,就是一九四二年,我从前方回延安学习,就经过这个小镇子。"

卫毅说:"我一九四一年从前方回延安学习,一九四四年从延安出发到前方去工作,来回也是从这儿过。"

陈旅长说:"你在延安住过好几年,那你对延安一定很熟悉。"

卫毅说:"是啊,我熟悉透啦。旅长!你记得延安北门外的中央党校?一九四二年,毛主席在那里给我们做过关于整风运动的报告。"

陈旅长说:"记得。那时候,我正在党校一部学习。中央党校对过就是杨家岭,党中央一直住在那里。毛主席也在那里住过。

党的第七次全国代表大会也在那里开的。嗬！想起这一切,都像是昨天的事情。"他朝西望去,只能看见那伸向远处的山岭和延安上空的云彩。"卫毅！陕北、延安,对中国革命真是有说不尽的功劳。十年内战,我们没有得到休息,后来到陕北才得到休息。抗日战争开始,陕北又成了我们的总后方。我们全国各地的干部,特别是负责干部,差不多都在延安学习过,差不多都吃过陕北老乡的小米啊。"

他俩谈到毛主席住的枣园村,中国人民革命军事委员会和朱总司令住的王家坪,边区政府,清凉山,宝塔山,延安城,桥儿沟,新市场,文化沟,八路军大礼堂,参议会大礼堂……他俩谈得那样热气,像是谈到自己熟悉的家乡一样;像是那里的任何东西——哪怕是一块石头,都跟他们的生命紧紧连在一起。

卫毅说:"旅长！现在要不是去打仗,而是回延安去报告工作,去学习,去找熟识的同志……咳！还想这些干什么！现在,战争就是一切！"

陈旅长背着手,脸色是凝固、严峻而阴沉的,一阵很难察觉的激动掠过嘴唇。他眼珠一动也不动地望着急急前进的战士们,再也没吐一个字。

三

延安,周围是山,延河绕城流过。城东的宝塔山上有雄伟的九级宝塔,城东北的清凉山上有万佛洞和四季常青的松柏。在这些名山、宝塔的映衬下,延安城显得格外庄严、美丽。

延安,这个挨长城靠黄河的古城,像井冈山和瑞金一样万古不朽。在那狂风暴雨的年头,有许多伟大的历史事件,是跟延安的名字联系在一块的。一九三五年十月,中国共产党中央和毛主席,率领工农红军,经过二万五千里长征到达陕北。往后,党中央和毛主席就在延安城边的延河畔,住了十来年。

党中央和毛主席住在延安,延安就成了中国的心脏,成了中国革命的司令部,成了胜利的发源地。

卢沟桥上炮声响了,祖国在血跟大火中飘摇。千千万万的人,像潮水一样流向延安,寻求救国的道理。

党中央和毛主席在延安抚养了这千千万万的人,并给了他们制胜的思想武器。中国人民靠着这制胜的武器,才坚持了八年抗战打败了日本强盗。

日本强盗垮台了,美国强盗又来了。美国强盗,指挥蒋介石烧起了内战的大火。

党中央和毛主席又在延安,指导中国人民对美帝国主义的走狗蒋介石进行猛烈的斗争。

这时光是:"中国人顶的一块天,北边明来南边暗。"但是,在黑暗中受苦受难的人,时常听见党中央和毛主席从延安发出雄伟坚强的声音。这声音,划破黑暗的天空,照亮了生活跟斗争的道路。

党中央和毛主席住在延安,陕甘宁边区就成了圣洁的乐园,人们过着丰衣足食的日子。往年,秋田下来,陕甘宁边区各地的劳动英雄、农民代表,就拿上瓜果菜蔬,到延安给毛主席报告丰收的喜讯。毛主席和工人、农民,常常在这山清水秀的地方,谈论生产方法跟收成的好坏。毛主席也常常在清朗朗的延河边散步,思考中国人民的现在跟将来。

毛主席住的窑洞对面的山头上,一早一晚就漫过牛群、羊群。农民和牧人常常望着毛主席那窑洞的窗子,唱着歌颂自己伟大领袖的曲调。

毛主席在那青山绿水间的窑洞中,为中国人民解放进行了伟大的工作。毛主席在那朴素的住宅中,写出了许多指导中国革命的不朽著作。

夏秋交接的季节,是陕北最好的时日。早晨大雾罩着延安,罩着延安城周围的山川和流水,几十步远,就什么也看不清。雾气里,牲口的铃铛声怪中听地响着,报告一天劳动的开始。远处,雾气罩着的山头上,有人唱起了信天游。这朴实优美的歌声,是在歌唱共产党和毛主席的功劳,歌唱劳动的愉快,歌唱美好的生活,歌唱幸福的爱情。红艳艳的太阳光照射在宝塔山尖上的时光,雾气像幕布一样拉开了,延安城渐渐地显在太阳光里。城周围的山坡上、沟渠里,一片一片的人在听课,在讨论学习中的疑难。

肥实的山羊绵羊,在山坡上追逐跳蹦。放羊娃,坐在长着野花的山头上,吹起了梅笛儿。满山的谷子、高粱,随风摇摆。川道里的果树林边,坐着的老年人,边捻毛线边哼小曲。有时候,谁家的姑娘,牵着一头牛或是一对对的绵羊在河边饮水。她一边摩着自己的家畜,一边呆呆地看宝塔倒在河里的影子;那塔影随着水的波纹在抖动哩。

太阳落山时光,延安是一片欢乐的歌声。青年们在延安城边唱:"黄河之滨,集合着一群,中华民族优秀的子孙……"有的人,还在党中央和毛主席住的窑洞下边散步。

延河边成群的萤火虫飞蹿开来的时光,延安又沉入广阔深刻的思想里了。

夜里,延安城四面的山上,一层层窑洞的窗子上,一排排的灯光闪亮。你站在延安城向四面山上望去,只觉得四面都是万丈高楼。在那万千个闪光发亮的窗子里,人们正用全部精力工作学习,思索真理。最重要的是,在这万千闪亮的窗子里,有毛主席和他的战友的一些窗子。在这样的夜晚,兴许,毛主席和他的战友正在那灯光下,思考全中国,思考全世界哩。

天上有晶亮的星星,地下有朗朗的流水声。民主圣地——延安的夜晚,该多美啊!

可是,如今——一九四七年三月十八日的夜里,空旷旷的延安城躺在寒森森的黑暗里。城南、城北,被敌人飞机轰炸倒的房子,已经烧了好几天,房屋的木料早烧光了,晚上只有点点火星在天空飘飞。街上除了准备最后撤退的治安工作人员和一群群由青年农民组成的自卫军以外,机关工作人员、学生、老百姓,撤退得连一个也不见了。没有歌声没有笑语,往日四面山上的万盏灯光也不见了,只有延河的水还照常不息地向东流去。

十八日后半夜,有很多西北野战军的队伍,从延安南川拥上来。他们是才从南线撤退下来的。一道道的手电光,划破了无边的黑暗。战士们趁着手电光,看那城墙上、石崖上写着的字:

"中国共产党万岁!"

"毛主席万岁!"

"我们要把蒋胡匪军埋葬在延安!"

"民主圣地延安是我们的,我们一定要回到延安来!"

…………

战士们默默不语地行进着。他们的脚步是沉重而缓慢的,仿佛他们有意放慢脚步,在这延安城里多走一阵。部队行列中,有时传出了一些悲愤而短促的叹息声。有一个战士,身上还有火药味,头上绑着绷带,绷带上渗出了血。他边走边用手摸延安的城墙。有一个躺在担架上的伤员,要求他的战友停住脚步,放下担架,给他揭开被子,他要看一看延安。从他说话的声音听来,他像是刚刚从昏迷状态里苏醒过来。

部队穿过延安城,分成两股:一股顺延安西川流去了,一股顺延安东川流去了。

延安北门外,王家坪村边,站着许多威严的哨兵。王家坪沟口那片桃树林子跟前,有许多军事机关的人员,在等候出发命令。他们,有的人站在马匹和文件驮子旁边,有的在桃树林里来回走动,有的坐在桃树下的石桌旁边低声谈话。

桃树枝快吐绿芽了,喷出香味,带来春天的气息。一个小通信员,折下一截桃枝放在鼻子下边闻着。

王家坪半山坡一个窑洞的窗子,让灯光染成淡红色。沟口等着出发命令的人,不停地望着那个窗子。

远处传来一阵阵沉重的爆炸声和机关枪的响声。

突然,有六个骑马的人,从延安南川上来,穿过延安城出了北门,向右首一拐,催马蹚过延河。他们下了马;其中有两个人把马交给别人,穿过桃树林,向王家坪的山坡上走去。

两个骑兵通信员,拉着马在河边来回遛。两个干部模样的军人,一人点起一支烟,站在河边。他们不停地望着王家坪半山坡那闪亮的窗子。

"天快明了。天明敌人就可能到延安。可是彭副总司令还在这里!"这人转身问身后的人:"咱们旅长、政治委员去见彭总,时间该不会长吧?"

"怎么会长?这是什么时候呀!"

两个干部好一阵工夫都默默不语,像是各人都集中注意力,在看自己手指中间那红星星的烟头。其中一个人粗粗地出了一口气,像是很恼火。

"我们在延安以南和西南抗击了这几天,是够敌人呛的!"

"我们的战士是很英勇啊!南线,胡宗南向我们进攻的兵力,有十四五万。我们一共五千人,就抗击了七天,杀伤敌人五千多,又打死了四十八旅旅长何奇。不过,最关紧要的还是我们抗击部队争取了时间,掩护了党中央和延安各机关、学校、群众安全转移。就这一下,便敲碎了敌人企图突然袭击延安、打击我们党中央的阴谋。"

"我们打是打得很好,但是还要撤退……有什么办法?战争需要这样嘛……再过两三个钟头,延安就可能落到敌人手里!这无论如何是让人难受的!"这位军人用手轻轻地搅着河水,独自说:"唉!延河啊,延河……"

他们不由得眼光就转向左前方的山峁——党中央和毛主席住过的杨家岭和枣园村。其中一个人说:

"我们中央机关和毛主席,大概撤退到延安北边什么地方了!"

"现在,我们能最后再去看看杨家岭和枣园村——"

"嘀,灯光!"

他们正前方王家坪的山根下,在桃树林的跟前,有灯光闪亮:一盏,两盏,三盏……

天地间是黑漆漆的一片。河两岸是黑乎乎的大山。远处,闷声闷气的爆炸声滚过天空,空气中还有硝烟味。沉默的延安城,像在思索着马上就要来到的灾难。可是在这样的情景下,人们看见了灯光,那样明亮的灯光。这景象,让人想起茫茫的大海里,有一艘挂着桅灯的轮船,在狂风暴雨的黑夜里乘风破浪,按照航线,向它的目的地驶驰。

灯光,从这几个军人面前二十多公尺远的地方闪过去了。他们看清了:那是一条长长的队伍行列。行列前头,有人提着几盏马灯。行列中间是驮电台、文件、行李的骡马;最后边走着的人像是战斗部队。

这一支队伍的出现,给延安城周围带来非常严肃的气氛。他们走得很慢很整齐。人们可以听见镇静的脚步声,夹着延河的流水声;兵器轻微的撞击声,战马的铁掌声。他们中间有很多人像是边走边望延安城。

站在河边的这几个军人,注视着灯光和人影,不声不吭。他们身边的战马,扬起头竖起耳朵,也像是在听什么动静。突然,这几位军人心情快活,精神焕发。他们那因我军要从延安撤退而悲愤的心情完全消失了。仿佛,他们现在不是要从这座伟大的山城撤退,而是刚收复了这庄严的圣地。

他们望着那明亮的灯光和那队伍行列经过清凉山下,向延安东川飞机场和桥儿沟那个方向,缓缓地移去。

那两个去见彭总的军人,从山坡下来向河边走来。

河边站着的两个干部,向前跑了几步,问:"旅长,你见彭总了吗?他说什么啦?"

"彭总说,党中央的指示是非常英明的:我们守延安,我们就把包袱背上咯;我们放弃延安,敌人就把包袱背上咯。他还说,不要急躁,打仗的机会多得很;敌人永远占不到我们的便宜,他们是要倒霉的,过去如此,现在如此,将来还是如此。"

"旅长,彭总也很气愤吧?"

站在旅长身后的那位旅政治委员说:"看不出来。彭总倒是给我们叮咛:要谨慎;要懂得一个一个地夺取敌人阵地,一点一滴地积蓄自己的力量的道理。彭总说,毛主席一再指示:延安是要保的,因为我们在延安住了十年,挖了窑洞,吃了小米,学了马列主义,培养了干部,领导了中国革命,全中国、全世界都知道有个延安。但是延安又不可保,因为美帝国主义支持下的蒋介石,调集了几十万军队,有飞机、坦克、大炮,我们只有两万多人,靠的是小米加步枪,这就决定了不可能一下子把几十万敌人消灭。存人失地,人地皆存;存地失人,人地皆失。这是很明白的道理。那种不顾自己力量硬要拼命蛮干的想法,是不对头的!"

那位旅长坐在一块石头上,望着黑乌乌的延安城,说:"党中央让我们主力部队在延安东北六七十里的青化砭地区集结待命;另外,又派一小股部队朝延安西北的安塞川方向节节后退,诱击敌人,迷惑敌人,以便我们主力部队相机打击他。看来,我们是给胡宗南把什么都安排好啦。我临走的时候,彭总对我说:敌人到延安扑一个大空,政治上不利,军事上更是什么也捞不到。但是敌人因为占领延安,一定非常狂妄骄傲,轻视我军。他们除了拿部分兵力固守延安和保护补给线以外,主力部队必然寻找我军进行决战。我们在延安西北地区诱击敌人的部队,就是要迎合敌人找我主力部队决战的心理,让敌人先到安塞县一带再扑一次空,挫挫敌人的锐气。"

那位旅政治委员说:"党中央指挥我们向东,指挥敌人向西,不仅是让敌人再次扑空挫敌人锐气,而且为了使敌人发生过失。我军以逸待劳,利用他的过失……"他左手在空中一抢,"往后的事,就看你们这些打手了。"他回头望望王家坪半山坡上那透露出灯光的窗子,说:"彭总马上就要离开延安。"

远处的炮弹爆炸声越来越近,空气在波动着。天快明啦,夜,更深也更黑啦。

通信员们,把几匹马拉来。那位旅长扳住马鞍子,说:"同志们,走啊!敌人右兵团的先头部队,已经进到延安以南的七里铺咯!"

干部们和通信员们翻身上马。

那位旅长勒住马,四下里看。他看毛主席住过的枣园村,看党中央住过的杨家岭,看朱总司令住过的王家坪,看庄严的延安城。黑乌乌的,他什么也看不清,可是还要多看一看。多会儿再回来呢?他声音沙哑地说:"刚才从这里过去一支部队吗?对,那就是我们毛主席带领的中央机关!"

那两位干部连忙问:"什么?旅长!什么?我们党中央才离开延安?不会吧!"

"我们毛主席才离开延安?旅长……为什么?"

那位旅长喉咙里涌起激愤和沉痛。他说:"同志们……不要再问!我说不上来……走!"他双腿猛磕马肚子,马跑开了。其他五匹马也跟上跑开了。他们,顺着毛主席和中央机关人员刚才走过的那条路,向东驰去。疾奔的马蹄声,给延安城的黑夜,更添了一层紧张的战争气氛。

那六匹马跑去两个钟头以后,敌人的炮弹,就在延安城冲起黑烟柱。延安升腾起大火。这灾难的火光映红了半边天!

四

我军刚从山西赶来的这个纵队,在甘谷驿镇以西的山沟里,集结待命。

三月十九日断黑,团部的骑兵通信员王少新,从前沟跑上来。他经过第一营驻地的时候,几个认识他的战士拦住问:"少新,干什么去?"

王少新勒住马,说:"到旅政治部拿报纸去!"

战士们问:"有什么消息?"

"听说敌人进了……延安……还有什么来……反正我说不上来!"

战士们脸色刷地变了,都拥到王少新跟前,问:"你这倒霉的家伙,延安到底怎么样?"

王少新又急又气,说:"真是逼住哑巴要说话。我又不是司令员,哪里会知道很多事!"

他猛扯马缰绳,双腿猛磕马肚子,马像疯了一样,顺沟飞去了。狂奔的马蹄磕碰冰冻的土地,就像磕碰着战士们的心。这偏僻的山沟,弥漫着沉重的悲痛气息!

"延安……放弃了?……"这使人震惊的消息风一样快地传遍各连队。战士们都在焦灼地议论。有的战士说,这些风言风语不足凭信,我们党中央和毛主席住的延安,就能松松活活让敌人占了?有的说,我们是来保卫延安的,八字没见一撇,延安就能放弃?不会,一万个不会。眨眼工夫,这个消息又传得走了样。有的战士说,敌人确实打到了延安城边,但是还没进城。有的说,有一股敌人冲进延安,又被我军反击出去了。有的说,放弃延安的消息是特务造的谣,那个特务让纵队保卫部捆起来了。……

尽管战士们按自己的想法,把这个消息作了各种各样的修改,尽管战士们坚决不相信延安会放弃,可是大伙的心上都坠上了一块大石头。第一连炊事班做的晚饭,剩了大半锅!

夜里,刮起了大风。大风吹熄了星星月亮,扯起满天黑云彩。远处传来的爆炸声,有时候很清晰,有时候又很模糊。

第一连举行军人大会。战士们在河边一个小场子里,方方正正地坐了一片。往天开会前,大伙亲亲密密挤在一块,低声地开玩笑,亲切地骂着。有的战士,还趁开会前的空子,顺便念几段自己编的"快板""练子嘴"。各排互相拉着唱歌子。有时候,大伙还欢迎某一个战士出来,唱一段小调呀,地方戏呀。常常在这样的场合,大伙会听到全国各地的曲调跟民歌,可够热闹红火。现在呢,大伙都紧张严肃地坐着,每一个人的心里都沉甸甸的。实在太闷气,文化教员走出队列,指挥大家唱歌子。战士们放开嗓子唱:

> 中国的高山峻岭一心要抬头,
> 中国的长江大河一心要奔流,
> 中华民族一心要独立,
> 中国人民一心要自由,
> 我们一心跟着毛泽东奋斗。
> 昨天我们打垮了日寇,
> 今天我们要消灭那美国的走狗。
> 胜利胜利再胜利,

奋斗奋斗再奋斗！

战士们把这个歌子唱一遍又一遍，直到值星排长宣布开会，才煞住歌声。

第一营教导员张培站在队列旁边。周大勇靠一棵树干站着，低着头，一只手叉在皮带上，一只手捂在前额上。

周大勇说："教导员！我们指导员到团政治处去开会，过一会才能回来，不等他了，你先讲吧！"

"你讲吧，我不一定讲。"

周大勇这个小伙子是性情爽快的人，着实说，他不晓得犯愁是什么味道。他平时开言动语嗓门总是洪亮的，可是目下讲话开头说了声："同志们……"喉咙里就憋了一团东西。他看不见战士们，听不见风吼声，也不知道自己要讲什么。停了一两分钟，直到教导员提醒他，他才从牙缝里挤出了这几个字："我军退出延安……"

战士们像听到什么命令一样，哗地一齐站起来。

五六分钟的时光，讲话、听话的人，都不做声。大伙都轻轻地短促地呼吸着，像是只要有一个人开口，或有人咳嗽一声，就有什么好大的东西要猛烈爆炸。

一阵阵的大风，沉重地滚转过山头、沟渠呜呜地吼叫着。风沙漫天，天昏地暗。

猛然，一个战士打破让人耐不住的闷气，问："我们党中央和毛主席住的延安……可真的……说呀，连长！"

会场鸦雀无声，战士们呼哧呼哧地出气，心脏空咚空咚地跳动像擂鼓一样响。他们都两眼发黑，脑子里轰轰作响，脚下的土地像春天的雪在融化着。

周大勇也像木头人一样站在那里，脑子里乱成一片。他觉得，好像有谁用铁锤敲着他热腾腾的心。滚热的眼泪，忽撒撒地落下来！

有人低声哭了！眨眼工夫，全场人都恸哭起来。有的战士还跺脚，抽噎着哭。眼泪滴在手上、胸脯上、冰冷的枪托上！

张培看周大勇讲不下去，他走到战士们面前。他要说话，可是好一阵也说不出话。他寻思：人民解放战争打了八个多月，难道我们放弃的地方少吗？有许多战士亲眼看见自己的家乡放弃了，可是谁淌过一滴泪呢？自己参加人民军队十年开外，也没见过战士们这样哭过！……今天上午旅长把我们退出延安的意义讲得多详尽啊！是的，党中央和毛主席把一切早都规划好咯。我们主动撤出延安，诱敌深入。这样，一方面便于我们集中兵力在运动中各个歼灭敌人；一方面使西北战场成为一个战略钳制区，拖住敌人几十万机动兵力。……从全国跟西北战场的情况来看，这些办法都蛮好。是的，我军退出延安是为了保卫延安；退出延安是为了打到西安，打到南京。是的，这一股妖风是猛烈的，但是它刮不了好久。

张培一清二楚地知道我军退出延安的目的和意义，可是这一刻他和战士们一样，眼里滚着泪花子。他声音颤抖地说：“同志们，坐下！同志们，我们确实退出延安了……今天是三月十九号，我们永远会记住……"

战士马长胜站起来，喊：“报告！……延安是我们的……我们党中央和毛主席在延安住了……延安……党中央……毛主席……"他用拳头猛烈地捶打自己的胸膛，像是胸膛里有什么东西要爆炸似的。

张培抑制着自己涌动的感情，强忍住眼泪，说：“同志们，党中央安全地撤离延安。同志们放心，旅首长传达说：毛主席还继续在陕北指挥全国人民解放战争，并亲自指挥我们；毛主席和我们在一起……"

二班长马全有猛地站起来，喊：“报告！教导员，我说一句话。我……我们共产党员，革命军人，没日没夜从山西赶来，赶来……

赶来保卫党中央,保卫毛主席,保……保卫延安……如今……我们算什么共产党员呢?算什么革命战士?"

一个战士喊:"教导员!为了我们毛主席……下命令呀!去拼,去跟敌人拼呀!"

战士们雷一样的声音爆炸开来:

"拼呀!拼呀!"

"我们豁出来咯!拼呀!"

"拼……拼……拼……"

"为党中央……我们……去收复延安……去……去……"

"为毛主席……"

"去呀!……去呀……"

"党中央……毛主席……毛主席……延安……"

"我……我就是战斗到死……我也要……要让我们党中央回到延安。我,我要是在战斗中牺牲了,你们收复了延安,替我写一封信给毛主席,就说一个共产党员牺牲了……他呀,他没有保卫住延安……永远难过……"这是轻机枪射手李江国的喊声。

哭声变成喊声,喊声变成一片宣誓声。大风越刮越大,宣誓声也越来越高。

张培说:"同志们,不要难过,不要流泪,听我说。同志们!我们爱党中央和毛主席,我们就应该……"

战士们一哇声地喊:"保卫党中央……保卫毛主席……"

喊声像滚雷一样响。山头上、沟渠中滚转的大风,把这吼声带到远方去了。

张培说:"同志们!没有必要,我们是不死守一城一地的……只要我们把敌人的有生力量消灭了,延安能收回来,西安也会解放。美国走狗蒋介石匪徒侵占延安,这不是他们的胜利,而是他们更快地走向死亡……同志们!不要伤心,不要落泪,而要磨快刺刀,磨快刺刀……"

他的话音没落点,二班长马全有举起枪,说:"教导员!我们发誓……我们发誓:我们战到最后一个人也要收复延安!"

战士们纷纷举起枪,呼喊着……

开会中,一班长王老虎背靠土坎抱着枪,不声不吭。散会了,他还是一动也不动地蹲在那里。马全有拉了他一把,说:"老虎!走吧。"王老虎慢腾腾地站起来,还是半个字不吐。马全有还想问老虎几句话,但是他知道,王老虎是什么也不会说的。因为,王老虎是最能把仇恨深深地埋在心底里的人。

五

第二天晚间,团参谋长卫毅和一营教导员张培,在各连队巡转。他们从二连驻的一排窑洞走出来,下了山坡,顺山沟的小溪流朝前走去。

乍地,一个人从身后赶上来,喊:"报告!"

张培回头看,天黑得分不清眉眼。但是,张培从那敦实的身影上,认出了这人是第一连老炊事员孙全厚。

张培问:"老孙,你有什么事?"

"教导员,"老孙咽了一口唾沫,"教导员,你说,我只能拿菜刀?我嘛,能当战斗员。指导员跟同志们都说我年纪大了,五十七岁就算……教导员……我……我好赖也是个党员……我就是八十岁……目下,大伙都下决心保卫党中央和毛主席,我要到班里去。只要我亲手杀死几个敌人,就不枉党和毛主席教育了我一场,我死也甘心!"

张培一时不知道该说什么好。他背着手,右脚轻轻地在地上磨蹭着。

卫毅走到老孙跟前，说："老孙，你有一片忠心。这呐，党是知道的。但是做饭也是不能少的工作！"

老孙难受地低下头，说："我心里……"

张培拉住他的手，说："老孙，你的想法很对。人要活得有出息，就应该站在斗争的最前头。这站在最前头的人，有的拿着机关枪，有的拿着锅铲子。懂我说的意思吗？好，你回去休息吧！"

老孙说："对。教导员……我……"他犹疑了一阵，磨磨蹭蹭转过身，走开了。

卫毅和张培肩并肩在山沟中的小路上走着，不声不吭。他俩带着一种感动的心情寻思老孙刚才的请求。老孙的话音，在他们耳边响着；老孙的形样，老是出现在他们眼前。

他俩向吐出灯光的窑门口走去。那里传出了激烈的讲话声。他俩走到窑洞门口，看见周大勇站在窑洞外的墙边，像在思量什么。

张培问："周大勇，你们开什么会？"

"支部大会。"

张培伸头冲窑里看，只见指导员王成德正发言。他扭头问："你为什么站在外头？"

周大勇没有吭声。他知道我军确实退出延安好几天了，可是他总觉得这个消息是不真实的。有时候，他脑子里茫茫糊糊的，像是正在若睡若醒的时刻，做什么噩梦一样。

张培说："同志，战争是要长期打下去的，我们还要忍受很多艰难苦处哩！"

周大勇声音有点颤动地说："教导员，道理我统统明白，可这一口气下不去……要是敌人把我们打败了……那就认输吧……可是，不是这么回事呀！延安，那是我们党中央和毛主席住的地方……"

卫毅问:"周大勇,依你说,怎么办呢?我们豁出来硬拼?目前西北战场上,敌人动员了几十万兵力,我们只有两万几千人。敌人是美械装备,我们呢?拿步枪来说,有日本鬼子的'三八式',有阎锡山的'太原造'。每个战士只有几发子弹。一句话:目前我们还只能靠步枪、刺刀、炸药、手榴弹和现代化装备的敌人拼命;而且我们用的这些武器,还靠从敌人手里夺取哩。依我说,你还是耐心做工作,反复给战士们解释:只要我们能不断地消灭敌人有生力量,那往后的事情就好办啦!周大勇,你们要抓紧时间做工作,我们马上就要打仗!"

周大勇一听说马上要打仗,精神一振,忙问:"当真?"

"当真,明天下午就行动。"

六

西北野战军的主力部队,隐蔽在青化砭东西两面大山背后的深沟里。

干部们成天都去青化砭左右的山头上看地形;有少数部队在山头上做工事。

团长赵劲率领三十多个干部,一会儿从这个山头爬到那个山头,用望远镜四处观察;一会儿把地图铺在地上,干部们围成一个圈,商量着怎样部署,怎样出击。

卫毅讲了些什么话以后,大家都连连点头说:"这真是一个伏击的好地方。"

一营长刘元兴接住卫毅的话尾,说:"可不是?这就是青化砭。你们看,这简直是打上灯笼也找不着的好地形!敌人只要钻进来,我们一把就能全部捞住它。妙!妙!"

青化砭在延安东北六七十里的地方。咸榆公路从延安向东伸去五十多里到了姚店子村,再由姚店子村折转向北伸入这青化砭的小山沟里。这一条沟是东西两条山夹着一条小河,公路和小河平行。

赵劲率领干部们爬过了几个山头。他又把作战地图铺在地下,低头沉思。干部们围在赵劲周围,弯下身子,盯着地图。

赵劲捡起一根小树枝,指着地图,讲着预定的兵力部署的情况:"同志们,我们的部队摆在这周围的山上。敌人进了伏击圈——青化砭地区,北面堵击敌人的部队打响以后,兄弟部队从两面夹击。我们这个团的任务是:堵住敌人的屁股,斩断敌人退路,保证我主力部队全歼敌人的三十一旅。"他的眼光扫过干部们的脸,又说:"整个阵势就是这样。"

干部们看着周围的山头,有的人想着赵团长说的话;有的掏出日记本用笔写着什么;有的在低声议论:

"这一条口袋哪,蛮好!敌人要钻进来就准'报销'了他。"

"可是敌人准往里钻吗?"

刘元兴说:"谁又不是算卦的,不过敌人可能来就是咯!"

赵劲说:"不是可能,而是一定来!"他又把敌情介绍了一番:胡宗南匪徒占领延安以后,八面威风,瞎冲冒撞,大喊大叫,要找我主力"决战"。敌人把延安西北安塞川我们诱击的小股部队,当成我军的主力部队。于是,昨天敌人五万多人,向安塞县进攻,去"扑灭"我军主力。同时,敌人又派出三十一旅等部为右翼,向青化砭地区搜索前进,这支部队当日进到延安东川四十里的拐峁村一带,离我军预备伏击的这个青化砭只有二三十里。

赵劲讲到末了,说:"同志们,这样,我们让敌人服从了我们的指挥。现在我们的中心任务就是:把上级的意图变成战士的决心,把战士们的决心变成胜利。"

看外表,赵劲是个长期过惯严格的军队生活的人。不管什么时候,他的皮带绑腿都扎得很整齐;身子挺得直铮铮的。他负过十次伤,失血多,瘦棱棱的脸有些黄。

猛然,赵劲指着东面的山坡,说:"看!七○一①来咯。"干部们顺着他的手看去,只见陈旅长带着五六个干部从山坡走上来。

旅长头上冒着汗气,大概他跑了很多山头。他以军人惯有的敏捷,拿起望远镜向周围看。他看见青化砭西面山头上,兄弟部队的干部三三两两的也在看地形。看了一阵,他把望远镜的皮带挂在脖子上,让镜子吊在胸前,对身旁的通信员们严厉地喊:"要注意隐蔽,你们都拥到这里干什么?"

陈旅长背着手,望着赵劲和干部们,说:"这头一炮一定要打响,一定要把敌人的威风压下去。"他把镜子交给警卫员,拍了拍身上的土,又问:"赵劲!地形摸得怎么样?"

赵团长端铮铮地站在旅长身边,思量了一下,说:"初步摸了一下。另外,拉了些部队上来开始做工事了。"

陈旅长问了问团的火力阵地和兵力部署的准备情形,又对身边一个干部说:"你们团的任务搞清了么?好,你来复诵。"

那个干部说:"敌人进了伏击圈,前面打响,我们就不顾一切地斩断敌人的后路,捆住'口袋'口。"他指着左前方补充了一句:"堵住敌人进来的那个沟口。"

陈旅长望着左前方,足有四五分钟。又问旁边一个干部:"你们最好的出击道路在哪里?"

"跳过正前方这个山峁,一直就戳下去啦!"

陈旅长想了一阵,问:"你亲自去看过的吗?"

"这好复杂呀,一眼就看透了。"

"这样简单?我要亲自去看看。"陈旅长瞅了赵劲一眼。"战斗中有些事情看来很简单。但是,最简单的事情也常常是最复杂最

---

① "七○一"是陈旅长的代号。

困难的事情。"

赵团长眼睛一眨也不眨,看着正前方。他觉得旅长末了的一句话有些责备他的意味。

陈旅长和干部们上了另外一个山峁。他研究了团的迫击炮阵地和重机枪掩体,还站在重机枪掩体中试着瞄准。他问:"赵劲,看来,这里你还没有检查过?"

"是的。"

陈旅长转身,问那些站在他身旁的干部:"你们这些火器的任务是什么?"

一个干部回答:"报告!我们的任务是封锁敌人进来的沟口。"

陈旅长说:"可是站在这机枪掩体中,就根本看不见沟口啊!你们团里一共有几挺重机枪?多少子弹?"

"全团共有四挺;每挺枪,平均三百五十发子弹。"

陈旅长说:"瞎扯!四挺中还有一挺马克沁不能用吧?"

"对!"

陈旅长又问一个重机枪射手:"每挺重机枪平均有三百五十发子弹,战斗打响了,你哗哗几下子就把它送出去了。子弹打完了又怎么办呢?"

那个战士立正站着不吱声。

陈旅长说:"子弹打完蒋介石还会送来的。你是这样想么?不过,照你们现在这样摆机关枪,蒋介石就不会给你送来子弹。"他看看干部们,大家都很窘。他又指着机关枪,说:"这就不是来打仗的,这是来凑热闹的。子弹总比人的两腿快哟,你如果不首先用火力斩断敌人的退路,那你就捆不住'口袋'口。我们有的同志爱说:'三发炮弹一摔,机枪一叫,战士们冲上去一排子手榴弹就解决问题。'试试看,你停留在这水平上,就会碰得头破血流。战争,战争是不同你讲客气的,同志!"停了停,他又盯着赵劲,说:"我认为好简单是会害死人的！你也应该这样想。"说罢，他不等赵劲回答，就向前走去。

卫毅亲自率领战士们修正重机枪掩体。

陈旅长在阵地上走着。他边走边跟战士们打招呼，还跟那些走近他的战士握手。他喊："同志们，头一炮可要打响啊！"他洪亮愉快的声音传遍了战壕。

战士们纷纷呐喊："七〇一，头一炮保险打响！"

他检查工事；向战士们询问连队上的各种情形：战斗准备工作，大伙的情绪，夜里睡觉冷不冷，伙食好坏，有没有烟草。

陈旅长走到一个掩体边，看见周大勇跟李江国正研究什么。他说："李江国，战士们情绪怎么样？"

李江国刺棱地直起腰，望着旅长的眼睛，说："战士们一个个都嗷嗷叫！"

陈旅长大笑起来。他把李江国从头到脚打量了一番，说："你这个调皮的家伙，光劲头足就行？"他指着他的头说："还要把脑筋这部机器开动起来！"又把那喜爱的眼光从李江国脸上移到周大勇脸上，问："年轻的老革命！李江国是个又威武又聪明的战士，对么？"

周大勇望着旅长的脸，说："对。"

李江国憋住满肚子高兴，样子显得很庄严。

陈旅长脸色突然变得严厉了，说："周大勇同志！告诉你们连队的每一个干部，这一仗只能打好，不准打坏！"

陈旅长走后，李江国跳下掩体，说："连长，咱们旅长总叫你'年轻的老革命'。这外号实在给叫开了。"

周大勇说："他叫'年轻的老革命'倒好点，一叫'周大勇同志'，那十回有九回是搂我。嘿，我算摸透咯！"

七

  战士们通夜都在青化砭周围的山头上紧张地挖工事,构筑火力阵地。那些把工事做好了的连队,便在阵地上演习,修正工事。夜里,你从这个山头到那个山头,处处能听到铁锹挖土声、紧张的脚步声、短促的命令声。不准高声说话,更不准抽烟;但是总有人在山头背后,解开衣服把头蒙住,悄悄抽烟。老战士都体验过:一天两天不吃饭是难受,可是不抽烟喉咙痒痒得格外难熬。

  战士们通宵做工事,天麻麻亮,便把工事和大炮伪装起来。白天,只留少数人监视敌人,多半的人都隐蔽在青化砭东西的大山后头。

  第二天拂晓,部队进入阵地,据说敌人先头部队正向伏击地点前进。战士们趴在工事中,把子弹推上膛,把手榴弹的保险盖都打开,一个个摆在工事边。他们的眼睛一眨也不眨地盯着山沟口。一点钟,两点钟……到了后半晌还不见敌人的踪影。每一个指战员的心都提到喉咙门上了,眼睛也望得酸痛。啊,出马第一仗是不是能打准,真是关系太大了。

  太阳趁人不注意像夜里的流星一样,嗖地落在西边山线上。

  阵地上那些战斗经验蛮多的老战士:像李江国,马全有,马长胜都急得直跺脚搓大腿。

  王老虎口里嚼着小旱烟锅,蹲在工事里,不声不吭。看来,他黏黏糊糊的,像是天塌下来也休想让他着急似的。他眯着眼,瞅着自己的嘴边的小烟锅。像是他那五寸长的小烟锅有说不清的妙处,他正在集中注意力研究它。

  战士宁金山心神不安地问王老虎:"一班长!你说,这里离延安才几十里路,咱们好多万人趴在这里,敌人就不知道?"

王老虎眼睛不离自己的小烟锅,慢腾腾地说:"哼,忙什么哩?心急吃不成熟饭。你要懂得:咱们耳灵眼亮,敌人呢,是聋子瞎子。"

宁金山怯生生地说:"班长!兄弟参加咱们解放军还不上一个月,可是提起打仗倒不外行……"他看王老虎稳晏晏地磕着小烟锅,就想不透:为啥王老虎他们就相信敌人一定来?照他的想法,这一仗不准能打上。国民党的队伍打仗,也精得很,他还能睁大眼睛朝刀刃上踏?再说,国民党的队伍都是美国人出主意指挥,带很多美国大炮,厉害得多呢!宁金山抬头看看天空敌人的侦察机,他不光对这次战斗没有心劲,就是他跟上人民解放军一直打下去,会打出什么名堂,心里也很嘀咕。

马全有不知为了什么事情,一下子就给冒火啦。他瞪着虎彪彪的眼,左脸腮上的一条寸把长的伤疤也变红了,喊:"你穷叨咕什么?我拔掉你的舌头!"

宁金山一看马全有那两只眼角下吊的眼,以为马全有冲他发火。他心里像十五只吊桶打水,七上八下的。

猛地,马全有旁边一个战士气鼓鼓地说:"怎么的,你倒把好心当成驴肝肺!好,咱们支部会上见。"

宁金山知道马全有跟那个战士争论啥事情,跟自己无干。他松了一口气,心里熨帖了。

这当儿,太阳快落山了。红彩霞把连绵起伏的山头,染得红艳艳的。成千上万的乌鸦飞过天空。战士们喊喊嚓嚓地说,乌鸦是世界上最败兴的东西!

来上钩的敌人,还是无影无踪!

第三天夜间四点钟,部队又往青化砭的山头上爬。山坡上,左一路右一路的队伍,插来插去。除了战士们的脚步声和刺刀磕碰手榴弹的响声外,一切都静悄悄的。

部队四点半进入阵地。赵劲在电话中和旅指挥所联络罢,坐在一个小土洞里抽烟。

团参谋长卫毅顺塄坎走过来。他老是兴头挺足的,像是他有使不尽的精力,用不完的心劲。他弯下腰钻进团指挥所的掩蔽部,一条腿跪在地下,立刻就给各营打电话,要他们检查战斗准备工作。他放下电话耳机,说:"团长,杨主任说他到一营去了。"说罢,他叫来一参谋跟电话排长,吩咐了些事情,又对赵劲说:"团长,我到弹药所去检查一下,十分钟就回来。"

赵劲没吱声,心想:让他去吧,卫毅这样的人是不会让自己有一分钟闲空的。赵劲走出掩蔽部,顺塄坎向北走去。有的战士在挖防空洞,有的用树枝伪装工事,有的低声谈话,有的背靠塄坎拉鼾声。猛然,赵劲看见远处有手电闪光,他骂:"这不是成心给敌人通消息?倒霉的家伙!"就朝那闪光的地方走去。

战士们蹲在潮得湿漉漉的工事中,从半夜趴到拂晓,从拂晓趴到太阳露头。

"今天,就看今天了!"战士们都这样担心地想。他们那缺乏睡眠的脸上,罩上一层焦虑的气色。指挥员们,有的长久地望着树影,树影像是根本就不动;有的盯着手腕上的表,时针、分针都像睡着了。时间,在人们无限焦虑中,仿佛就压根儿不行进似的。

"哒哒哒哒……轰!轰!"猛然,青化砭通向延安东川的沟口那边,传来枪声跟手榴弹爆炸声。战士们全都抬起头,伸长耳朵,浑身的汗毛孔都张开了。大伙惊疑地互相瞧着,谁也不说话;可是各人心里都在猜测:糟糕!大概敌人跟我们的侦察员们干起来了,大概敌人发觉了我们埋伏的部队。嗨,敌人就在青化砭沟口,胜利看起来很近;可是呢,胜利像是还在千里之外似的!

太阳打东边山线上升起了一竿子高。延安东边的大川道里，死沉沉的不见人的踪影。风不吹树不摇，天地间的空气，像是凝结起来永不流动了。远处的天空，影影糊糊的有几架敌人飞机在绕圈子，大约是侦察什么哩。

延安东川离青化砭南沟口不远的地方，有个小村子。村子里的老乡们都跑光了。

这工夫，从小沟岔走出来一位叫李振德的老人，手里提着像短棍子一样的旱烟锅，朝村里走去。他六十来岁，身材高大，肩膀挺宽，方脸上的颧骨很高，长长的眉毛快要盖住那深眼窝了，花白的胡子随风飘动。

前四五天，每天麻麻亮，村子里的人就上山躲敌人，上灯时光才回来。李振德不信敌人能占延安。家里人白天上山躲藏，他总不去。过去的经验，他反过来掉过去思量了好多遍：敌人进攻了几回边区，哪一回可打进来过？三月十九日那天，人家传言送语：敌人当真占了延安。他说："延安是好占的地方？那是咱们毛主席住了多年的地方啊！"村长给他讲了我军退出延安的情形，他还说："土地革命那一阵，你还吃饭不知饥饱哩！年轻人，没经过阵势。你呀，净听那些逃难的人瞎说乱道！"话是这么说，究其实呢？李振德从听到敌人占了延安的消息，就成天价坐在村边崖畔上，望着大川里的道路。往日，那条路上车马来往，行人不断，直到后半夜，还能听到驮炭骆驼的铃铛声。如今呢，那一溜一行逃难人用双脚蹬起的雾蒙蒙的灰尘，遮住了人民政权带来的一切繁荣景象。他整夜前后思量合不拢眼。一锅烟的工夫，他就成十次心问口口问心："我们土地革命那阵儿可有几根烂枪呀！如今，我们气势多大啊！白军敢来？它能招架得住？"他再瞧瞧自己多年来血一点汗一滴置买的盆盆罐罐，锅灶农具，这么，他对目下的时势，就净从好的方面去看、去想。

昨晚间,他的大儿子李玉山托人捎来口信,要他跟家里人一道上山躲敌人。李振德心动啦:"玉山说要躲,可就要躲。他呀,很精明,谋虑事情总没差错。"他对他的大儿子有一种特别的信任。李玉山在上川当区长,去年冬天因为工作努力得了奖。那时节,李振德捋着胡子向人夸:"我家几辈子人,就数玉山有出息。从我往上数三辈,都是黑肚子,'李'字好歹认不来。玉山嘛,还能扛起竹竿①胡画札。土地革命那阵儿,玉山跟上我们赤卫军拾子弹壳哩。如今,这后生倒当了模范区长啦!"

今天临明,李振德打算跟上家里人上山躲敌人。他正要起身,自己部队上的一个侦察员跑来,请他做向导。还说有点要紧事情,千万请他老人家劳累一趟,不要推辞。李振德一听,躁了:"请我带路?革命倒像是给旁人革哩!你听着,我老汉多会儿都是把公事放在私事前头的!"

侦察员笑着说:"对,对!算你老人家对革命有认识。走吧!"

李振德临出门的时光,他的老伴说,家里人去北山躲敌人。可是他返转来,在北山没找见人影。想必是敌人没来,家里老老小小也没出来。他这样推想,毫没道理。但是他那热窑暖炕,吸住他的想法,腿不由人就向家里移。

他走到离延安东川姚店子村还有三四里路的地方,头发一根根地直立起来。我军撤走了,敌人还没来,像那战争中常见的真空地带一样:这里空荡荡的,看不见烟筒冒烟,听不见鸡叫狗咬,没有活气!他走在这地区,心里发毛,仿佛这里每一秒钟都可能发生天崩地塌的祸事。他对自己的胆怯劲生气:"太平日月把人娇惯坏啦!"

他走了二三里路,进了自己的村子。村当中的崖壁上新刷上了斗大的字:"共产党万岁!""不做亡国奴,不做蒋介石的奴隶!全

---

① "竹竿"是指毛笔而说。

边区的男女老少,武装起来,消灭敌人!""坚壁清野,饿死敌人,困死敌人!"村子里打扫得很干净,四处都光溜溜的,连一根柴草棒也没有了。他想,就让那千刀万剐的贼来把窑洞背走吧!他正朝自个的家门走,听见飞机怪叫着从头皮上擦过去,接着就是轰轰的爆炸声。姚店子村起火了,黑烟冒起了!姚店子村正西五十里就是延安城。他望着延安的上空,那里灰蒙蒙的。但是,他觉着延安这一阵儿也是火光冲天。他自言自语地说:"这是什么日月……唉……毛主席……毛主席,你该不会遇到什么凶险吧!"他昏花的老眼中,流下了泪。

如今,几十年的生活,都从他脑子里闪过:旧社会熬长工……十一年当中只吃过二斤白面……还有那一件穿了二十一年的破棉袄……那时节,他常对自己的老婆说:"唉!咱们是两个肩膀抬着一张嘴的穷汉。多会儿,咱们有了一块地,那就死了也埋不到河滩里啦!"以后陕北"红"了,他家分下了土地、牛、羊。他起早搭黑地死熬苦受,慢慢地日子过得有了眉目。自己这边区,也一年强似一年……没有饥饿讨饭的人,东西丢到路上没人拾……他心里念叨:"如今,唉!这好日月要完结了吗?旧社会又要来折腾人?世道又要翻个过?河水就能倒过来流?"

他正心慌意乱地寻思着过去和目下的事,正在看那空寂、凄凉、叫人无法安身的家园,猛地,他的小孙子拴牛跑回来。小拴牛呀,跑得过急,上气不接下气,圆胖胖的小脸涨得红彤彤的。他说:"爷爷!你教我好找呀!快,快到后山上去。这一阵还敢在村子里蹲!"

李老汉摇头。他觉得眼花、腿软,十分疲劳。

拴牛拉着老汉的手,说:"爷爷,你听不见?前川里枪打得啪、啪的!快到后山上去,后山上有咱们的队伍。"

李老汉眼里闪闪发光,说:"哎,咱们队伍不是朝东走啦?北山上当真有咱们的大队人马?"

"就是嘛!人马可多啦!"

李老汉说:"那就有救啦。拴牛,你妈这个人真固执!我给她赌咒发愿地说,教她不要打发你胡窜乱跑。她呀,把我的话当耳边风!"

李老汉边走边说:"我是眼看要咽气的人啦!死,也死不到自己的炕上了!这是什么凶神恶煞来作践人?"他不停地回头望着自己的窑洞,望着那窑洞上边每年挂包谷棒子和辣子椒的地方。啊,那窑洞看见过受苦人的伤心泪,也听见过庄稼汉的欢笑声。啊,那祖祖辈辈住过的窑洞,目下是这样叫人见爱,难割难舍!

李老汉和拴牛还没离开村子就听见枪声:"吧——咕——吧——咕——吧吧……"

跟着枪声来的就是喊声,马的嘶叫声,分不清有多少人马。这个像死了一样的山庄子,翻腾起来了。树上宿着的各种鸟儿,也被惊吓得在天空乱飞。

敌人搜索部队进了村。

跑是跑不脱啦!李老汉拉上小孙子拴牛,赶快跑回自己的窑洞,用石头死顶住门。他尽力不让自己的目光和拴牛的目光相遇,何必让孩子从自己的目光中看出什么是危险跟灾难,什么是生离和死别!

小拴牛从门缝一瞅,吱哇一声,像火烧了一样喊:"爷爷,坏啦!你看,提着枪,捉的鸡,准是白军。爷爷,跑不出去,咋办?"他的心嘟嘟地跳。他从前没有见过白军,他想不来这些鬼会带来什么祸事!只觉得害怕,恨不得藏在老鼠洞里去。

李老汉眼睛瞪起,怪怕人的。他说:"瞅什么哩,窝到灶火角里去!"

"爷爷……"

李老汉用手威胁拴牛,不让他吭声。外面又"啪"地打了一枪。拴牛浑身打颤:"爷爷!跑不出去,咋办?"

"'咋办,咋办',你悄悄的!事到如今,就打了盆说盆,打了罐说罐,跑不了就按跑不了的办!拴牛,北山上有咱们的大队人马哩,这帮鬼糟蹋不长。拴牛,遇见白军,可千万不能说后山上有咱们的队伍。记牢,拴牛,千万不能给敌人说实话。你说了实话,我把你眼珠子挖出来!"李老汉觉得一切难逃的灾祸已经压到头上的时候,反倒心里平静了。他凛然地坐到炕边,把一根拐棍放在两腿中间,支着下巴,胡子颤动着。

拴牛两颗吃惊的黑眼珠骨碌碌地转。他越来越怕,可是还想不开那些可怕的事情,到底怎样可怕。"爷爷……"他紧紧地抱住爷爷的腿。像任何小孩子一样,他觉得有他的爹娘或是爷爷保护他,就有天大的祸事,他也不应该害怕。

爷孙俩正说话间,咔嚓一声,门给踢开了,进来六七个横眉竖眼的敌人。这帮敌人有的高,有的矮,有的黑粗,有的精瘦,个个都满脸灰土,戴着葫芦瓢似的棉帽子,穿着挺新的黄布军衣。有的端着"中正式"步枪,有的端着美式冲锋枪,看起来,又凶又横。

"出去!有话要问!不走?老子要开枪了!"敌人臭骂、吼叫;枪托碰着门板,枪栓拉得哗啦哗啦响,刺刀在李老汉眼睫毛下边乱晃。李老汉觉得眼前一团黑,天昏地暗。他用手扶住墙,站着。有几个敌人蹿到窑后边,锅架打翻了,破猪食盆子的底儿朝天了。破酸菜瓮给打破了,瓮里的水像黑血一样流出来。

李振德咬紧牙关。他知道,这帮恶煞,不折磨死你,就不会饶你。可是,眼前,耻辱比死亡更可怕。他恨自己年迈力衰,要是十几年以前,早就撂倒几个敌人啦,至少也一命换一命。他轻蔑地盯着敌人,仿佛在说:"你们把眼睁开,这里的人,这里的人是跟上共产党,用菜刀砍出了个陕甘宁边区的人。"

敌人搜索连的排长,揪住李老汉的衣服领子,前拉后推地吼喊:"老百姓都钻到哪里去了?"

李老汉不停地喘气,头颤动地说:"啊……啊……你问老百姓么?……跑贼去了!"

敌人排长问:"妈的,跑什么贼?"

李老汉长一口短一口地呼吸。他用那昏花冰冷的眼,瞅那些腰里缠着包袱的强盗,说:"不晓得!"

敌人排长贼眉溜眼地到处看了一阵,脸上的气色缓和了一点,问:"这村子周围有没有土匪?"

李老汉说:"什么土匪?我们边区这十年来,不要说土匪,你就把金子丢到大路上,也没有人拾!"

那个敌人龇牙咧嘴地骂:"你装什么糊涂?老子问你哪里有共军,有八路军?"

李老汉一只手背着,一只手扶住墙,说:"啊!八路军么?兵行鬼道嘛,咱们老百姓说不来!"

话没落点,一群强盗就吓唬、臭骂,枪托拳头落到老汉头上、身上。……

拴牛拉着李老汉,尖喉咙哑嗓子地哭喊:"爷爷!……"

李老汉扶住墙想爬起来,但是两条腿软酥酥的不由自主。他爬起来又倒下去,头昏眼花,天也转地也动。他咬住牙,又强打精神站起来,扶住孩子的肩膀,说:"拴牛,死,也要站起死。拴牛,扶我一把……爷爷是黄土拥到脖子上的人了,旧社会新社会都经过了。拴牛!爷爷活够了!"他颤巍巍地站着。绷着嘴,嘴边一条条的褶纹,像弓弦一样紧;胡子颤动。他那很深的眼窝里射出的两股光是凶猛的,尖利的,冰冷的。站在他面前的几个敌人,在他的眼光威逼下,都不自觉地向后退了半步。

那个敌人排长吼叫:"来!把这个老家伙捆起来!"

一霎时,李老汉被五花大绑捆起来。拴牛紧紧地抱住爷爷的腿。李老汉感觉到拴牛抱着他的腿,这感觉使他心酸!

敌人搜索连连长来了。这家伙,脑袋不大,下巴挺尖;一身是黄咔叽布衣服,脚穿黄色的长筒皮靴。他把他的排长问了一下,就贼眉溜眼地把拴牛拉到一边问话。

李老汉吐着口里的血,瞪起眼,长长的眉毛和睫毛在颤动,厉声高喊:"拴牛!"

一个匪徒上去打了李老汉一巴掌,说:"你打什么电话!"

李老汉鼻子口里血直淌,他喘着气,抬起头,直挺挺地站着。如今,只有如今,他感觉到自己并没有衰老。

那个敌人连长,把拴牛拉到一边,假眉三道地说:"我们是八路军,国军打到延安我们掉了队。八路军在哪里?你说。我给你钱,给你糖,快说!"

拴牛说:"你不是八路军。八路军我常见哩,不打人,不骂人,也不捉鸡,可和气哩!"

敌人连长两手插在裤兜里,两腿叉开,把拴牛端详了一阵。又把那美国式的帽子推在脑后,点了根纸烟叼在嘴角,问:"小崽子,你认错了,我们不是八路军是什么军?"

"白军!"

一个敌人问:"啥子叫白军啊?"

拴牛怯生生地说:"顽固军。"

那个匪军连长脸一翻,上去一脚把拴牛踢翻在地,用膝盖压住拴牛的胸膛,又打又骂。

拴牛又哭又喊:"爷爷!爷爷!我……我……"

李老汉被一种强大的感情控制了,他呐喊:"拴牛,你什么也不知道。他要问什么,爷爷都知道。"

几个匪徒一听,龇牙咧嘴地跑到李老汉跟前,说:"贱骨头!你早说何必受这份洋罪。说吧!"

敌人解开李老汉身上的绳子。李老汉跌跌撞撞地走过去护着孩子,心一酸,泪水涌满了眼眶,他连忙把脸捂在孩子的背上,让眼泪往心里流。他思量:说什么哩?说我们的队伍就在后面山上?这千万使不得。不说吧!拴牛人小,万一说出了实话……霎时,万千事情闪过眼前。他想起了十多年以前,自己跟上刘志丹同志闹革命,打土豪、分田地……他想起了这多时村里人都说的话:"活是边区人,死是边区鬼!"心里又筹思:我们的队伍就在山上哩!他们不会跟你们这帮恶煞善罢甘休的!一想到这里,他觉得心劲又大了:说不定自己的队伍会呼呼呼地扑来,搭救他爷孙两辈人。

敌人排长掏出一把票子,说:"老头子,不能亏你。你说哪里有八路军,指一下就行了。"

"指一下就行了?你要我把良心卖给你?畜生们,你们算找错人了!"李老汉心里盘算。

拴牛望着北面的山头,一个匪徒顺着孩子的眼光急问:"这边山上有吧?"

李老汉心里暗暗吃了一惊,但是他还是稳晏晏的,脸色凝然不动,说:"老总!他们前两天是在这边山上哩,昨天夜间跳过延河到南边山上去了。只有七个人,大约是游击队,成不了啥气势!"

敌人搜索连长喊:"马云山!带这个老头子到对面山上搜索。注意!根本找不到向导,不能让老头子跑掉。"

李老汉面色蜡黄,形容枯瘦,但是目光炯炯,非常庄严、自尊。他一颠一跛地走着,望那前面移来的几株枣树,枣树干枯而刚劲的枝杈,撑在天空,无畏地迎着冷风。拴牛死死地拉住李老汉的后袄襟。他眼珠子发痴,像是吓得迷糊啦!

李老汉朝前走一步,心就抽一下,像是他一步一步走近了绝地。可是,他心里还在重复:"伤天害理的畜生!你们从我口里半个字也掏不出！"

　　匪徒们不停地向山上打枪，战战兢兢贼头贼脑地互相丢眼色。他们觉得，这些山沟都像很大的嘴巴一样，随时都可能把他们生吞下去。一个匪军吹胡子瞪眼地吼喊："走！快走，快走！"其他匪军像助威一样，跟着乱喊、咒骂。

　　敌人兴师动众地押着李振德和他的孙子，从村子里走出来。这件事惊动了我军侦察员。

　　侦察员们蹲在青化砭沟口的山坡上监视敌人的行动，盯着川道里平展展的土地、片片的绿麦苗、闪闪发光的延河。他们跟前放个很小的电话机，埋在土里的电话线向北伸去。

　　侦察员们浑身插上蒿草，远看起来，活像一堆堆天然生长的蒿草。小麻雀也落在那蒿草上，喳喳叫。

　　延安东川里，三五十个一伙的敌人搜索部队，顺着树林、河槽搜索前进。有一伙敌人，趴在延河边的一棵树下，用望远镜朝我军侦察员们蹲的山坡望了好久，还"啪"地放了一枪。子弹从侦察员们头上飞过去。

　　侦察排长喊："别动！敌人在冒诈哩。"

　　一个侦察员说："我不动。我只想用手摸摸敌人打来的子弹，试试它的体温。"

　　"住口！"排长生气了。突然，他倒抽了一口冷气，轻声地说："看！"

　　侦察员们揉揉眼，盯住敌人押着的老乡跟小孩。

　　"怪呀！敌人怎么能捉住那老乡呢？啊，兴许，那老乡就是今天拂晓给我们带路的那位老汉。"这侦察员用手敲着自己的脑壳，说："他姓什么来？哦，对，对。他姓李。"

　　"去你的吧！那姓李的老大伯能落到敌人手里？他是个老革命，作战经验比我们也不少。"

"注意!"

"注意!"

侦察员们紧张地转述排长的命令。因为敌人押着老乡和小孩,向侦察员们蹲的这座山根下走来。侦察员们浑身紧缩着,仿佛他们想钻地入土。

"我真想开枪!"

"排长!糟啦!转移吧!"

"不准说话!注意保险机,不要走了火!"排长圆瞪着眼,紧咬嘴唇,盯着老乡和敌人。他的脸通红,额头上的汗珠泼刺刺地滴在地上。他跟战士们撤退是很容易的,可是身后不远的地方,就是自己的伏击部队呀。他想:"不要紧,敌人押着的那个老乡,像这里一百五十万老乡一样:不会出卖胜利,而会至死不屈。"

可是,敌人押着的老乡跟小孩,还是一直向侦察员们蹲的这座山根下走着。侦察排长把帽子向脑后一推,头上直冒热气。他声音急迫地命令:

"从左至右,一个随一个转移!"

左边第一个战士,倒退在一个塄坎下,接着第二个战士往后退。……

"停止!"排长的音调,因为高兴而有点颤抖。

原来,那位老汉和小孩领着那帮敌人,走在侦察员们蹲的这座山下时,突然向南一拐,涉过延河朝南山坡爬去了。

蹲在北山坡的我军侦察员们,用望远镜观看。老乡和敌人的身影一会儿让山头遮了,一会儿又出现在更高的山头上。猛乍,那位老乡站定了,用胳膊护着孩子,回头看敌人。那帮敌人向后一退,又向前逼近几步。那老乡手抡了一下,弯下腰抱定孩子,向前纵了几步,跳下了绝崖深沟!……

几十个匪徒像是猛地发愣了。直到他们醒悟过来的时候,才乱打了一阵枪,朝崖下扔了几颗手榴弹,灰溜溜地返回来,下了山。

我军侦察员们紧握着枪,眼睛一眨也不眨地盯住远方的山头。侦察排长原是坐在地上观察的。突然,他手里的镜子掉了。他胸脯一挺跪了起来,紧紧地抓住一个侦察员的胳膊,低声重复:"老乡……老乡……"

就在这天吃早饭的时光,敌人三十一旅得到他们搜索部队的报告:"前边无敌踪。"这样,他们便大摇大摆地顺公路向青化砭大沟中推进。

八

第一连在最前面的山堡上。营长刘元兴不停地从营指挥所打来电话,要第一连注意观察。

指导员王成德给趴在山梁背后的战士们叮咛:要把鞋子绑紧。连长周大勇把驳壳枪插在腰里的皮带上。他弯下腰,顺堎坎来回跑,告诉战士们:"手榴弹准备好!注意,不要把枪口堵上土;要沉住气,没有命令不准打枪!"

严肃紧张的空气,在阵地上流动。阵地上静得像几百年没人去过的古庙一样。

战士们有的贴住耳朵谈什么;有的蹲在堎坎下,轮流抽那最宝贵的烟头;有的紧缩着身子,抱着枪,轻轻地呼吸着。

"赶快敲打起来吧!我心里实在痒痒得不行。"

"这阵我心里七上八下的不安生,只有稀里哗啦地干起来,我这心跳劲才能收煞!"

"听,听!手榴弹铮铮响,它要发表意见啦!"

突然有三架战斗机划过天空。敌人的飞机在青化砭地区绕了几个圈子,顺着山沟俯冲下来,扫射了一阵,向远方飞去。

战士们都眼睛一眨也不眨地盯着敌人的飞机,一直到看不见。

"注意,敌人!"这命令声很低,可是有的人听到了,有的人感觉到了。战士们因为太兴奋、紧张,心冲到喉咙门快要蹦出口。天气挺冷,可是大伙头上直冒汗。

最前面负责观察的少数战士们格外着急、兴奋,全身火辣辣的。看!上午十点钟的时光,一片黄煞煞的敌人从南朝北拥进了沟:前面是尖兵,后边是大队人马,顺公路大摇大摆地推进。山炮、迫击炮、重机枪,都在牲口上驮着。当官的骑在马上,一摇一晃地舞动马鞭子,好安逸呀,简直像游山玩水哩!骑在马上的军官,有的还往两边山上瞭望,贼头贼脑的;有的双手撑在腰里,像思谋什么;有的腰杆挺得笔直,望着前方,看起来蛮威武。一溜一行的士兵,背着笨重的行囊,扛着步枪、弓起腰低垂着头走,像是累得慌。有的士兵把步枪当扁担,挑着行李。有的士兵扛着轻机枪,连枪衣也没脱。有一个士兵,枪梢一晃把当官的马惊了。那当官的掉转马头,用鞭子朝那当兵的头上猛抽。……

周大勇带着几个战士,在山沿上一个隐蔽的地方观察。他那钢板似的胸脯贴在掩体的胸墙上,用两个铁一样的拳头支住下巴,紧盯着沟里的敌人。这就是胡宗南匪徒!就是这一伙土匪占领了我们党中央和毛主席住的延安!周大勇牙咬得吱吱响,脸色通红,鼻孔扇动,眉头拧成一条绳。

敌人残暴可恨,敌人安然自在的样子更可恨!

"用刺刀挑,才解恨!"马全有的声音。

"用手榴弹,把这狗操的捣成肉饼!"马长胜答话了。

"糟糕!"李江国沉不住气了。

"留神!"王老虎命令。

宁金山怯生生的声音有点发抖:"班……班长……"

周大勇刺棱地缩下身子,说:"不准吱声!"

原来敌人派出的侧翼搜索部队,顺着两翼的山头搜索着前进。有百十来个敌人端着冲锋枪,向"英雄部"阵地上走来了。敌人边走边射击,还叽里哇啦地叫喊:"出来!出来!不要装蒜,我们知道你们人不多。"

周大勇看得分明:有些战士沉不住气,就要开枪。但是,在这节骨眼上,只要有人打一枪,敌人的乌龟头往回一缩,日夜期待的胜利就忽地飞去了,一切心血都白费了!

可憎的敌人还是向战士们接近。……

王老虎看起来满不在意。他低下头绑鞋带子,那双手呀,可紧张得打颤。

马全有急得直流汗,他一边绑鞋带一边低声提议:"连长,敲打起来吧!"

周大勇猛摆手,低声喊:"胡说。彭总有命令:前面部队打响,我们才能打。我们是堵屁股的呀!"

马长胜不停地咽唾沫。他说:"连长,不打枪,上去用刺刀解决他。"

周大勇很凶地瞪了他一眼,说:"你不打枪敌人打嘛,一打枪就把锅砸咯!"

李江国两手在大腿上搓着,好像浑身起了风湿疙瘩,痒得撑不定:"祖宗呀!活受洋罪,心要炸了!活受洋罪,心要炸了!"

王老虎不眨眼地盯着敌人,说:"沉住气!"

一秒钟啊顶一年!

周大勇使劲地抓住自己胸前衣服,脸红彤彤的,黄豆大的汗珠顺脸泼剌剌地淌下来。

怎么办呢?敌人搜索部队离我们部队伪装的重机枪阵地,只有三百公尺……二百五十公尺……战场上所有的人都闭住气,盯着这一股敌人!这当儿,真希望像战士们摆龙门阵时说的一样,能够有什么"罩眼法"遮住敌人的眼睛。但是,不管你怎么样想,敌人还是向前走。再过半分钟不开枪就不行了。……猛然,敌人这股侧翼搜索部队,进到离重机枪阵地一百八十公尺的地方,乱打了一阵枪,又折转向我伏击部队右前方走去,而且敌人跳过一个山头,顺山梁直向北走去了。

战士们都长出了一口气,阵地上有轻轻的笑声。但是因为人们太惊奇、太高兴,心跳得更凶了。这时候,只有这时候,战士们才觉着脊背上的汗水,湿透了棉衣。

战士们高兴得你挤我,我戳你,多乐和多熨帖啊!暖融融的阳光,照着神秘的战场和愉快的脸膛,照着粗壮而严肃的大炮和精干而调皮的机关枪。

王老虎那稍长的脸,因为兴奋,涨得通红。他提议:"我说,——嘿,我的棉衣像冰凌一样贴在身上!——我说,给这些敌人记一功。"

李江国说:"你们说国民党腐败不好,我看,也还不能完全那么说!"

马全有忽地转过身子问:"你放这一炮什么意思?"

李江国说:"这还用问?你看,那一群家伙,不是马马虎虎地帮助了中国革命?这不是国民党腐败的功劳吗?"

一阵不出声的笑。

王老虎擦着头上的汗,拉长声调说:"照我看,杜鲁门把他的全部家当拿出来,也把蒋介石打扮不成人样子!"

马长胜一动也不动地望着自己的胸脯,说:"癞狗扶不上墙呗!"

接着,战士们就争论,有没有"运气"这玩意儿。有的战士说有,并举出他在战争中遇到的"怪事",证明他的看法。可是大多数战士说,相信"运气",就是"迷信脑瓜"。

猛地,连长周大勇低声喊:"同志们,注意!"

战士们一个个都伸长脖子瞪起眼看,敌人差不多全部进到大沟里了。他们凝神屏气,好像盯着一个转眼就要剧烈爆炸的什么东西。阵地上罩着让人呼吸困难的闷气。这种闷气掩盖着焦灼、渴望、紧张!

大约,又过了十来分钟,前边一二十里的地方机枪"哒哒哒"响了。

随着这枪声,憋在人心里的那股气,一下子给爆发了;那看来寂静和空虚的阵地,也一下子给翻腾了:青化砭上空,枪榴弹爆炸了,冒起一团团的黑烟。枪声、炮声一齐吼叫起来。我军各种火力,压在敌人头上。敌人混乱了。

青化砭的川道里,烟雾腾腾。……

"冲呀!"

"同志们!冲呀!"

战士们像猛然暴涨的山洪一样,向山沟中冲下来了。

青化砭左右山头上的冲锋号,激昂地吹起来。一个小司号员站在一个最高的山顶上,扬起头鼓起全身气力吹号,那号上的红绸子还随风飘动。

赵劲他们团的任务是堵住敌人的屁股,所以战士们直向敌人进来的沟口飞跑,不管三七二十一,前面就是胜利,是沟也跳,是崖也跳。

跑得最快,伸得最突出的是第一连。连长周大勇率领两个排跑在队伍的最前边。指导员王成德率领一个排在连长右侧奋勇前进。这时王指导员身边有人高喊:"堵住敌人屁股就是胜利!"战士们回头一看,原来是团参谋长卫毅。他满脸淌汗,在指挥第一连右翼的一支部队。第一连左翼,营长刘元兴率领本营二、三连在飞跑。他只穿一件衬衫,两只袖子捋到肘子以上。边跑边凶狠狠地咒骂什么。

山坡上,尘土漫天。枪声炮声喊声像狂风在吼,摇得山脉直晃荡。

赵劲在一块高地上指挥着团的火力。连发的机关枪,像长剑一样斩断敌人的退路。各种炮弹,不是丢在敌群中,倒是丢在敌人刚才进来的山口上;炮弹爆炸以后掀起的尘土烟雾,像一座山一样,堵住了敌人的退路。那座山一样的尘土烟雾,不断地增长着,一直伸得挨住了天,嘿呀,鸟儿也飞不过去。

看起来这山沟不宽,可是去斩断敌人退路的战士们一口气跑到指定地点,就是七八里路。

青化砭上下二十多里的川道里,拥满了敌人。敌人像潮水一样,哗地涌流到东边山根下,碰到迎头爆发的火力,哗地涌流到西边山根下,又是劈头盖脑浇下来的手榴弹。敌人在沟里就是这样涌来流去。炮弹在敌群中爆炸,受惊的骡马,踏着人腾空而起。……有些敌人军官摇着指挥旗,冒着我军炮火在奔跑指挥。有的敌人趴在河槽里顽强地射击着。有的敌人恶狠狠地挺起刺刀,迎击我军的战士。……

战场上,是一片"缴枪不杀"的喊声,是刺刀枪托的猛烈格斗声。

这时,团长赵劲带一个营,配合兄弟部队从山上扑下来,冲入敌群了。他们步步遇到敌人的抵抗;有些地方,敌人一个班被打得剩下一个人,但是那一个人还在拼死抵抗,仿佛不到万不得已绝不放下武器。

赵劲率领战士们顺沟向北攻,看见兄弟部队捉住了一个军官。这个军官就是敌人三十一旅旅长。敌人少将旅长两手垂下,木头人似的站在公路上。他,脸抽动流冷汗,干瞪眼,瞎咕哝:"就这样完了？就这样完了？……"看样子,他像是很不服气,也像是不相信他目前的处境。过了一阵,他咚地往地下一蹲,双手抱住头,气愤若狂地嘟囔:"想不到,太快！想不到,太快！连展开兵力的时间都没有。就全军……就全军……想不到！万万想不到……"

沟渠、河槽、山岔里,有些零散的敌人,还在拼命抵抗。枪声稀稀拉拉;手榴弹轰隆隆,东一下西一下地爆炸。天空敌人的飞机绕来绕去,不投弹,也不扫射。因为它闹不清青化砭发生了什么事情。

赵劲让战士们把他们捉到的三百多个俘虏集合起来。俘虏们有的丢了帽子,有的丢了鞋,有的棉衣被酸枣刺挂得稀烂。那些混在俘虏群里的敌人军官,有的疯狂地撕扯自己的头发,用那充血的眼睛瞧着我军战士;有的把帽子压在眼眉上,偷偷丢掉他身上那些可以表明他军官身份的东西。

我军战士们有的拼命地把子弹带往身上背;有的捡起敌人崭新的美国造冲锋枪,怪稀罕地说:"伙计！你从美国到这里也挺辛苦,跟我去为人民服务！"

陈旅长大笑着走来了,战士们立刻围住他。他高兴地喊:"干脆,利索！两个钟头消灭四千,一个也没漏掉。嗬嗬,这才叫一网打尽。"

战士们欢跳欢蹦,你说你捉的俘虏多,他说他缴的枪也不少;有的人还骑在刚缴来的大炮上。担架队员用担架抬着缴获来的枪械、子弹。

部队奉命马上转移。战士们带着俘虏、背上新枪、扛上子弹,边走边唱:

> 蒋介石,运输大队长,
> 派人送来美国枪。
> ……………

没多久,敌人增援部队上来的时候,青化砭山沟里,除了敌人尸体和遍地丢下的美国式大帽子以外,什么也没有了。

人民解放军像一股风一样,无影无踪,去向不明。

青化砭胜利的消息,像闪电一样快地传遍陕甘宁边区。人们扳住指头一算,这次胜利,恰在我军退出延安的第六天。

第二章　蟠龙镇

一

战士李江国和宁金山,在山头上的几株柳树下边站哨。春天爬上了柳梢。阵阵暖洋洋的风,带来杏花的香味。有两只兔子机警地从他俩脚边蹿过去,啃嫩绿的小草。

宁金山扛着枪,有气无力,像没睡够的样子。他朝四下里看,山头一个挤着一个,一直挤到天边。他心里乱糟糟地嘀咕:"穷山恶水啊!可是还得在这里打仗。白日黑夜,走路,走路,走路,这么折腾下去……"

李江国肩宽,高大,真是比宁金山高一头宽一膀。他也朝四下里瞭望。他觉得这起伏的黄土山头,真像一片大洪水的波涛。这波涛把窜在陕北的敌人都吞没了。他咧开嘴笑:"这些个山头看来真够味。它够敌人爬啊!"

宁金山脚跟一靠说:"是!"

刚下过雨,空气清新。李江国鼻眼扇动,猛吸了几口气。他觉得自己身体强壮、心情愉快;周围的山川,沟渠里的流水,随风摆的庄稼苗,看来都是亲切可爱的。他持着枪,挺着胸,扬起富于表情的方脸,瞭望远方。过了一会儿,又像在演戏台上指挥很多人唱歌一样,左手打拍子,脑壳摇动,压住洪亮的嗓门,低声唱道:

　　红旗呼啦啦飘,
　　喜鹊喳喳叫。

青化砭,
羊马河,
两仗打得好。
把敌人两个旅消灭掉,
胜利的消息人人都欢笑。

宁金山瞧着李江国,他不由得羡慕起李江国那股旺盛的精力跟乐和的心情了。可他也吃不透:这多时,泥里滚水里爬,李江国的衣服烂得披一片吊一片了,鞋子开了眼睛,脚趾头向外张望,他为啥还那样乐和?宁金山的眼光跟李江国的眼光碰头了,他觉得李江国看破了自己的心思。

宁金山不自在地笑了:"你呀,你总是高高兴兴的!"

李江国说:"嘿!你说话老是干巴巴的没有油水。我高兴,咱们连队谁又不高兴呢?你扳指头算算嘛:敌人在延安东北的青化砭丢了一个旅以后,赶紧把扑在延安西北安塞县的主力队伍拉回延安。敌人火啦,又要在延安东北面找我们部队决战哩。敌人十来万人,顺咸榆公路,绕了个大圈子,武装游行了十几天,走了四百多里,又扑了空——没有找到我们主力在哪里。末了,他们灰溜溜地回到延安附近。后来,敌人驻瓦窑堡的一三五旅,朝蟠龙镇地区开进,去跟他们主力会合。咱们又在羊马河喊里喀嚓,把一三五旅全收拾了。羊马河这一仗,离青化砭那一仗才十八九天,离延安撤退才二十来天。多棒呀!宁金山,这么下去,敌人很快就要缴出伙食账的!"他思谋着,又说:"不瞎说,老战士最会捉摸上级的心思。……金山,照我看,咱们又快打仗了!"

宁金山的心扑通一跳,问:"当真?"

李江国说:"看你那副神气!我的话不灵验?你好大的忘性。羊马河战斗还没敲打起来的时光,我对你说:宁金山,不要穷嘀咕,敌人准会上我们的圈套。你那阵没吭声,可是我晓得你在心里骂我:嘿,李江国吹牛!事情到底咋样呢?还不是六个钟头又消灭他四五千名吗?金山,过去的事不提叙,不过你得好好相信咱们打仗的一套办法。要不,你就会走上邪道的!"

宁金山脚一靠,说:"是!"

李江国怪腻歪地说:"去你的蛋!一开口就'是,是,是'。对同志嘛,心里咋想口里就咋说。口和心不一致的人,准臭!"

李江国又唱起歌子来了。宁金山分明觉得李江国那乐和的情绪,像电流一样传到他心里了。宁金山凭多年的当兵经验,看出了:国民党队伍瞎扑乱闯的蠢劲,是够瞧的。他思量:"人民解放战争,是一定会胜利的。再说,我也是四尺五的汉子,人家熬得我熬不得?"他觉得又有心劲了。可是,猛然像有一只大手又扼住他的脖子,捂住他的眼,心又紧缩了。李江国唱:"青化砭、羊马河,两仗打得好,把敌人两个旅消灭掉……"他唱得那样高兴,那样不费力。不错,他宁金山就是在青化砭、羊马河战斗打罢,才相信人民解放军打仗的能巧。可是他也是在这几次战斗打罢,心里越发的着慌、烦躁、害怕。"对啦,这多时,敌人是消灭了不少,可是哪一次战斗不是刚打扫罢战场,又奉命转移呢?天老爷!运动战,运动战,差点把我腿把子运动断!"这一个多月的战斗生活中,让宁金山最忘不了的是:没日没夜地跟敌人在山头上打转转。敌人在这个山头上,我军在那个山头上。有多少回我军黑夜中行军,和敌人搅在一起,就用手榴弹、刺刀、枪托拼起来;饥一顿饱一顿,翻山过岭,打仗,摸黑夜,急行军,淋雨,疲劳,热,冷,血,汗,火……

宁金山愿意走李江国他们走的那条路,但是像有什么东西拖住他的腿,他不能向前再进一步。尽管,这一步看来并不算远。

换了哨,李江国跟宁金山朝半山坡他们连队驻的庄子走去。

李江国指着一个挑担子的人说:"瞧,那是谁?"不等宁金山回答,他有根有梢地又说:"我敢打赌,一定是马长胜。你猜,我为啥老远就能认出他？他的脖子负过伤,有点歪。"他把那陈辈老百年的事统统拉起来了:马长胜是在什么地方脖子上负伤的,当时的情况怎样,他表现得怎样勇敢……

"是,是,是。"宁金山有口无心地点头应承。实在说,李江国的每一句话都让他心躁:"说的话比水还淡,真不知趣!"

李江国根本没有注意宁金山的心情,还是照自己的意思一直把话说完:"马长胜,自小就在煤窑上挖煤,一个工人成分的人呀!你看,他个子不高,脊背能擀面,脸面红喷喷的,长得多虎势！他那两条胳膊呀,比椽还粗,拳头有蒜钵子大。说起力气,大得出奇,谁也敌不过他。过去跟日本鬼子拼刺刀,数他能行。"

宁金山应付着说:"看得出,他脾气执拗点,对人心地可实落。"

李江国说:"对,对。不要看他说起话来,嘴头子一噘,能把你推出三丈远,像是跟谁有什么过不去。实在呢,他倒是个好同志。不说虚,我打心里喜欢他。"

说话间,他俩走到马长胜身边了。马长胜满头淌汗,他大约给老乡挑过几十担粪了。

李江国说:"马长胜同志,我来慰劳你,你实在太辛苦!"

马长胜说:"劳动又不是看戏!"

李江国给宁金山丢了一个眼色,说:"瞧瞧,我的祖宗！这不是活像谁欠了他二斗租子？"

第一连战士们住在几孔老乡过去放草的破窑洞里。部队说不定马上就要出发,可是战士们照他们的老习惯:把破窑洞打扫得很干净;子弹带、手榴弹袋、挂包都整整齐齐地挂在墙上;四棱四整的背包一个靠一个,一字排地摆在地上。

有的战士看书,有的写信,有的谈谈战斗中的种种事情。王老虎噙着的小烟锅,早就熄了。他坐在窑洞角落里,似笑非笑,像是他知道世间许多秘密而有趣的事情。他不声不吭,可是他用思量的神情,认真地听同志们说话。他这神气,让人觉得,他是最能理解别人心情的,可是半句吹牛的话也瞒哄不过他。看来,他毫不显眼,可是他有一种高尚的品质,很有力地吸引人,不论谁看见他,就不由自主地跟他亲近了。

靠窑门口,有四五个战士围住马全有。马全有在地上画了一个大圈子,声音激烈地讲:"敌人现在打进来了,想退走是不由他了。敌人呀,越陷越深越倒霉!"

李江国一脚踏进窑门,大声喊:"报告!马全有同志,你声音低些,小心把窑洞震垮了!"

宁金山进了窑洞,连子弹带都没解,就躺在草上。王老虎当是他身体不美气,连忙过去照护他。他摸摸宁金山的头,揣揣他的手,亲切耐心地问长问短,活像一位老母亲。

"我拿我的脑袋打赌,马全有立刻就要把蒋介石的锅砸碎了。"李江国把枪跟子弹带挂在木钉上,一阵旋风似的挤到马全有跟前。

马全有没有理睬李江国,继续放大嗓门讲:"敌人到处找我们主力决战哩。真是活亏人!他们全军轻装,士兵背上干粮,十来万人分成几路,每一路摆成横直三四十里的方阵,只走山路,不走平路,天天行军,夜夜露营,每天磨蹭二三十里路。他们像瞎子一样,到处乱碰,到处扑空,到处挨揍,还闹不清我们主力在哪里。我们呢,不出手就不说,一出手就捞他一把。打了这几仗,我也看透了:胡宗南满脑袋糨糊。依我说,敌人要找我主力决战,我们就和他决吧!不打赢他才有鬼!"听他说话的口气,像是他立刻就要去把敌人生吞活剥。

"决战?"王老虎慢悠悠地在鞋帮上磕烟袋锅。"小伙子!敌人打仗缺几手,可要全部搞垮他,还得出好几身汗!"

大伙也不同意马全有的看法:

"彭总说啦,打了胜仗就更要谨慎小心,马全有呢,倒要和敌人去决战!"

"他脑袋发热啦!我们为什么来一套运动战,他都不懂!"

"怪不得他呀!他没有战略头脑呀!"李江国像做结论似的说。

马全有凶啦,立眉瞪眼,左脸腮的伤疤也红了,喊道:"去,去!照你们这磨蹭劲,延安八辈子也收复不了!气死人了!"

李江国两手摊开,说:"咱们跟马全有讨论问题,就得准备反冲锋。这么的,我给你们服务一趟。我多会儿都是吃苦在前,再疲劳也不说二话。"他捡起两片石皮,把衣袖挽起,干咳了几声,清清嗓子,跳过来,蹦过去,敲打着,表演着,唱道:

  大饭桶胡宗南,
  进攻陕北占延安。
  同志们一听心里烦,
  端起刺刀就要干。
  指挥员说:
  沉住气稳稳干,
  叫我上山看一看。
  指挥员上了山,
  眼里看心盘算,
  想在心里笑在脸。
  指挥员发了言:
  大饭桶呀胡宗南,
  拉住他的鼻子叫他转;
  拉他过上几架山,
  拉他转上几个弯,
  三转五不转,
  胡宗南昏昏悠悠连东西南北也找不见。
  这时候指挥员下命令:

同志们要勇敢，
　　一声号令齐向前；
　　打破他的锅，
　　砸碎他的碗，
　　让胡宗南吃不成这反动饭。

同志们都鼓掌，喊："再来一个！再来一个！"

这有什么难？张口就来。李江国手指一动，左手里的两片石皮又拨剌剌剌地怪中听地响起来。他拉长声音一字一板地唱：

　　彭副总司令撒开满天网，
　　咱们转移到山头上；
　　敌人钻进网里来，
　　又捉俘虏又缴枪。

李江国唱完，有人把卷好的烟递到他手里，有人把一碗开水放到他跟前。李江国抿了一口水，品了品水的味道，点起烟，罗锅着腰坐在背包上，拧起眉头，拉长脸，显得很愁苦。他正要开口，王老虎搭话了："且慢！李江国再说，就说下坡啦！"

同志们哄地笑了。

李江国说："老虎算摸清我的底啦！不扯淡咱们就谈点正经事。眼看，五黄六月就来了，我们得抓紧时间趁天凉再打一仗。再说，我们也得问问敌人，给我们把单衣准备好了没有？"说罢，就把破棉衣上的棉花套子一块一块往下撕。

马全有刺棱地冲起一站，上身向前抢着，说："对。给上级建议，马上出动打仗！"

李江国仿佛大吃一惊，一把拦住马全有，说："慢来，慢来！你一把把蒋介石五脏挖出来，杜鲁门会哭死。这责任我担当不起！"

在这一帮人中，大伙对王老虎心服口服。大伙争论起事情来，张说张有理，王说王有理，脸红脖子粗，半天下不了台。可是只要王老虎出面慢声慢气地说上一句半句的,满天云彩就散了。

王老虎说:"江国,你不要把鼓点子敲乱了。我看,咱们还是写请战书吧!"他慢慢地掏出个本本,缓缓地扯下一张纸,把铅笔在舌尖上蘸了几下,眯缝着眼,笑眯眯地说:"来!签——名。"他说话声音很低,像是三天没吃饭。

战士们争着写名字。年轻的战士们故意推挤着人;有的还趴在别人背上。大伙围住王老虎,像是捕捉什么眨眼就会飞掉的东西似的。

大伙儿闹腾得正欢,窑洞门外送来响亮的声音:"也有我一份!"

战士们抬头一看,原来是连长周大勇。大伙儿忽地起来,立正站着,胸脯起伏,脸膛红彤彤的,眼里兴奋地闪亮。

周大勇站在窑门口,双手撑住门框,喜眉笑眼地说:"同志们,想打仗?要得。马上就有大仗打!"

接着,就是一阵热烈的掌声。

周大勇跟战士们谈罢马上要打仗的消息,就和指导员王成德到了团司令部。团部营以上干部正开会。这里没有一个连级干部,团长找周大勇他们来干什么,让人摸不透。

团长赵劲向开会的干部们打了个招呼,就把周大勇跟王成德领到隔壁的窑洞中。

赵劲身子挺得笔直,两个大拇指头挂在腰里的皮带上。他今天显得格外精干、有力。他望着窑洞的墙壁,说:"我们把蒋介石这最后一支战略预备队——胡宗南的几十万兵力拖在陕北,这是敌人最头痛的事。懂吗?"

周大勇立正站着,直望着赵劲,说:"懂。"

赵劲说:"是咯,懂得这一点,你就不会光看到你们连队,而会看到全国。现在蒋介石在其他各战场,碰得鼻青眼肿,他想从陕北战场,把胡宗南的兵力抽出一部分,送到华北去。但是胡宗南在陕北也下不了台。我们把他的队伍拖来拖去,搞得他精疲力竭。就在敌人这要命的关头,陈赓兵团①突然间发动攻势,解放了晋西南大部分地区。现在陈赓兵团的战士们,差不多可以隔黄河望到胡宗南的老窝——西安。敌人后方吃紧了,因此,胡宗南把全部本钱拿出来,下了最大的决心,'结束陕北战争'。我们哩,也给敌人打了点主意。可是我们实现这主意之前,先要派一支部队,打一次有趣而重要的战斗。"他来回走动,用生硬而怀疑的口气说:"周大勇同志!我们团想派你去执行这任务,可不知道你行不行啊!"

"嗨,我跟他打仗好多年,他像是不了解我似的。"周大勇心里怪窝火。"团长!行,行。有任务就交给我,要完不成,受什么处分都成。"他想用手势表明自己的决心,可是在赵团长面前,他的手说什么也不能抬起来指东画西。

赵劲盯着周大勇,冷淡而不信任地说:"不,你不行。我问你——不要皱眉头呀——你会打胜仗,可是你会打败仗吗?会打非常狼狈的败仗吗?"

"去打败仗?团长今天是怎么啦?"周大勇蒙头转向,瞧瞧团长。团长是不开玩笑的,看,他瘦岩岩的脸,还是又严肃又自尊的。周大勇思量:"想必是我听错了!"他怯生生地问:"团长!要我去打败仗?这样任务我可没有……为什么?为什么要——"

赵劲说:"为什么?要你这样做,你就这样做。"他喊参谋,要他拿一份作战地图来。

赵劲把地图铺在地上,说:"周大勇!敌人急于寻找我军主力决战。彭总就按敌人的胃口下菜。这就是说,彭总要我们纵队每个团抽出一两个连,临时组成一个团,这个团,要把这里——蟠龙镇地区的敌人主力部队向北引四百里,引到绥德、米脂县一带;而

---

① 陈赓兵团,即陈赓将军率领的部队。

且还一定要给敌人造成这样一种错觉:我们撑不住了,要过黄河。"

周大勇又高兴又疑难。高兴的是,这次任务真有趣;疑难的是,背上敌人主力部队北上,可是敌人愿意上圈套吗?

赵劲看破了周大勇的心思。他说:"你要学会摸敌人的脾气嘛!这多时,敌人找不见我们的主力部队,急得眼都红了。你们背敌人北上的部队,故意暴露一下子,敌人准会跟踪追击。当然,这次任务完成得好不好,还看你们心眼多不多。打比方,你们是边打边退的。那么,打的时候要像打的样子,退的时候也要像退的样子。要不,敌人就怀疑我们有鬼。你们最好沿途有计划地丢弃一些烂鞋、烂衣服、破枪、子弹带……如果捉到俘虏,也睁着眼让他们跑掉,让他们回去报告你们的行踪跟狼狈的样子。周大勇!我们家乡话说:'卖什么唱什么,装什么像什么。'对敌人不能讲老实。反正你放心去,带你们执行这次任务的是三团王团长,他的鬼八卦多得很。"他望着远处的山头,又说:"那个高山堡下边就是蟠龙镇。如果你们愿意的话,完成任务回来,路过蟠龙镇,顺便去玩玩。"

周大勇说:"蟠龙镇是敌人占着哪!"

赵劲说:"你什么时候可以学得更聪明呢?你们走后,我们让机关枪去跟敌人谈判谈判,蟠龙镇不就回到我们手里咯?同志!我们对蟠龙镇很感兴趣,因为,那里敌人给我们准备了大批弹药、粮食和服装啊!"他认真地说这些话,口气还有点严厉,脸上没有一丝笑。

周大勇说:"我马上通知我们连队的同志们,要他们准备出发。"

赵劲说:"别忙,二营已经抽出了两个连。二营副营长负伤了。部队要打蟠龙镇,别的营级干部抽不出来。你就带二营的两个连去,他们都听你指挥。"

周大勇看看赵团长旁边站的指导员王成德。

王成德点头,说:"大勇,你只管放心去。这次攻打蟠龙镇,我们连队会扎扎实实地干他一下。不会给咱们一连脸上抹黑!"

二

雨哗哗地下着。山野间白茫茫的,二三十步远,就什么也看不清。

周大勇他们配合兄弟部队的七八个连队,从蟠龙镇地区出发,背着敌人主力部队十多万人,一直北上。

今天是周大勇他们背着敌人主力部队北上的第三天。后半晌,他们跟敌人打了一仗,又摆脱敌人,急行军二十里,就在延安东北二百多里的一个小山沟宿营了。周大勇布置了警戒,从山坡上下来,朝一个村子走去。他满身是泥,脸上的雨水往下流。他,心情沉重。因为他指挥的第五连伤亡很大,连长、指导员统统牺牲了。他刚才在山头上看见王团长。王团长眼窝深陷,脸像被心火烧焦了似的。他说:"大勇,执行这样的任务,真是难,难极咯!敌人猾呀,猾得很哪!"

周大勇走近一个窑洞,听见窑内有些个战士议论什么,有的声调是高昂、兴奋的,有的声调是激愤、不满的。

"我们今天打完仗,临撤退的时光,可看了个清:敌人像一群蝗虫一样,在一个个的山头上爬呀,爬呀!大雨忽撒撒来了,下得瓢泼。我看,敌人今天淋得够受!"

"那还用说。今天咱们抓的俘虏,看那死样子:背着武器,弹药,行李,九天干粮三天生粮,压得腰弓起;穿的破棉衣,活像叫花子;嘿呀!大雨再一浇,就人不像人鬼不像鬼。"

"你们还谈天说地哩,看我们打的是什么仗呀!今天,我们跟敌人打得正上劲,周连长突然命令撤退。撤退就撤退吧,嗨嗨!给你来了个乌七八糟乱窜,活像打了败仗!这不是成心让敌人耻笑我们哩?我们见过多少连长,可没有见过他这样沉不住气的连长呀!"

"你说那一套算什么哩,我们比你还恼火!连长让我们班扔掉了四个背包,还让我把臂章扯碎扔了。我愿意舍命也舍不得我的臂章,可是命令如山倒呀!我们班里那个陕北战士才说得怪:'毛主席还没过黄河,我们这帮扛枪的人,倒先要过黄河。我死也死到陕甘宁边区!'瞧瞧,这样折腾下去,兵怎么带呢?"

"亏你们还是老战士,连这点问题都识不透。周连长在装神卖鬼哩。我心里才有底!"

周大勇靠在窑门边的土墙上,听了最后那个战士说话的口气,暗暗吃了一惊:"要是敌人也看破我们的用意,那就糟透咯!"他正要进窑洞,去跟战士们一块烤衣服,通信班班长跑来报告:"六连副指导员找你。"

周大勇说:"要他到左边这个窑洞来。慢走!你派几个通信员到山沟里去找老乡,就说咱们部队回来了。告诉通信员们,谁要尖声怪叫惊动了老乡,我可不会饶他!"

六连副指导员卫刚一脚踏进窑门,喊:"嘿,捞住了!"他满身泥巴,帽檐滴水,皮带上别着扳起机头的驳壳枪。

卫刚说:"我们放警戒回来,跟游击队的同志们一道,消灭了敌人一个便衣侦察队。敌人鬼得很,赶上毛驴,驮上草料、粮食。你要盘问,他们就说:'给八路军送粮草哩!'装蒜也装不像。大勇,敌人是消灭了,粮食却搬回来了。你出去看吧,看了准高兴!"卫刚眼睛喷发着热情,乐得直跳蹦。

周大勇脑子一转,想:"敌人在尽力摸我们的情况哩!这消息要立刻向王团长报告。"他又拍着卫刚的脊背说:"嗬,你干得真利索!游击队的同志们呢?"

"在外面搬粮食哩。"

周大勇喊:"通信员,要五连派一个班去搬粮食,请游击队的同志们上来烤衣服。快!"

卫刚一来打了胜仗,二来受到周大勇的夸奖,心眼笑开了,高兴得坐不稳。他脱了上身的衣服,抡着胳膊来回蹦跶着取暖。他说:"执行这一次'背敌人'的任务,我就少活五年。太费心思了!咱们主力部队大约正攻打蟠龙镇哩,那才是兵对兵,将对将,干起来特别痛快!"

周大勇说:"太费心思了?只有头脑简单的人,才光靠一身气力打仗哩!"他看看卫刚那高大强壮的体格、又宽又厚实的胸脯,就觉得卫刚强壮的体格很像自己。他寻思:两三年以前,自己的性情跟卫刚的性情一模一样,也是那么冒腾腾、气刚刚的。周大勇从心眼里喜欢起卫刚了。同时,他也从卫刚的样子想起了团参谋长卫毅。他说:"卫刚,你简直跟你哥一样高大、有劲!"

卫刚说:"一个娘养的又能差了多少!"接着又不耐烦地摇头:"别提他。我哥是参谋长,大干部,和我没关系!"

周大勇又好笑又奇怪,他瞧着卫刚那孩子式的纯真模样,说:"你对你哥意见蛮大咯!"

卫刚说:"说来,气得我肚子咕咕叫。我哥在羊马河战斗中负伤,我跑了三十多里到医院看他。刚开头,我们还谈得很亲热,可是没谈上十句话就崩了。我说,你在医院多住几天,好好歇息调养。他给了我一头子,说什么他是来战斗的,不是压床铺的。我真气死了!"

周大勇看卫刚气呼呼的样子,失笑了。他正要说什么,突然听见门外有人大声喊:"周连长,周连长!"

周大勇闪出窑门,就跟一个人碰了个面对面。这人三十开外,大高个儿,头上绑块白毛巾,背着挂包、盒子枪。他浑身是泥,大概没有少跌跤。

周大勇把这人仔细打量了一阵,猛地扳住他的肩膀,说:"这不是李区长?你也耍起枪杆子咯?记得吗?青化砭战斗的时光,你带担架队,我见过你一面。"

李玉山一只脚踏在炕沿上,用毛巾擦脸上的雨水,说:"好大的雨哟!周连长,啊,就叫你大勇吧。一回生二回熟,见一面就算老朋友。大勇,我在青化砭跟你拉罢话,倒有月数时日没见面啦!大勇,如今我不是区长了,我当了游击队队长,领了一帮两头齐的小伙子,满山乱蹦呢!说正经的,刚才搞到的那几口袋小米,算部队的呢,还是算游击队的呢?要算部队的,那每袋小米你得给我一板盒子枪子弹。"

周大勇说:"老李,怎么分起你我啦,反正煮肉烂在锅里!"

李玉山照周大勇胸前砰地打了一拳,说:"跟你说笑哩,我们就是来给部队搞粮食的。大勇,群众听说敌人来了,就把衣服、粮食、家具,都坚壁起来了,到处精光,像扫帚扫过的一样。要不是咱们今天搞到这几口袋小米,你们的行军锅就要挂起来当钟敲哩!"

三

敌人主力部队从蟠龙镇一带北上以后,我军主力部队就靠近到蟠龙镇周围地区。

四月的后十天,白天黑夜都下着闷闷雨。山野间,雾腾腾的。天,越来越低,快压到人头上了。战士们上山下沟滑得连跌带滚;蹲在那潮湿的破窑洞里,出气也不舒坦。这样的天气该会把战士们憋得发慌吧!不,战士们倒乐和得不行。他们把这天气看作是胜利的预兆,立功的好机会。因为在西北战场上,每次打仗一定下雨。什么原因?也许是战争中常碰到的凑巧事吧!

这几天,战士们整天忙着做战斗准备:做梯子,捆炸药,擦枪,开会研究打敌人的办法。排以上的干部,每天都顶着雨,踩着泥浆,再三再四地看蟠龙镇的地形和研究敌人构筑的工事。

　　五月开头的一天,旅长陈兴允正带领干部们看地形,突然接到通知,要他立刻到野战军司令部去。

　　今天一早,人民解放军副总司令,西北野战军司令员兼政治委员彭德怀将军,冒着雨在蟠龙镇周围的山头上观察了敌人的主要阵地以后,回到野战军司令部。

　　彭总住在一家老乡的窑洞里。窑洞的门窗都让敌人烧掉了。进了窑洞,右首有一片门板支起的一张床。床上放着很简单的铺盖。窑后头的墙上挂满作战地图。

　　野战军司令部通知:下午召开旅以上的干部会议。可是旅长陈兴允奉彭总指示,上午十点钟就赶来了。因为陈兴允的那个旅,是担任主攻蟠龙镇制高点——积玉峁这重要任务的。

　　陈兴允走到彭总住的窑洞门口,把帽子上的水拧了拧又戴上,喊了声:"报告!"窑里没有回答声。

　　"警卫员不是说彭总回来了吗?"陈兴允想。他正要转身问院子里站的参谋人员,突然又听到彭总住的窑洞里有说话声:"这里敲他一下……这里……哦,这就对啦……"

　　陈兴允伸头往窑里看,原来彭总正在那里凝神专注地思考什么。

　　彭总坐在火堆旁边的一块石头上。他的衣服透湿,身边的柴火堆上放一顶军帽,帽檐上流下点点的水滴。他仰起头,微闭着眼,两手抱住膝盖,肩膀左右微微摇动。

　　"报告!"陈兴允轻轻地走进窑洞,低声喊。

　　"哦,你来咯!把湿衣服脱掉。"彭总走到床边,提起一件破旧的棉衣,说:"披上。"

彭总中等以上的身材,普通工人的脸相,两道又粗又黑的浓眉下一对不大的眼睛闪着严肃刚毅的光芒。这位天才的军事家像普通劳动人民一样质朴、淳厚。他和陈兴允谈了几句话以后,又注视作战地图,扳住指头在计算什么。有时,他来回轻轻地踱着步子。看来,他总是全副精力都贯注在某一点上,冷静地深思着。

我们部队接连打了几次胜仗,把敌人进攻延安时光的那股凶劲挫下去了。现在又把敌人主力部队指挥着向绥德地区爬去了;拿下蟠龙镇这孤立据点,他一定也心里有数。可是陈兴允明显地感觉到:彭总不光没有兴奋情绪,反而更谨慎,更沉入深思。

彭总让陈旅长走到地图边,要他看其他战场敌我态势以及敌人在陕北的分布情况和动向。有时候,他回头看陈兴允的眼睛,仿佛在观察:"他是否懂了这一切呢?"

陈兴允觉得彭总那严肃深沉的眼光,直射到人心里。在这样的眼光下,软弱、犹豫、自私都无法隐藏,正像眼睛里不能有针尖大的灰尘一样。

彭总沉静地站在地图面前,使人感到一种巨大的精神力量。他并不使你感到冷淡,相反的,这是耐心的启发、等待和父兄般的关怀。

虽然将要进行的战斗,是部队在陕甘宁边区作战的第一次攻坚战,虽然部队攻坚经验很少,可是陈兴允一站到彭总面前,他就觉得蟠龙镇一定会拿下。

彭总深思着,偶尔和陈兴允说一两句话。

陈兴允在这第一次和彭总接近的时刻,彭总的举止言谈使他微微感到奇异。他回忆起自己每一次对干部交代任务的时候,生怕他们了解不清,总是反复地给他们讲,要他们中间某些人复诵。可是彭总老是冷静地、精神非常集中地谋虑着,而很少说话。他为什么很少说话？兴许，彭总觉得自己深刻体验到的经验，虽然是花了很大代价才换来的，是非常宝贵的，可是对那些没体验过这些经验的人来说，不一定感觉到那是可贵的！随即，陈兴允又觉得，自己这种推想不一定正确。因为不管是自己，不管是其他干部，哪怕和彭总接近时间很短，也就能从他思考问题、处理事情中，从他的生活作风和一举一动中学到很多东西。彭总不长篇大论地讲话，可是他的话里，压缩着宝贵的思想和丰富的经验。他的话，会让你联想起很多的事情。他的话，一投入你的脑子中，你那很多模糊感觉到而说不出的凌乱、片断的经验，便连贯起来了，系统了，明确了，提高了。这时，你会惊奇地对自己说："啊！事情原来这样简单、明确！可是以前我怎么觉得它是那样复杂和没有头绪呢？"

　　陈兴允正寻思，猛地看见一位头发花白的老汉，站在窑洞门口，扶着根棍子，伸头进来对彭总说："同志，要水喝你言传，到自己家里啦，不要见外。"他说话的时候，喉咙里呼噜噜地吼着痰，"啊呀！总是忙哟！忙哟！"

　　彭总转过身走近那位老汉，说："老人家，不麻烦你。"他和蔼亲切地又问："你有什么事要找我商量？"

　　老汉艰难地摇头，说："没有，没——有。"

　　那位老人刚走，三个小娃娃跑到彭总住的窑洞门口。这些个娃娃最大的有六七岁，最小的只有四五岁。警卫员一边瞪眼吓唬，一边低声喊："小鬼，别乱跑，回来！"娃娃们根本不理睬，连跳带蹦地闯到彭总住的窑洞中去了。

　　彭总弯下腰，轻轻摩着娃娃们的头，问："噢，你们有什么军国大事要来讨论？"

　　娃娃们傻呵呵地互相瞧瞧，一对对的黑眼珠，像那荷花叶上的水珠一样滚转。他们憨溜溜地笑了。接着，他们像事先商量好了一样，一拥上去抱住彭总的腿，有的向彭总要子弹壳，有的向彭总要一支很小很小的手枪。

彭总给一个小娃绑好鞋带,给另外一个小娃擦了擦鼻涕,然后又跟他们有趣地谈了一阵,最后说:"这里不需要你们发言!"娃娃们跳着往出走,彭总用手照护着他们,一面走,一面说:"好,到外面去玩。对你们是不能讲原则的。小心,不要跌跤!"

彭总望着:走远了的娃娃们,故意踏着泥水,倒退着、跳着向他招小手,他坦然地笑了。

彭总转过身,说:"敌人主力部队,竟然向北去咯。"

陈兴允说:"谁叫他们急着找我军决战,愚蠢!"

"这就叫按主观愿望办事嘛!"彭总讥讽地说,"决战是要决战,但是要在我们指定的时间和地点决战。"他向陈兴允问了战士们对最近战局的看法和议论以后,又非常简明地把全国战争情况讲了一番。然后,背着手,站在窑门口,眯着眼睛望远处雾沉沉的高山头。望了一阵,他转身问:"拿下蟠龙镇,你有没有信心?"

陈兴允说:"我还需要充分地了解情况。"

彭总看着地图,扳住指头冷静地讲着计算着。他说,北上的敌人到绥德城最少要七天。为什么敌人到绥德城要七天?他计算了陕北的山路、气候,敌人每个士兵的负重量,行军速度和特点。又讲,我们一开始攻蟠龙镇,进到绥德城的敌人部队必然反转来增援。他们反转来以前,一定要请示胡宗南。胡宗南接到绥德城敌人请示的电报,会提出几个什么样的作战方案。他考虑这些方案又要多少时间,胡宗南考虑好了,把电报发到绥德城的敌人手中,又要多少时间。敌人从绥德城返回蟠龙镇地区,路上还要多少时间。末了,彭总总括起来说:"这样看来,最少,最少我们有四天的攻击时间。"

陈兴允惊奇地想:彭总讲得多么肯定,多么详尽,多么清楚啊!胡宗南的脾气,甚至于胡宗南接到我军攻击蟠龙镇的消息时,那种震惊的样子他也想象到了。

　　彭总察觉到陈兴允的心情了。他打量着陈兴允,坦率地说:"没有什么可惊奇的。你和胡宗南打交道也不少嘛!他历来是我军手下的败将。一九三六年十月山城堡打的那一仗,你参加了,消灭了胡宗南一个主力师。十年内战的最后一战啊!那时候,我们就认识了他,知道他是个运输队长。抗日战争初期——一九三八年,我和几位同志路过西安,住在胡宗南的司令部里,表面上是很客气咯!但是,我们知道将来是要和这家伙交手的。吃饭啦,谈话啦,使我们有机会进一步了解这位上将司令长官。你想想看,我们硬是听见他两个小时打了十四次电话,都是讲什么军衣上的扣子怎么钉呀等等鸡毛蒜皮的事情。和我同行的同志们说,胡宗南是个志大才疏的饭桶。我同意这个看法。因为他无能而又死心塌地地追随蒋介石,所以蒋才把几十万军队交给他指挥。拿眼前的情况来说,他坐在千里之外的西安指挥,而他在前线的兵团司令,不得到他的批准,连一个营也调不动。这样一个独断专行的人,除了葬送他的军队还能干什么?"

　　陈兴允聚精会神,听得出神了,最后止不住地低声笑了。

　　彭总手轻轻一挥,说:"不能再评论胡宗南了,我们还是研究当前的任务吧!"

　　彭总指着地图,继续沉静地讲,敌人在蟠龙镇周围几十里的山头上,除了强大的野战工事以外,还有三十多个重要碉堡,拿下这些重要阵地,需要多少时间。并讲到敌人的兵力、火器、士气、战斗力,敌人的优点和弱点;我们的兵力、火器、士气、战斗力,我们的有利条件和不利条件……

　　陈兴允觉得脑子里千头万绪的想法,现在非常明确了;对这次攻坚战,他分外乐观,分外有把握了。

　　彭总讲完,背着手慈祥地看着陈兴允,又问:"你觉得怎么样?"

陈兴允说:"原来我担心的是时间。照彭总的计算,我们除了战斗准备需要的时间,还有四天的攻击时间。"

彭总肯定地插了一句:"是的。最少,最少有四天——四天四夜啊!"

"那就很有把握。"

彭总问:"有把握吗?你用什么战术手段,拿下积玉峁这个决定全局的重要阵地?"

陈兴允看着挂满地图的墙壁,回想着这几天侦察、研究的印象;回想着积玉峁的地形,敌人的兵力分布,工事构筑,火力配系。他边回想边盘算。

彭总仿佛怕打扰陈兴允的思索,轻轻地踱着步子。

陈旅长讲了讲:侦察地形的结果,火力阵地的选择,突击部队的组织,冲锋道路的开辟……

彭总背着手一动也不动地站在那里,注意力非常集中地听,像是掂量陈兴允说的每一句话、每一个字。有时彭总的眼光移到作战地图上,边听边思索。当陈兴允讲到土工作业和爆破问题的时候,彭总说:"土工作业和爆破怎么样?你仔细讲。"

陈兴允说:"我们火器很少,炮弹有限。因此,土工作业和爆破在这次攻坚战中有决定作用。……各个进攻部队把交通壕挖得顶住敌人阵地的外壕;用大铡刀砍断铁丝网……逢到绝崖无法攀登的时候,就在崖壁上挖洞爆炸,使崖壁变为坡形,成为冲锋道路……"

彭总向前微微地移动了一下脚步,他全副精力又集中到某一点上思索了。过了一阵,他说:"你说得对。土工作业与爆破,在这次攻坚战中是会起重大作用的。"

彭总又仔细地讲了关于侦察地形、火力和突击队的组织等,还语重心长地叮咛:"陈兴允同志!我们要兢兢业业地挑起党中央交给我们的担子。算算这个账,革命早胜利一个月,会给老百姓减轻多少负担啊!就拿这次战斗说,它包含多少生命、物质和劳动,而指挥人员的任何一点微小的疏忽,都会造成不可补偿的损失。你回去反复地对各级军事指挥员和政治工作人员讲:不能有丝毫大意,战斗前须有确切的计划,周详的准备——战斗胜利是充分准备的结果,严格地检查——把战士们的每一颗子弹和每一根鞋带都要检查到。"

陈兴允一边听彭总说话,一边想着自己旅的战斗准备工作和对准备工作检查的情况。啊,几个重要环节没有注意到,到处都是漏洞。他心里焦灼不安,很想立刻抓起电话机,告诉旅政治部主任、参谋长和各个团的干部说:同志,不要说什么都准备好啦,赶快打吧;实际上,我们简直什么都没有充分准备,更不要说严格检查了!

"你攻击这一点,你就必须打上去,无论遇到什么困难,你也必须拿下它。"彭总指着地图上的积玉峁说。"这就要求指挥员有最大的决心和毅力,有坚定顽强的战斗意志。"他指着自己的头,又说:"一个人的头脑里不能是一格一格的;或者说一个人的思想不能分为两半:这边要胜利,这边又怕消耗。否则,你看到消耗心就软了,战斗意志便会动摇,从而也会影响到战斗胜利。这是很危险的。"停了一阵,他稳实而从容地踱了几步,像循循善诱的老教师似的说:"消灭多少万敌人,是从消灭敌人一个哨兵、一个班开始的。你若对这一个哨兵一个班不小心,那就可能影响到整个战斗的进展。敌人的兵、飞机、大炮再多,都吓不住我们,可是在具体战斗中哪怕敌人兵力很少你也不能轻视他,而要认真谨慎地对付他。"他坚毅地把手摆了一下,像总结他的谈话似的说:"死老虎也要当活老虎打;轻敌骄傲的人注定要失败,这在古今中外都是一样的!"

陈兴允想着彭总的话,想着积玉峁的地形。接着,他脑子又闪过了一个想法：彭总讲到整个西北战场的敌人的时候，是那样轻蔑，可是讲到怎样夺取积玉峁这个山堡的时候，却讲得非常详尽，连那战斗中团长、营长都可以不去着重过问的事情他也讲到了。

彭总问："还有什么问题？"

陈兴允说："没有别的问题，就是炮弹还少点，不过我们回去想办法。"

彭总没有表示什么。

陈兴允说了关于炮弹少的意见以后，又很后悔：自己哪一次打仗，不是三五发或十来发炮弹就解决问题呢？炮弹完了，仗还不是一样要打！是咯，这问题何必提呢？

回来的路上，陈兴允再三地思量过彭总说的每一句话，这些话好像在什么地方听过多少遍，但是这次听了又觉得格外新鲜和思想丰富。

马猛跑了一阵，陈兴允回头一看，骑兵通信员落远了。他放松马的嚼口，让马信步走着。这样，他又静心地寻思起来："我提到炮弹少的问题，彭总没有表示什么。是咯，这个问题不应该提。可是，说心里话，从哪里要能搞来四五发山炮弹，那就是最大的宝贝啊！"

四

一天断黑，准备进入阵地的西北野战军主力部队，有的集合在山沟里，有的开始向山上爬去。骑兵通信员来回在沟里奔跑。

这时光，蟠龙镇四下里的山头上，传来机枪短促的射击声。

部队全部进入阵地以后，旅指挥所就设在一个塄坎下面的土窑中。

陈旅长正在给几个干部交代什么，电话铃响了。他拿起耳机，立刻就听出是纵队司令员的声音：

"兴允，部队都进入阵地了吧？啊，啊，要把最大的决心拿出来，我们一定打得赢。告诉你一个好消息：野战军司令部发给你们八发山炮弹。"

陈旅长一听就高兴地喊："好呀！这才是宝贝。司令员，彭总记性确实好。昨天他问我有什么困难，我顺便提了一句：要有几发山炮弹就好了。现在他就给我送来了八发。他这一下可帮了我的大忙啊！"

司令员说："也许用不了多少时间，我们就会在一次战斗中一连往敌人头上摔几万发炮弹，可是现在有八颗炮弹，就是一笔大本钱哪。告诉你们的炮手，一颗都不能落空。"耳机中送来爽朗愉快的笑声。

陈旅长回答："放心，炮手们恨不得拿一发炮弹当十发用，谁还舍得空放！"

月亮一阵价从云彩中露出脸，照着起伏的山头，一阵又让云彩吞没了。刚下过雨，空气特别清新，敌人的枪声，听起来也格外清脆。我方阵地上，是被黑暗严严地覆盖着。战士们挤在塄坎下，交通壕里，掩体里，山峁背后。他们有的人用帽子捂住嘴，轻声咳嗽；有的摸着枪口，生怕堵上了土；有的轻轻地用袄袖子擦机枪上的土，或者把脸腮贴住枪身像在给枪叮咛什么。

夜里五点钟的时光，枪声渐渐地紧了，子弹在头上尖叫。敌人阵地上红绿信号弹交叉着放射；一个一个的照明弹，像电灯一样挂在天空，白灿灿的，把有些个山头照得通亮。

敌我双方，都在紧张地活动着。眨眼工夫，那伸展在我军阵地上的几百根电话线上，便会猛然传出彭总那简短而严厉的命令声："战斗开始！"随着这命令声，西北战场第一次激烈的攻坚战斗便要展开。

胡匪军主力军九个半旅,从蟠龙镇地区向绥德地区推进时,西北野战军的指战员在蟠龙镇附近的山头上,看着他们摆成长宽几十里的方阵,在一眼望不尽的黄土山上,向北漫去。

胡匪军整整走了一个星期,五月二日到了绥德城。

敌军十来万人,有的拥到绥德城内,有的就摆在城周围的山头上。第一军军长董钊住在绥德城内一座大院落里。

参谋们正在房子内挂作战地图。董钊正在洗脸。二十九军军长刘戡正在看一份电报草稿。这电报是要发给胡宗南的,内容是:"……共匪溃不成军,收复战略要地绥德……"

电话铃响了。刘戡抓起电话耳机,听了半天一个字也没吐。末了,他严厉地喊:"知道了!"

刘戡站在桌子跟前,用拳头轻轻地敲着桌子,说:"董军长!各部开小差、生病的士兵很多。……现在各部带的给养只能维持一天。已经到五月了,士兵们还穿着破棉衣。这……"他摸摸下巴筹思。

董钊说:"胡先生再三电示,他很关怀各部将士,第一批单衣、衬衣四万多套已经运到战略补给站蟠龙镇;至于给养,他也电示:早就运集到蟠龙镇。虽然道路坎坷不平,可是用汽车把粮食从蟠龙镇运到此地,只需要两三天时间。目前我们在绥德城按兵一两日,等候给养,然后再向米脂县一带推进。麟书兄,你以为如何?"

刘戡举起手正要说话,一个脸色白净净的军官递给他一份电报。刘戡走到作战地图下,回头对董钊说:"董军长!二十八旅和二十二军一部,由榆林城南下,已经进至镇川堡一线,很快就可以占领米脂城。"

董钊说:"看来,我们和榆林城南下的军队,马上便可会师。此行虽然艰险,但是亦属顺利。"他得意地摆着头,潇洒地来回走动。

刘戡用拳头在地图上很熟练地量了一下,说:"榆林城南下的军队距我们至多不过一百二十多华里。我们如果不在绥德城暂停,那么两边靠拢,明天定可会师。我们和他们会师后:第一,打通了咸榆公路——交通线是近代战争的命脉;第二,会师后,我们以全部兵力向东把敌人压至黄河边。敌人必然背水为战。这样,敌人将会有什么下场,简直可以说……"

说话间,一个夹皮包的军官又把一份电报递给董钊。

董钊一看电报,猛然一惊,变颜失色。他一手抓着桌沿,一手垂下,像是僵掉了。过了好一阵,他把电报飞快地看了三遍,仿佛还没看清,嘴里嘟嘟哝哝:"会有这样的事情?简直难以设想!"

刘戡早已看清董钊震动的神色,但他走来走去不言不语。他仿佛表示:任何打击都值不得发慌,任何突然事变都在他的意料中。嘴边挂着傲慢、藐视的冷笑。过了好一阵,他稳健而冷淡地从董钊手里把电报接过来,用眼一扫,思索了很久,沉着而冷静地说:"共军包围了蟠龙镇?……庸人自扰!共军声东击西的诡计,只能欺骗纸上谈兵的人。我永不能理解胡先生周围的人,像盛文……"他稳重地把电报用茶碗压在桌子上,说:"第一,我们从蟠龙镇地区出发,就紧紧地追赶着敌人主力,难道敌人突然从绥德地区飞回蟠龙镇地区了?第二,据空军侦察报告,敌人在绥德、米脂县以东的黄河渡口边,集中了大批船只,这不是准备东渡逃跑吗?第三,我们从蟠龙镇地区出动后,共军就有一支队伍尾随我军前进。最初,我们以为是游击队虚张声势,但是现在查明尾随我们北上的敌人是共军三五九旅等部。很明显,他们的目的是要拖住我军,使我军不能集中全力向绥德以东地区压迫他们的主力军。第四,我们前边是敌人溃逃的主力,后边是共军三五九旅等部,试问,共军用什么东西夺取蟠龙镇呢?哼哼,共军的实力情况我们是略知一二的。第五,我军长途远征,给养最为重要,而敌人以小股兵力佯攻我军战略补给站蟠龙镇,就易使我军恐慌。但是这只能使盛文之类的人恐慌呀！看,这电报必然是出自盛文之手。胡先生任命这样一个不学无术的人当参谋长掌握军机,哼,将会断送我们的丰功伟业！"

刘戡傲然自得地瞅董钊。这傲慢的眼色中倾倒出他对董钊的全部不满与貌视。

董钊眨眨眼,说:"我们首先要向胡先生请示;也需要充分研究敌情。我以为,我们最好按兵绥德地区,暂不推进。当然,这也必须向胡先生请示。总之,总之宜缓不宜急。麟书兄,你以为怎么好呢？"

刘戡缓缓地说:"'宜缓'并不等于不动。鄙人的看法是:我们迅速派出空军继续在绥德以东地区,尤其是在黄河渡口上空侦察敌人动向。只要在这里发现敌人主力,那敌人一切诡计就暴露无遗。其次,董军长坐镇绥德城,我指挥我的二十九军,在绥德周围清剿。如此,既可搜寻粮食,又可探测敌人的虚实。"

刘戡不等董钊答话,就转身出去,回到城内二十九军军部驻扎的地方去了。

五月三日,胡匪军好几万士兵,在绥德城周围,像一群蝗虫一样,从这山头爬到那山头上……

董钊在他住的房子里,坐一阵睡一阵,地图下边站一阵。就这样,他从二日黄昏磨蹭到三日拂晓,从三日拂晓又磨蹭到四日太阳出。他除了召见几个心腹人以外,闭门拒绝会见其他任何人。有些将校官员们,走到军部门口都被副官长挡了驾。风声不好,到底出了什么事情？只有第一军几个师长知道底细。但是他们除了在屋子里绕桌转圈以外,屁办法也拿不出。昨天黄昏,董钊以他个人名义给胡宗南发了急电,询问这摆在绥德地区的主力部队怎么办,但是迟迟不见回音。董钊心里毛辣火热。

胡宗南署名的电报不见来。可是董钊还不断地接到胡宗南指挥部照例应该发来的电报。电报的大致内容都是：

"共军围攻蟠龙镇，炮火异常猛烈，我守军已被迫放弃五处重要阵地……"

"共军已摧毁蟠龙镇大部阵地。坚守各该阵地的将士，全部壮烈殉国……"

"共军正猛攻蟠龙镇制高点积玉峁……指挥部已命李昆岗与蟠龙镇共存亡……不得擅自突围……"

"……你指挥的空军，务令其星夜返回，支援蟠龙镇。毋误戎机……"

五月四日早晨，胡宗南催促董钊、刘戡率部回头增援蟠龙镇的电报，不断地飞来了。这些电报像催命符一样，都是十万火急的。

"发昏！发昏！空运也来不及！"董钊软瘫瘫地坐在凳子上，电报从手里溜下去，在空中颤抖地飞了一阵，躺在他脚下。

董钊身旁的桌子上，放着四五架军用电话机。那些电话机的铃子响了好久，董钊仿佛才突然听见。他拖起沉重的胳膊，抓起电话耳机。耳机中送来话："军长！职部……粮食……"他放下这个电话耳机，又抓起一个听："军长！职部粮绝……"每个电话耳机中都用不同的话，送来同样的意思：没粮食吃。迟不报告早不报告，都偏偏在这节骨眼上来凑热闹，该死！

董钊把桌子轻轻一敲，一个参谋怯生生地进来了。

董钊说："电话不要接过来，两小时之内，我不和任何人讲话。"

四日下午，董钊开起报话机。他听见坚守蟠龙镇的一六七旅旅长李昆岗向延安长官指挥部呼喊讲话：要求空军助战，要求增援。

董钊又拨开旁边的收音机。收音机发出吱吱哇哇刺耳的声音，过会儿又是乱哄哄的军乐声，接着有女人娇滴滴的声音送出来："陕北剿匪之国军将士，英勇奋战，共军已被击溃，零散的匪徒，有东渡入晋之势……"

董钊长叹了一口气,说:"嘘!无——聊!"

董钊回头看,奉命来开会的师长、旅长们全都来了。率领队伍在绥德城周围"清剿"的刘戡,也急急地赶来了。董钊关住收音机。

将校官员们,有的人看作战地图;有的坐得端正正的,集中注意力研究着自己的鼻子;有的望着墙壁。谁也不说话,谁也不看谁,人们很少动作,房子里充满紧张的气息,像是有人擦一根洋火,这房子里的空气,就会轰地燃烧起来。

董钊拿出几份电报,往桌子上轻轻一扔,说:"蟠龙镇陷入共军之手,只是时间迟早而已!"

有人问:"军长,所谓迟早……"

"那就是说,不是今晚就是明天……"

"增援呀!"

地图边站的一个旅长说:"增援?援兵都在距蟠龙镇三四百里路的此地,老兄!"

刘戡用手敲着桌子,说:"李昆岗很老练,胡先生向来器重他,也许他能转危为安。另外,蟠龙镇的工事坚固,火力很强,又加上七八千人防守,以共军的兵力、装备看,是难以摧毁的!"

刘戡身旁的一个师长说:"李昆岗已经证明了他非凡的忠勇;要给了别人,早成阶下囚了!"

董钊走来走去,仿佛走累了,他拿出一片纸,说:"我和刘军长共同署名给胡先生拟了个万万火急的电报。意思是:我们经过慎重斟酌,认为指挥部命令我们火速回头增援蟠龙镇,确是惟一良策。"接着,他又摇头说,"其实……与其说增援蟠龙镇,还不如说我们马上返回延安地区,免得……"

一个师长脸色阴沉地说:"越快越好,再迟,我们就会全部饿死在此地。"

接着,就是一番议论,多是关于没有粮食吃的问题。

有一个短粗个子的军官,慷慨激昂地说:"当前最紧急的事情是:没有粮食。请问,我们如何能空肚子爬上七八天回到延安?喝西北风?"

"这样谈下去永远谈不出个结果。我们只有沿途搜寻老百姓的粮食……好在,天无绝人之路!"

董钊说:"而且空军还可以投一些粮食,虽然说是杯水车薪,但是……"

一个军官站起来,双手撑住桌沿,两臂不停地颤动,说:"纯粹是挖肉补疮!我军为进攻这倒霉的陕北,从晋南抽调了七个旅,结果晋南共军乘虚而入,势如破竹。恕我冒昧直言:这简直是丢了肥肉啃骨头,而这块要命的骨头又卡住了咽喉。"

墙角有人说话:"我认为老兄见解高明。质言之,我们的战略就是大错特错的。我们以数十万精锐之师,进攻陕北之时,各战场打得并不顺利!那时候,为什么要开辟这陕北战场呢?再说,各位是身临其境了,看看,陕北简直是地狱!这里,共军统治多年,老百姓脑子红透了,我们派出的谍报人员,立刻失踪。我们只能依靠空军侦察,可是陕北是一片山地,空军活动受到很大限制……我们没有耳目,听不见看不清,情况不明,地理不熟……诸位,痛心!痛心!"他抡着胳膊,"诸位饱读兵书,试想,中外战史上有谁像我们这样打糊涂仗?"

一个胖军官愤然拍着桌子,唾沫点子乱溅,喊:"错误的时间,错误的地点,打错误的仗!不是吗?军事上最忌讳的,我们偏偏都犯……"

烟雾弥漫在房间里,不连贯的说话、惊叹、疯狂的手势,一阵一阵爆发。

董钊两手朝下压着,说:"各位不必激动,平静点!各位不必激动,平静点！事已至此,只好就事论事。各位不必激动,平静点！"

一个军官站起来,说:"完全是盛文把事情弄糟糕的。他坐镇延安,用红蓝铅笔在地图上乱画,我们就满山遍野乱窜！让他来尝尝这个滋味。他主持的情报处是干什么的？简直是一帮吹牛拍马的坏蛋！他们就会说大话！"

"老弟,不,不能怪罪盛文兄。我认为是胡先生……哦,我认为是我们无能！"

刘戡脸色阴沉沉的,又傲慢又冷酷。他站起来敲着桌子,说:"不,不是我们无能,而是共军狡猾。他没有胆量和我们摆开打,他不敢和我们决战,只是诡计多罢了。这样打仗是不足以折服人的！"

门口有一个军官低声说:"他诡计多,还是我们咬不住他？假如我们能咬住他,也不容他不决战！"

一个军官不看大家,面向地图,说:"咬不住他？不……我们头顶上有些人,心血来潮时就拿出一套作战计划……"

刘戡轻轻挥着手,用很有权威的口气说:"我提醒各位,别说得太远了！我请各位正视我军目前的处境,并极力向自己部下说明:敌人绝不能把我们置于死地！"

一个军官问:"出路呢？"

这时一个机要人员进来,低声向刘戡说:"蟠龙镇守军又向延安呼喊增援,说援兵不来他们只好突围。看来……"他说得很低,但是全房子的人都听见了。

大家都互相看看,像是那"不幸"消息的每一个字,都像鞭子一样抽着他们的心。

有人低声说:"李昆岗是个了不起的人物,他喊支持不了,那可真是油尽捻子干了！"

正说话间,一个军官像勾魂鬼似的,又送来电报。

这电报是榆林城南下的敌人的匪首发来的,询问"国军"主力部队为什么不进军米脂县境跟他们会师。

一个旅长说:"我们自身难保,还去理他?好,好,我们赶快撤回延安,不论是死是活,撤走总比待在这里好一万倍。"

军官们都站起来,正要起身走,又来了一份电报:

"蟠龙镇落入共军之手,我忠勇将士全部为党国捐躯……"

这消息本来是意料中的,但是当它真正被证实的时候,反而把这帮将军们震动得神经麻木。坐着的人像钉在板凳上,站着的人像僵掉了。大家不动也不说话。有的人脸色发紫,有的人脸色发青。只有刘戡显得特别:他像发热发冷,时而大声说什么,时而含糊地嘟囔。他的头左右摆动,脸是铅色的。

一个旅长望着地图,两腿直打哆嗦,嘴里连连嘟囔:"我们是越陷越深啊!原来共军陈赓部控制风陵渡,威胁西安,于是我们计划把共军主力挤过黄河,然后集中力量增援晋西南。现在我军主力陷在这距西安千里之外的地方,不仅丢了蟠龙镇,使全军陷于绝境,而且共军陈赓部趁机渡河,进攻西安……彭德怀乘虚夺取延安……那就不可收拾了,诸位仁兄呀!"

刘戡胸脯抢前,眼睛血红,猛拍桌子,尖声呐喊:"胡说!还不至于这样严重。"

五

周大勇和他的战士们配合兄弟部队,把敌人背到绥德地区;接着,又和敌人一道返回来。一天,他们经过夜行军后,天明进入一条大沟。

周大勇迈着稳实的大步,走在部队前面。他不停地向后传:"走快!"后边的六连副指导员卫刚派通信员上来告诉周大勇:"前头要压着点,走得太快了俘虏们跟不上!"

周大勇扭头,看看自己身后那长溜溜的部队行列。部队行列当间是俘虏们,足有二百多名。他很乐和,来回跑了半个月,总算完成了任务。

战士们呼吸着早晨湿润的空气,消散了一夜行军的疲劳。

太阳刚露头,万千山头上抹了一层淡淡的红光。天上有片片薄云彩,沟里有雾气腾起。路边的青草红花上,还滚着晶亮的水珠。布谷鸟在树上叫唤。

山头上影影绰绰走着几个老乡,吆着牛羊。牲口的铃铛"当啷当啷"地响着。老乡们像欢迎战士们似的,放开嗓子唱信天游。

一个男人在唱:

　　一杆红旗空中飘,
　　咱们的子弟兵上来了。

一个女人接着唱:

　　青天蓝天蓝漾漾的天,
　　看见咱们队伍心喜欢。

这悠扬的歌声在早晨清爽的空气里波荡,分外中听。

部队行列中的陕北战士,像回答老乡似的也扯开嗓子唱:

　　你看我亲来我看你亲,
　　咱们原本是一家人。

周大勇看见前头有一位老汉。他带着部队向前走去,准备请他老人家带路。

那老汉站在村边,背着手,看那被敌人烧毁的门窗,砍倒的树木,破碎的家具,纺车,牛腿,鸡毛,血污……他一句话也不说;脸上的气色很凶,像是有满肚子怒气要往外泼。

周大勇说:"老人家,请你给我们带带路,行吗?"

老汉冷冷地瞅了周大勇一眼,说:"有什么不行,我的腿又没坏!"

周大勇说:"走吧!我知道你老人家乐意帮助自己的军队。"

老汉一条胳膊直溜溜地吊着像是坏啦,走起路来颠颠簸簸的,可是看起来腰板挺硬朗。他说:"也该长个眼嘛!不论谁,你都当外人看。"

周大勇瞅瞅这老汉,偷偷地吐了吐舌头。

周大勇知道,自己主力部队在拿下蟠龙镇以后,已经转移到安塞县真武洞一带休整。他问:"到真武洞还有好远?"

老汉伸出四个指头说:"四十里顶多不少,咱们陕北就是路便宜,你大放宽心地走吧!"

这老汉,胡子和两鬓的头发都花白了。宽大的方脸,高颧骨,长长的眉毛快要盖住了他那深眼窝。虽说是个残疾人,说话声音可气刚刚的。

这位老人路过那些被敌人烧毁的村庄的时候,总要停住脚,眼珠子发直地看一阵,可是不长吁短叹也不说话。他跟周大勇说话的时候,也不管人家是不是在听,他总是按照自己要说的一直说下去。

周大勇那尊敬人的态度跟那稳重而又知趣的说话,让这位脾气很倔的老汉喜爱起他来了。老汉有时瞅瞅周大勇,表示他对自己子弟兵很满意。他的话也比较多啦。

老汉说:"孩儿,咱们毛主席,总是把咱们老百姓挂在心上的。人家劝他过黄河,他总不去。让我说,毛主席还是到河东去安稳。炮火连天的,他老人家要是有个一差二错,咱们该指靠什么?唉!提心吊胆的,生怕咱们毛主席遇上什么凶险,天塌下来。可一阵我又谋划:毛主席真是过了河,咱们心里又空荡荡的。孩儿,我是二心不定呀!"

周大勇说:"是啊,老伯伯,战士们知道毛主席指挥全国解放战争,还和我们一道行军、打仗、淋雨,也急得什么似的。……老伯伯,你放心,咱们毛主席要留在陕北,那准有大道理。他老人家谋虑的事情,定没差错。"

老汉说:"你的话也在理。孩儿,我问你点事,你不要笑话我脑筋不开。"他瞧瞧周大勇,像是表示:孩儿,我能问你就是信任你。

"人家都说,蒋介石、胡宗南在西安开会,咱们毛主席立在咱们陕北的山上就能看见,也能听见他们说话。日子长啦,敌人也知道了。他们不开会也不说话,有什么打算就写在纸上,可是咱们毛主席一算就知道敌人的心思啦!"

周大勇笑了,说:"老乡们说这话的人可多咯。老伯伯,没有这么回事。咱们毛主席看敌人,当然是看到他骨头里去了。可是照你的说法,毛主席就成神仙啦!"

老汉冷冷地看了周大勇一眼,很不满意。他一字一板,字音咬得很重,说:"这一阵儿打仗,张口露牙都是秘密。你呀,把我当外人看,不说实话。我晓得,咱们毛主席不同凡人。白军刚占延安,毛主席就在青化砭、羊马河、蟠龙镇,画了三个圈圈。我们村里还有人亲眼看见来。那一阵,人还想不开毛主席的用意。后首一打仗,这才晓得:咱们毛主席在那里画个圈,敌人走到那里就倒霉。我问你,听说咱们毛主席又画了好些个圈,这可属实?"他的口气倔强而自信。像是,对这千真万确的事实,他并不需要从周大勇口里得到证实,只是希望知道这件事怎么发展了。

他的脸,是严肃、固执的,凝然不动的。

周大勇想解释:我军能打胜仗,那是因为凭借着伟大的毛泽东军事思想和人民群众,而不是别的。但是为什么要解释?自己听见老乡们讲说这些事情,不是第一次也不是第十次;对这朴素虔诚的信念有什么辩驳的必要呢?

周大勇回想起战争中陕北人民对自己部队的帮助,他对这老汉更产生了一种尊敬、亲切的感情。他说:"老伯伯,咱们陕北人民为了自己部队消灭敌人,什么风险的事都敢干。你知道李振德老汉吧,他,可真是一位英雄!我们部队上的政治工作机关,把他老人家的事迹印成书教育战士哩!"

老汉说:"那值不得提。刘志丹同志领我们干了多年革命;打一九三五年到如今,共产党和毛主席又教育我们十来年。你说,老百姓就是帮助自己队伍做上一星半点事情,那还不是自己的本分!"

周大勇说:"你老人家说得好简单啊!没有李振德老人那份自我牺牲的精神,我们部队就很难取得青化砭战斗的胜利!"

老汉感动地看了周大勇一眼,说:"四十五天,咱们就接连消灭敌人三个旅。这么,敌人是支撑不长的!"

周大勇觉得老汉有意把话岔开。他说:"这,你说得对。可是,你对李振德这位英雄的看法有问题。李振德老人活着的时候你可见过他?"

老汉说:"过去……如今……啊,同志!李振德呀,他死不了。他舍不得咱们共产党的新世道。要是天遂人愿,他还想活百儿八十岁哩。"

嘀,话里有话。周大勇忙问:"老伯伯,按你的说法,莫非李振德老人还在世?"

老汉咽了一口唾沫,像是无意谈下去。

周大勇看这老汉神气不对劲,更疑惑了。他焦急地问:"老伯伯,他当真在世?现在在哪里?说呀!"

老汉磨磨蹭蹭地说:"说……我说是……就是我嘛!"他又觉得没有必要这样吞吞吐吐,就摊开说:"我就是李振德!"

周大勇心里涌起了强烈的高兴、感动、惊讶的情感,可是又不太相信。他拉住李振德老人的手,从头到脚把他打量了好一阵,说:"老伯伯,你真是……人家不是说你老人家跳崖殁啦?"

"李振德老英雄在我们队列里"的消息,急速地从部队行列里传下去了。欢呼声、致敬声,像波浪一样,从前面流下去,从后边涌上来。

周大勇跟李振德老人谈了一阵,他才了解:青化砭战斗那一天,李振德老人不给敌人做事,抱着他的孙子跳了崖。他的小孙子拴牛牺牲了。李振德老人在当天后半夜让游击队救出来。他昏迷了几天几夜苏醒过来的时候,已经躺在自己野战军的医院里了。

李振德老人说,他的大小子叫李玉山,以前当区长,现在带领游击队。他那死去的孙子——拴牛,就是李玉山的后代。二小子奶名叫满满,前些个日子,报名参加正规军,听说在新兵团受训,好久也没信息了。

周大勇说:"巧,可巧!老伯伯,我认得李玉山。前几天,我还见他来。他是一个可好的同志,常帮我们搞粮食、动员民夫担架;还和我们一块儿打仗。"

李振德说:"打起仗,一家人就四离五散了,亲娘老子也见不上自己的儿女。你前几天还见玉山来,我倒一个来月连他的踪影都见不上。唉!如今,一家老老小小的担子都落到我肩上啦!累得我不能分身给公家办事!"

周大勇问:"你老人家的家,现在住在哪里?"

李振德艰难地摇头,说:"着实说,还有什么家哩!能拿动枪的人,都参加游击队啦。我那老伴引上两个孙子,逃到羊马河西边,在亲戚家里落脚。羊马河一带,敌人常骚扰,不是好落脚的地方。我谋划:过几天,把我老伴跟孙子们送到北边我大女儿家里去。敌人这一下来,我看再不会到北边去啦。"

"你大闺女出嫁到哪里?"

"清涧城北边的九里山!"

周大勇说:"你老人家把家搬到那里也好,免得东奔西跑,担惊受怕!"

六

周大勇给团首长汇报了执行诱击敌人的情形以后,向一营驻的村子走去。路上,他看见本团的战士一溜一行地从团供给处回来。他们有的人把自己的旧武器换成了美国式新武器,有的扛着缴获来的弹药和军装,有的扛着"洋面"袋子。他们一边走一边喜气洋洋地唱歌:

> 换枪换枪快换枪,
> 快把老枪换新枪,
> 蒋介石运输大队长,
> 派人送来美国枪。
> …………

周大勇回到了第一连。

打了胜仗,战士们高兴得又跳又唱。他们把日夜战斗的疲劳,忘记得一干二净。谁打得好,谁抓的俘虏多,谁该记功,这就成了战士们谈话的好材料。

"刘德有,你们班抓了多少俘虏?"

"九十六个俘虏,外加四挺重机枪。你们哩?"

"我们班呀!只捉了二十九个俘虏,可是捞住两门山炮。"

"美式的吗?"

"当然是!"

"看,我说杜鲁门不错,你们还硬说不好。"

"什么思想?你和杜鲁门是亲戚?"

"亲戚？他给我做儿子,我还嫌丢人。可你也该想想,杜鲁门要不派蒋介石给咱们送大炮机关枪,咱们就再厉害,还能光凭两个拳头打出天下？"

"这倒是实在话。可是你们给人家打收条了没有？"

"手续要做到嘛！我们不打收条,蒋介石没有办法向美国老板杜鲁门报账！"

"收条怎么写的？"

"这样写的。"这个战士用步枪的探条在地上画：

今收到
　　运输大队长蒋介石送来美式大炮两门。
　　　　　　　　　　　　中国人民解放军

战士们看见周大勇就哗地站起来,举手敬礼。周大勇还了礼,战士们便围在他身边,你一言我一语地给他报告蟠龙镇战斗中,本连的战功、战绩。

"你们收煞了吧,听我给连长报告！"李江国迈大步走来,把人豁开,给连长敬了礼。

"他一开口可就算黄河决开了口子！"

"你听,赛过打机关枪！"

李江国不顾别人的议论,说："连长,你要在家,看了准高兴！蟠龙镇制高点——积玉峁,就是咱们连队先登上去的。那呀,是一点也不含糊的攻坚战,攻了三四次才拿下来。赶打进蟠龙镇的工夫,半个月亮照当头,王指导员率领我们解决了敌人的旅部。敌人中将旅长就是王老虎亲手掐住的！"

周大勇说："一六七旅旅长李昆岗是老虎亲手掐的吗？"

"是呀,他还捉到好几个大脑袋哩！"

有几个战士把王老虎推来了,嚷嚷着说："连长,老虎躲在人背后,不敢露面。连长,他第一个登上积玉峁;旅长说,要奖励他！"

王老虎站在连长面前,脸红彤彤的挺不自在,手没处放,脚没处站。

周大勇双手扳住王老虎的肩膀,说:"老虎,你平时一定是把'勇敢'藏在荷包里,打仗的工夫才拿出来使!"

李江国说:"连长!你是知道的:老虎不光把'勇敢'装在荷包里,就是干粮、鞋子、烟叶这三样东西,他不管在什么情况下,总是准备得好好的,保存得牢牢的。我说这是农民意识,他还不服气!"

王老虎说:"农——民——意——识?老战士的经验啊!"

李江国说:"连长,老虎可真拉不上桌面子!别的连队请他报告英雄事迹,他说:'我愿意打十次冲锋,也不愿意上台讲一次话,那么多的人瞪着眼瞧,多不自在啊!'亏他还叫个'老虎'!连长,还有,还有,他在真武洞边区军民五万多人的祝捷大会上,让人家选到主席团里去了。就坐在周副主席旁边。周副主席拉着他的手说:'你名字叫老虎,那一定很厉害咯,敌人一定害怕你。是不是?'他浑身出汗,都忘记站起来敬礼。再说,他开了一天会,都没敢朝台下看一眼!连长!你说亏人不亏人。"

王老虎说:"江国!人家积德是修桥补路哩,你只要少说话,就积下天大的德啦!"

李江国说:"老虎,你叫我少说话,可是憋得我害了胃病的时候谁负责?"

王老虎说:"你呀,你是一年不吃饭也有力气开玩笑。"

李江国说:"不错,不错。我死了也是躺在地上数星星哩!"

王老虎不出声地笑了笑,向连长敬了礼,说:"我们班有个病号,我去给他搞点酸汤面,酸汤面!"

他稳稳实实地朝一座院落走去。

周大勇望着王老虎那比一般人稍高的背影。行军中,战斗中,他多少次望着这背影啊。战士们说:"是兵不是兵,身背四十斤。"

这四十斤该有多少东西:枪、子弹带、手榴弹袋、刺刀、饭包、背包……可是王老虎背上这些东西,这些东西就像长在他身上了。走路的时候,你别想听到他身上有什么东西磕碰着响;打仗的时候,他背的东西也不会成为他的累赘。行军中,新战士都望着他这位久经锻炼的老战士。他们都觉得他迈步是有尺寸的,脚板怎样着地,也是有讲究的。要不,王老虎怎么能自然然不费力气,脚不起泡,而且又走得那样快呢?

陈旅长打来电话,要周大勇马上去旅司令部。

周大勇向旅部走去,边走边想,王老虎那有趣的形样,不停地出现在他眼前。他自言自语地说:"白天黑夜,三年五载,王老虎总是不声不吭地走在部队行列里。不声不吭地走在部队行列里啊!"

周大勇喊了声报告,进了旅长住的窑洞。

陈旅长穿着衬衣,袖子捋在肘子上边。他正忙着修理收音机。桌子、凳子上,放着拆散的收音机零件;还有一架照相机——这是他随身带了多年的物件。

周大勇看看这一堆东西,想:"旅长总爱摆弄这些东西!"他对旅长这些爱好,是特别熟悉的。

陈旅长兴致勃勃,边收拾他那些东西,边说:"年轻的老革命!你是不喜欢这些玩意儿的。你跟了我很长时间,到底你是你,我还是我啊!"

旅长这爽快乐和的脾性,大大咧咧的样子,周大勇也非常熟悉。

陈旅长洗了手,仔细把周大勇打量了一阵,说:"你瘦咯,这一趟可够辛苦!"

"公道点说,敌人才够辛苦哩!"

陈旅长说:"你们把敌人从蟠龙镇地区引到绥德城,又从绥德城把敌人护送回来,真是够关心、够爱护咯!啊,谈谈,你感觉到敌人的情绪怎样？很晦气吧？"

周大勇说："敌人不光晦气，还很泄气！"他走到窑门口，只见窑外墙上贴着一张大麻纸。纸上有毛笔写的一首诗：

> 胡蛮胡蛮不中用，
> 咸榆公路打不通，
> 丢了蟠龙丢绥德，
> 一趟游行两头空，
> 官兵六千当俘虏，
> 九个半旅像狗熊。
> ············

陈旅长笑了，说："年轻的老革命！有味道吗？那是旅司令部那个外号叫'跳蚤'的小通信员，从报上抄来的。来，我们具体谈谈。"他朝墙上挂的作战地图边走去。

周大勇指着地图说："五月四号我们拿下蟠龙镇，五月五号，敌人九个半旅全部从绥德地区掉转头向延安地区窜。昨天，敌人才饿着肚子爬回蟠龙镇一线。"

"敌人爬回蟠龙镇，刚赶上开追悼会。"陈旅长的手指从地图上的延安东北九十里的蟠龙镇地区，移到延安西北九十里的真武洞地区，说："我们野战军在这一拖。敌人昨天爬回蟠龙镇，可是我们在这里，穿上敌人送来的新衣服、吃上敌人的'洋面'睡大觉，已经休息了七八天。"陈旅长搔着后脑壳，来回稳实地走着，又说："这七八天是很巧妙的七八天。你想想，敌人几十万人马威风八面地扑来了。我们两万来人，不慌不忙地一下一下揍他；揍得敌人团团转，而我们机警地跳在一边休息。嘀嘀，这内边该有多少学问啊！"

"旅长！这几天蒋介石、胡宗南大概闹情绪咯？"

陈旅长说："我懒得去研究他们的思想问题。你要有兴趣，你就关住门去研究一下。"他纵声大笑，并给周大勇叮咛，要参加诱击敌人回来的战士们很好地休息。

周大勇说:"旅长！那位李振德老人你知道吗?"

陈旅长说:"不光我知道,整个陕甘宁边区,谁不知道啊,他很英勇地牺牲咯!"

周大勇说:"他呀,不光活着,还很健康。他现在在我们团政治处哩!"周大勇把李振德怎样跳崖,怎样遇救,又怎样到了这里,给旅长一五一十地报告了个清。

陈旅长惊奇、高兴地说:"这才怪！警卫员！警卫员！准备招待客人的东西。"他想了一下,又说:"大勇,我要同李振德老人好好地谈一谈。谈罢,就请他到各团给战士们做报告;用人民的英雄事迹教育战士,是再好也没有咯！是吗?"

"是的,旅长。"

七

战士们一有空闲,就摆龙门阵。每个人都谈自己在蟠龙镇战斗中的经历,谈受挫时候的焦急,胜利时候的乐和。大伙都挺高兴,只有第一连战士宁金山,眉尖子拧起,摆起那么一副要死不活的样子。指导员找他谈了几次,他总说:"我思想上没有什么问题,就是闹肚子,身上不美气！"

下晚,宁金山水饭没进口,指导员王成德又来看他。王指导员跟他拉了一阵话,还说,派通信员到卫生队请医生去了。

宁金山知道自己并没有啥病,只有一种想法沉重地压着他。过去好些天,这种想法有时分明地出现了,有时隐蔽得连自己也感觉不到。但是这种想法,可永没有离开过他。

他躺在铺上,看着窑顶,这股烦躁劲呀,就像脑子里有千军万马在闹腾！疲劳、消沉、害怕,这一切好比千百条绳子一样捆着他的心。他很想摆脱这一切,但是他提不起精神,唤不起力量。

现在,他那种不能对人说的想法,更加分明,更加尖利:"我要用什么方法赶快离开部队!"一想到这儿,一股冰水就流过脊梁骨,心也冰凉透冷不跳了!他像一个深更半夜走在三岔路口的人,又急又累又拿不定主意。

猛乍,他想起了指导员,同志们。他们都很好……救过他的命……要拉他走上正路。他们把他当亲兄弟看待。有一次他病了,指导员和好些同志,在他身旁坐了一夜,给他喂汤灌水,就说亲娘吧,又能比这好到哪里呢?不错,老百姓拥护解放军,敌人是不行了……革命好,革命有希望……有一种力量呼唤他去过困难的、有意义的生活。可是,运动战!运动战!没死没活地行军……危险……再熬下去……看不见边的黑暗又包围了他;越来越重的大石头,又压在他的胸脯上……猛的,他吃了一惊,觉得疲乏、头晕、发烧,心像一堆乱麻。"我真的病了?"他把头捂在被子里,哭了。

亮堂堂的月亮,照着起伏的山头跟川道。河槽里吹过阵阵凉风,挺舒服的。

周大勇和王成德从营部回来。他俩敞开衣服,让凉风吹拂;披着月光,肩并肩地走着,听那远处传来的战士们的唱歌声。

往天,连首长外出回来,通信员小成早就把水打好,亲热地说东道西。可是今天连首长回来,他噘起嘴,站在墙角下,像是有满肚子怨气。

周大勇没理睬他,把驳壳枪挂在墙上,又坐在炕沿上解绑带。

王成德问:"小鬼,你嘴噘得简直能拴一条牛。怎么啦?"

"宁金山开小差了!"

周大勇好像不太相信,又问了小成一句。他思量了一下,一股按压不住的火从心里冲上来,把桌子猛乍一拍,说:"没骨头,没骨头！想逃避斗争,恐怕蒋介石不答应!"

王成德右脚踏在凳子上,右肘支住膝盖用手托住下巴,望着跳动的灯焰想什么。停了一阵,他自言自语地说:"党交给我们这么有力的思想武器,可是我们……"他把板凳踢开走出去了!

王成德心里毛辣火热地在院子里来回走动。他觉得,这不是一个人开小差的问题,这是对本连队政治工作的一次检验!

这当儿,战士们都非常着急地在院子里议论。全连队的人心情都是激愤的。

李江国说:"昨天下晚,团长还表扬咱们是全团四个'巩固部队'的模范连队中的一个连队哪。这一下,'模范'请了长假咯!不要脸的逃兵!"

王老虎半天没吭气,等到很多人都说完,他才说:"不怨天不怨地,只怨我们工作有缺点!"

马全有说:"指导员给他谈了几次话,他说得干梆硬铮,可是他溜了。你拿他有什么办法?你就是钻进他的肚子,把你闷死,把他撑死,也解决不了他的思想问题呀!"

马长胜说:"你就是恨铁不成钢。宁金山开小差,你也有一份责任。"

马全有冒火啦,他脸红脖子粗地喊着:"他不革命要我负责任?"

马长胜说:"风不吹树不摇,说你有缺点,也不是平白无故的。"

李江国说:"马全有,你的主观性太强!人家一批评,你就来个反冲锋。这不是成心脱离群众?"

马全有两只眼瞪得灯盏一样,气呼呼,直跺脚,呐喊:"你们给我尿这一脖子,倒像是我开了小差!"

王老虎说:"全有!少拌嘴好不好。你总是说风就是雨!"

恰好王指导员来了,大家都不顶嘴了。王成德不高兴地说:

"吵什么？工作出了娄子就埋怨？"

战士们都挺起胸脯，不声不吭，立正站着。

王成德说："稍息！同志们，我们常说，共产党员就要会领导落后的人跟革命事业一块前进，可是看看我们！"

马全有说："指导员，我错了，我不该和同志们吵。跑了人，我心里火得很。"

李江国说："指导员说得对，反正我们大家都有一份责任。"他悄悄地拉了一下马全有的手，说："全有，算我错了，刚才咱们俩就算没吵吧！"

王老虎听见他们悄悄说话，他想："马全有、李江国，真是一根肠子通到底的人。遇见什么事，不扎实地想一想，就哇哇地吼喊！"

王指导员望着真武洞对面的山，停了好一阵，对支部组织委员说："王老虎！关于宁金山开小差的事，我们马上召开支部委员会研究。你把人召集到连部。快！"

后半夜，有些冷，偏西的月洒下了清冷的光。

"向西、向北、向南跑上几天就不成了，那里都是蒋管区。向东，过黄河到解放区……要不……"宁金山想着，跑着，向东，向东，见山就爬，见水就蹚。被树枝绊着，跌着……帽子丢了，裤子撕破了，手掌流血，衣服凉冰冰地贴在身上。他，眼睛模糊，看不清路，上气不接下气，脑门顶里猛烈地跳动。向东，向东，背着西边天空挂的月亮向东跑。他不停地反悔着，可是，他一想到自己要到那安宁的、没有危险的地方时，心里又产生了一线喜悦的希望。

翻过一架山，猛乍，天黑地暗了。天快明了。他希望天明又害怕天明。

宁金山又向东跑了百十来里，天放亮了。他趴在山头上缩头缩脑地四下里看，只见两三个敌人在沟里饮马。那马扬起头，迎着冷风,嘶叫了几声。这嘶叫声颤动在清早的空气里,听来特别尖锐、刺耳、可怕。"下边有敌人!下边有敌人,这周围就可能有敌人的警戒部队。"当兵的经验对宁金山有了帮助。他不停地利用地形、地物,匍匐着向塄坎下边爬着。猛乍,他看见一条小路上有些麦草,他顺着稀稀拉拉的麦草爬去,看见了一个小山洞子。他像跌在深水中的人,猛地抓到一根绳子一样高兴,几下子就窜进了草堵的小窑洞。

"啊呀!"尖叫声从草堆中冒出来。立刻,那发出叫声的嘴又被什么东西捂住了。

宁金山跪在草堆中,端着两只手,心跳得像要爆炸。他望着草堆,像是僵了。

草动了,伸出了蓬乱的头发,头发上还挂了几根草。那披头散发下面是昏花冰冷的眼睛。那眼睛周围,因常害眼病而溃烂了。

宁金山看清了:这是一位又瘦又小的老太太。她跪在地上,因为用力过火,上身挺着。她蜡黄的脸皮包骨头,牙齿完全掉了,嘴唇向内收着。那昏花发红的眼,怪可怕的。她死盯着宁金山,像是防备着就要向她扑来的豺狼一样。

宁金山有气无力地坐下来,眼睛死灰灰无着落地转动着,说:"老妈妈,不要怕,我……"他看看自己的灰军衣。那灰军衣上净是泥土,有几处撕得吊下来。

老太太软绵绵地坐到草中,惊慌疑惑地打量这从天上掉下来的人。然后,她的眼光落在宁金山那灰军衣上,望了老半天。突然,她哭了:"啊,咱们队伍上的!"她那瘦弱的身子颤动得像风地里的树叶一样!

小窑洞有活气了。两个小孩从草里钻出来,趴在宁金山膝盖上。老太太拉住宁金山的手,把脸凑近他的脸,说:"亲人啊,你当真是咱们队伍上的人?炮火连天的,你可为啥独自个儿……你,熬累坏啦!"

宁金山眼皮愁苦地吊下来,说:"老妈妈,我找不见队伍。我,我掉队了!"

老太太像亲自己的孩子一样,她跪在地上,给宁金山剥那头上、衣服上的泥巴,说:"孩儿,离了自己的队伍就跟离了娘老子一样,该是嘛?唉,这世道,没法子哟……"

老太太解开一个包袱。包袱里,有几件粗布衣服,衣服中间夹着一张毛主席木刻像,还有几张米面饼子。

老太太把毛主席像双手拿起来,说:"孩儿,这张像是我那老伴前年在延安城请来的,请来就挂在家里。如今,没有家啦!我把毛主席像总带着,想起这艰难日月了,就没心劲;没心劲的时光就看看咱们毛主席!"

宁金山望着窑外发呆;脸上的颜色急速地变化着:时而发白,时而发灰,时而又发暗。

老太太问:"坏人造谣言,说毛主席过了河,该不能吧?"

"没有。老妈妈,毛主席没有过河。老妈妈,你不要问了!"宁金山趴到草上,把头塞到草里,说:"我心里……"

老太太说:"想必是饿啦!心里难受。"她给宁金山拿出两张饼子,说:"孩儿,吃,吃饱藏到天黑再合计。吃,人是铁饭是钢,吃饱就有气力。你恓惶的!看,看,你手心的血!"

老母亲的关照、疼惜,孩子们亲热而可怜的眼光,这些,让宁金山的心里格外火燎。他希望这会儿猛乍飞来一颗子弹,打穿自己的脑壳,那倒好些!

宁金山看见孩子们饥饿的眼色投到饼子上。他把一张饼子递给那个五岁上下的孩子。那孩子一面伸手接,一面看祖母的脸色。

"吃着碗里,看着锅里!"老太太把孩子们拉过来,但是,又觉得这样对待孩子太忍心了!她把孩子搂到怀里,眼泪从那干皱的脸上淌下来。她边哭边说:"唉,不懂事的冤家!"

宁金山说:"老妈妈!孩子们没吃饭?"

老太太说:"你只管吃,不要招理他们。唉,如今过的是什么日子!千刀万剐的白军,他们不得好死!前几天,敌人白日抢粮,傍黑就退回镇子。我们白日间躲在山里,黑间下山喝上一口汤汤水水。谁又知道,前日,敌人来扎到下村,一扎就是两三天。孩儿,我们是延安川道里的人,我家离这里有几十里路。这里有我家的亲戚。我们总说到这里避一避难,如今,你看,哪里也不能安生。我那老伴说,再向北走,躲到九里山我那大女儿家里去。哟!老的老,小的小,抬脚动步都不容易。如今,我几个儿子、媳妇都见不上。我见不上他们,死也合不上眼。这年月,多儿多女多冤家,儿女多罪孽重。唉,天老爷,仗可要打到多会儿,多会儿才能安宁!"她眼泪闪闪。

宁金山怕老太太看出自己心里的翻腾劲儿。他找话说:"快太平了。你看,你老人家孙子都有了好几个,过几年……"

老太太哭了:"不能提叙!我们一家七八口人,一打仗就谁也找不上谁!……白军逼得我那老伴跟我那大孙子拴牛跳了崖……拴牛殁啦!"

宁金山打了一个冷颤。他想起前两天在全营军人大会上讲话的老人:李振德。

老太太说:"我那老伴,直性子,远亲近邻都喜欢跟他来往。他胳膊坏啦,眼不得力,黑间走路高一脚低一脚。他也跟上我那大小子李玉山四到五处闹腾地打仗!"

宁金山身上像火烧了一样,他一条腿跪在地下,身上刺棱地一挺,正要开口说啥,老太太猛乍把两个小孙子往草里一推,又把宁金山推倒。宁金山觉得老太太猛然产生了出奇的力量。

老太太那变颜失色的面容,让宁金山满身起了鸡皮疙瘩。

"白军！……天老爷呀……"她吓得心里绞痛；身体像在萎缩，像经过霜打的树叶在风地里抖。

宁金山听见窑外有说话声，他习惯地来了个抓枪的动作，一看，抓了一把草。他想："他娘的，这样死了才冤！"他肚皮贴紧地皮，闭住呼吸，只听见自己的心空咚空咚像擂鼓一样响。

老太太跟孩子们的心，由于害怕而静止着不动了。窑洞里静得让人耳朵里发出各种离奇古怪的噪音。

窑洞外的山坡上有脚步声、说话声：

"能捉住一个老百姓就好了！"

"我们常找粮食，已经摸出门道了。你不要看不起那鬼也不去的冷地方，那里常常有粮食衣服，碰对了运气还能找到娘儿们！"

"顺着这些麦草，往上走。"

"那不是个山洞子吗？准有油水，上，上，上！"

太阳偏西了。远处有断断续续的枪声。这枪声，让人心里颤抖！

八

宁金山被敌人捆起来吊在牛圈的横梁上。他鼻子、口里淌血水，身上千奇百怪地痛，像谁用刀子一片一片剐他。悔恨的心，像在滚油锅里煎。猛然，他听见隔壁窑洞里传来惨叫声、骂声、打声。

"说，他是你的什么人？不说，不说剥了你的皮！"

"他是我亲生儿！你剥了我的皮，他还是我亲生儿……"

"满口胡说！他是你的儿子，为什么穿共军的军衣？"

"你打死我，他还是我亲生儿，他是我身上的肉！不睁眼的天呀！啊呀……"

宁金山想起老太太那风能吹倒的身体，焦灼地思量："我，我做了什么事呀!"他哭了,眼泪从脸上滚下来,混着血。

隔壁窑洞又传来打声、骂声、撕碎人心的惨叫声!……

时光,在巨大而残酷的悲痛里,一分一秒地缓慢地行进着!敌人一直把老太太拷问到天黑才罢手。

月光从牛圈栅栏门格里透进来。牛圈门外,有个敌人哨兵端着刺刀,来回游动。刺刀闪寒光。那刺刀尖上挑着死亡,牛圈阴森森的角落里隐藏着死亡。愁惨的空气也不流动!

宁金山两条胳膊麻木了,快要掉下来了。他喉咙里冒烟生火,昏过去好几回。他决心试探一下自己的运气,像病人呻唤一样地说:"给口水喝吧!"

敌人哨兵喊:"喊啥!闭嘴!"

宁金山听出了哨兵的河南口音。他说:"乡亲!哎哟哟,唉,乡亲,听口音你是河南人。我也是河南人。亲不亲一乡人。咱们统是出门在外的……"

哨兵没有吼喊,像是拉长耳朵,听什么动静。宁金山当是敌人打瞌睡。他强打精神睁开眼,朝牛圈外头看,只见墙根的阴影里冒出一个人。那人扑到哨兵身后,举起明晃晃的马刀,一下子把哨兵劈成两半。接着,那人捡起了敌人的枪,背上,又嗖地扑进牛圈,用刀把宁金山手腕上的绳子割断,说:"快跑!朝西!"

宁金山一把拉住那人问:"救命恩人啊,你,你……"他生怕这是一场梦。

那人说:"我是游击队上的。这村里有人给我们报信,说咱们一个同志叫敌人逮住了。我就来搭救你。"

猛乍,一个黑影闪了一下,爬进牛圈来,声音颤抖地说:"快跑,放哨的不见了……不见……"

游击队员大吃一惊,向旁边一跳,抡起了大刀。那爬进来的黑影向地上一滚,差点大叫起来。

宁金山听出那是老太太的声音,他忙说:"不怕,老妈妈,不怕。这是咱们的人。"他向游击队员说:"这,这位老妈妈,是,是李玉山的老人。"

"啊,李大娘,知道,知道,老邻居嘛!"

老太太爬到宁金山身边,说:"孩儿,快回咱们部队去!唉,我心口……我活不长……"

"老妈妈,快,咱们一道走!"

"孩儿!你先逃命,你先……"

"你,老妈妈,你……"

"我慢慢爬出去,我要爬出去。……反正我要有个三长两短,你给玉山捎个话!孩儿,去,往西走十来里就是羊马河!再往西就赶上了咱们的部队。孩儿,快高飞远走呀!我是有了今天没明天的人,唉,再见不上你啦!"

游击队员说:"这是什么时光,还说东道西。你先走,同志,李大娘有我照护。"

宁金山顺着塄坎的阴影爬去,爬了两三里路,就放开腿跑,逢沟跳沟,逢崖跳崖,耳边生风,脚底板发热。

他一口气跑了二十来里,歇了脚,就爬到小河边,咕咕喝了一肚子水,坐下来,贵贱也走不动了。他全身骨头像散了一样裂痛。天也转地也转,身子不由自主。他晕沉沉地倒在地上。月亮落下去了,黑暗严严地裹住了宁金山。

他缓歇了一阵,焦灼地思量:"到河东解放区去?藏在这里的山沟混日子?到蒋管区?回家吗?……这年月呀,真不如死了好!"他心神不安,毫无主意。可是,他一想到"敌人会追来的"这个问题的时候,精神猛乍给提起来了。他站起来。可是当"到哪里去"这个问题又闪过他脑子的时候,他觉着一步也移不动。他后悔,恨自己。他想起连长、指导员、同志们、老太太……"我回部队去?我有脸见人?唉,我是把一碗水泼到地上了!"他撕开胸前的衣服,跺脚,像害了抽风病一样。这比敌人用刀剐更难熬啊!他独自嘟哝:"我自找的难过……"脑子里有一点火星烧起来,猛然那火星又让无边的黑暗吞没了,过会儿,火星又呼呼地烧大了,脑子里的一片黑暗,慢慢地退缩着……乍地,他听见扑通一声,像有人从高处跳下来。宁金山脑子里还没有转过弯,就有一个黑影把他拦腰抱定,十几把刺刀在眼前乱晃,有很多人还喊:

"捆起再说!"

"先捅他两个穿膛过的窟窿!"

宁金山浑身抖得像十冬腊月穿着单衫。他想:"天老爷,我是从河里跳到井里了!"他正在恨上天无路的时候,忽然发现他前面站着的几个人头上绑着白手巾,而在这些人身后似乎拥着成千的人。他思量:"这该是游击队——要是敌人便衣队呢?不,敌人便衣队,晚上不敢出来活动!再说,便衣队哪会有这么多的人?"他相信自己的判断没错,一线希望在心里闪亮。他壮起胆问:"你们是游击队吗?"

"游击队咋着,还不是一样逮住你们这些美国狗腿子了!"

宁金山理直气壮地喊:"同志,干什么嘛?我是咱们野战军的战士!"

一个游击队员冒冒失失喊:"这家伙捣鬼!来,给他脑袋上钻个洞!"说着,就劈里吧嚓把宁金山打了一顿耳刮子。有的人还稀里哗啦拉枪栓。

宁金山说:"忙啥哩?同志,叫你们队长来,同志!"

一个队员喊:"李队长,来看这个鬼。李队长,你要慢走几步,我们就让这个鬼到美国去吃酒席啦!"

一个提盒子枪的人走过来。他是高个子,走起路来很稳实。

宁金山说:"队长同志!我是'英雄部'的战士,一点也不假!

我掉了队！给你说，你们这里有名的游击队长李玉山，我还知道。他爹李振德老人前两天还在我们营里讲话来！"

那位队长用电筒照了一下宁金山的脸，说："我就是李玉山，可是我就认不得你呀！"

宁金山说："你当真是李队长？……你……你当然认不得我，可是我们连长周大勇、指导员王成德都认识你呀。他们常说起你和你领导的游击队。"

李玉山拉着宁金山的手，说："你真个是咱们部队上的同志。误会了！你们连长、指导员可好？"

"咱们部队上的同志"这句话，立刻招引来一阵亲切的握手、问好。有人还给宁金山递上纸烟，有人递上水壶、干粮。笑声，亲热的骂声；有人还低声哼陕北小调。

刚才打了宁金山耳刮子的那个年轻队员说："同志，不要怄气，居家过日子也有碟子碰碗的时候，更不要说现在是打仗耍刀子呢。来，照我脸上打一下算了结！"

宁金山乐和得不行，话也多了，好像他倒是真的掉了队，经过很多风险让同志们从死亡的边沿上拉出来一样。他说："李队长！你带的队员个个勇敢，我回去要给同志报告你们活动的情况。"

没等李队长开口，好多队员七嘴八舌地凑上来，说：

"同志，我们不勇敢能行？敌人把刀子放在咱们脖子上啦！"

"我们冒上这一条命啦！反正没有别的路儿走！"

"干游击队这营生，当年刘志丹和谢子长就给我们教会了。"

宁金山翻过来掉过去地在心里重复着游击队员的话："反正没有别的路儿走！"但是，当他想到自己是革命队伍的逃兵，就浑身软绵绵的了；身上被敌人打伤的地方，也突然像刀割一样痛起来！

李玉山拍着宁金山的肩膀，亲热地说："同志，咱们到前村去吃点，喝点，我们派人送你回部队去。这一带游击队多得很，可别再发生误会啦。"

宁金山很想说："李队长！你妈,她老人家……她……"话到口边又吞到肚里去了。

九

第一连今天热闹红火,像老乡家里过喜事。战士们都理了发,在河湾里洗了澡。每个人贴身穿着敌人送来的崭新的黄军衣,外面罩着洗得很干净的灰军衣。脚上全穿着敌人送来的胶底黄帆布鞋。他们把院子里打扫得精光发亮。墙上新出的墙报,随风舞动。墙报上的作品都是战士们写的;有快板、有诗歌、有小文章;有的是用铅笔写的,有的用钢笔写的,有的是借老乡的毛笔写的。样子是花里胡哨,内容却只有一个——欢迎新战士。

蟠龙镇战斗打罢,全旅的解放兵,一多半送到山西去训练了,少一半留下来补充部队。留下补充的解放兵,都是年轻、纯净、阶级成分好的人。

不大一会工夫,指导员带来了十来个新战士。这些新战士还穿着国民党军队的黄军衣,只是换了一顶解放军的灰色军帽,胳膊上戴着印有"解放"二字的解放军的臂章。有什么办法呢？人是来了,但是给他们穿的灰军衣还不知道在哪儿。

指导员把新战士带进了院子,等着欢迎的战士们就喊口号、鼓掌、欢呼。那些新战士没有看见过这场面,也没有鼓掌的习惯,他们都缩着脖子,惶惑地四处看。

王指导员把新战士分到各班,要他们跟老战士见见面。

一个新战士走进第一班住的房子,同志们迎上来拉手问好,有的给他端一碗开水;有的给他送一件衬衣;有的给他递过来一双鞋。大伙喜眉笑眼地对这位新战士说："看,这是陕北老乡们给咱们做的。鞋底上还写着字:'穿上鞋子跑得快,一心一意打老蒋'。"

"看!这碗套是山西翻身农民捎来的。这上边的花儿绣得多精致,这几个字也绣得蛮好:'我们的亲人子弟兵'。"

那个新战士什么也没有听清,不管谁问他什么,他都站起来立正,牛头不对马嘴地说:"是!"像是机械装置的人。

王老虎问:"同志,你叫什么名字?"

那个新战士连忙站起来,脚跟一靠,说:"报告,我叫宁二子。"他瞧着王老虎,只见这人蔫头蔫脑,像是精神不足,看来不见得有啥大能耐。可是这位名叫老虎的班长,笑眯眯地嚼着个小烟袋,怪和善的——大约一生一世也不会生气发火,见了教人喜爱,像是人一见他就被他吸住了。

宁二子看着每一个人的脸膛,哎!他们怎么一个个满脸是笑?当兵还这么乐和?这么遂心?

宁二子从当国民党的兵那天起,他赌咒发愿地说:吃屎喝尿也不当兵,世上什么事不是人干的呢?可是从他一踏进第一班,一股子没经过的亲热气就吸住了他。为什么呢?他吃不透。

集合哨子吹了。战士们跑出去,方方正正地站了一片。

宁金山从人缝里挤出来,耷拉着脑袋,谁也不看,蹲在土台子旁边。他让游击队送回部队以后,团政治处保卫股把他审查了一番,认为没有别的问题。他开小差的事,还没处理。今天第一连开欢迎新战士大会,政治处让他来旁听,受教育。

宁二子看见大伙都瞅宁金山,有些人还低声议论什么。他倒抽了一口冷气。因为他记起国民党队伍枪毙逃兵的惨状。那逃兵脸上流血,五花大绑……宁二子心里扑通扑通跳起来!

大伙儿正放开嗓子唱歌,指导员王成德走上台,手一压,全场鸦雀无声。他说:"今天,咱们开会,一来是欢迎新战士;二来新老战士互相自我介绍,大伙认识一下。同志们,我先来介绍一下我们连队。"他指着那许多红色小旗,说:"咱们连队的光荣,都写在这些小旗旗上面的。你们看!"大家看着一面红旗。那红旗因为雨淋日头晒,褪成黄色了。那黄颜色上还有几片巴掌大的黑迹。

"同志们,这旗上写的七个字是:'第一连英勇顽强'。旗上那一片一片的黑迹是血,是咱们连长的血。连长周大勇同志,是咱们纵队有名的战斗英雄,一九四六年八月他打上这红旗率领战士们攻敌人碉堡的时候负伤的。"他讲了那次战斗,讲了那次战斗中,周大勇怎样捂住冒血的伤口,率领同志们把这面红旗插上敌人阵地。

王指导员把十几面旗帜简单地介绍了一番,说:"现在老战士先一个挨着一个介绍自己吧。"

李江国刺棱地站起来,说:"报告!要论老战士,那咱们连队里就数周连长最老。你们没听见旅首长常说'年轻的老革命'吗?还是让连长先讲他的身世根底吧!"

战士们哗哗地鼓掌,真像机关枪连发。

周大勇笑盈盈地站起来,望了一下战士们。老战士们觉得连长看见了他们每个人的脸膛、眼睛。他们乐得扬动眉毛,互相挤靠着。

新来的战士们,都伸长脖子看连长。连长可最关紧要,全连人的命都在他手里扼着哩!宁二子把连长打量了一阵。他想:好一个精干利索的人啊!可是连长是不是随便揍人?他要揍人呀,那可吃不消!

周大勇走到土台跟前,脸色严厉,眉头拧成一股绳子。他说:"新来的同志们,咱们连的人,不是工人就是农民。旧社会,咱们忍饥受饿,挨打受气,在火坑里过日月!"

新战士眼睛一眨也不眨地望着连长。这阵,说他们在听连长讲话,还不如说他们在看连长的模样,捉摸连长的脾性。

"拿我来说,家里的人都叫反革命杀光了!我小小的就到咱们部队。同志们,没有共产党就没有我;没有人民军队也没有我。"

过去的种种经历,闪上周大勇的脑子。他二十四年的岁月,有一半是在北方度过的。他在北方的千山万岭中,说不定多少次,顶着长城外吹来的风沙,望着星星,想起湖南的家乡,闻到那里的稻香味啊!那水多树稠的乡村,肥沃的稻田,茂密的竹林,那是他出生的地方。那里有他孩童时期熟识的景物,跟形成他最初认识人生的种种事情。

周大勇思量着,怎样让新战士们从自己身上认识中国工人农民应该走的路子。他的家乡,他身世中那辛酸悲苦的一段生活,又活生生地映在眼前。

一九三六年三月开初,一支工农红军在湖南靠近贵州的边境上行军,他们是去赶自己的主力部队——红二方面军。有一天,一个讨米的孩子,趴在林子后边,机警地瞧着路上过往的队伍。这队伍里的人,穿着各种各样子的衣服,有的帽子上还勒着红带子。他们有的人背着雨伞,有的背着斗笠,有的人腰里挂着三双草鞋。讨米的孩子想:这定是红军。他从路旁的田垄上跑过来,拉着一个红军战士的衣角,央告:"你们是红军?就是红军。红军叔叔,收下我吧!不要看我小,叫我当红军我什么也不怕。"

这个红军战士指着后面的一个人,说:"去找他吧,他准会收留你。"

这孩子等后面那个人走上来,就一把拉住那人的衣角,说:"叔叔,我要当红军,收下我吧!"

此人,正是红军的一个团政治委员——现在本旅的旅长陈兴允。

当时,政治委员陈兴允闪到队列旁边,把这孩子打量了一阵。只见他齐头到脚有一支马枪高,瘦得皮包骨头,头发像茅草堆,两只小手像鸡爪子。穿的衣服稀巴烂,光脚丫子。但是,那一双乌黑晶亮的眼睛,骨碌碌地打转,显得怪机灵懂事。

政治委员弯下腰,摸摸那孩子的手,问:"你能当红军?一支步枪就会把你压坏的。你是谁家的孩子?"

这孩子别的话不说,一口咬定:"你收下我!"他把手里提的讨米口袋扔到一边,双手拉住政治委员的衣角,好像表决心:"你不收下我,我就不准你走!"

政治委员轻轻拍着他的背,说:"你倒蛮厉害的!不行啊,现在正打仗,部队一天拉一百多里。你能成吗?"

这孩子望着政治委员,眼睛一眨也不眨,可是泪水却在他很脏的脸上冲开两条小渠。他说:"我在红军里待过,打仗我不怕。红军是为穷苦人的,我没家没舍,你不收我,我会饿死的!"

"会饿死的?"政治委员双手扳住这孩子的肩膀,眼直盯着他,望了好久。这句话打动了政治委员的心。因为他知道,饥饿中的人们,怎样用十年的生命换一口饱饭。因为他知道,"会饿死的"这句话中,包含了多少辛酸的眼泪和无告的痛苦!

部队沙沙地从政治委员身边过,红军战士们望望孩子又望望政治委员,像是请求政治委员把这孩子收留下。

团政治委员陈兴允详细地问了一番,原来这孩子看来不到十岁,可是已经十三岁了。他叫小八哥(到部队以后,起了官名周大勇)。先前他有父亲、妈妈、哥哥。父亲、哥哥给人家揽工受苦。后来,家乡起了红军,穷人有了活路。一九三四年十月,中央红军长征以后,周大勇的家乡又变成地狱。土豪劣绅组织的清乡团,在农村里清乡、捉人、吊打、砍头、烧房子……村村冒烟,处处起火;守寡几十年的老太太,转眼失去独生子;刚出嫁的女人,霎时失去丈夫;吃奶的孩子,趴在母亲的尸体上,哭哑了嗓子……水渠里流着农民的血,乡村变成了杀场。周大勇的父亲、哥哥早先都是共产党员。

土豪劣绅领上清乡团,到处捉拿他们。狂风暴雨,闪电撕扯着黑夜。父亲和哥哥,提着短刀,顺着田垄,钻进了大山,消失在森林中……有一天,敌人把周大勇的妈妈捉住,要她交出丈夫和儿子。敌人用火烧她的头发,她可半个字不吐……她的尸体在村边大树上整整吊了七天!这时候,周大勇白天偷偷地趴在草丛中,望着母亲的尸体吞饮眼泪;晚上,他在母亲的尸体下,仰着头,低声呼喊:"娘呀!娘呀……"后来,还是本村农民冒上生命危险,把她的尸首从树上放下来埋葬的。周大勇永远记得:当邻居们摸着黑夜,把母亲的尸体刚从树上放下来的时光,他抱住母亲的尸体放声大哭。突然一位老太太捂住他的嘴,说:"不敢哭,不敢哭!不是哭的时候。"啊,在这年月里,人们连用眼泪祭奠自己生身母亲的自由都没有了!

　　一位邻居老太太,她的儿子叫反革命活活烧死。她哭瞎了双眼。这位无依无靠的老人,收留下周大勇这个没家没舍的孤苦孩子!这当儿,周大勇刚到十一岁。人生中为什么发生了这么可怕的事?他为什么这么悲惨?他的房子为什么一把火就化成灰烬?妈妈那样的善心人为什么叫人家吊死在大树上?父亲、哥哥成年成月累断腰筋受苦,为什么这世界偏不容他们?这些血海冤仇的根源,他还不十分清楚。他只恨那帮杀人凶手。他只希望:什么时候能见到不知下落的父亲跟哥哥。

　　时光,在血里流转,在火里流转。

　　一九三六年开初,周大勇才十三岁。有的人,在他这样的年龄,有温暖的家庭、父母亲的教养,无忧无虑。周大勇呢,他还不能理解人生,人生已经煎熬他了;他稚嫩的肩膀还挑不起生活的担子,生活的担子已经落到他肩上了:给人家放猪放牛、做短工,靠自己的力气过活了,看人家的脸色吃饭了!

　　这一年二月的一天,周大勇的父亲偷偷溜回来,把周大勇带上,连夜逃奔外乡。这工夫,周大勇才知道,哥哥在红军里作战牺牲了!

父亲带上他加入了一支红军游击队。父亲当了一名炊事员。行军的时候,父亲拉上他;驻军的时候,父亲烧火做饭,他就睡在父亲腿边!父亲常说:"旧社会,我们靠山山移,靠墙墙倒,红军队伍就是我们的家啊!别人不革命能行,我们不革命就没法子活!"

父亲这样讲,周大勇也觉得:红军里不打人不骂人,热闹又快活,实在不错。

旧社会,好人磨难多。周大勇跟上父亲在红军部队里过活了不上二十天,就出了事。一天,部队被敌人包围了。部队突围的时候,父亲牺牲了。一个红军战士,身上七处负伤,他拖着周大勇跑了二里来路,就倒在血水里咽了气。周大勇独自个跑了半夜,敌人不见了,可是自己的部队也不见了。苦难的日子又缠住了人。他白天七婆婆八爷爷挨门讨米,黑夜就缩在房檐下或小庙里打盹。这个小小的孩子,没吃没穿没依没靠,在茫茫的人生大海中飘流起来。他成日价四处寻找自己的队伍——工农红军。碰巧,今天遇见了红军的大队人马……

周大勇望望战士们,心一酸泪花子就滚下来。他简单地讲了一番自己的身世,又说:"同志们,我是没家没舍讨米的孤儿,共产党和毛主席把我抚养成人。同志们,共产党和毛主席让我懂得了许多事情,但是有一条最重要:我们不拿起枪,就要永远让人家踩在脚下。同志们,我们手里拿着枪,还要知道枪是为了干什么用。能这样,没用的人也会变成有用的人,胆怯的也会变成勇敢的,愚笨的也会变成聪明的,落后的也会变成进步的。一句话,只要知道自己为什么活着,我们这让人祖祖辈辈踏在脚下的人,就会变成翻天覆地的人!"他转过身子长久地望着毛主席像。战士们也跟着他的眼光望去。

会场中鸦雀无声。

全连队的老战士,对连长这身世根底都一清二楚。可是现在听连长提叙起来,心里还不是股滋味。

过了一阵,老战士们都喊喊喳喳给新战士介绍自己连长的各种事情。有的说,连长怎样跟千千万万的红军战士一道,开动两只脚经过十来个省份,走了两万五千里。有的说,一九四〇年,连长虽说才十七岁,可是倒成了一名呱呱叫的轻机枪射手。次后,他由于作战英勇,当了战斗英雄。有的说,一九四二年——抗日战争最艰苦的年月,党派周大勇到一个武工队当队长;他在吕梁山麓的很多县份活动。有一次,他化装混到敌人占领的城内,把敌人翻译官口里塞上棉花,装在口袋里,放在牲口上从城内驮出来。过了几天他又化装进城,坐在饭馆里,突然满街人跑马叫,日本兵爬上城墙,伪军在街上大喊:"周大勇混进城了!"这时光,周大勇和街上的人一块挤在路边,他还问人家:"周大勇是什么人,这样厉害?"

那些新补充的解放战士,听了周大勇的种种事情,都在思量。啊,他现在是连长,十来年前还是讨米的孩子,连长也跟咱们一样可怜。新解放战士们觉着,连长和他们,心碰心了。他们从连长身上看到了光明跟希望,正像有谁一口气吹散了满天云,让他们看见了蓝漾漾的天,红艳艳的太阳一样。

生活像潮水一样流了几千年,也没有冲去人民的贫穷和难过。世界这样大,可是到处穷人都这样惨!连长的身世,也让战士们各人想起各人的苦楚。在场的这些人,在生活中忍受过一个人能忍受的一切。他们的心上处处被轻视和压迫刻上了伤痕。他们每个人,都带着失去田地的痛苦、饥饿的煎熬和复仇的怒火。

新战士都想讲话,可是他们没有当着大伙讲话的习惯。需要有人带头先讲。

有人用肩膀碰碰宁金山,低声说:"你总该先说几句话吧?"

宁金山抱着头,只是哭。让他说什么?他想说,祖祖辈辈用眼泪浇别人的土地。他想说,打日本强盗的工夫他当了国民党的兵,后来汤恩伯在河南打了败仗,他让日本鬼子捉住塞到东北的煤井里挖煤!他想说,日本鬼子投降了,他跳出火坑向家里走,可是还没过黄河又让国民党的队伍抓了兵。后来他开了小差,半路上,又让阎锡山的队伍抓去当兵。他想说,旧社会,他的冤比谁也深;有家难奔有国难投的苦楚,他比谁也知道得清……唉,有什么脸在同志们面前说话?

新战士宁二子觉着心里有什么东西涌动,坐也坐不稳。

王老虎看看宁二子想说话又不敢说,就推他站起来讲话。同志们也喊口号欢迎宁二子讲话。

宁二子站起来,两腿直打哆嗦。他想说,穷人年年缴不起租子,全家饿得吃榆树皮。他想说,腊月三十日晚上,讨账人打上小灯笼,像勾魂鬼似的……可是脑子乱哄哄地抓不住话头。他左思右想好一阵,就前言不搭后语地讲起来。他讲那人民战士都经过的伤心事,他讲那中国工人农民都流过的血和泪。末了,他擦擦眼泪,又卷衣角,低下头说:"如今,俺们一家人,也不知道流落到哪里去了!俺哥宁金山,也有七年没有音信……"

宁金山豁开人,走到宁二子跟前,盯着他,急迫地问:"你哥,你哥是宁金山?你可是朱家店的宁二子?……"

全场的战士,本来都低下头抹眼泪哩,可是听见宁金山说话,大伙的眼光,都忽地集中在那亲兄弟相认的场面上了……

第三章 陇东高原

一

一清早，旅司令部举行干部会议。会上，旅首长讲了：要进行新战役。王成德、周大勇开罢会，回到连队的时候，太阳挂在西边山线上。

他俩把在旅部开会时光记的笔记，翻来翻去琢磨了好一阵，便让文书用四张大麻纸，把陕北敌人兵力分布的情况画了张简单的图，准备本连队开战斗动员会议时候使用。

参加会议的支部委员、党小组组长和班排干部都来了。他们都变得更英俊了：服装整齐，脸膛儿光彩；腰里的皮带和腿上的绑带都扎得很正规。

王成德说："同志们，要打仗了！"他声音很低，说得很平常。可是，这句话像吸铁石一样，一下子把战士们的情绪、眼光和注意力都紧紧地吸住了。战士们的脸膛更加豁亮生动了，一双双黑骨碌嘟的眼睛，闪着严肃、热情的光。眨眼间，每一个人心里都闪动着各种情绪和想法。王老虎脊背靠墙站着。他瞅着自己嘴边的小烟锅，像是"要打仗了！"这句话他根本没听到。其实，他不光是听到了，而且心里的想法比别人并不少。蟠龙镇战斗，他第一个登上积玉峁，成了陕甘宁边区出名的英雄。真武洞五万多人的祝捷大会上，他跟周恩来同志、彭副总司令肩靠肩坐在主席台上，还被选入主席团。当一名大英雄那是闹着玩的吗？要功上加功呀。可是在这回部队行动中立什么功呢？他想到巩固部队，想到要求最艰苦的任务，还想到自己班里有人打仗胆儿小、行军时脚上常常起泡……嗨嗨，该有多少事情啊！马全有呢，一听"要打仗了"就刺棱地冲起一站，心里轰地冒起一股火。他觉着，要打仗马上就走，走到就打，打的时候最好拼刺刀；再迟一分钟心都会炸！再说，下次战役中他要捉十个俘虏——这计划是自己向党支部提出并保证要完成的，说话要算数。李江国呢，他是急着想表决心；想挑战，还偏偏要和马长胜这老牛筋挑战。马长胜扭着脖子撅起嘴，脸色黑煞煞的；谁也不看，眼珠子固执地盯着自己的胸膛。他窝了满肚子的气，想跟人吵架。他生谁的气？生自己的气。瞧瞧，要打仗了，可是自己班里有个闹病的，而那个战士闹病是因为自己关心不够。只有老炊事班长孙全厚的样子出奇，打指导员一开口说话的时光，他就咧开嘴，喜眉笑眼的像有满心眼的高兴。因为蟠龙镇战斗中，他搞到敌人的两口行军锅，又轻又大。从今向后，到哪里再不必向人央告着借锅啦！管他什么战役，就是走到天边上，炊事班先不发愁——有口锅，不论是稠的稀的，总能让同志们吃上口热的。

王成德说："同志们，看，敌人整个架势就是这样：胡宗南的主力队伍从绥德城窜回来以后，就在这延安附近摆着！"他的手指移到地图上延安老西边的地方，说："这是陕甘宁边区的陇东分区。青海马步芳的一百旅……还有宁夏马家匪徒的八十一师……占着我们陇东分区。"他念了很多地名和番号。接着他又指着陕西西北角靠长城边的地方说："这是陕甘宁边区的三边分区。宁夏马鸿逵匪徒有五六个团的兵力占着我们这块地方。"他的手指在陇东分区和三边分区画了个大圈子，又说："三月间，胡宗南进攻延安的时候，宁夏和青海的马家匪徒，趁我们跟胡宗南打得抽不出手来，就出兵占了我们这两个分区。这多时，他们在这一带'清剿'哩，杀人放火，老百姓苦得撑不住！同志们，敌人阵势就是这样。咱们大家先合计一番,看下次战役怎么打。"

马全有说:"先不管他什么马家匪徒,那是篮子里的菜,迟早会收拾他的。我们先集中力量打胡宗南匪徒。"

六班班长说:"就是嘛,擒贼先擒王,搞掉胡宗南再说。"

李江国把人豁开朝前走了一步,说:"算啦,同志们!打仗是凭自己的意愿?仗怎么打是要根据敌情来决定。我们对敌人的活动跟打算两眼墨黑,这样讨论到牛年马年也是白搭!"

王成德说:"还是旧话,蒋介石的日子越来越难过。他要胡宗南赶快结束陕北战争,然后把兵力抽出来,送到别的战场上去。"

马长胜闷声闷气,像坐在瓮里说话:"他来得容易,想走,可不能那么简单!让胡宗南试试看!"

周大勇插上说:"是呀,敌人知道不消灭我们的军队,我们就要砸碎他的锅。这么,敌人就有个消灭我们的阴谋。"

李江国说:"什么阴谋不阴谋,他们那一套,我们见过。胡宗南肚子里没货,是个草包!"

王成德把那幅四张麻纸的大地图往墙上一挂,说:"延安以南是咱们陕甘宁边区的关中分区。胡宗南要他关中分区的队伍向北进攻,要陇东分区的马家匪徒向东攻,配合延安地区胡匪主力把我们围在这安塞地区消灭。瞧,敌人这算盘打得多带劲呀!"

一排排长说:"胡宗南的部队死挤成一团,我们目下还啃不动。现在先收拾马家这些狗杂种,教敌人合围不成。"

周大勇说:"对呀。敌人想让他们的几股子部队分头猛进,在这里围歼我们。可是我们不等他动,就先打他个头昏眼花。这样,第一,打碎了敌人的合围计划;第二,不等敌人拧到一块,我们就把他零敲碎打了。"

一个班长说:"打这儿向西到陇东地区,要走三四百里,还要穿过大森林;要是再去三边分区,还得过沙漠呀!这也得估划估划。"

马全有说:"不要说翻大山钻梢林过沙漠,党中央让我们到天边上去帮助劳动人民翻身,我们也不怕;要怕,还叫什么共产党员!"

李江国说:"钻梢林过沙漠那唬不住人,可我也不同意到什么陇东分区和三边分区去。咱们先把胡宗南收拾光让党中央和毛主席回到延安再说。党中央和毛主席回不到延安,我们心里难受!"

周大勇说:"我们在延安周围打运动战就行,运动到远处就不行! 同志们,这算什么军事思想?"

王成德说:"如果上级决定去陇东分区作战呢?"

马长胜说:"那就坚决执行呗!"

窑洞里挺闷气,没人说话没人吱声。王成德用拳头撑住下巴,忽眨着眼。

周大勇双手撑在腰里,望望这个瞅瞅那个。他躁气了,说:"同志们,你们怎么连一点道理都闹不通! 我们不能光看到陕北和延安,我们还要朝全国看,要有战略头脑呀!"

周大勇讲罢,大伙你一言我一语嘟嘟哝哝地在议论。这工夫,王老虎悄悄地蹲在墙角,思量什么。像是,他最大的心愿就是希望人家不注意他。

李江国喊:"老虎,说话呀! 三个人里头有诸葛亮,大伙一讨论,就把这理弄明白了。说话呀,老虎!"

王老虎磨磨蹭蹭站起来,低着头,用脚轻轻踢地下的石头子,说:"要是上级决定进行陇东战役,我们就舍命地去执行;要是上级还没决定,让大伙出主意、讨论,那……延安多会儿才能收复? ……同志们,我也拿不定主意啊!"他不自在地微微一笑,又眯缝着眼睛,想算着什么。

王成德说:"同志们! 上级决定要进行陇东战役。我们向陇东分区进军去打马家匪徒。眼下看,我们是把西北战场最主要的敌人胡宗南放下了,实在呢,我们是把他钳制得更紧了。因为,敌人怕我们从陇东地区插出去,戳到他们后方去。所以,我们一动,胡宗南一定跟上我们转……再说,我们用零敲碎打的办法,把胡宗南的帮凶一个一个地敲掉,那胡宗南就孤立了,就好打了。说到敌人还占着我们延安,这不要紧,反正敌人要的是地方,我们要的是胜利……"

散了会,王成德坐在门槛上,双手捧住心,心里火热毛辣的。周大勇朝墙站着,用拳头咚咚地捶打墙壁。突然,他转过身,说:"今天的战斗动员会,就没开出个名堂!真他妈的窝囊,什么工作都不能干得称心如意,老是疙里疙瘩的!老王!咱们再召集支委会,从头重来!我就不信世界上还有做不好的事情!"

第一连开罢第一次战斗动员会的第三天——五月二十一日夜里,风不吹草不动,一轮明月挂在天空,照得山沟如同白昼。

安塞县真武洞前后左右的山沟、河槽里,挤满了马上要出动的西北野战军的部队。战士们集合在川道里,除了轻微的咳嗽声以外,什么声响也听不见。河槽里驮山炮的骡子,一排一排站着,都不叫唤。它们也像是懂得,现在需要特别肃静。

部队临出发的时光,王成德接到上级的命令:跟团政治处的几位干部一块到黄河边去带训练好的新兵,补充部队。

周大勇说:"老王,我说指导员跟连长的工作没有好大分别,你还强辩。瞧!现在不是连长跟指导员的工作都搁在我肩上了吗?"

王成德说:"喊什么冤!我不用几天工夫就回来了。"

部队出发了,像往常一样,开头走动的时候好拥挤哟!战士、担架队的老乡们、战马、驮炮骡子……南来的北往的,插过来穿过去,像是乱沓沓的没有次序。直到部队走出十来里路,那就利索了:这一路在这一条沟,那一路在那一条沟,一道道的人流,从不同的道路上向一个共同的目的地流去。

天亮了,部队行列里红火了,荒山冷沟也变得热闹而有生气了。沿部队行列,每隔五六百公尺就有一个师政治部或团政治处的宣传员,拉开嗓子给战士们讲新战役的意义跟行军中应该注意的事项。山坡上,路旁边,每隔三五十步就贴着一张鼓动战士们行军的标语或图画。战士们上大山的时候,就能听到宣传员在山顶敲锣打鼓,用喊话筒呼喊:"上一山又一山,我们是铁腿英雄汉……"

各连队的行列里更热闹:有的战士说书、讲笑话,有的说快板,有的唱民歌小调。

晌午,部队进入到一条大川道里。

周大勇走在第一连行列前头。他朝前看,前边是伸到远方的部队行列。朝后看,后边是望不见尾的队伍。路随山转,部队行列也弯弯曲曲地向前流去。他觉着,他是这人流中的一滴水,是这伟大组织的一个细胞。要是离开这个整体,他的生命就完结了。这许许多多的人,大半他都认不得,可是他们的欢乐、难过,就是他的欢乐、难过;他们是他的同志、亲人。他又觉得,部队行列像条大链子,自己的连队,只不过是这链子当中的一个小环子,可也是不能少的一个环子。这许多环子中的一个环子是不是结实,那就看自己的工作了。他觉得责任的担子沉重,而工作又做得不够强,心里着急、惭愧。可是他反转寻思,往上数有营长教导员,团、旅首长……往下数有排长、班长和战士,只要自己在这严密的组织中,努力向前,那么,自己就有学不完的东西,说不尽的快乐。

他猛地抬头一看,前边部队已经伸入黑山森林里去了。

二

战士们经过了一夜又两天的行军。一天,太阳快压山的时候,部队在没有人烟的森林里宿营了。

战士们倚着一棵棵的大树,用树枝搭起了准备睡觉的小棚子。炊事班烧火做饭了,一股一股的烟,冒出森林伸展到天空。西边天上的红彩霞,把树梢抹成了红的。树上有各种鸟雀叫唤,像是比赛唱歌。黄刺玫花,散放着香味。遍地都是叫不出名字的小花,有的红艳艳,有的黄澄澄,有的蓝灿灿,有的红彤彤,实在是美。

沟渠里,炮兵们在饮牲口。有的炮兵战士脱光衣服,在沟里的小水流里洗澡、唱歌;有些个战士绕树干追赶着闹着玩。一个骑兵通信员背着手顺山坡朝上走,马跟在他后边。他蹲下,马就站住,他跑,马就跟上跑。他吹起口哨,那马的头就一摆一摆,有节奏地踏着蹄子,像是对它的主人表演什么。他猛地往地下一扑,说:"卧倒!"那马也就卧倒;他的头靠着马头,手还比画着,像是对那匹精灵的马,说什么蛮有味道的事情。

森林中,到处是战士们欢乐的笑声;到处是雄壮的歌声:"我们是工农的子弟,我们是人民的武装……"

警卫员们给团首长用树枝在一棵大树下搭起一个棚子。这棚子比战士们的棚子阔气多啦:三面还用被单遮着。

团参谋长卫毅盘着腿坐在团首长住的棚子里,跟他弟弟卫刚谈话。

卫毅摸摸自己的左腿,那左腿膝盖下边的伤口还没痊愈。他说:"羊马河战斗中我负伤以后,在医院里整整躺了一个月。现在总算赶上了部队!往后,我负了伤,愿意坐上担架在前方转,可千万再不去医院压床铺了。躺在床上老是惦记部队,心像油煎!这一回来,碰巧赶上打仗,我可真有这份福气!卫刚,怎么着,你们连队工作搞得很起劲吗?你还是冒冒腾腾地凭一股子热情办事?"

卫刚把手里的一根小树枝折来折去,赌气地说:"我只有一股蛮劲,再没别的能耐。工作也只能做成现在这个样子!"

卫毅亲热地望着他的弟弟,他打心眼里喜欢他。他觉得他太年轻,得到的表扬已经太多;经不起表扬的人,并不是没有的。他说:"只有一股蛮劲还行?听说,你不想做政治工作而想做什么'单纯的军事工作'。奇怪啊!"

卫刚觉得他哥误会了他的意思,蛮抱屈地说:"我是说,不想做指导员,想做个指挥员,比方,当个排长也行。"

卫毅说:"这想法并不坏呀,可是为什么不想当指导员?太麻烦,是不是?"

卫刚用树枝在腿上轻轻地敲打着,不吱声,像是有满肚子牢骚似的。

卫毅从马褡子里抽出几本书,说:"这几本书,是我在山西给你买的。你再忙,学习总是不能放松。"

卫刚把书往胳肢窝下一夹,站起来就准备走。

卫毅问:"就走吗?"

"我还有工作。"

"你还需要什么?"

卫刚一脚踏出了棚子,说:"什么也不需要!"

卫毅走出棚子,赶上了卫刚,跟他并肩走着。他问:"你怎么啦?"

卫刚憋了两三分钟才说:"你对我的看法不全面!"

卫毅笑了,望着数不清的参天大树,说:"卫刚,让我怎么说哪?战斗中,我看见你把战士们带上去了,平素看到你在工作中做出成绩,我就比别人更高兴。可是你为什么做出芝麻大点的事情,就要让人看见呢?这不好啊!看看我们的战士,他们都是些朴实稳厚的人,完成惊天动地的业绩,也不做声。卫刚,你我不论做出多大的功绩,也不需要向人显示,因为那是我们本分以内的。"他双臂帮在胸前,凝视着树上归巢的鸟雀,思量了一阵,又说:"我常想,就算我单枪匹马消灭了上万的敌人,立了大功,但是这比起党教养我的辛苦来,比起共产主义事业来,又算得什么?卫刚,你同意我的看法吗?"

"这说法还有错?"卫刚的声音平和了。

卫刚迈大步走开以后,卫毅还双手撑在腰里,在原地站立了好一阵。他回想着他的弟弟,微微耸动肩膀,自言自语地说:"还太年轻啊!"

团政治委员李诚,从下面山坡上走上来。他一走近棚子,就看见卫毅找来几个刚从连队上回来的参谋,汇报今天行军中的各种情况。他想:"卫毅的腿真快!半点钟以前我还看见他在二营,转眼他又回到团部来了。"

李诚看见棚子很小,里边挤的人太多,就蹲在一棵大树下。

卫毅看见政治委员,他轻轻耸了一下肩膀,微微一笑。李政委也随便地扬起手向他打招呼。

团政治委员李诚,高个儿,脸有点瘦。不论谁一见他,就觉得他那肌肉并不丰满的身体里,像是储藏着使用不尽的精力。

李诚翻开放在膝盖上的小日记本,边看边思量。

部队今年三月临过黄河的时光,他就跟旅政治委员到晋绥军区开"建军会议"去了。他离开部队三个来月,觉得自己对部队情况有点生疏。因此,他回来的这五天工夫,成天在各营、连跟干部、战士谈话。他要具体掌握部队情况,特别是思想情况。

他反复分析了他了解到的各种情况,看到,随着战争的发展,政治工作者面前摆下了繁重的任务。不错,那种勇往直前、信心百倍的战斗精神非常旺盛,但是,现在斗争特别艰苦:在这人烟稀少的地方,大兵团作战,没有房子住;粮食少,战士们常是饥一顿饱一顿;长途行军,整天翻山过岭;特别是,战斗残酷、复杂而又频繁,因此,那些软弱的东西也就暴露出来了!李诚想起团党委会讨论过的几个人。这些人的错误思想,虽然表现为各种式样,但是归结起来就是:向困难低头,畏缩不前。他站起来望着身旁什么地方,望了好一阵,然后,把右拳提到胸前向下击着,独自说:"要朝这些坏思想开火!哪怕这坏思想是一星星一点点,也要肃清它,彻底肃清它!"

李诚的举动显出:紧张的战斗生活,不光把人平时举止态度上的细节磨掉了,就连人那些迟缓柔弱、犹豫不定的脾性也磨掉了。它让人作风雷厉风行,性情果敢爽直。

李诚穿过灌木林,走到团政治处的宿营地旁边。

政治处的电话机就安在一棵大树下。组织股的一个干事,正在电话上和二营教导员谈工作。另一个干事,在文件箱里翻寻什么材料。一个戴近视眼镜的保卫干事坐在草地上,把手枪放在两腿中间,正审问一个混入部队的特务。有一个年轻人趴在地下,画着明天鼓动战士们行军的图画。一棵大树旁边的文件箱子上,趴着一个刻小报的油印员。他刻的文章多半是快板、诗歌和"顺口溜"。油印员刻着刻着就把头搁在手背上睡着了。李诚轻手轻脚地走到油印员对面,蹲下去,把钢板、蜡纸和铁笔挪过来,帮油印员刻了一小段,又摇着头独自说:"我当宣传员的时候也刻过钢板,可是我刻写的技术比这小鬼差远啦!"他亲切地望着油印员那孩子式的脸颊,那脸颊被太阳晒得起了一些白色而透明的薄皮。

李诚朝一棵大树跟前走去。那里团政治处杨主任,召集了十来个干部正在开会。

团政治处的那些干部,都是每天行军时候,杨主任派到各个连队上去的。他们和战士们一道行军,帮助连队工作,了解战士们的思想情绪等。每天,部队宿营后,他们就回到团政治处,给团政治委员和政治主任汇报了解到的各种情况。

李诚对这种"汇报会议"很关心,每次都去参加。

宣教股长汇报。他讲,第六连创造了一种行军中鼓励战士情绪的新方法。

杨主任把本本上记的话看了看,说:"高股长,像你这样深入连队了解问题,可就丰富了咱们政治处的工作。同志们,加油干哪!有了你们这些人深入连队,就有了很多看不见的线把团党委和战士们连接起来了!"他抬起头,看见李诚站在自己身边。又说:"政委!你来迟了一步,没听上高股长的汇报!"

"妙哇!把团党委和战士们连接起来了!"李诚边想边对高股长说:"你再讲一遍!"

李诚垂着两手,头微微低着,望着旁边什么地方。听了好一阵,他说:"杨主任!让高股长和二营教导员一道到六连,把这种新方法再从头到尾了解一番。经过仔细研究以后,真正证明它是有效的方法,那就请二营教导员到一、三营去做一次报告,让大家都学习这种方法。"

杨主任说:"着啊,这样做稳当些。"

接着又有一个宣传干事汇报。他的脸膛看来又俊秀又聪明。他拿出个小本子看着,说:"杨主任,我了解第五连的情形是这样的:战士们非常疲劳,他们情绪都不太高,有一两个班排干部也愁眉苦脸……"

李诚瞅了那个宣传干事一眼,问:"什么原因?"

"不知道……他们的指导员看起来办法也不多!"

杨主任问:"你这个代表政治机关去的人,又给他们出了些什么主意呢?"

"我,我也累得喘不过气。我……"

"不说你,还谈五连的情况吧!"

"恐怕再没有什么了!"

李诚一字一板地说:"不要说什么'恐怕,恐怕',确实一点说!"

宣传干事慌了,瞧瞧左右坐的几个干事、工作员,像是求援。他说:"我想,大概再没有什么了……"

李诚脸色凝然不动,那千百斤重似的眼光,压在宣传干事身上。他说:"算啦!谁知道你说了一大篇什么!不要你汇报五连情况,先请你弄清,你为什么这样愁眉苦脸呢?"他直盯着那个宣传干事,盯了好一阵,说:"奇怪,热腾腾的连队生活反映在你脑子里,就是这样!照你的说法,战士们日夜行军,艰苦奋战的英雄气概怎么解释呢?你看不见那些病了硬说没病,自己脚磨得出了血,还一样鼓舞别人帮助别人的人吗?我们知道,并不是每一个人都是坚强的,有个把子让困难吓倒了的人。对这些人应该做的工作,营团党委已经具体布置了。你最好到五连再住几天,呼吸呼吸战士们的正气。这对你现在有好处,对你将来也有好处。"他向前走了几步,停住脚步,回头望着那个宣传干事,说:"有一次咱们旅政治委员给我谈:'严格地说,如果你在一天的生活中,没有任何新的感觉,那么你这一天便算过得很糊涂;如果你根本感觉不到那不断涌现的推动自己向上的思想,或者说失掉了对新鲜事物敏锐的感觉,那你的脑筋就快要干枯啦!'我看,这几句话,对你也很有用处。"

断黑,树枝梢上挂满晶亮的星星。森林的空地上,炊事员们烧起一堆堆的火。黑暗中,不时发出哨兵威严的喊声。

李诚时而在树林边向站哨的战士询问什么,时而在火堆跟前和炊事员聊天,时而又向教导员或指导员指示什么。

李诚靠一棵树干站着。树上的鸟儿扑棱扑棱扇着翅膀,像是对这森林里突然出现的热闹生活很不习惯。李诚的警卫员站在一棵树下,他很想捡起块石头朝鸟窝扔去,可又怕打扰了李诚的思索。咦!政治委员在想什么哩?兴许他正在谛听这森林晚间是怎样呼吸?其实政治委员正在听着战士们讲话。

"事事立功嘛！大伙没意见就给宁金山记一功。"这是班长王老虎的声音。

"梁世德也应该记功。他行军中帮助别人扛枪,宿了营又帮炊事班挑水……"

"不行！梁世德今天行军的工夫,踏了老乡的庄稼苗。这呀,是个了不起的错误。说说,咱们为什么打仗？为了人民利益哪。可踏了老乡庄稼,不就破坏了人民利益？一个革命战士嘛,自个儿做了对不起人民的事,他心里就像锥子扎。可梁世德就没有在大伙面前坦白这件事,这就是阶级觉悟不高呀！"

"不要胡拉被子乱扯毡。有功记功,有过记过,这是两回事呀！"

"说得出奇！怎么是两回事？……"

李诚一动也不动地听着、思量着。像他在战斗生活中千百次体验过的一样:战士们说的话中,有很多宝贵的思想。这些思想是闪闪发光的,具体的,仿佛伸手就可以摸到似的。

他调查研究,到处看到处听,并思量分析这一切,已经成了习惯。他跟战士们一块生活、呼吸,好像也一分钟不能间断。

他调查研究,便能从日常的生活现象中,领悟到一些重大问题。他到处看到处听,便能从战士们的面容、眼色、笑声、不关紧要的说话当中,锐敏地感觉思想的动静。常有这样的事情:他从一个连部驻的院子门口走过,看见一个战士站在那里发愣,他就到连部对指导员说:第几班某某人,大概有什么样的心思。指导员一研究,果真不错。有时候,他突然在电话上对某营教导员说,哪一连哪一班有个叫什么名字的战士,家里来了封信。信里头说,他母亲病亡,你们要很好地安慰那个战士。接电话的干部听到这些话很奇怪:今天就没见政治委员到营里来呀,他怎么会知道这些事？

只要有机会,李诚总愿意把铺盖搬到连队上去住。因为他跟战士生活在一块,就明显地感觉到他们的智慧、想法、要求、愿望,向他脑子里流来。这各种向他脑子涌流来的东西是复杂紊乱的,可是这一切很快就在他脑子里起了变化,有了条理。有时候,李诚装了满脑子问题一时抓不住要领,可是干部或战士的某一句话给他提起了头,一切立刻都明确了;事物的内涵或单纯的本质,也都立刻清楚地显示出来了。这当儿,他得到别人意想不到的愉快。这种心情,让他工作精力更加充沛。

周大勇从一棵大树边闪过来。李诚问他干什么去,周大勇说,他刚开完支部会,现在去找个战士谈点问题。

李诚问了第一连战斗动员的情形以后,说:"周大勇同志!你光给战士们讲,我们是为自己打仗,一定要完成任务,这还不够。我们的战士,不是普通的士兵,他们都是革命家、军事家,因此,不仅要让他们知道我们的事业一定会胜利,而且要让他们知道用什么方法取得胜利。这样,他们才有不能摧毁的必胜信心。过去我们在这方面只零零碎碎进行了点教育工作,非常不够。周大勇,行军当中,你要利用每一分钟,拿我们实战的例子,简单生动地给战士们讲解我们的作战原则。当然,这件事要做好,还必须全团很好地组织一番学习,但是我们不能等待一切都准备齐全了才做工作。不能等待,说干就干,不能大干就小干,能干多少先干多少。"

周大勇想起部队出发前,在本连队的战斗动员会上,自己就因为没有想到这些问题使工作走了弯路。李政委刚回到部队,可是他劈头就提出这个问题!

这时光,山坡上爬上来两个战士。他俩走累了,坐在一棵倒下的树干上,抽着烟,笑哈哈地闲聊。

"我把你父亲来信的事向连长一报告,连长再向政治委员一报告,那你小子就有好受的了!"

"你成心跟我作对!我又没有捏死你的儿子。政治委员的眼睛多尖！你不多嘴，保不定他啥时候也会知道。真格的，咱们俩感情挺好，包庇点！"他咕咕咕地笑了。

"别怕！我不给你公开宣传就对了。不过，说公道话，你这愣小子，可也太叫人恼火！"

"如今这翻身农民，说话可就气粗！我父亲那封信末尾还写着：'儿呀，白日盼，夜里盼，半年盼不来你一个字。你不给家里写信，我就要写信批评你们的政治委员。他是干什么的？他怎样指引我的儿子……'我心里直扑腾，他老人家要真的……"

黑暗中有人插话："牛子才，你父亲说得很对。他应当批评我，他有权利批评我。"

嗬！政治委员的声音。天晓得，悄悄话让他给听见了！两个战士像让火烧了脚后跟一样，一蹦跳起来，立正站着，又吃惊又好笑。

李诚问："你好久没有给家里写信了？"

牛子才嘴里像塞满东西，哧哧吭吭地说："从过黄河……过黄河……到如今，一个字也……"

李诚说："来，来，坐下！"

两个战士坐在政治委员旁边。周大勇，站在他们对面。

李诚说："周大勇，你也坐下听听。凑巧，这不近情理的事情发生在你们连队。"他侧过脸问牛子才："为什么不给家里写信？理由大致是战斗频繁，行军紧张，忙！你说说？"

牛子才摸摸枪，肩膀动动，像是蚊子钻到衬衣里，浑身痒痒又不好去搔。

李诚说："你家里是翻身户，想来过去你父亲不是长工便是贫农。"

牛子才说："我父亲揽过多半辈子长工，土地改革当中，我家分到十九亩三分地。"

李诚望着树梢的星星，手轻轻地拍着膝盖，说："劳动人民屎一把尿一把，从贫困生活里把自己的子女拉扯成人。战争来了，他们又把子女送到自己军队里。为了他们养育了那些英雄的子女，中国人民世世代代都会感激他们的。这样的人——用自己的肩胛扛着人民解放事业的人，谁会有一时一刻忘记他们？更不要说他们的亲生骨肉啦！你父亲在信里对我们做政治工作的人表示不满。我听了，心里不是股滋味……嗐嗐，我还是一个政治委员，鬼才晓得！"他望树边站的周大勇，问："你说哩？"

周大勇含含糊糊地说："我们也要负责！"他心里直嘀咕，提防着。他觉得政治委员总在转弯抹角把批评重点向他身上移。

李诚说："我们把事情办糟了，就拍胸膛喊：我负责。负什么责？碰鬼，一句空话！"他转过身又问牛子才："你不写信，你家里人埋怨谁？埋怨共产党。注意，同志！就连这些私人的小事情，也关联到我们党的威望和事业！这些重大问题你都没有好好想过。是这样吗？有不同的看法也可以讲哇。"停了好一阵，他站起来又说："做事不近情理的人，就不是很好的革命战士。牛子才，明天一宿营，你就给你家里写封信。记住！"

两个战士走开以后，李诚跟周大勇在树林里散步似的转悠。李诚抽的烟卷，一闪一闪发亮。风刮树叶嘶啦啦价响。空气中，飘着山间野花的香味。一群一群的雁鸣叫着飞过天空。

李诚说："这里实在好啊！将来仗打完了，说不定我们还会来这里搞建设。那时候，也许还能看到我们现在搭的这些小棚子。"

周大勇有口无心地说："是嘛！"其实鸟叫也好花香也好，将来到这里搞建设也好，他都无心去注意。牛子才那封信的事，又把他单纯的心境搅乱了。什么鬼把心窍迷啦？自己成天跟战士们一块滚，有些问题硬是看不见。李政委一来，那些自己看不见的问题又偏偏跳出来露丑！周大勇那颗年轻而要强的心，让一种强烈的责任感攫住在审问。

　　李诚感觉到周大勇的心情了。他说:"你还在想牛子才的家信？很恼火吗？嘀,同志！指挥员、政治工作人员,要像父母亲一样爱护、关心战士。这样,万千劳动人民的父母,把子女交给我们带领,才会放心。看来,牛子才家里来信的事,你根本不知道。"

　　周大勇秉着他爽直的性情承认:"不知道！"

　　李诚说:"好干部连他的每个战士睡下说什么梦话,怎样磨牙统知道。好的干部是战士思想情绪的体温表。你注意到了没有？咱们在老乡家里驻扎,老乡的女人抱着个吃奶的孩子。那孩子咿咿呀呀说话,咱们什么名堂也听不出,可是那位母亲全听清了,而且很有味道地和她的孩子谈话。有时候,老乡的女人在院子里筛麦子,突然,她跑回去给她刚出月子的孩子加件衣服。我问过老乡的女人:为什么突然要给孩子加件衣服？她说,她觉着她的孩子需要加件衣服。瞧！原来母亲和孩子的感觉是相通的。一个干部应该是最好的母亲！多想一想,周大勇。生活中到处可以学习。去,该睡觉啦！"

　　李诚和周大勇谈罢话以后,穿过树林,踏着地下厚厚的落叶,朝团首长睡的棚子走去。远处的森林里有一种什么鸟儿,用柔和而清晰的声音,在不停地歌唱。近处,有流水声,有唧唧的虫叫声；有萤火虫在飞蹿。猫一样大的小兽,从他身边蹿过去,嗖地爬上大树。树上的鸟儿扑棱棱地飞起,冲撞着树的枝叶。李诚停住脚步很有趣地望着树梢,静听着。

三

　　西北野战军不分日夜地钻森林、上山翻沟向西挺进。

　　团政治委员李诚,在行军中不是按照一般习惯:首长骑着马走在部队前头,有时候往后传两句什么命令。他总是这样:部队开始走开了,他和团长赵劲骑着马在部队前边走,走上五六里路,他跳下马闪出队列站着。过来一个教导员,他叮咛几句话。再过来一个指导员,他又喊:"为什么你行军中一定要跟在连队尾巴上走呢?反正是走路嘛,一面走,一面就找个战士谈话。这样,一天你不就可以和五六个人谈过话吗?要你们做工作,你们总说没时间,行军的时间就是指导员做工作的全部时间。"有时候,他也加入到某一个连队行列中和战士们谈话,听他们的心思,看他们对上级作战意图了解的程度。走上一阵,他又闪出部队行列,站到那里,一个一个告诉那些做政治工作的干部:今天行军中应该做些什么工作。一直到他这个团走完,他又骑上马赶到本团队伍的最前头。然后跳下马,又站在那里,又给一个个干部吩咐事情,布置、检查工作。

有时候,李诚的警卫员和饲养员跟着他上来下去地奔跑。他们好不满意啊!

饲养员对警卫员说:"四二号来回跑个啥子哟?"

"跑啥子,他的事多嘛!"

警卫员趁空对李诚说:"四二号,你这样来回跑,会把身体跑垮的。再说,我们来回跟上你跑……"

李诚说:"谁叫你们跟上我跑呢?你们只会叫苦!叫苦!"

警卫员再没敢往下说,可是心里嘀咕:"我哪里是为我叫苦啊!"

饲养员看说话的机会不可错过,他赶紧插了一句,说:"四二号,我拉上马跟直属队走,你骑啥子哟?"

李诚把手一摆,边走边说:"好啰嗦呀!骑马,骑马!上级为什么给我一匹马骑?因为我是政治委员应该骑马吗?不是,同志!上级给我发一匹马,那是叫我骑上它少消耗一些体力,多用一些脑筋;上级要我这个骑马的干部顶两个三个干部工作。因此,行起军来,我不能老是压马。同志,懂了吗?"

一天,部队行军五十里以后,停下来作半小时的休息时。李诚像往常一样,抓紧时间,立刻召集来七八位干部。他简单明了地问:"你们的单位半月前补充的新解放战士,今天行军中有什么思想反映?"

有的干部很具体地说出了一些重要问题。有的干部说:"情绪很高,没有问题。"

李诚对那些能具体地了解战士思想情绪的干部,巧妙地称赞几句。对那些说"情绪很高,没有问题"的干部,就非常严厉地批评:"简直不能容忍!你整天跟战士们一起生活,而不知道他们的思想情况,这算什么政治工作者呢?'没问题'?那你可以睡大觉啊!同志,只要有工作就有问题。好啦,这里有一位老师。"他扭头对一个指导员说:"请你把刚才给我谈的话,再对大家讲讲。"

那位指导员说:"以前我的工作情形是这样:喜欢使用那老一套的简单办法:部队临出发的时候,我站在队前问:'完成今天的行军任务有信心没有?'战士们喊:'有信心!'我便满意了,认为自己要做的工作做完了。可是工作中常出毛病。我们教导员帮我总结领导方法的时候说:'你要让战士们对上级的作战意图或行军任务真正心里有底,那就不是队前简单地讲几句话便能解决问题,而要仔细切实地做工作。'这几天我改变了工作方法。比方,刚才我和我连一排长谈话。他说:他们排里的战士们情绪都很高,没有问题。但是我深入一步研究,就发现第一排有不少战士在说:'马家的队伍落后得很,连迫击炮也没有。我们在延安周围作战,缴了胡宗南很多大炮,这次我们打仗不用费劲,炮把敌人一轰垮,便冲上去了!'这就是说,还有些战士有轻视敌人和过分依赖炮火的思想。"

一个瘦高个子的指导员说:"这种思想有是有,不过只是个别的人……"

"个别的?"李诚接过来话头问。"多奇怪的想法啊!同志,要是百万大军中有一个人的想法和我们的奋斗目标有抵触,那么,我们就要耐心艰苦地做工作,使大家齐心。不做艰苦的工作,光说'不可战胜',那是一句骗人的空话。"他深沉锐敏的眼光,慢慢地从这个干部脸上移到那个干部的脸上,察看他们的思想活动。"同志们,团党委指示:一个政治工作者他应当了解全连每个战士,像了解他的五个手指头一样!……这指示中列举了很多具体办法。这些办法是集中了全团人的智慧订出来的。可是我们有些同志,愿意把它挂在口头上,而不愿意真正地掌握它。"

"前进! 前进!"战士们转述着指挥员的命令,部队又继续向前移动了。

李诚站在部队旁边,战士们从他身边流过去。他扭头看后面那长长的人流。他在那么多的指战员中,远远地就认出了周大勇。

在天气黑洞洞的夜行军中,本团部队从李诚身旁过去,他从那行军速度的急缓上,能识别出每一个连队。部队宿营的时候,他住在房子里,窗外走过一个人,他从脚步声就能听出那是谁。

李诚第一次看到一个新战士,他就问清他的名字、成分,并且观察他身材、脸膛上的特点,还在心里默写着这问到和看到的一切。他要牢牢地记住他。因此,全团有一个月军龄的战士,李诚就可以叫起他的名字;有两个月军龄的战士,他就能说出他的出身、年龄、籍贯、一般的思想表现;说到老战士,那他连他们的脾气、长处、习惯、立过什么功,都能一清二楚地说上来。有时候,在夜战中,一个战士负了重伤,精疲力竭,突然,李诚在黑暗中喊那个战士的名字,鼓励他几句,那个战士便获得了生命和气力,从血和绝望中勇敢地站起来了。

现在,李诚远远地就认出了周大勇,并不是他看清了周大勇的模样,他是从那结实高大的形样和走起路跨大步的姿态上,感觉到那是周大勇。

周大勇气昂昂地上来了,李诚跟他肩靠肩朝前走去。

李诚对周大勇这浑身每个汗毛孔里都渗透着忠诚和勇敢的干部,是打心眼里喜欢的。他觉得,在整一年的人民解放战争中,周大勇变得老练了。

周大勇的米袋搭在肩上。现在他是连长又是指导员,所以除驳壳枪以外,他还背了一个挂包,为的是装党内文件和各种材料用。他看来总是精干、利索的。

李诚问:"后天我们就可能进入战斗。战士们情绪怎么样?"

"很高!"

"好高?谈谈,你做了些什么具体工作?"

周大勇讲:党支部怎样研究上级打好第一仗的意图,战士们怎样讨论,他又和谁作了个别谈话。

李诚想:"嗯,他的确做了不少工作。"又问:"你觉得你们连队,在进行战斗动员的工作上还存在什么问题?"

"没有。"

李政委看了他一眼,停了好一阵,声音低沉地说:"'没有'这两个字,你是经过仔细思考的吗?你对自己的任何话,一说出口就准备负责到底吗?"

这一问,倒把周大勇问愣了。

"嘀!我们要求万众一心,可是一个连队就该有多复杂!你们连队,共有九十七个人。这九十七人来自天南海北。他们当中,有工人、农民,有新战士、老战士;新战士里头有解放战士有翻身农民……思想水平不同,出身不同,性情不同,战斗经历不同……而你要把他们的思想统统集中到战斗上来。战斗,对一个战士提出了最高的要求。想想,你对每一个人该要做多少工作呀!"

李诚的话,给周大勇的心里放了一把火。在先,周大勇觉得本连队战斗动员工作做得还凑合,目下,又觉得工作中问题又挺多,心里有点着慌。

　　战士们哗哗地前进,前边不断地传来命令:"跟上!""迈大步跟上!"

　　李诚和周大勇肩并肩向前走。他走得很快很稳,低着头。他脑子像重机关枪连发那样紧张地思考事情。一个骑兵通信员顺着部队行列上来,递给他一封折成三角形的信,李诚拆开看了一下,装在衣袋里。他问:"有些战士对背米袋子的事很恼火!是吗?"

　　周大勇想了一下,说:"嗯,新战士特别恼火!"

　　李诚说:"我刚才听见李江国用山西小调唱:

　　　　我的米袋四尺长,
　　　　这就是我的大后方,
　　　　不要说是背上累,
　　　　有粮就能打胜仗。"

　　周大勇笑了,说:"我早就听见了。编编唱唱这一套是李江国的拿手好戏!"

　　李诚说:"你听见了?那你为什么不让全连战士跟他学着唱这个歌呢?拿战士们的话教育战士们,这不是很妙的教育方法吗?"他指着周大勇肩上搭的米袋,问:"它搭在你肩上和搭在战士们肩上有什么不同?"

　　"政委,没有什么不同,都是一样沉!"

　　"不。周大勇同志!我们常常是希望上级给我一套工作办法,却不在自己身边的生活中去找寻工作办法!"

　　这一说,让周大勇脑子里又兜起了很多问题。他望了望政治委员那锐敏而深思的眼睛,思量政治委员的话。

　　"你让你肩膀上的这个米袋子,发挥更大的作用吧。"李诚从口袋里掏出刚才接到的信,说:"李干事给团政治处写来的这封信,应该立刻传给全团的干部看。信里头说,各连队的新战士对背米袋的事都有意见,可是九连的新战士不但没有意见而且乐意背。因为九连指导员给战士们讲话的时候,指着自己肩上的米袋说:'同志们背米袋累,我也很累。但是我为什么还要背呢?'他就向新战士解释:自古以来打仗都是'兵马未动,粮草先行'。可我们呢,新兵补上了,想给新兵发的武器还在敌人的仓库里;部队行动了,要吃的面粉还在西安胡宗南的面粉公司。我们必须背三天粮食,不背就要饿肚子。他还把他在战争中体验到的事实——米袋、干粮袋如何救了我们命的事实,讲了那么几段,然后发动老战士们也来向大伙儿讲。周大勇!我想,这些办法可能比我们干巴巴地讲一通道理强得多。"

周大勇心里豁然亮了,脸上喜盈盈的。他真恨不得一把握住政治委员的手,说几句亲热的感激的话。

李诚说:"这些办法,你可以试试看。不过实地做起来,就不像说话这样不费力气。"他边走边筹思什么。猛然,他偏过头,瞅着周大勇说:"费力气?费力气又有什么?党把你选拔到领导工作岗位上来的原因之一,是因为你有超过平常人的精力。一般人身上发出的力量只能带动一部机器,你身上发出的力量就要带动十部机器。同志,想想,你要没有无穷无尽的精力,怎样能发动战士们高度的战斗意志,使他产生压倒一切的威力呢?"

李诚跨上马,把马的缰绳一扯,回头说:"周大勇,脑筋是个伟大的东西,但是不去思想,它就会像那路边的石头一样——没有多大用处。"

李诚催马顺着队伍行列向前面跑去了。马蹄扬起的灰尘,遮住了他的背影。

周大勇不眨眼地望着那马蹄扬起的灰尘。他想:啊,自己和这样的人并肩踏着征战的道路前进,不是一种很大的幸福吗?有一种感情在他胸中回荡。它不像人们打了胜仗以后的那种欢乐,也不像当了英雄出席庆功会那样高兴,这是一种把人推向思想高处的更严肃更深刻的感情。

部队从遮盖天日的森林中,日夜行进。弯弯曲曲的山路又窄又陡。黑压压的山头,一个刚移过去,一个又横挡在战士们前面。

一天,部队进入一条大川道。侵占陇东分区的马家骑兵在这里糟践过,所以远近不见人烟,一片荒凉。川道里的水稻田中,都长起了蒿草。只有清淙淙的河水,还在草丛中照常向东流去。

战士们在绿茸茸的草地上休息。

李诚站在一个土丘上朝周围看,只见那些团政治处的干部、营连的政治工作人员、支部委员、积极分子,都在紧张地活动。他们有的人向战士讲解什么,有的给战士读报,有的向兄弟连队"访问工作办法",有的向别人介绍自己的工作经验,有的在和某些人谈心……李诚想:如果说团党委是一个人的头脑的话,那么这些人便是布满全身的神经。这个团,依靠这一套完备而精密的组织,依靠这些奋不顾身地工作的人,才成了永远活力充沛的战无不胜的整体。

他从这个连队走到那个连队,一阵跟战士们谈什么,一阵又和干部们研究什么,像是他不让有一分钟的空闲时间从他身边轻轻地滑过去。

战士们看见团政治委员,眼里都高兴得闪光。他们从心底里喜欢自己的政治委员,特别喜欢听他的讲话。因为政治委员讲话不光头头是道、句句占理,而且生动有趣。他好像带了好多适合每一个人的钥匙,他会巧妙地用这钥匙去开动每一个人的心窍。不管在什么场合,当他看着人们的时候,大伙都觉得他的眼光又透进人的心里啦！的确,在团政治委员李诚眼里,每一个人的心都是一个小小的世界。他像一个科学家一样,时常在这个小世界的各个角落里,仔细地考察各种闪动着的思想和心理活动。

李诚走到一个连队跟前,看见一个年轻的副指导员领导战士们讨论问题。他站在那里,嘴里噙着烟斗,凝视着战士们那让人见爱的脸膛,听他们那动人的声音。

"你把黄河看成一条线了！我还提不出十个八个讨论问题？来,我先提一个问题:我们为什么一定能胜利？"

"我提个问题:大个子,你为什么要求参加共产党？"

"我提一个问题:为什么我们将来要进入社会主义社会？"

"对啦,真是一家十五口七嘴八舌头,问题已经提了一筐子啦！现在讨论吧！"

李诚听着战士们的发言,脑中闪过了很多想法。当然,有些战士把复杂的问题想得简单了一些,可是这些工农子弟,他们认识了一点点真理,甚至是一句话,那么,这一点点真理,这一句话,就化成他们的血肉,就给了他们无限的力量,就能支持他们日日夜夜地战斗;即使生活再艰难困苦,战斗再频繁残酷,他们总不灰心,总不屈服。

第一连的战士们,坐在草地上。周大勇看见政治委员走过来,他喊:"起立！"战士们哗地站起来,向政治委员致敬。周大勇站在战士们前面,兴奋地看着政治委员,像是表示:"看,战士们一个个都挺棒！"

李诚点头要战士们坐下。

周大勇向李诚报告:他刚才利用时间,开了一个全连党员大会;现在同志们正讨论目前全国战争形势。

李诚跟周大勇肩靠肩,坐在草地上。他问:"周大勇,昨晚间,我们部队突然掉转方向朝南插下来又折转向西走。对这,战士们有什么反映?"

周大勇眼里闪着纯真的光。他兴奋地说:"战士们情绪都挺高。他们都说,这一下,我们要把马家匪徒的锅砸碎了!"

李诚问:"战士们很高兴;部队突然掉转方向前进,你是不是高兴?"

"我有什么不高兴呢?高兴哇!"

李诚说:"你应该高兴。可是我昨天夜里跟你们连队走的时候,听见一个山西的新战士说:'这一下要戳到甘肃去啦!越走越离我的家远啦!'有一个甘肃的新解放战士又说:'可是越走越离我家近了!'还有各种各样的议论,你注意听了没有?"

周大勇觉得政治委员的话有点不妙。他说:"听啦。"

"你听出什么名堂了?"

"没有。"

李诚说:"嗯,'没有'!问题又出在这'没有'上了。同志!你不光是要听战士们谈话,而且你要在那许多声音中仔细分辨:哪个音高哪个音低,哪个音强哪个音弱。要不,你听了也和没听一样。不错,大多数战士情绪确实很高,可是你不要因此而盲目地高兴。我觉得,大多数人是因为快进入战斗了情绪高,也有那么个把子人是有其他想法的。一个做领导工作的人,不能拿自己的情绪和想法去代替战士们的情绪和想法。这些话,我像是对你们说过百把遍了!昨晚间,你们连队有个战士哭啦?"

"是的,五班有一个战士,在部队向南一插过那一道河的时候哭咯!"

"他是哪里人?什么时候参加部队?"

"河南人,参加部队五六天。"

"为什么哭?"

"他听见人家说部队到甘肃去,害怕苦得撑不住。"

李诚看看周大勇,没有说什么。他指着那些唱着、笑着、谈论着的战士们,说:"你听战士们在讲什么?"

周大勇竖起耳朵听。

"我们中国真了不起:高山、平原、森林、河流……你瞧瞧,要什么有什么,难怪美帝国主义那样眼红!"

"是呀!没有咱们这些人,美帝国主义者不是要什么就可以拿什么吗!有了咱们他就干瞪眼没奈何。要不,为什么杜鲁门和蒋介石看见咱们,鼻子眼里都是气?"

战士们你一言我一语,说着陇东的高原,陕北的大山,黑压压的森林和富丽的河川;有的战士也谈论各地的土语方言,唱各地的山歌小调。

李诚说:"周大勇,听啊,战士们说得多好呀!"

"政治委员扯这些话干什么?"周大勇吃不透。

李诚说:"周大勇,你看见过吗?有时候你烧起一堆火,火在冒烟,你把它拨了一下,它就轰轰地烧起很大的火焰。我们这些人,"他指着火堆,"就要会把战士阶级仇恨的火拨得更旺!"

四

部队经过十六小时连续行军以后,宿营了。

半点钟以后就要举行干部会议。李诚盘腿坐在老乡的炕沿上,肘子支着膝盖,手托住下巴,正筹思什么。突然,他肚子叽里咕噜叫唤。他问自己:"我没吃饭?"不提倒罢,一提肚子就发烧。

警卫员在一旁怪不满意地说:"刚一宿营,你转身就到连队上去了。让我好找啊!"他撅起嘴嘟哝:"谁知道你吃饭了没有!"

李诚眉头拧起,瞧瞧警卫员,说:"同志,你成天就是跟我做斗争,哎!……"他找不出适当的话"训"他。因为,平心而论警卫员是责任心很强的好同志。"去！告诉炊事员，随便给点饭吃。要快！"

警卫员刚出了门，李诚又想起了什么事情。他跳下炕，走出去了。

他走得很快，很稳，低着头，像是边走边思谋事情。不大一阵工夫，又坐在第一连连部驻的土窑洞里了。

周大勇靠窑洞土墙站着。他对连部，对跑出跑进的通信员，都不顺眼。李政委昨天还批评他：容易用自己想法和情绪代替战士们的想法和情绪。可是今天……什么工作都不能做得很顺心！恼火，恼火！他真想用拳头敲自己的脑壳。

李诚盯着周大勇。那眼里喷射出两股严厉的光芒，一直照射在周大勇心里。他问："你们连队有个开小差的？"

周大勇愣了一下。嗨，政治委员的消息可真灵通！有人开小差的事，发生在二十分钟以前，自己还没来得及报告，他倒来追究责任咯！他说："刚才有个开小差的，可是抓回来咯。"言外之意是：还和没跑一样。他用这样口气说话，是想减轻自己的不安心情。

李诚下了炕，双手撑在桌子沿上，直望着周大勇，说："跑啦，抓回来，这是两件截然不同的事。我现在要和你专门研究'跑啦'这件事。那个战士叫尹根弟？大概没错。昨天行军中我跟他谈过一次话，而且谈罢话，我还把我对这个战士的看法告诉过你。好啦，你说，他为什么开小差？"

沉闷的空气夹着让人心烦的静默，像波浪一样流过他们四周。

李诚的话，让周大勇很窝火。一天忙得昏天暗地，上级看不见，还光拿一串问题来问你！他好久都没想清怎样回答问题。直到政治委员再问了一次，他才："还是老问题，有些战士听别人瞎扯：陇东地势高水很缺，热得要死，这，这就有人害怕啦！"

李诚说："怕？多会儿都会有'怕'的人。要没有'怕'的人，还要共产党员干什么?"

周大勇说:"反正……指导员走了以后……"他不知道自己嘴里嘟哝什么,只觉得挺难受又委屈。

"怎么?指导员把你们连队共产党的组织也装到挂包带走了?"李诚笑了,他有意缓和一下紧张的空气,让谈话变得轻松点,"你把你们连队的支部委员们全都找来!"

支部委员王老虎、马长胜、李江国、马全有、孙全厚,站在政治委员面前了。

李诚沉甸甸的眼光,从这个人身上移到那个人身上。他仔细地打量着每一个人,仿佛他第一次看见他们。

周大勇粗黑的眉毛抽动了两下,用手玩弄驳壳枪把子上的皮绳子。王老虎望着自己的鼻子,似笑非笑若有所思。马全有直挺挺地站到那里,一直保持着立正姿势。他左脸腮的伤疤发红,像是随时都准备跟谁动手打架似的。马长胜有点发直的脖子微微歪着,下巴往内收着,瞪起牛一样的眼盯住墙壁。他执拗地沉默着,好像用铁棒子也撬不开他的口。李江国站在马长胜身后,尽力缩着脖子偷偷吐舌头,眼睛眨得忽闪忽闪的。马长胜粗短的身子虽说挺宽,但是遮不住高大的李江国。李江国朝王老虎背后移了移,用指头在老虎背上乱画什么。炊事班长孙全厚,用围裙不停地擦手,他像是正做饭的工夫奉命赶来的。

大伙儿闷得慌,服帖地等着政治委员开口说话,像是那开口的第一句是最受不了的。

李诚熟悉他面前站着的这些个人。他熟悉周大勇身上六处枪伤、两处炮伤、两处刺刀伤的位置和历史。他熟悉王老虎这位抗日战争年代威震"晋绥"的钢铁汉子——今天驰名西北战场的战斗英雄的每一件惊天动地的壮举。他熟悉马长胜那脖子是多会儿在哪一次战斗中负伤以后发直的。他熟悉马全有那硬折不弯的火一样的性子;也熟悉那脸上的伤疤,是在哪一次战斗中跟敌人对刺时留下的痕迹。那次战斗下来,马全有因为脑子受了很大震动,怎样在三天三夜里一直反复呼喊:"用刺刀捅!捅啊!捅呀!"

李诚更熟悉这位头发斑白的孙全厚,在病得昏昏迷迷的时候,怎样有气无力地说:"我……我的……行军锅!"他熟悉老孙把战士们不小心撒在地上的小米,怎样一粒一粒捡起来。也熟悉,一九四一年冬天,部队驻在黄河边,没油没菜吃,粮食更缺;那时候,老孙光脚板踏冰雪,人推磨子磨豆腐,还养了十来条猪,为了给第一连战士们改善伙食。有时候,老孙在推磨子中间,肚子饿身上冷,昏倒在地,可是他爬起来,头靠墙壁缓歇一阵,又一圈一圈地推动磨子转。这些困苦他不仅不向人叙说,还抽空儿半夜上山背炭,天明赶到集市上卖掉,赚来钱给战士们买灯油和学习用的纸张。

周大勇、王老虎他们这些人,对自己的政治委员也是十分熟悉的。他们知道他在生死节骨眼上,怎样突然出现在阵地前沿,给了他们使不尽的精力,跟他们肩并肩击退死亡。他们记得他怎样让他们这些普通的工人、农民,懂得本阶级的使命、生活的道路、人生的意义;让他们从人下人变成旋转天地的战士。他们也知道:政治委员低下头走路是思索问题;跟人说话时眼睛盯着地下什么地方是谋虑事情;而他"溇"起人来,可也很有分量。

李诚一边思量一边说:"你们连队有九十六个人,但是其中有很多人你们并不了解,并不了解啊!"他的口气缓和,不像大伙想的那样严重。

李江国不等别人说,就抢先说:"九十六个?嘿,我们连队是九十七个人呀!"

李诚说:"同志,应该是九十六。"

"九十七,准没错。"马长胜固执地说。

李诚问:"不是跑了一个?"

"咳,没跑了!"李江国乐了。他想:难怪李政委板起脸,原来他不知道尹根弟并没有跑脱。

李诚说:"那还是九十六个人。尹根弟所以开小差,就是还不知道他为什么打仗,为谁打仗。这样的兵,是不能充数的,同志们。"

"那就不算他吧!"王老虎慢悠悠地说。

李诚说:"不算他?这并没有解决问题呀!我还有几个问题咱们一块来研究。"他问,尹根弟是哪里人?多大年纪?什么成分?在反动军队中当兵好多年?性情如何?他到第一连以后,干部和共产党员们对他做了什么具体工作?……

大伙七凑八凑谈了几句。说罢,就你瞧我我瞅你,心里不安地翻腾着。

李诚一言不发。

孙全厚一口一口地咽唾沫。

李江国说:"班排干部、支部委员们,谁也没闲着。啊呀,这都是废话!"

李诚说:"是啊,革命本来是忙事情呀!"过了一阵,他又说:"铁打的营盘流水兵,这是对反革命队伍说的。我们的战士是为本阶级利益战斗的,可是为什么还有人开小差?这责任在我身上,也在你身上。同志们,党把这一支部队交给我们,要我们把它带好。可是我们怎样带领它前进呢?看看,尹根弟到你们连队整整三天,你们对他连初步的了解工作也没进行,更不要说很好地爱护人家了!"

马全有说:"他刚来,八字没见一撇就开小差。灰家伙,准不是好人!"

李诚说:"你凭什么说他不是好人?尹根弟到我们这个连队的大家庭中来,一没有得到共产党员的爱护,二没有了解革命队伍跟反革命队伍的不同,他不开小差才有鬼!"他站在那里,眼睛望着左边墙角,思想在飞转。过会儿,他的眼光扫过每一个人的脸,说:"一个连队是一支很厉害的力量。为什么呢?因为连队上有共产党的支部。可是看看你们这个连队的堡垒——支部吧!或者你们会想:跑一个人还不是平常事,何必看得那么严重?同志们,不要说跑一个人,就是我们丢掉一粒子弹,那对我们共产党员说,都是不能原谅的。你们支部抽空开个大会,从这个问题检查起,看你们工作还有什么漏洞。检查的结果,周大勇后天上午行军中,向我汇报。对啦,我还想和你们的教导员张培商量一下,请他利用行军中的空子,在你们营里召开一次'巩固部队漫谈会'。你们在漫谈会上,把从尹根弟开小差这件事上得到的经验教训,向大家介绍一下,免得大家再出同样性质的娄子。"

周大勇站在一边,脸色阴沉沉的,心里像发了山水一样翻腾起来。

支部委员们刚走,连部小通信员小成闪进来。

李诚说:"小成,你脖子怎么老是黑漆漆的?"

"政委,别看脖子看看脚。我的脚可洗得白生生的!"

李诚说:"想必是,脖子目下对革命的用处不大?"

"有那么一点!"

李诚笑了,扳住小成的肩膀,眼对眼,说:"你这个调皮的小家伙,吃得这样胖。大概你喝一口凉水都长到身上了!"

他瞧瞧周大勇,说:"你心里还打什么小算盘?啊,我把你的心搅乱了!"

"政委,没有什么。我心里挺难受,挺惭愧!"

李诚说:"'难受,惭愧!'这并不坏呀!不过,依我说,你还是鼓起全身气力,开动脑筋,把工作做好,这才是正道。好吧,请你给我搞点东西吃,要快!五分钟以后,我要赶回团部去开会。吃罢饭,我走了,你就跳三尺高骂我:这个找茬子的家伙,到处生麻烦。是吗?"

周大勇沉重的心情一点也没减轻。他说:"不,不会。政委,我不能说一下子就会把工作做好。可是,我知道用什么样的责任心去工作!另外……"

"另外什么?"

周大勇说:"当然,这个战士动摇是我们没有把工作做到。可是有些人,诉过苦又受过很多教育,阶级仇恨是什么他也知道……反正你就是把嘴唇磨破,你就是把好话说尽,人家就是不诚心革命……我真想不通……"他握着拳头,感情激动得脸涨红。"我真想不通,为劳动人民事业打仗,世界上还有比这更好的事?哪怕明天我在战斗中把血流尽,我总认为我选定的事业是伟大的事业。……可是有些人还三心二意。我弄不清,他的脑筋怎么长着!"

李诚瞅着墙角,仿佛他正在轻轻地把手放在周大勇的心上,琢磨那跳动的思想。他说:"周大勇,你把有些事情看得太简单了。一个人要成为坚强的阶级战士,这要他经过反复锻炼,还要我们一点一滴地做很多艰苦的工作,才能达到。因此,你不能认为诉一次苦,谈几次话,就能解决了一切问题;同时,也不是在一次什么运动中,每个人都达到同一水平。诉苦,这对刚参加部队的战士,只是个开头的启发。嗬!你啊,真是个血气方刚的小伙子!"他把周大勇盯住看了一阵,又说:"不要心急:对思想差的人,不要动不动就处分,打倒了一个人的自尊心,那这个人就会变成提起一条放下一堆的人。对思想差的人,首先应该帮助他进行自我批评。一个人做了对不起党和人民的事情,他心里不难过不痛苦,那你再严厉地批评他,作用也不大。要让人自觉,哪怕是处分他。说到你们连队的工作,那团党委奖给你们的'模范连队'的旗帜,就是最好的说明。不过,你任何时候都要看到自己工作中不够和错误的一面。工作成绩是在那里摆着的,谁也拿不走的;可是缺点和错误就妨害我们的事业前进!"

周大勇焦急的心情慢慢地消失着,他望着政治委员,身上有一种强大的力量在扩张。

五

昨天晚上,战士们在森林中的泥沼里摸了半夜,还没摸出二十里路。天明,他们又淋着雨走了三十里。上级传下命令:休息半天。

连阴雨从天黑下到天明,又从天明下到天黑。天像大铅板一样压在人们头上。远近都是雾蒙蒙的,人们身边像是堆满了云彩。

雾气罩住的森林里,有时传出来歌声。歌声像有传染性似的,一个地方有人唱起来,另外一个地方就有人接着唱起来,不大一阵工夫,上下几十里的川道里,到处都是歌声:

>　………
>　我们都是飞行军,
>　哪怕那山高水又深。
>　在密密的树林里,
>　到处安排同志们的宿营地,
>　在高高的山冈上,
>　有我们无数的好兄弟。
>　没有吃,没有穿,
>　自有那敌人送上前;
>　没有枪,没有炮,
>　敌人给我们造。

我们生长在这里,
每一寸土地都是我们自己的,
无论谁要抢占去,
我们就和他拼到底!

周大勇从团司令部开会回来,往连队走。他不停地想起团政治委员在会上讲话的样子。

周大勇满身透湿,裤筒上溅了很多泥巴,光着脚片。他走到一棵大树下,把手上的泥擦到树干上,又拧了拧裤腿上的水。

他听见远处传来歌声,也就边走边唱,两只手还起劲地打拍子,一不小心,"啪嚓"跌了一跤,身上摔得生疼。他从泥里爬起来,自个儿也失笑了。

抗日时期最艰苦的年代里,有一支人民军队在这里闹过生产,因此,森林里的山崖上,有很多窑洞。如今,窑洞都成了破烂的黑洞了,窑门外的蒿草长了一丈多高,显得十分荒凉!

周大勇拨开蒿草,进到窑洞里。他喊:"同志们,我们这个家庭还凑合!"

战士们都喊喊喳喳地说:

"不是凑合,倒是挺好!"

"看,连长,大伙挤在一块多热火!"

战士们有的擦枪,有的补衣服,有的围在火堆旁边津津有味地谈论着吃的事情,各地方的人都说各地方最好吃的东西。人们把这叫作"精神会餐"。在这"精神会餐"中,大伙儿激烈地争执:北方的新战士说大米性凉,吃了闹肚子,湖南战士听了火冒三丈!

周大勇把衣服脱下来在火上烤。他不胖,但是前胸后背厚实、宽大。他那两条胳膊,像两根很粗的铁棒一样。

李江国坐在周大勇左边的角角里,手里拿着两片石头,边敲边唱:

美国枪美国炮，
美国军装美国帽，
为什么都是美国货？
因为反动派净是美国造。

战士们哄地笑了。有人喊："江国，再露一手！"

周大勇转过头去，正要和李江国说话，又听见一个战士低声慢气地用手比画着说："现在有啥苦呢？拿我来说吧，十四岁上就给人家熬活，一熬就熬了十三年！那真是把脊梁骨压弓啦！出门看天气，进门看脸色。五黄六月，把东山日头背到西山。十冬腊月，光脚踏着雪。那时节，谁知道把死苦受到多会儿才到尽头？反过来说，眼下，我们就要胜利了，吃这么一星半点的苦，还有啥熬不下去？同志们，革命咋发展，咱们毛主席心里有底，咱们这管七斤半的人心里也有底！"

周大勇静静地听着战士们说话，心里唤起了一种兴奋的感情。他跟战士们挤到一块，讨论刚才那个战士说的话。激昂的谈话声，不时地从这个破窑洞里传出来。

夜里，一阵价大风摇得树林呜呜吼，一阵价稠密的雨点打得树叶沙沙沙响。远处的林子里传出狼和豹子的嗥叫声。

战士们有的抱着枪，躺在草上；有的坐在火堆边，头低在胸前打呼噜。

周大勇坐在火堆边，看今天团司令部开会的笔记。这笔记本上记着团政治委员李诚的讲话。李诚的形样又显现在周大勇眼前。周大勇觉得自己比起李诚来，仿佛缺乏一种什么东西。他问自己："我缺少政治委员那充沛的精力吗？缺乏那明敏的看问题的方法吗？"想来想去也想不出名堂。"哦，今天会上张教导员说：'周大勇，咱们政治委员的一举一动，你都在模仿啊！'真是这样？"他独自笑了。

他转过脸望望战士们。他身边一个战士,脸朝火堆睡着,那脸在睡梦中还笑着哩。突然,那个战士掉转身,嘴里吧吱吧吱像吃什么很香的东西。过了一会儿,那战士迷离马虎地喊:"不要拉开距离——"另一个战士转转身,生气地蹬了一脚,说:"睡觉也不安生,真是……"

周大勇觉得,这些战士们,现在格外让人见爱。这些英雄的战士们,人人都愿意为执行他周大勇的命令而拿出自己的血汗和生命。周大勇熟悉他们那各种各样悲惨的经历,熟悉每一个人的脾性,也熟悉他们当中,哪一个人枪法好,哪一个人是拼刺刀的能手,哪一个人能独身冲入敌人群中而毫无惧色。在往日那猛烈而残酷的战斗里,曾有多少次,周大勇的血和这些战友们的血流在一起啊!他们和周大勇是心连心,肉连肉的。他们的欢乐就是周大勇的欢乐;他们的难过就是周大勇的难过。谁要伤了他们一根汗毛,他周大勇就要泼上命去拼。

一个战士把脚伸到火堆边,大概他睡梦中感觉到冷。周大勇看那一双脚上漫着泥。他用小木棒轻轻剥那脚上的泥巴。那双脚后跟,像枣树皮一样裂开小口,从那小口中流出的血,凝成小血球。周大勇找了一个救急包,拆开取出了点棉花。他又把水壶的热水倒出了半茶碗。用棉花蘸开水,给那个战士洗脚跟。他一边小心地、轻轻地洗着,一边想起两三个钟头以后,部队还要继续行军的事情。

窑外沙沙沙的雨声,听了让人打盹。周大勇伸了个懒腰,把两条胳膊搭在膝盖上烤火,头低在胸前睡着了。他还没睡实在,就悠悠忽忽地听见有人吃力地朝火堆跟前爬,而且牙咬得嘣嘣响。周大勇强拉起眼皮,把火拨大。他看清了,爬的人是王小群。

昨晚间前半夜部队经过急行军以后,作两个钟头的"大休息",王小群去站哨了。他站哨回来,身上又湿又冷,就睡在火堆旁。没多久,他睡熟了,把脚伸到火里。同志们听见叫声,都连忙爬起来,一看,王小群的两只脚让火烧伤了!医生疗治了一下,说,不大要紧。可是经过半夜又半天的行军,王小群的两只脚完全坏了!

周大勇问:"小群,你爬起来干什么?"

王小群又摇头又摇手,要连长说话轻点,不要惊动了同志们。

王小群坐到火堆边,头上出冷汗,大概他双脚痛得像刀子割。他想了想,像找什么借口一样,说:"连长,我冷得慌,起来烤烤火。没啥,你尽管睡。"

周大勇笑了笑,和王小群面对面坐在火边。

王小群说:"连长,卫生员说,明天要把我送到山西去蹲医院。一定要去?不去不成?"

"不成。"

"连长,那我就不能马上参加战斗啦!"王小群眉开眼笑地拨弄火,要让连长知道,自己脚上的伤不碍事。可是难熬的疼痛又不由自主地爬上嘴边。他说:"我顾虑的是,到了后方医院,人家说我残废了,不让我回连队。"

周大勇说:"多可笑!像你这棒小伙子还能残废?你不记得咱们李政委常说:一个人思想不残废,他就永远不会残废。"

王小群说:"这,我懂。连长,你为啥老盯住我?你怕我难受?不,脚是痛得厉害,可是我跟同志偎到一块就蛮高兴。连长,我说心里话,不哄你!"

"小群,我也一样:跟同志偎在一块就高兴,离开同志们就像把魂丢了一样。"

王小群挣扎着要爬起来。

周大勇问:"干什么去?"

"连长,你睡,别管我。我到窑门口解小手去。"

周大勇从火堆上跳过来,说:"小群,来,我背你。小群,别看你个子大,像你这样的大汉,我管保能背起两个!"

"连长,别管我。你就背我到门口,我的脚还是不能挨地呀!"

"小群,活人还叫尿憋死?有的是办法。"周大勇左右看看,从火堆上跳过去,把自己挂包中的小洋瓷碗拿来。他为自己很快地想出这个办法而高兴。他说:"小群,来!"

王小群摇头,说:"连长,不像话。不,我非爬出去解手不可!"

"小群,不好意思?这才怪啦!"

王小群侧身躺在地上。周大勇用小洋瓷碗盛着他的尿。王小群脸背着火,眼里忽撒撒地滚出黄豆大的眼泪珠。

周大勇和王小群谈了一阵,夜深了,他反倒不瞌睡了。他想起山头上那淋雨放警戒的战士。

他走出窑洞,细雨凉飕飕地打在脸上、脖子上。他听见远处哨兵低沉雄伟的问口令声。左边一排窑洞中,烧着一堆堆的火,从那儿传出战士们的拉鼾声。

周大勇看见一个黑影扑嚓扑嚓踏着泥水走来了。那黑影突然一动也不动地站住了,仿佛窑洞中战士们的鼾声把那人吸引住了。

周大勇喊:"口令!"

哦,原来是政治委员!

李诚说:"周大勇,现在是十二点;两点半吃饭,三点钟出发!"

周大勇说:"知道。"

李诚说:"你站在这里干什么?睡觉的时候就要很好地睡觉,要爱护身体啊,同志!"

周大勇问:"啊,你光要别人爱护身体!夜这么深了你为什么不睡觉?"

李诚说:"我吗?"他笑了,"我那倒霉的警卫员出了个洋相:他硬要我睡在一个树枝搭的棚子里,我刚刚睡下,风把棚子吹倒了,铺盖全湿透了。我就想:是不是有的战士也像我一样傻,放着窑洞不住要住什么棚子。我想着想着就不知不觉地走到你们这里来了。"

战士们淋着雨,在高山峻岭中经过连续十几小时行军以后,爬上了陇东高原。这里比起陕北,别是一番天地。这时节,陕北的桃花、杏花刚开过,每年一开春就刮起的大黄风,至今还没停息。中午是有点热,一早一晚还离不了棉袄。可是这陇东高原上,麦梢都黄了,雨过天晴,燥热立刻就包围了人。陕北到处是连绵起伏的黄土山,这里虽然地势高,可是一眼望去还是平展展的。战士们乐啦:在这里走路比陕北容易多啦。其实,这高原让纵横的大沟割裂开了,走起路来要不断地翻大沟。远处看,一条条的部队行列,一会儿在高原上移动,一会儿消失了,过一会儿又在另外一块高原上出现了。

这样上呀下呀地翻大沟,很多战士脚上起了泡。部队行列越拉越长了!

部队进到一个破烂的小市镇,集合在一块休息。

团政治委员李诚听出了战士们唱歌唱得不起劲。这表明战士们是太累了,情绪有些沉闷。他让宣教股长指挥部队唱了一个歌子,就兴致勃勃地走在战士们面前,大声喊:"同志们!有一个好消息。"

战士们都抬起了头。

"我们增加了很多大炮!我们要打大胜仗了!"

战士们抹抹脸上的雨水,盯着政治委员。有的战士还互相丢着兴奋的眼色。

"但是我们很多同志脚上起了泡,走不动了。骑兵靠马步兵靠脚,你们走不动,胜仗就打不成!脚上起泡的人举手。"

一下子,全团就有多一半人举起手。

李诚问:"同志们,泡很大吗?"

战士们齐声回答:"很大!"

"有小的没有?"

"有!"

李诚说:"这就对了。像同志们说的一样,大泡叫榴弹炮(泡),小泡叫六〇炮(泡)。你们有的人脚上起一个泡,有的起了几个泡,这样说来我们全团至少有两千多门炮(泡)。我们有两千多门炮还不打大胜仗?"

战士们哄笑了,笑声赶跑了一切疲劳。他们精神焕发,脸膛生动了,有些战士还高兴地互相挤靠哩。

李诚说:"同志们,我刚才看了六连十个战士的脚。真的,他们的脚走坏了。实在是够呛啊!"他指着第七连的战士喊:"七连一排站起来!"

一排的战士哗地站起来。

李诚问:"为什么走起路来这样艰难?"

七连一排的战士回答:

"报告,因为今天走的路太多!"

"报告,今天行军走得太快。"

李诚让那个排的战士坐下。他向全团战士喊:"同志们,七连一排的同志们说的话多半不对。(战士们低声笑了)大家脚上起了泡,并不光是走的路太多,而是我们肩上担子重。你们一路上唱歌:'脚踏着祖国的大地,背负着民族的希望……'对呀!我们背负着六万万人的希望啊!想想看,这个担子重不重?重。好吧,如果有人向同志们建议:把这担子减轻点,你们愿意吗?"

战士们一哇声地喊:"不能减轻! 我们甘心情愿担起这个担子!"嘿!一千几百人的声音变成一股声音吼起来,震得山摇地动;连那天上的黑云彩也像吃了一惊,急急地飞驰而去。

李诚说:"对,完全对。同志们! 问题已经解决,我的话也该收住啦!可是你们愿意听,我再来讲一个故事,一个很悲痛的故事!"

李诚指着五连队列中的一个战士,喊:"张有年!"

张有年站起来,战士们眼光都盯着他。

李诚指着张有年讲起来。张有年贫农成分,家里共有四口人:父亲、母亲、他,还有一个妹妹。去年五月间保长借着查户口就强奸了张有年的妹妹。第二天他妹妹上了吊。张有年气得在家里跳起来骂,保长就连夜把他绑起"卖了兵"。张有年的母亲急得死过去好几次。张有年的父亲眼看一家人死的死、散的散,怄气在心,第二天就上县衙门告状。保长给县长写了一张二指宽的条条:张屯儿欠他三年租子,不但一颗不缴,而且还抗"军粮军款"。县长按照保长说的这个罪名,把张有年父亲张屯儿押在监里,是死是活,至今还下落不明。羊马河战斗,我们把张有年解放过来……

李诚一提张有年的事情的时候,有些战士站起来了;眨眼工夫,全团人都站起来了。大家都盯着政治委员,默默不语。当李诚讲到最后的时候,突然,有巨大的声音爆炸似的轰响起来:

"打倒封建势力!"

"打倒蒋介石吃人的政权!"

"摧毁万恶的旧社会!"

有很多战士一面流泪一面喊。因为,类似这样悲惨的事情,战士们有的人经历过,有的人比政治委员还知道得多。

周大勇坐在战士们中,政治委员开头说话的时候,他就挺直身子定定地望着他,闷闷雨洒在脸上,他也没觉着。当政治委员讲到张有年的遭遇的时候,他忽而紧张地拧眉头,忽而气愤地睁大眼;最后,他产生了一种想去立刻厮杀的复仇心情。

李诚说:"同志们,我们背负着劳动人民的希望啊!因此,我们行军中,想起这些受煎熬的劳动人民,就会忘记自己的脚痛。同志们要记牢:我们向前多走一步,劳动人民就少受一点罪。好!我的话讲完了。最后问同志们,像你们这些人民英雄,还怕什么疲劳,还怕什么脚痛?"

战士们齐声高喊:"我们什么也不怕。"

李诚说:"对。没有顽强的行军,就没有顽强的战斗。像五连六班战士刘有成说的一样:'山高没有我们的脚底板高,山大没有我们的决心大。'同志们,这才是英雄气概。好汉们,前进吧!马上要打仗了!"

战士们踏着泥水在前进。部队行列中,扬起高昂的歌声,充盈着渴望战斗的热情。

六

太阳向陇东高原上喷火。路上的烫土发烧。蝉儿耐不住热,在草丛里、树枝上,不歇气地叫唤。

高原下边的川道里有一条小河。这小河是绕着环县城流下来的。河边有一簇簇小树林子。树下的阴凉地里,有些个战士在开会。河里有些个战士边洗澡边打水仗,他们欢乐的喊声,远处都能听见。

周大勇从河边走上来。他穿了件刚洗过的粗布衬衫,两只袖子卷在肘子上边;提着一条手巾。

周大勇在陇东高原上经过近一个来月的行军打仗,脸色黝黑,筋肉更结实,精力也更旺盛了。他迈着大步往连部走,看来又健壮又愉快。他经过一棵棵的大树边的时候,总要停住脚站一站。天空飞过的小鸟,起劲地叫:"旋黄,旋割!"他以为那鸟儿在树上叫,就抬起头眯着眼,在树下转圈圈。他想从树叶的空隙间,瞧瞧那叫"旋黄,旋割!"的鸟儿是什么形样。瞧了半天不见踪影,他捡了块石头扔上去,也不见鸟儿飞起来。他没奈何地走开了。边走边回头看,心想:最好晚上爬上树去捉一只。可是,它晚上准在树枝上住吗?说不定它晚上在麦地里钻着哩;那鸟儿一定鬼得很!

"孩儿,你就有这份闲散心肠!来,吃一碗凉面!"周大勇走进连部驻扎的院子,听见有人叫他,回头一看,是房东老太太。她端一碗凉面,站在那里,笑嘻嘻的又和善又亲热。

老太太说:"你又要说'不吃',是不是?我的大小子土地革命的时光就当了红军,这阵还在咱们队伍上哩。你住在我家,就跟我儿回来一样啊。你再要虚情假意地说'不吃',我就要把你赶出我的门。看你敢不敢!"

周大勇满脸稚气,调皮地瞪大眼,说:"老妈妈,你说服不了我的肚子!刚吃了晌午饭,肚里连口凉水也添不进去。饭不吃,情分我可领啦!"

老太太恼啦:"这才叫领空肚子人情!你不吃就不吃吧。从今向后,不管你也不管是你们连部的人,都不准帮我们担水呀,劈柴呀,割草呀!你们谁来动手做活,我都不答应!"

周大勇贴着老太太的耳朵说:"老妈妈,王指导员回来,我们一道去你家里吃饭,只要你能管得起,我就吃十八碗!"

"那就好!"

老太太看周大勇衬衣上有个纽扣吊着。她从针线包里拿出根针,说:"孩儿,我给你缀两针。"她边缀边说:"孩儿,瞧你这四棱四正的个子,机灵的眉眼,你办工作定是能行的!"

"能行?好你老人家哩!瞧,瞧,老妈妈,那是你家的公鸡吗?嘿,多俊样啊!怎么我在这里住了好几天,都没有看见它呢?"

"孩儿,你没看见它,它可看见你啦。我说,你们该不会再走了吧?"

"这可说不上来!"

老太太说:"你们要开走了,丢下我们这老的小的不管,咱们毛主席晓得了,能跟你们了得?"她缀好纽扣,用牙咬断线,说:"前些日子,人都慌啦!我谋划:咱们边区是咱们共产党的老根本,还能白白地叫敌人占去?没过几天,你们就开来啦,叫人喜欢不尽!"

周大勇想,自己从小失去了家,失去了爹跟娘,可是到处都是自己的家,到处都是关照自己的爹跟娘。他心里流动着愉快幸福的感情。

老太太走开好半天,周大勇还坐在那里。他背靠土墙,眯着眼,拔了根嫩草在嘴里嚼着。老太太刚才给他缀纽扣的动作跟说话的神气,唤起了他孩童时期的生活印象。

那天是端午节,是他交十岁的生日。家里刚分到田地,还分到几件土豪劣绅的衣服。娘的心绪特别好,就把分到的一件细布长衫给他改做成一套衣服。端午节的先一天黑夜,他就乐得睡不稳,第二天天不明就爬起来,穿上新衣服。娘还给他胳膊绑上了红布条,说这算是一个红军了。他乐得连粽子也不想吃了,连雄黄酒也没喝,像脱缰的马一样,跑出了门,就跟一帮小孩子在池塘边用泥巴打仗。眨眼工夫,他那身蓝臻臻的衣服,倒让泥染得花里胡哨了。越玩兴头越高,他跟孩子们比赛爬树。他刺溜溜地爬上爬下,新衣服扯得稀烂。回去,娘一看,躁啦,把他按倒在地,一阵好揍啊!他性子犟,躺在院子里从前晌哭到后晌。娘把他的衣服洗了,坐在院子里缝补。娘又不忍心看他哭,把他抱拢来,边补衣服边讲故事。

那是多美的故事啊!说是在过去那老远老远的年头,有个会作法念咒的活神仙,神通广大。他能呼风唤雨,也能旋转天地。能伸手摸着天,也能变成个指头长的小鱼。庄户人不晓得他的能耐,得罪了他。有一天,他抓了一把草往河里一扔,啊呀!都变成了鱼。庄户人都跳下河去摸鱼,末了,误了收庄稼。过后,人们知道了他的本领,有什么事都求他。那活神仙有一副好心肠:有人求他帮助,他慷慨相助。有一年,天上没雨,河也干了,庄户人活不了,都求他来搭救。他把自己的手指割破把血朝空中一洒,大雨唰唰下,河水潺潺流。旱灾过去了,可是插秧的季节也快过去了。庄户人那个急呀!他们又求活神仙。活神仙用棒子顶住一个筛面罗子,太阳便在空中不动,到庄户人插完秧,他把罗子一取掉,忽撒一下,天黑了,眨眼工夫,报晓的公鸡也叫唤了。

周大勇听娘讲了这个故事,成天想找那个活神仙去学法念咒,连做梦都梦见他:五六丈高的个子,力气大得出奇;很有同情心,可是很严厉……他时常做这个梦,一直到参加工农红军。

接着,周大勇又想起许多孩童时期听到的故事。这些故事,有的是娘在小小的油灯下,一边做针线一边讲的。那时,更深夜静,寒风吹过树梢,窗外的星星忽眨着眼。有的是隔壁的老奶奶一边纺线一边讲的。她双目失明,看不见世界的光彩。所以,她除了讲那有趣的故事以外,还特别喜欢听那单调的纺车声,和那夏天晚上的蛙声、蛐蛐儿的叫声。有的是村西头的白胡子老爷爷讲的。那时,天麻麻黑,他割完稻子,坐在水渠边背靠树干,边讲故事边望他旱烟锅里的星火。有时,他讲着讲着停住了,老半天不吭声;有时,他活灵活现地一口气讲到底……

他们用那善良优美还有点沉重的音调传述出的故事内容,都是按照他们朴素的心愿、想法随时增减的。但是这些故事给那纯洁而稚气的孩子,带来了多大的智慧和幻想啊!有些人,即使活到满头白发,而他孩童时期的印象:亲人的音容,古老的传说,家乡的流水景物,连家乡给了他的苦难,都深深地留在他的记忆中。像周大勇这些人,不仅没有因长期的战斗生活消磨掉那些朴素的记忆,而且是更强烈。因为他感觉到这记忆中的事物,是包含着辛酸的生活,沉重的劳动,美好的愿望和那不能遏止的生命力量。

指导员王成德从团政治处开会回来,看见周大勇背朝门坐在桌子边写日记。他伸长脖子从周大勇肩头上望下去,只见他写得又快又齐整。

猛然,周大勇觉得,有人在他脖子上热乎乎地吐气。他扭过头,脸差点和王成德的脸挨着。

周大勇像一个小学生一样,把日记本子一合,用胳膊压住本子,说:"你刺探军事秘密?"

王成德说:"我刚回来,这个战役也没赶上参加。你也不正正经经地给我谈谈情况,老是趴在桌子上写呀写呀的。来!让我看看,你到底写些什么玩意儿。"

周大勇一手挡住王成德的手,一手压住日记本,说:"写得乌七八糟!"

王成德夺过日记本,翻了几页看:

六月二十一日　环县城郊

今天团司令部召开连以上干部会议。会上,团政治委员报告了陇东战役的情况:我们野战军突然出现在陇东高原上,把马家匪徒打了个没法子招架。激战半月多,消灭了许多敌人;陇东分区南北三百多里东西四百多里,除庆阳城的敌人还没扫清以外,全部收复了。……

会上,有几个干部眉眼皱得像喝了黄连水,直喊困难,说什么部队疲劳得撑不住。有的人还说:"我们营里有不少战士,在河边洗衣服,洗着洗着,就打瞌睡滚到河里去了。因此,要求休息一个时期。"李政委才回答得妙:"我们到这世界上来,不是为了休息,而是为了战斗。……同志们,三两天部队就要行动。我们西北野战军又要来个突然向北进军,通过沙漠地带,收复三边分区,再次捕捉胡宗南的帮凶——马鸿逵匪徒。……同志们,战斗的生活告诉我们:伟大的目的会产生无穷的精力;艰难困苦会增加人民战士的光荣。……"

走!打!这就是目前生活中的一切。

六月二十二日　环县城郊

今天读完《铁流》这本书。工作紧张,读书时间少。有时候,我睡觉前读十来页,所以一直拉了十来天才读完。

工作一忙我就把学习丢开了,这是要不得的坏毛病。为了坚持学习这件事,在山西作战的时候,李政委把我狠狠地溇过一顿的。他说:"这是一个缺点,一定要克服。战胜自己的缺点,哪怕这个胜利很小,也可以十倍地加强你的毅力。你如果让任何小缺点战胜了你,那你就缺乏克服更大困难的力量了!"

我不能坚持学习,这就表示:我的缺点已经战胜了我很多次。没有比让缺点战胜自己更可怕的事……

王成德一页一页翻着周大勇的日记。周大勇纯真的眼睛盯着王成德。他要从他的战友脸上,看出自己是不是写得正确。

周大勇说:"不好吧?说呀,是不是?瞧你的眼睛,嘿,想奚落我?"

王成德没吱声。他想起了前些时候李政委说过的几句话:"对周大勇这样的人说来,生活是很单纯的:战斗、学习、前进,一共六个大字。"他望着一旁,自言自语地说:"不错,一共六个大字!"

周大勇莫名其妙,双手卡住王成德肩膀,说:"你说什么?莫非你脑筋卡壳咯?来,我给你排除故障。"

王成德笑了笑,坐在炕边,手托住下巴,在深深地思量什么。

第四章　大沙漠

一

一天,夜里两点钟,哨子声把战士们从梦中扳醒来。时值盛夏,可是这高原上的夜晚,还是冷飕飕的。巷道里,各个院落里,到处都挤满了人。只有偶尔闪亮的手电光和炊事员做饭的灶房里吐露出的灯光,才划破了这漆黑的夜。

开饭了。有的战士还没有完全清醒,便摸着把饭舀到碗里,一连就吃好几碗饭。一锅饭吃完了,另一锅还没有抬出来,就在这一两分钟的间隙中,有人便靠在墙上呼噜呼噜地拉起鼾声,可是饭一来他立刻又吃起来。好像这样吃饭不是因为肚子需要,倒是为了完成任务。

夜里三点钟部队出发了。骑兵、炮兵,纵横交错的步兵行列,远处手电的闪光,深夜战马的嘶叫声。……

这一带是陕西、甘肃交界的一条险峻高耸的山脉。西北野战军的战士们在这人烟稀少的山地前进,向万里长城进军。当年刘志丹同志曾经率领陕北红军,在这里进行过长期而艰苦的斗争。一九三五年初冬,毛主席率领中央红军首先到达这里;后来,红军三大主力会师后,在这里英勇奋战。这里留下了毛主席、周副主席和许多巨人的足迹。中国工农红军经过举世闻名的二万五千里长征到达陕北之后,中国革命历史的新篇章,实际上是从吴旗镇周围这一带山区开始写起的。

战士们沿着红军当年开辟的道路,奋勇前进。大大小小的山头,一直起伏着伸展到天边去了,像是永世也走不完。战士们爬上爬下,一个山头闪过去,一个又突然横挡在面前。仿佛,一个个迎面扑来的山头,是陡然从平地冒起来的。

太阳喷火,战士们身上汗像瓢泼,汗从头顶直灌到脚底下;呼气吸气,嗓子都热辣辣的。他们的舌头粘在嘴里转动不灵,唾沫早就吐不出来了;两条腿除了酸痛还有些粗肿。战士们一步一滴汗,艰难地行进着。

行军第五日的下半天,战士们好像又走到山和水的尽头了。大山,渐渐变成了起伏的丘陵;大河变成细流,眼看着细流也渗到地下去了。

这些干巴巴的红土丘陵地带,很难找到指头粗的一棵树。当地老乡们叫它"八百里火焰山"。人们在这"八百里火焰山"上掏下去四十丈,掏不出水,反倒能掏出老辈子的炉灶的灰烬。

这里靠近沙漠了,水很缺,战士们即使找来一点水也是苦水。

六月末尾的那一天,部队宿在沙漠边沿的小村。

下晚刚一宿营,团参谋长卫毅就紧急地派出二十多个骑兵侦察员,到方圆二十里去找水。

第一营还算机遇不坏,他们驻的村子下面,有一眼小泉子。宿营后,二三十个炊事员,有的抬着大行军锅,有的提着灌水的葫芦,有的提着木桶,在那里等水。泉眼里麻绳粗的一股水往外流着,炊事员们都眼巴巴地瞧着它。啊,这一股清淙淙的细流系着成千上万人的生命哩!

第一连一直闹腾了多半夜,才凑合着吃了一顿饭。吃罢饭,有的人还没放下碗,便躺在地下睡着了。

夜里一点钟,王成德召开了支部大会,大伙儿研究了怎样通过沙漠的行军问题。

开罢会,王成德困得站下就睡着了。

周大勇望着王成德,只见他脸黄瘦,眼里网满血丝。他说:"你瞌睡?给眼里放辣面子吧!"

"真是穷开心,你总有气力!"

周大勇的脸色黑黝黝的,两道粗黑眉毛下的一双大眼睛,闪着渴望猛烈斗争的光。他那钢一样结实的身体里,像是蕴藏着使用不尽的力量。他这副样子,让人觉得:不管遇见什么敌人,他一伸手就能掐死他;黄河在他眼里只是一条小水渠,无际的沙漠只是一把沙土;要是上级有命令,他像是可以用刺刀把山削平似的。

王成德看看周大勇,劲头又来了,像是周大勇身上的力量传到他身上了。他说:"大勇!来,咱们把水的问题再琢磨琢磨。团政治处指示,要我们沿途收买老乡的葫芦,用它装水。我们才买到十七个葫芦,这管什么用?"

战士们都睡了,炊事班长孙全厚还在烧水。他烧好最后一锅开水,就把战士们的水葫芦收集起来,一个个地灌满水。过后,他又舀了两碗水,给周连长跟王指导员送去。连长跟指导员,趴在灶火台上头顶头睡着了。看样子,大约他们是正在商量事情中间睡去的。他们头边放着一盏小小的麻油灯。灯焰噗晃噗晃地闪着。

老孙把嘴放在周大勇耳朵边,想喊:"连长,起来喝水!"可是话到口边,又留住了。他一手端水,一手扶住灶火台子,微微弯下身子望着连长,那种老父亲疼爱子女的感情在他心里浮起来。

老孙的眼光落到周大勇那又黑又厚的头发上,只见那头发上有几根很小很小的草棍。这草棍大约是昨天晚上部队行军中大休息的时候,连长躺在路旁睡觉落上的。老孙像拿绣花针似的,把连长头上的小草,一根一根轻轻地取掉。他还想端来一盆水,亲自给连长把头洗一洗。哦,如今哪里能用水洗头?连长喝水还没喝够哩!一想起水,老孙的注意力又移到自己手里端的那碗开水上了。

他鼓起很大的决心,叫了连长一声。

周大勇猛一睁眼,只见自己口边有一碗水。他嘴唇都干得浮肿起来了,真想把这碗水一下倒在口里。

周大勇从老孙手里把开水碗接过来,悄悄地说:"别吭声!让指导员好好休息一阵,给他留点水,到他醒来的时候再喝。我喝过几口水了。我这碗水让连部的两个小鬼喝。"

老孙照着灯,只见卫生员三牛和通信员小成挤在一块睡觉。小成枕着三牛的肚子,睡得可甜啦。卫生员三牛还说些什么梦话。小成的嘴在动弹,莫非他梦见自己正在喝水?老孙心疼起来:"孩儿们准是渴得厉害!"老孙想叫醒他们,可又不忍心打扰他们睡觉;不叫醒他们,又怕他们没喝上水身上出毛病。他的口跟心合计了好几回,还是把水端到他们口边去叫他们。

老孙把三牛推过去,叫不醒,拉一把,还不醒;抱在怀里,睡得更实在了。小成呢,老孙叫一声,他哼一声,叫得紧了,他脚乱蹬手乱抡,口里瞎嘟哝……

天将拂晓的时候,周大勇醒来了,揉了揉眼,身子舒展了一下,走出房子。他双臂抱在胸前,抵挡寒冷。多怪呀:白天晒得身上流油,晚上像是数九寒天,冷得抽筋。难怪老乡们说这里气候是:早穿皮袄午穿纱,抱上火炉吃西瓜。

他巡查了一趟哨岗,回来路过伙房,就顺便走进去。

孙全厚坐在火炉跟前,抱住膝盖睡定了。火光把他油渍渍的灰军服,照得发亮。他一阵一阵打冷颤,轻声慢气地在梦中呻唤。

周大勇蹲下去,左手慢慢地搭在老孙肩上,头挨着头,把全身力量集中在耳朵上,听老孙长一口短一口地呼吸。过了一阵,他又轻轻地摸老孙那枣树皮一样的手,摸那浮肿而烫烧的脚……

老孙打了个冷颤醒来了。他用衣袖擦脸上的汗。嗨!连长这样严肃地瞅他哩！他说："误了开饭时间？这……这……"他慌乱地左瞧右看。周大勇压住他的肩胛，要他坐下。老孙艰难地咽了一口唾沫，说："啊，连长，你要好好睡一觉，你和指导员总是劳累的！……嗐！忙，忙，叫人心疼！"

周大勇说："先说你吧，老孙。我看你的病不轻！"

"连长，我，没有什么病……算不了什么病！"

周大勇知道，老孙五六天来就闹痢疾，今天行军中，还晕倒了一次。岂止老孙是这样？很多战士喝了苦水都拉肚子。为了不耽误行程，夜行军中不少战士都是把裤子脱下来搭在肩膀上，让粪便顺腿往下流吧，反正连队里也没有女同志。周大勇想着老孙这几天行军中的艰难，再看看老孙那因睡眠不足而发炎的眼睛和那肿得穿不上鞋的脚，说："老孙，你是老战士，有什么话尽能给我谈呀！你有病，可又不吭气，这还成呀？"

老孙说："连长，你不是说要咬紧牙嘛？……咱们炊事班人人脚肿，都有点小病。我能挺住，他们也能挺住。咦！我是个应名的党员，没有啥能耐，吃点苦可还行啊！"

周大勇用木棒拨弄火，眉头拧起，长久地满怀深情地望着老孙。他说："你好好休息。明天晚上十二点才出发；咱们要抽时间准备水，要不，部队就过不了沙漠。这么，你还能得空到卫生队看病。老孙，保重身体，千万保重身体。在这艰难的日子里，老战士比什么也宝贵！"

老孙说："连长！你快去歇息，看你跟指导员熬累的……嗐，教人心疼！"

二

上级指示，部队在原地不动，抽出一天时间准备水。因此，团司令部命令：各营各连，派人到方圆三十里去找水。到处部队都驻得满满当当的，找水不容易，找水的人员跑了多半天，搞回来的水，全团每人还匀不到一茶碗。

团长赵劲准备派三百个战士，再去搞些水回来，可是第二批找水的人员还没动身，就来了出发的命令。命令上写着：三边分区的敌人准备沿长城向西逃跑，因此，部队提前出发。

艰难的行军开始了。当地有谚语："过了八百里火焰山，一眼望不尽的老沙滩。"一点不假啊！

战士们在沙漠中走路，是走一步退半步，而且每走一步，鞋子里就灌满沙子。因此，他们从昨天下午六点钟出发，走了一个通夜，才走了四十里路。夜里又刮大风，做向导的老乡是过惯沙漠地带的生活的，但是连他们也迷失了方向。部队首长只能按指北针定方向，指挥部队前进。

第二个通夜行军过去了。

天亮了，太阳好像突然从沙漠中跳出来爬上了天空。

无边无际的沙漠像黄色的大海，太阳照在上面，万点光亮闪耀。战士们朝远处望，远处海天相连。战士们朝四面望，天像一口大锅倒扣在广阔的大海上。

一路路的部队行列，望不见头望不见尾，在广漠漠的黄沙中像浮游一样前进。

虽然说经过一天两夜的行军后，疲劳煎熬人，可是离开了大风沙的黑夜，战士们都精神一振。

政治工作人员、共产党员们，前呼后应地鼓动：

"发扬互助精神，战胜沙漠！"

"通过沙漠就是胜利！"

宣传员们站在队伍旁边，嗓子沙哑地讲着今天沙漠行军中大伙要注意的事情。

正晌午,蓝蓝的天上没一丝云彩,挂在天空的太阳猛烈地喷火,沙漠被烧得滚烫,空气灼热。人像跳到蒸笼里一样难受。没有一点水,没有一棵树,没有一丝风,战士们渴得嘴唇都裂口了,喉咙里直要生烟冒火,头昏眼花。很多人流鼻血。马尿下来,人们都眼红地瞅,生怕那混浊的马尿被沙漠汲去。

战士们把烫热的步枪,从这边肩上移到那边肩上,迈着沉重的脚步向前走去。

突然,天空传来轰轰的响声,战士们都习惯地向左右看,到处都是平漠漠的黄沙,没处隐蔽。

周大勇抬头看,只见一架飞机飞得很慢。他想:"侦察机!"

过了一会,敌人三架飞机来袭击。敌人飞机绕了一个圈子,就怪叫着向战士们俯冲扫射,千百条火箭从战士们前后左右穿过,沙子被打得扬起来。

战士们忽地散开,卧倒。只有周大勇直挺挺地站在那里,气汹汹地掏出手枪,准备朝飞机打。王成德跳起来把他按倒,说:"干什么?那有卵用!战士们早忍不住了,你一打响,战士们也要无秩序地射击起来了。"

周大勇气狠狠地把枪塞在枪套里。

周大勇拍拍身上的沙土,跟王成德一块走着。他气鼓鼓的,一句话也不说。

王成德问:"你刚才发什么妖疯?"

"老王,我什么时候看见了我们的飞机,哪怕是一架,我立刻去死也情愿!"

王成德说:"大勇,你想邪了!飞机我们很快也会有的。一九四一年,我带二百多民兵,把日本鬼子的炮楼围住,攻打了两天两夜,还是啃不动。那会儿,我们也想过:什么时候有了大批迫击炮、小型平射炮就好了。看,现在我们不是山炮、野炮也很多吗?"

周大勇眼睛盯着前方,紧绷着嘴,不吭声地向前走去。

王成德问:"大勇,想什么哪?气还没消?"

周大勇说:"老王,伤脑筋真是伤够了!有一天我们要有了现代化的装备,我打破头也要掌握它。"

远处刮来大黄风。那黄风,就像平地起了洪水,浪头有几十丈高,从远处流来。战士们盘算:"这许凉快点!"他们把帽檐往下扯扯,让帽檐遮着眼睛,等候黄风刮来。

大黄风裹住了战士们。天地间灰蒙蒙的,太阳黄惨惨地挂在天空。战士们一点也不觉得凉快,反倒像从火炕跳到开水锅里了。这呀,是沙漠地的热风啊!战士们闷热得喘不过气,沙粒把脸打得生疼。他们睁不开眼,迎头风顶住,衣服被吹得鼓胀胀的。大伙定定地站稳,像是脚一动,人就会被风卷到天空去。

热风过去了,太阳又发泼地喷火。暴热、口渴、疲劳在折磨人!有一个战士跑上来向周大勇报告:"炊事班老孙又昏倒了!"

周大勇急急地离开队伍行列向后跑去。通信员小成也跟着连长向后跑去。周大勇通红的脸上汗水混着沙土。他浑身是汗,衣服透湿,像刚从河里跳出来一样。

周大勇跑到老孙跟前,看见一个炊事员抱着老孙。

他一条腿跪下去,从炊事员怀里把老孙抱过来,紧紧地搂到胸前。

那个炊事员站起来,说:"连长!老孙,老孙不行啦!"

周大勇说:"去!快去帮助指导员。看,那不是指导员?他又扶着谁!"

那个炊事员望着老孙,迟迟疑疑停了好久才走开。

老孙眼发直,干枯的嘴唇咧开,脸涨得通红,脖子上暴起发紫的血管。他的嘴唇动着,仿佛要给自己的同志和这世界留句什么话,但是说不出来。不大一阵工夫,他的呼吸由急促变得微弱了,脸由通红变成灰白……蜡黄……

周大勇紧紧地搂着老孙,眼珠子一动也不动地盯着老孙那半闭的眼睛,心神错乱地嘟哝:"有一口水就好了!有一口水……"

通信员小成也机械地重复:"有一口水就好了!"

一口水一条命呀!

敌人三架飞机,绕过来又栽下来,一条条的火箭,穿在周大勇周围的沙子里爆炸了。炸起的沙土扑在周大勇和老孙的脸上。周大勇用自己的胸膛遮掩住老孙。

周大勇望着那俯冲扫射的敌机,眼里喷火。他心里猛烈的仇恨混合着撕心的痛苦,浑身颤动,嘴唇发抖。哪怕他周大勇一分钟以后就死去,但是在这一分钟以内,他也要把那美国走狗的心肝挖出来!

团卫生队队长骑着马赶来了。他跳下马,喊:"有办法,有办法,这针药有效。"

卫生队长拼命地把注射器的针尖往老孙胳膊上的血管里扎,可是扎不进去。生命离开了老孙,血管、筋肉都僵硬了!

周大勇把老孙轻轻放到地下,站起来。他把自己的破衣袖子撕下一片,想盖在老孙脸上,免得沙子吹进老孙眼里。可是周大勇拿上那块破布,呆呆地站在那里,像是他不知道自己要干什么;像是他的心脏停止跳动,血液停止循环,思想也木然不动了!

老孙啊,老孙!同志们走路你走路,同志们睡觉你做饭。为了同志们能吃饱,你三番五次勒裤带。你背上一口行军锅,走在部队行列里,风里来雨里去,日日夜夜,三年五载。你什么也不埋怨,什么也不计较;悄悄地活着,悄悄地死去。你呀,你为灾难深重的中国人民献出了自己的一切啊!

小成摸摸老孙衣服兜儿,看有什么遗物可以给老孙家里寄去。他从老孙口袋里掏出一个小盒、一个小本子。小盒里装着针线、破布、铅笔头跟炊事班的立功计划。那个小本子是麻纸订的，因为怕雨淋湿还用油布做了个皮子。那小本子的每一页上都留着老孙的黑指印，每一页上都歪歪扭扭地用铅笔写着核桃大的字：毛主席。

老孙不识字，可是他看见同志们都给毛主席写信，他也想写。他想把自己满肚子的话，写给自己的领袖毛主席。这样，他开始学字。他这上了年纪的战士，宿营后烧行军锅煮饭的时候，在这小本子上花了多少气力！他在紧张行军后的深夜里，在这小本子上写下了多少愿望！他在跟敌人拼死拼活的空隙中，面对着这卷了角的破本子，又有多少次看见了自己的亲人毛主席！如今，他永远不能写这封信了！

周大勇从通信员手里把老孙的小本一把夺过去，塞在口袋里。他想，他一定要设法把这小本子寄给毛主席。因为这是老孙生前的愿望、死后的遗言。

部队哗哗哗地前进着：战士们、担架队员们……走啊！走啊！老孙没有走完的路，同志们要走完！

战士们用眼光向倒下去的同志致敬。听不见长吁短叹，看不见愁眉苦脸，只有一种沉重而又严肃的空气，充满在天地之间。

周大勇双手撑在腰里，再一次地望望老孙那老成忠厚的脸相。啊，这个跟他周大勇同生死共患难的战士，永远放下了自己的行军锅，永远再不会向他说："连长，我没啥能耐，吃点苦总还行……我好赖是个党员。唉，我做的事太少……连长，你跟指导员劳累的，教人心疼！"周大勇心里绞痛：有多少英雄好汉倒下去了啊！有多少热血浇在中国的土地上了啊！

周大勇和小成用黄沙掩埋了老孙的尸体。团供给处的队伍过来的工夫，周大勇要了一片炮弹箱子上的木板，用刺刀削了削。他从文书手里接过来毛笔，在木板上写着：

共产党员孙全厚，五十七岁，山西孝义人，为中国人民解放事业而光荣牺牲！

周大勇把这个木牌插在老孙的墓前,望着它,望着它！

周大勇擦了擦头上的汗,背上老孙留下的行军锅,正要去赶自己的连队,团政治委员李诚上来了。李诚满脸是沙土,嘴唇干得裂开小口子,鼻孔里塞了一团棉花,上嘴唇还有干了的鼻血。他的马满身是汗,口里流着白沫。

李诚跳下马,看了看木牌,站在坟墓旁边,脸上一条条的皱纹像刀子刻的一样。他抬起头,眼睛一眨也不眨地望着前进着的战士。

突然,李诚向战士呼喊：

"同志们！一个战士倒下了,千百个战士要勇敢前进！一个共产党员倒下了,千百个共产党员要勇敢前进！大山沙漠挡不住我们;血汗死亡吓不倒我们。前进！哪里有人民,我们就到哪里去;哪里有苦难,哪里就更需要我们。前进,勇敢前进！战胜一切困难！"

这用全部生命力量喊出的声音,掠过战士们的心头,在无边无际的沙漠上空雷也似的滚动。

战士们踏着沙窝,急急地向前走去。他们那黑瘦的脸膛上、眼窝里、耳朵里、嘴唇上,都是厚厚的一层沙土;两腿沉重得像灌满了铅。但是,他们都挺起胸脯扬起头,加快脚步,一直向前走去。他们都坚毅地凝视迎面移来的沙漠,凝视远方。

沙漠的远方,一阵旋风卷起了顶住天的黄沙柱。就算它是风暴吧,就让它排山倒海地卷来吧！

周大勇赶上自己的连队。王成德把一个昏倒的战士交给卫生队,也刚赶上来了。他俩肩并肩走去。周大勇敞着衣服,衣袖子卷到肘子以上,两手撑在腰里,肩上搭着米袋子,他扬起头迈着大步,向前走去。他现在的神气,就像每次部队在战斗中快要出击时的神气一样。他瞅了王成德一眼,像要说什么,可没说出来。

太阳快把人烧焦了。渴,渴,渴,渴得要命,任何人都感觉不到自己嘴里还有舌头和牙齿。心脏在猛烈地跳动,但是血液却仿佛越来越稠,越来越流得缓慢了。人们身上手上和脖子里的血管,都发紫地暴起来了!战士们每走一步都要付出巨大的意志力量,可是不能休息,不敢休息,因为有人坐下去就会永远起不来!部队行进着,加快速度地行进着。战士们都眼巴巴地望着前边,希望前边就是乡村、市镇、草地和流水。往日他们走过千百个市镇、乡村,穿过许多草原,涉过许多河流。那时候,他们很少注意这些平常见惯了的人烟万物。现在,当战士们远远看见一个黑点的时候,就有说不出的欢腾。可是,他们走近那黑点,一看,原来是一堆蒿草。多少次希望变成了失望!慢慢的,战士们也不看了,闷着头走吧!总会走到沙漠的尽头,走到希望的边沿……

三

再次打击了胡宗南重要的帮凶马鸿逵匪徒,收复三边分区以后,西北野战军在长城沿线作短期的休息、整训。

旅司令部召开了营以上干部会议,布置休息、整训期间的练兵工作。会议一直开到晚上九点钟才结束。

旅长陈兴允在房子里来回踱着,像在筹思什么问题。

紧张艰苦的战斗生活,向革命战士要求旺盛的精力。陈旅长在作战的时候,几天几夜不睡觉;端上一支蜡烛,站在地图下,从上灯时光站到鸡叫,从鸡叫站到更深夜静。现在,部队虽然在休息、整训,从表面上看来军队生活是平静得多了,但是摆在陈旅长这些干部面前需要解决的问题,比行军作战中遇到的问题复杂得多了。

他浑身充盈着力量,眼睛光芒四射,络腮胡子半个月没有剃又长得黑茬茬的了。人说胡子是衰老的记号,可是他的胡子更增加了他的英雄气概。

有些个中年人,虽然经过很多磨炼,可是他年轻时候的性情或嗜好,总以某种形式显露在他的举动上,哪怕这些显露常是很难察觉的。陈兴允现在的举动,显露出他一九三〇年还是一个工农红军的连长时,定是正直、勇敢、愉快而又刚烈的人。

旅政治委员杨克文躺在地下铺的马褡子上,头边放着洋瓷碗做的灯盏,灯焰一跳一跳地晃着。他借着灯光,看毛主席写的书:《中国革命战争的战略问题》。

房子中的墙角,放着一张破方桌。桌边有两个参谋和一个政治部宣传科的干事,在抄写什么材料。陈旅长有时候走在他们跟前,伸头看他们手里舞动的笔尖。

杨克文坐起来,机敏地看了旅长一眼,把书本卷起在膝盖上敲着,自言自语地说:"许多人参加了同样一个会议,听了同样一个报告,看了同样的一本书,可是各人有各人独特的心得!"

陈旅长没听清旅政治委员的话,他扭转身正要问,杨政委又说:"毛主席这本著作,我几年来看了至少有几十遍,可是现在读起来像是第一次才读,觉得书里每一句话都特别亲切、宝贵。怎么搞的?有些道理毛主席早就说过咯,自己也多次听过咯,可是自己在实际工作中花费了很多力气以后才能比较深刻地领会一点。老陈,人,有时候可真笨得出奇啊!"他急急地把书翻过几页,说:"好久以来,我脑子里有些片断的体会,闪呀闪的,可是把它收拢不起来。看,老陈,看!我读了这一段,突然脑子里像是起了一种变化:一切片断的体会都连贯起来了,明确了。看!这一段:关于集中使用兵力的问题,尤其是这一句话,我看了,一下子就兜出来很多问题,像是自己的脑子里突然豁亮咯。"

陈旅长意味深长地说:"这说明任何一点道理要真正变成自己

的,确实是很不容易。不要说你没有体验过的事情,就是你拿全部心血体验过的事情,也要反复多少次,那你才真正算在斗争生活中,学习了一点东西。也许经验主义还在我脑子里作怪,我总觉得人是按照自己的经历走路的。"

杨政委把膝盖猛地拍了一下,说:"一句话,你能把马克思列宁主义的道理和实际工作结合一点,你就进步一点;结合得多,你就进步得快。但是每一点结合都是不容易的。老陈——"

陈旅长用手势打断杨政委的话,说:"瞧,小伙子们打瞌睡咯!"

杨政委说:"年纪越轻瞌睡越多。我背机关枪的时候,部队一宿营,躺下立刻就睡得呼呼叫。"

陈旅长走过去,轻手轻脚地把自己的棉衣给一个年轻的参谋披上。

那个参谋醒来了。他又疲乏又不好意思地说:"旅长!我不瞌睡,你倒应该睡一阵。"

陈旅长大声笑了。他把烟卷的一头在桌子上磕了磕,说:"乱弹琴,睡得咕咕的,还说不瞌睡!"

他坐在那些青年人旁边,看着他们孩子式的脸膛,谈说贺龙将军的工作精神(他有很长时期跟随贺龙将军战斗),谈说战士们的英雄气概跟克服困难的事迹。

一个干事说:"旅长!人要常常想到战士们的英雄行为,就觉得自己有使不尽的力气!"

陈旅长说:"对呀,对呀!身体需要营养,思想也需要营养。身体不营养就要垮,思想不营养就要枯竭。不同的是:一顿不吃饭肚子就闹意见;十日半月不营养思想,人还不一定能感觉到。可是当一个人感觉到思想枯竭了的时候,同志,那他的生命就完结了——死咯,彻底地死咯!而且世界上没有比这种死亡更可怕。"

一个参谋把桌子上的纸张收拾了一下,说:"说来说去,反正我看到战士们的英雄行为,就觉得惭愧!"

"惭愧?"陈旅长抬起头,回忆思索着,"我很少有这种感情。战士们的英雄行为总是强有力地鼓舞我前进。是鼓舞而不是惭愧。你不同意?咱们可以辩论呀!"

那个参谋说:"我们不能和你比。你为党做了很多事情,可是我们——"

陈旅长打断他的话,说:"你这不是成心说颠倒话么?同志!战士们,我们的战士,才是为党做了很多事情的人,才是为党的事业冲锋陷阵、赴汤蹈火的人。"

夜深了。一阵阵的风从沙漠中吹来,沙子打得窗户纸沙沙响。远处传来骆驼的铃铛声。隔壁房子里,老乡的孩子从梦中哭醒来,母亲悠然爱抚地哄孩子。孩子的哭声慢慢地消失了。

陈旅长看着那些参谋们抄写起的东西,一句一句地修改,掂量每一个字的轻重。有时候,他为一句话、一个字,琢磨几十分钟。有时候,他抬起头责备地说:"搞什么嘛!你完全写错了。文化教养差,还不开动脑筋学习。思想懒汉,是最没有出息的!"说着,他就在床头上翻出一包书:有几本马克思列宁主义和毛主席的著作,有一本《孙子兵法》,两本写战争的小说,还有五六本描写爱情故事的外国文学译本。

陈旅长讲着各种书的内容。他讲得兴奋了,就放声大笑。他笑得那样纯真、愉快,简直像一个毫无挂牵的青年似的。

叮——当——叮——当——夜深人静,远处传来的骆驼铃铛声,听得更真切了。这种持续不断的声音,在广阔的沙漠上空波荡,听来是深远的静穆的。这种声音,让人想起坚韧的生命力量和沉重的劳动;也勾起了人的回忆。

杨克文把书放在一边,平躺着,用手垫着头。他静静地听着骆驼的铃铛声。过了好一阵,他说:"今天下午我和周大勇谈了谈。

奇怪！我看见他,就想起自己刚参加部队时候的情形。"

陈旅长说:"周大勇总是尽量避免跟我碰头。有闲空子,我要好好整治他!"

"你对他太严厉咯!"

"那是喜爱他呀!"

叮——当——叮——当——骆驼铃铛声渐渐地远了。夜深了,这声音虽然很远,但是听来还非常清晰。

陈旅长侧起耳朵听了好一阵,说:"老杨,骆驼在咱们南方真是稀罕东西。我小时候,那些卖艺的人拉上骆驼在我们乡下转。我跟一群小孩子去看骆驼,好玩得很。有一次,我跑了四五十里路去看骆驼,家里人找不见我急得要死,你说好笑不好笑!"

陈旅长仿佛因为骆驼的铃铛声勾起了他久远的回忆而觉着奇怪。他慢慢地磕着烟灰,说:"一下子就想到这样遥远的过去!"他背靠着墙,眯缝着眼注视手指间夹的烟卷,烟卷冒起一股很细的白烟柱。他像是又沉入到回忆中去了。

他的生活是复杂的,也是简单的。说复杂,是因为他像千千万万的革命战士一样,经历了艰难困苦与曲折的斗争;说简单,是因为他也像每一个普通的中国劳动人民一样,一出世,饥饿、痛苦、不幸就像身影一样不离他。

三十七年前他出生在湖南浏阳县一个雇农的家里。他还是一个孩子的时候,就给人家做工,担起成年人劳动的担子。像俗语说的一样:"受的牛马苦,吃的猪狗饭。"穷苦的生活折磨人,穷苦的生活又能琢磨出倔强的性情。

就仗着这种性情,他一九二七年逃出了家门,参加了"秋收暴动",当了一名红军战士,上了井冈山。从此,他和他的战友,以革命为职业,以部队为家庭,以同志为兄弟,以武器为伙伴。从此,他和他的战友,转战在大江以南的红色根据地,征战了二万五千里,经历了八年的抗日战争,目前又投入到这空前艰难的爱国解放战争中。

一天,吃罢早饭的时光,团长赵劲跟团政治委员李诚,向旅司令部走去。

他俩通过平坦的草滩,跳过一条水渠,到了旅部门口,碰见了陈旅长的警卫员。

旅长的警卫员粗胖高大。说起他的名字很少有人知道,可是提起"老资格"或"大个子"来,全旅无人不知无人不晓。他是有八年军龄的老战士。战斗紧急,子弹乱飞的时光,只有他敢把旅长挡住,不让他到危险的地方去。为这,他常挨旅长的骂,可也常得到师政治部保卫科的夸奖。

李诚喊:"老资格!"

警卫员轻巧地转过身子,很正规地敬了礼,说:"李政委,你不是来开会就是来和旅首长讨论问题。玩的事,你不参加。"

赵劲说:"老资格!李政委今天专门是来玩的。因为,他侦察到你给旅首长准备了好吃的东西。"

警卫员挺高兴,因为赵劲这样有趣地对他讲话还是第一次。他有时候跟别的团首长还可以说说笑笑,可是对赵劲总是敬畏的。赵劲在他印象中,是严厉而很少说话的。他说:"赵团长,你愿意吃东西,我一定想办法,可是当真没有什么好吃喝!昨天,旅长领上我们满地跑,说是找什么野菜,其实哩,给老乡割了一天麦子。旅长一边割麦子一边和老乡拉话。太阳晒得人身上脱皮,我们想早点回来又不敢催他。看,我手上打了四个血泡!"

李诚说:"旅长找什么野菜?现在粮食并不缺呀!"

警卫员抱怨地说:"旅长说他认识几十种野菜,又说野菜怎么好吃。他呀,首长们都知道,那是说不来的!我们向陇东进军的工夫,有一天在洛河川里宿营,旅长就下到河里去摸鱼,一摸就摸两三个钟头!"

赵劲说:"他一定摸得很多鱼,可惜我们不知道这个消息!"

警卫员说:"什么呀!他摸了老半天才摸到大拇指头粗的五条鱼。就是那呀,他还说他要做几个菜哩。还没等到他做什么菜,老乡的猫就偷偷把鱼吃光,连一根鱼刺也没剩下。旅长把我骂得好惨啊!要不是群众纪律管着,我非宰掉老乡的猫不可!"

赵劲跟李诚向前走去。

警卫员说:"旅首长不在呀!"

李诚问:"到哪里去了?"

警卫员说:"杨政委到城内给地方干部讲话去了。旅长,刚才还在房子里,可是眨眼就不见了。我现在正找他。"

赵劲说:"你这个警卫员真是乱弹琴,连首长也看不住。要是旅首长碰到特务出了差错,保卫科会砍你的头!"

突然院子里送出了歌声:"起来!不愿做奴隶的人们!把我们的血肉,筑成我们新的长城!……"

李诚说:"这不是旅长的声音?他在家。"

赵劲一进门就冷冰冰地说:"旅长,你的嗓子确实不行!"

陈旅长说:"要唱得好,我就不必关住门唱咯!"说罢,他从床头摸出了照相机,兴头蛮大地讲,他的照相技术怎样好,会洗印还会放大,好像谁不会照相就是了不得的憾事。

赵劲不感兴趣地说:"旅长,你照相技术再好,我也不羡慕!"

李诚说:"旅长,这简直是给你泼凉水!"

陈旅长把照相机往铺上一扔,故意生气地说:"赵劲,我照相的积极性叫你一脚踢光咯!"

赵劲嘿嘿嘿地笑了。

他们谈了一阵,李诚说:"下午两点钟我们团党委会要开会,请你和杨政委去参加。"

陈旅长问："怎么，刘邓大军①进入反攻的消息，你们还没传达？"

赵劲说："早传达咯。今天开会是总结传达工作，布置练兵工作。"

陈旅长说："战士们听到我军进入战略反攻，高兴得很吧？我刚听到这消息，整夜都睡不宁！"他看着墙壁上的一张中原地图又说："你们要随时把刘邓大军反攻的情形，向战士们报告。这样，战士们便知道刘邓大军带头反攻就是中国革命战争的伟大的转折，就是直接援助我们西北战场，援助我们全国各战场。这是有重大的战略意义和历史意义的事件啊！"

赵劲说："从今天的消息看，刘邓大军进展非常迅速。"

陈旅长说："反动派是一帮饭桶！他们招架不住刘邓大军的打击噢。"

四

团首长们住在长城边一家老乡的上房里。

傍黑，赵劲从连队里回来。他的裤子扯开了几绽，绑带上还沾着沙土。大概，他和战士们一块练习战术动作了。

李诚背朝门坐在桌子跟前，正看二营的一个工作报告。他看了一阵，把报告轻轻地往旁边一堆，说："毫无头绪，简直连问题的性质还没闹清！"从本子上撕下一页纸，低下头刷刷地写着什么。

赵劲放轻脚步，用两手把李诚的肩膀猛地按着。李诚肩膀摆了一下没摆脱，说："别捣鬼！"他想回头看，赵劲两条胳膊使劲推着他的肩膀，躲着不让他看见。李诚说："老赵，我知道是你。"

———————
① 刘邓大军，即刘伯承、邓小平二将军率领的部队。

赵劲两手松开,望着李诚,说:"你怎么知道是我?"

李诚说:"由你的手劲上我感觉到是你,由你呼吸的声音我听到是你。"

赵劲不出声地笑着。

李诚问:"莫非我说得不对?"

赵劲摇头,眼睛调皮有趣地闪着光,说:"对。我也有这经验:夜战中,有好多回我在阵地上喊你,你准答应。其实,并不是我看清了你,我感觉到那是你。"

两人眼对眼笑了。

赵劲转过身,坐在床边,迅速地解下绑带,又使劲地缠着,缠得非常整齐。他的帽子、绑带、皮带,都整齐而有次序地放在枕头左边。他到现在还保持着这样的习惯:晚上睡觉的时候,数着身上脱下的东西,而且记着数目。比方说,解下来的东西是七件,晚上如果有事,他一爬起来,把七件东西数着带上,头也不回就走出去了,准不会丢东落西。

赵劲两手托在脑后,身子往后仰着靠在铺盖卷儿上。他在回想着这几天练兵的情形。

赵劲的警卫员真够麻烦。一阵,他进来报告:"团长,水打好了,洗脸吧!"赵劲根本没听见。警卫员轻手轻脚地走出去。一阵,他又进来说:"饭搞好了!"赵劲不耐烦地摆着头,让他走开。警卫员摸不着头脑,又不敢多问。他走出去,对李诚的警卫员说:"咱们这些首长,我看等不到四十岁,头发都要落光的!"

"首长们哪里能像咱们,干罢工作就吃饱喝足,扳倒睡觉。他们肩上的担子重!"

李诚说:"赵劲!我要政治处所有干部赶快把'评纪律'的工作结束。然后,他们好集中力量搞练兵工作。"

赵劲没有回答。

李诚走过去,看见赵劲躺在床上,眼睛望着天棚发愣。他笑着说:"赵劲,你像是得了什么病?"

　　赵劲坐起来,一字一板地说:"不是害病的时候啊!"

　　李诚问:"你今天到第一连去了吗?我下午到六连去了一趟,听六连战士说:第一连练兵工作搞得挺不错。"

　　赵劲伸了个懒腰站起来,像是要摆脱疲劳似的。他想起今天的练兵情形,想起战士们在练兵中的创造,想起他从连队上带回来的启示和心得。他觉得浑身都是力量,脸上闪过兴奋的光。

　　赵劲把两个大拇指头挂在腰间的皮带上,来回走着,讲着第一连练兵的情形。李诚听着,寻思着。

　　八点钟了,熄灯号吹过了。沙漠中刮来的大风,摇着门窗,撞击着长城。

　　卫毅闪进门来,说:"好大的风哟!"他揉着眼睛,唾着口内的沙土。他眼窝、鼻孔都是沙土。从他朴实稳厚和精力饱满的样子看来,像是他也从连队上带回来很多启示、心得和劲头。他向赵劲和李诚摆了一下手,说:"你们谈什么?一定是谈练兵。嘿!战士们想了很多办法,真是越练劲头越大!"

　　他盘腿坐在床上,立刻把参谋们都找来,要他们汇报今天参加各连队练兵时光了解到的情况。

　　卫毅带来满房子的工作热情。

　　一天,太阳快落山的时光,在野外练习战术动作的战士们,都集合起来,回到小村里去了。周大勇和一营教导员张培,从练兵场走到一块草地上。他俩周围是一片肥沃的田野和草地——沙漠中的绿洲。

　　目下看来,沙漠中的绿洲便是世上最如意的地方。绿茸茸的草地像绒毯子一样铺在地上。成熟了的麦子散发着香味。骆驼在远处的沙漠中浮游。放羊的人赶着一群群的牛羊回来了。他们边走边唱信天游小调：

　　人都说三边有三宝，
　　牛羊咸盐甜甘草哟！

这一切在经过连续行军连续战斗以后的战士们看来，格外清爽，格外美好。

张培的旧灰军衣，整齐而清洁；破烂的地方，他都一针一针缝补过了。他慢慢地走着，不停地低下头瞧自己移动着的脚步，看来很清闲。有时候他望着远方的沙漠，像是很有趣味地想算什么。

他上了一个土堆，两条胳膊向前平伸，让风吹进袖筒。回头望望周大勇，笑了笑，像是说："这样挺舒坦，你也试试！"

周大勇觉着，张培这样谦逊、沉静、诚挚的性情挺好，连最毛躁的人见了他也会心平气和。张培打完仗，到什么学校当个教员，真是太好啦！

"战争考验人，严格地考验着人。这多时，艰苦的生活，唬倒了不少的人啊！"张培望着远处的沙漠，手指轻轻在空中弹着。"营部的刘副官，哎，这个人！他以前是我们的同志，可是现在变成我们前进路子上的障碍物了。"他的头轻轻地摇了摇，"那些把个人利益放在第一位的人，不管他的本质曾经怎样好，功劳怎样大，才能怎样高，都会丧失自己的一切变成精神空虚的人，一直到毁掉自己！"

周大勇说："上级批准开除他的党籍了。依我说，早就应当开除了！刘副官这样的人，他就不知道他为什么活着。一天吃饱喝胀就满足了，让他干点子工作，他就佯佯吾吾混日子。胡搞乱来……还说什么革命有前途他没前途！我最恨这种人……一个人没有思想，怎么可以活下去呢？一个人逃避生活的担子，逃避斗争的责任，那不就是一块废料吗？"激愤的情绪使得他的脸色更加刚毅。"像我们党的那些把自己的一切都献给人民的领导人，像我们的英勇而无私的战士,像那许许多多为劳动人民做过好事的人,他们硬是把历史向前推进了。人难道不应该像他们一样生活吗?"

张培说:"是呀!人都应该像他们那样生活、斗争。"他望望周大勇纯真的脸膛和那喷发着热情的眼睛。停了一阵,他又把周大勇打量了一番,像是从周大勇那魁梧的身材上得到了什么启示。他掉转话头,说:"政治工作做久了,就会觉着:人的力量是不能估量的,是无穷无尽的。像我们的战士们,你大胆地去估量,他们的力量也比你的估量高出一百倍。"

周大勇说:"我们有不少同志,很年轻就牺牲了。他们要活着,那该还有多少力量可以发挥!"

张培轻轻地嘘了一声,说:"我们在斗争的道路上,是负着很大的痛苦向前进的!他们有的人只活了二十多岁,有的还没活到二十岁……当然,生命的价值是不能拿时间长短来衡量的。"

周大勇折了根小蒿枝,在口里嚼着,认真地思量着张培说的话。

张培说:"周大勇,我们的战士们在旧社会是一钱不值的人。可是他们到了革命队伍以后,就发挥了伟大的力量,成了顶天立地的人。我常想,要是将来我们走到共产主义社会,那所有的人更该发挥多么难以想象的力量啊!"

周大勇说:"教导员,我也想过:我要好好地发挥自己的力量,还得住住什么军事学校。我参加部队以后,只住过几次教导队,知道的东西太少!"

张培望着周大勇的豁亮而愉快的面容,说:"太阳一落,可真凉快啊!——周大勇同志,能有这样机会更好,不过你不要把一个人的学习、锻炼的范围看得太狭小。——看,看,周大勇。那种鸟儿,你见过吗?啊,你没见过。据说,它是沙漠地特有的一种鸟儿。多好看呀!——像你已经比普通人升高了一截。笑什么?你不是战斗英雄吗？告诉你，我们在战斗生活中学到了别人得不到的东西。比方，平时同志们批评你，上级教育你，劳动、学习、锻炼……一句话：你得经过千辛万苦才能懂得那么一点点道理，学得那么一点点知识。可是在战斗中，猛烈的炮火、生死的斗争、艰苦的考验、英雄们壮烈的事迹、同志们的鼓舞，这一切很快地就把人那些庸俗的想法烧掉了！战斗中一个人会很快获得纯洁、高尚的品质。是吗？"

周大勇很少看见过张培这样的热情流露。他很感动，他仿佛看到思想在闪光。这种思想的闪光，让周大勇又一次清楚地看到了人生的道路。

"大勇，我常想，我们的军队不仅是一支军事力量，而且是一支政治力量、思想力量和新道德的伟大力量。你想想看，我们军队到了哪里，我们就把党的声音带到哪里。而且我们的战士拿自己勇敢和无私的行为，给人们建立了这样的榜样：每一个人应该怎样爱自己的人民，应该怎样生活、斗争，应该怎样一直向前。这就是说：我们军队不但是消灭敌人、打碎旧社会的力量，而且是移风易俗的力量！我说得对吗？你懂得我的意思吗？"

周大勇说："教导员，我懂得你的意思。党让我成为一个有用的人，我呢，也有决心成为一个对人民事业有用的人。"

张培说："这是个很好的志愿。能这样，我们就不会辜负这英雄的时代；能这样，我们就能用自己有限的岁月，创造出无限的光辉事业。"他两条胳膊前后晃悠，脚在柔软的土地上轻轻地踏着，自言自语地说："光辉的事业，光辉的事业……"他转过身来，手托在周大勇肩膀上，望着天和沙漠相接之处，说："大勇同志，要是世界上没有那一帮剥削人压迫人的畜生，那人生会变得多么美好啊！"

周大勇眼睛一眨也不眨地望着张培那因兴奋而更加光彩的脸色，身心沉浸在一种庄严的向往中。

五

太阳让沙漠吞没了,一阵阵凉风吹来。老乡们的烟囱里冒出淡淡的青烟。女人们把洗锅水往猪食槽子里倒。有些个老乡,坐在树下抽旱烟,消散整一天辛勤劳动带来的熬累。

战士们,有的坐在老乡大门外的石板上擦枪,有的把纸压在膝盖上写信,有的把破衣服撕成条条打草鞋,有的帮老乡打水、碾场、挑粪。到处都是歌声和快活的笑谈声。

宁金山穿着衬衣、裤衩,正帮老乡挑粪。他近来有了战士们那种毫无挂牵的乐和劲了。他觉得胸怀宽畅,生活中那些黑影子不见了,四处都是明亮欢乐的。他有一种心愿,一天比一天强烈,那就是想多做点事情。

宁二子满脸通红,他跑到一棵树下,喊:"哥,快来!"

宁金山看宁二子上气不接下气的样子,当是他闯下什么乱子了。

宁二子喊:"动作快点,看你磨磨蹭蹭的!"

宁金山把粪担放下,沉下脸,说:"忙啥!"但是他心里实在高兴。他觉着,二子现在看来才像个青年人。他像是看见了他弟弟七八年以前的样子。那阵,二子是十二三岁的孩子——他忠厚、老实,可也像一般孩子一样:好奇、好动、好热闹。

宁二子打参加部队那一天起,他就觉得他心里发生了不平常的事情。从他出生到世上,别人不把他当人看,往后,他也觉着他是下贱的人。像祖祖辈辈的穷人一样:受苦、受累,直到多咱把脊梁骨累断了,两腿伸直,那还不是像灰尘一样没人注意。可是从他进了第一连那一天起,就感觉到他是个人。这一发现让他心思满肚子,浑身是力量。因此,他在"陇东战役"中,作战英勇,立了一大功。

兄弟俩靠一棵大树,肩靠肩站着。

宁二子把脸靠近宁金山的肩膀,呼哧呼哧地出气,叫:"哥,哥!"

宁金山偏头看,只见二子脸红脖子胀。他感觉到二子的心嘟嘟地跳,心想,二子一定有了喜事,这喜事跟自己还有关联。他问:"啥事情嘛?"

二子一下跳到宁金山对面,脸差点挨上宁金山的脸,说:"哥,俺,嘿,从哪说呀!这么的,哥,俺要求入党了!"

宁金山摆过头去,长出了一口气,像是他有一种心痛症。他把盯着他的宁二子拨拉开,说:"二子,你要求入党?好事,好事!你可向支部提了没有?"

宁二子不看他哥哥那副架势。他觉得,他哥给他热烘烘的心里,泼了一瓢冰水。他哥刚才用手拨拉开他的时候,他脚下的土地就自动地移开了。他跟他哥当间的距离越来越远了。

二子有一搭没一搭地说:"入党的事提过了,两个党员同志也跟我谈过了。他们说,俺经过两个战役的考验,表现好。党小组讨论那阵,俺也参加了!"

宁金山一把抓住二子的胳膊,问:"小组可通过啦?"

二子觉得他哥把他的胳膊扭得生疼。他用了很大的劲,才压住满肚子的火气,说:"没通过!"

宁金山问:"为啥?为啥?"

二子觉得他哥是装模作样。他用脚把地踢了个小土坑。猛地,他向前跑了几步,把一块拳头大的石头,踢了一丈多远。二子说:"小组没通过,这用不着谁替俺操心。小组会上,党员同志们说了,俺再经过一个时期考验,把阶级觉悟再提高点,就可以入党。俺宁二子好容易才找到这一条道儿,俺就是把命拿出来,也要……反正俺知道路该怎样走！"他狠狠地把帽子扯下来擦汗。

宁金山向二子跟前抢了一步,盯着二子,嘴唇抽动。宁二子看他哥的脸,又可怕又污眼。他说："入党的事,你没有兴头听就拉倒。给,这正是家里来的信。"

宁金山机械地接住信,连看也没看。他像僵了一样,前胸抢前,站在那里。过了好一阵,他像是清醒了,又坐到树下拆开家信来看。那信上指头蛋大的字,蹦蹦跳呢。宁金山看了前一行忘了后一行。那一行行的字,也不停地变换位置,正像这几天演习班进攻的情形一样：有时候班长带上大伙一路纵队向前跑；有时候又急速地各个跃进；有时候,前面横着一条塄坎,班长手一抢,大伙嗖地趴在塄坎下,拉开相当远的距离。

宁金山勉强地看了几遍,总算看懂了。信上说,父亲前年就领上一家人过了黄河,到了解放区。如今分到了地,脱离苦海。父亲在"乡农会"当主席,母亲也捎带着做点妇女工作。前些日子,父亲碰到一个退伍的荣誉军人。这人原来在西北野战军"英雄部"一营当文书。他说,宁金山、宁二子兄弟俩在第一连工作,家里人听了很高兴；母亲哭了。再嘛,希望火速给家里打封信。宁金山自从让国民党军队绳捆索绑拉了兵,到如今有好几年了。这几年,他没日没夜地想念自己的家,想念自己骨肉相连的亲人。现在接到了家信,可是快活的心情和他早先设想的差多了。

他望着二子说："你看,他们有着落了。家里分到了地,这可是咱们祖祖辈辈也没梦到的事！"

宁二子说："哥,家里分到了地,这自然是好事情。可是这土地是有了共产党的领导,才分给咱们的。这一件重要事,你倒不提！"

宁金山的脸色刷地煞白。他说："二子,连你也不晓得我的难过？二子,我比你受的苦多,我比你走的弯路多！我难受,二子,我不成器！爹和妈屎一把尿一把地把我拉扯大,他们指望我走正路……我，我谁也对不起！"他蹲在地下，双手抱着头哭了，哭得肩膀抖动。

宁金山哭了一阵，心里清爽了点。他说："二子，这封信交给指导员，请他在队前念念，让同志们也知道，咱们一家人是怎么活出来的！"

二子这阵子心里也挺难受，刚才，自己误会了哥的意思。哥多活了几岁，多背了点包袱，自己没有很好地帮助他，反倒冷言冷语刺他的心，这哪里像个共产党员！他觉得，他已经是个党员了。

他俩不言不语地向连队走。二子想给他哥宽宽心，就说："哥，前天指导员传达：大反攻开始了，刘邓大军过黄河了。爹的信上说，他们正忙着支援前线，我捉摸就是支援刘邓大军过黄河吧！"

"嗯，准是。"宁金山想起刘邓大军渡过黄河这件事，心里就乐了。他说："二子，你看咱们全国各战场配合得多好，就像是一个人的胳膊腿儿一样。我们在这里吃点苦，猛一想心里挺不痛快，要往全国一看呢？心里可乐开了。原来我们翻山过岭一步一步踏沙窝都是有大作用的。懂得这个，人干起工作来就特别有心劲。我过去不懂得这些，常把自己看成一个普通当兵的，真是！"

宁二子看看他哥，只见他眼里高兴地闪光。他说："哥，指导员说，刘邓大军反攻了；陈赓兵团在山西又打得很急；蒋介石要调援兵，可是我们把胡宗南吸住，他想抽兵又抽不动。这俺才知道'三边战役'的胜利意义。哥，实在说，过沙漠的工夫我还没想到这些个。"

"对嘛，一个战士要常想到这些个，他就倒在沙窝里也是心甘情愿的！"王老虎的慢悠悠的声音。

宁二子四处看，不见人。宁金山绕过草堆，只见王老虎蹲在一棵大树下，静静地一动也不动地望着远方天空飘浮的云彩，微微地吹着口哨。

王老虎笑嘻嘻地说:"你兄弟俩谈得可够热闹啊!"他左边放两件衣服、两双旧鞋、麻绳跟针线;右边放两封信。他膝盖上放两片纸,像是缝补罢衣服鞋子又在写什么。

宁金山偎在王老虎跟前说:"我跟二子说话,你统听到了?班长!我刚到部队的工夫,听见李江国从天南说到海北,很奇怪也很烦腻。那时光,我成天想自己鼻子下边那一拧拧事,觉着啥也没味道,如今可不同,老觉乎着——"

王老虎从衣服兜里掏出小烟锅,一边往烟锅里装烟一边说:"老觉乎着心眼里挺痛快,是吗?好战士他总是痛快乐和的。相比说,东北打了胜仗,他就觉着像咱们西北打了胜仗一样;山东有个战士当了英雄,也就像他自己当了英雄一样;指导员讲话说,苏联又盖了多少新工厂,他心里也乐得不行;实在说,就是天边上发生了什么事情,也就像他家里发生了什么事情一样,他统关心。你琢磨琢磨,看我说得对不对。"

宁金山思量,王老虎的话听了叫人喜欢,可是这种感情自己还没有体验过。

他看看王老虎旁边放的衣服、鞋子。是的,王老虎缝补过的这些东西,都是第一班战士们的。宁金山想起了:就在昨天晚上,他睡了一觉起来解手的时候,看见王老虎借着灯光在缝补一件衬衣。那件衬衣是战士林子德的。老虎把衬衣上撕破的口子,密密实实地缝起来。缝完,又把衬衣整整齐齐折起来,放在林子德身边。宁金山觉得,王老虎这些人活在这世上就是为了关心别人。

他顺手翻翻王老虎身边的信,看见一张女人的照片,照片背后写着:任冬梅。

宁金山说:"班长,这就是大嫂?"

王老虎笑了:"还没过门,就叫大嫂?"

宁二子把照片从宁金山手里拿过去,看来看去,说:"看这女人该有二十几岁了,怎么还没过门?"

王老虎说:"战士养的儿女还是战士。蒋介石最怕这个,所以他用美国的大炮堵住咱们,不准结婚。瞧,多缺德!"他眯缝着眼笑的时候,左右的外眼角边,拥起了几条皱纹;那皱纹里也许隐藏着他悲苦的身世、朴素忠贞的爱情和艰难而光辉的战斗生涯。

王老虎他们三个人在这边谈得正热乎;可是,在他们左边的树林里,有三个人吵得正上劲儿。

第一连的两个小鬼——卫生员三牛、通信员小成,整天左右不离。

小成在羊马河战斗中被解放以后,就补入第一连。这多时,他虽说有进步,但是,这个又瘦小又机灵的孩子,有时候还出点小娄子。全连队数他难调理,他简直做梦都在跳蹦呢!战士们给他取了个外号:"猴子"。

三牛可跟小成不同。他喜欢学习,并且有自己的努力目标。比方,他很崇拜连长和指导员,时常想:像连长和指导员那样,打仗指挥百把人,平时背个驳壳枪多威风哪!因此,三牛努力学习连长和指导员的勇敢、机智,学习他们说话的声调,学习他们走着的人生道路。小成呢?他还是二心不定。你要问他,到底喜欢连队上的什么人,讨厌什么人?他会说:他讨厌马长胜,喜欢王老虎。为什么讨厌马长胜?有一次,他不小心打破了老乡一个碗,马长胜好心好意地批评他,他觉得马长胜是"溇"他。他跟王老虎最合得来,因为王老虎只要有空,就给他讲打仗的故事,又不发脾气。说到连队上其他的人,小成都喜欢也都不喜欢。比方老孙活着的时候,小成喜欢他,但是又觉得他不和他玩,而且总是劝他学习。提起学习他就头涨。同志们都说他"人小鬼大",这句话并不算错。因为谁也说不清他那小小的心眼里,一天闪过多少想法。小成什么也想沾一手，可是干什么都是干三天两后晌就觉着没味道了。有时候，他正正经经地跟上三牛学字。有时候，又胡跳乱蹦地跟上司号员学吹号。有时候，他好半天呆迷迷傻呵呵地看树上的小鸟吱吱叫，他也想和小鸟一样在天空飞翔。有一次他看见炊事员切菜，劲头来了，热心地摆弄菜刀，结果把手指头切去了一块肉。一天下晚，三牛跟他很严肃地谈了一次话，批评他的缺点，说："这还成呀？你是通信员，就要懂得自己的职责，不要三心二意地乱闹腾！"小成下了决心不干别的事了。但是，有一天他看见连队的理发员理发，手又痒起来了，又学习理发。这小鬼，怪精灵，胆也大，他刚学了几天就自告奋勇给人家剃头。

这天，吃罢晚饭，李江国给老乡们做宣传回来，一面走一面唱，还不停地踢着路上的石头块；看见个小孩，他也做个鬼脸。

李江国做群众工作是一把好手。比方，部队驻在某一个村子，他立刻就和老头儿、老太太、小孩子们建立起亲密的关系，特别是那些农村的青年小伙子，一见他就跟他黏到一块了。

李江国走到第一连驻的院墙外面，人没进去，声音就进去了。眨眼，四处都是他扯起嗓子的喊声，隔千儿八百里也能听见。他碰见小卫生员三牛。

三牛说："李江国，你忙得真像个大首长！"

李江国说："箭箭不离屁股，我成天连放屁的空儿都没有！一天学习、练兵、开会……到吃罢晚饭才有点时间，可是我还要去向群众做宣传，还要给同志们写信。三牛，这样折腾下去，我会累得多吃四个馒头！"

三牛说："你吹牛。咱们连队上文化高的人有的是，谁要你写信！"

李江国说："买眼镜要对眼嘛！有人偏找我写信。好比说，今天石二拴叫我给他老婆写封信。我说：'你也能扛起竹竿，手也没坏呀.'他说:'我身体不美气嘛.'他躺在炕沿上,离我有一丈远瞅着我写。我写着,写着,就在纸上画起人人、马马、鸡鸭……石二拴问我:'写信为什么老画圈圈?我看你在瞎折腾吧!'我说'你懂得什么!写一句就要画一个标点符号.'石二拴说:'你在捣鬼啦,谁画标点符号还像你一样,画那样大的圈子?'我说啦,把圈圈画大一点,你老婆一见信就高兴地说:'哎呀,我家石二拴画了这么大的圈,力气一定大了,身体一定结实了.'石二拴说:'哼,道理都是你的.'我说:'不含糊,能写这两下子,那非有一定的政治文化水平不可.'我写完了,他从炕上下来把信一看,嘿,躁了,把我骂得好惨哟!我说,好好好,这是背上儿媳妇朝山哩,出了力气又挨骂!"

三牛一听笑得直拧肠子。李江国挤眉弄眼很神秘地说:"三牛,我想理发,但是我回到连上,又要汇报、开会,还要干这干那。三牛!头发长啦,热得我直流鼻血。敬礼!请你帮帮忙,把连部的理发员叫到咱们门外那小林子边,让他给我理发。你看,那里不是很僻静吗?"

三牛说:"理发员正帮炊事员擀面哩,顾不上。我给你叫小成来,他现在理发可是一把好手。"

小成听说有人请他理发,这还是第一回,一颗小小的心高兴得直冲到喉咙里。但是他还装得蛮神气,两只手插在裤兜儿里,耸耸肩膀,很不耐烦地问:"三牛,给谁理发?我可忙得很啊!"

三牛说:"得啦,没有肉豆腐也扳价钱。去,给李江国理理发。告诉你,老李很不简单。王老虎常说:'他是自小卖蒸馍,百事都经过.'旅、团首长,谁不夸奖他能干!"

李江国跟小成过去并不亲热。李江国觉得这个小鬼讨厌、不懂事,又觉得自己是个老战士,处处要给小成做样子,所以显出一副爱理不爱理的架势。

李江国绷着脸,背着手,摆得蛮像个老资格的样子,问:"你的手艺怎么样？可不能在我的头上瞎舞。"

小成冒充内行，说："哼，没见货色就问价钱，剃一颗头是好复杂的问题！"

三牛说："剃坏你的脑袋，赔个新的还不行？"

李江国眼一瞪，说："什么场合都开玩笑！"

三牛说："别装神卖鬼！我好说歹说，才给你把他请来，还不承情！"

李江国很不放心地洗了头，坐在凳子上。

小成一看李江国的头，心里发毛。嘿！黑凶凶的头发又硬又厚，看起来，问题怪复杂。小成怕李江国看出自己心虚，要强好胜的心理支持他，便硬着头皮刮刺刮刺地剃起来。他剃一刀，李江国就一咬牙。小成愈剃心愈慌，愈慌手愈颤。剃了约有五分钟，李江国头上就被割开一二十个小口子。血珠从李江国的脸上滴下来。

李江国再也忍不住了，他把小成推开，大声吼喊："你拿我的头学手艺哩！倒霉也不挑好日子！"

三牛在一边瞪起眼憨笑。

"胡摆弄一气，黑馍多包菜，丑人多作怪！我见过多少人，就没见过你这么赖皮的人。"李江国越骂越凶，舌头又尖又辣。

小成也火啦，嘣地往旁边一跳，像火星子飞到他脸上，说："你别吹胡子瞪眼。虽说你没有下红白帖子，反正总是你请我来的！"

李江国喊："滚远！滚远！"

小成说："我站在这里碍了谁的事！哼，你凶煞煞的要吃人？我是来革命的，又不是来装窝囊气的！"

李江国走后，三牛对小成说："不要和他争长论短，老李是雷声大雨点小，就是那股脾性。要不信，你就找他谈谈，保险一口气吹散满天云。"

小成说："我才不理他呢！"说罢，气汹汹地走了。

小成自从碰了这一鼻子灰以后,有一天多情绪都不高。三牛劝他不必灰心,继续努力掌握理发技术。接着,小成找来老乡一个葫芦,用刀子刮来刮去地练习理发。偏不凑巧,又遇见了马长胜。马长胜挺着脖子,那双眼瞪得像灯盏一样,像要把小成吞进去。他说:"你,你就爱犯群众纪律。为什么随便拿老乡的葫芦?"

这一下,可把小成气炸了。他不敢当面顶马长胜,可是马长胜走了以后,他就受屈地说:"都瞅定我的铆口了。哼,人倒了楣,放个屁也碰脚后跟!"

六

断黑,部队一片一片地集合在长城外的草地上。大伙儿坐在那里,有的擦着火柴吸烟,有的低声交谈,有的在队前清查人数。还有三三两两的人从村子走出来,那是去检查"群众纪律"或者向群众告别的同志。

西北野战军又要出动了。部队到哪里去呢?战士们猜想,是顺长城东去,朝七八百里以外的黄河沿前进。

老乡们围在部队周围,给自己的子弟兵送行。有的老乡硬给战士们手里塞馒头、烟叶。有的老乡给战士们叮咛:保重身体,走路、打仗要多检点。孩子们抱住战士们的腿,不让他们走。战士们给难离难舍的孩子擦鼻涕。一个老太太把脸挨着周大勇的胸脯哭了:"孩儿,多会儿再能见面呢?"

周大勇心里有说不出来的滋味。他在这里打过仗,这里埋葬着战友的尸体。他在这里帮老乡割过麦子打过场。就是这位老妈妈,她也在她的破房子里一边给周大勇补衣服,一边诉说她艰难的日月。"多会儿再能见面?"谁又知道?风里去雨里来的日子还长,现在要紧的是东奔西杀。

周大勇拉着老太太的手,说:"老妈妈,我下次还要来看你的!"这句话他到处说,所以听起来很空洞。

战士们又踏上了艰难的征途……

部队经过三个通夜行军,通过了沙漠。战士们看见东去的地势慢慢地高起来了。又走了五六十里,他们前面突然腾起的大山遮住了半面天。好像只要战士们登上前面的高山,便可以用刺刀轻轻地划破广阔的蓝天。

战士们又走了一夜,天明,下了一条沟。这一条沟东西三百多里,直通绥德城,顶到黄河岸。

川道里的大路上挤满了向东去的队伍。路两旁的小山岔里,走出来许多逃难的群众。

敌人的飞机,不停地顺着山沟俯冲扫射。

赵劲骑着马,走在本团部队的前面。他像任何指挥员一样:不管走在什么地方,总是用考察的眼光注意各种地形。突然,赵劲看见右前方的山头上,有几个军人模样的人,慢慢地走动,而且,那些人还不时地用望远镜观察着什么。

部队又进入了一条很窄的川道,川道两旁是黑乌乌的高山。战士们抬着头,天成了一条很窄的长带子。

部队向前流去,川道渐渐地宽了,山也渐渐地低了,村庄也越来越多了。

赵劲坐在马上,身子挺得笔直。有时候他稍微勒住马缰,扭转身子往后看:战士们唱歌,讲故事,谈笑话;望不见头尾的部队行列,数不清的面孔,热烈的情绪,满眼的力量。

太阳挂在西边山线上了。战士们正累得要命,每个人都想:能休息几分钟,那就太美啦!

说也奇怪,来路上,挤满前进的步兵、骑兵、炮兵和逃难的群众;敌人飞机扫射,枪声、火药味——一切都是战争景象。可是战士们向前望去，前面没有人挤，没有马叫，鸦雀无声。前面像是发生了什么不平常的事情。战士们猜想，"有情况"吗？不，一来，并没有传下"跑步""脱枪衣"的命令；二来，赵团长、李政委并没有奉到命令到前边去；再嘛，团首长也没有让参谋们把地图铺到路旁，研究什么。反倒是，李政委也伸着脖子往前看，赵团长脸上闪过平时少见的兴奋神色。他们也像在猜想着什么，预感到什么。

前后望去，都是望不见头尾的人流。这个巨大的人流，是一个整体。这整体的感觉是锐敏的。它感觉到前面是宁静的、严肃的。每个战士都盯着前方，竖起耳朵在听什么；就连后边几十里路上的战士们，也是这样。还在老后边的战士们，真是想到前边要发生什么事情吗？不，这只是一种军队行列中特有的情绪的感染。

忽然，有一股很大的力量，像电流一样，通过部队行列，通过每一个人的心。疲劳被赶跑了，战士们的面孔生动了，紧张了，也格外严肃了。每个战士都挺起胸膛，放大了脚步，眼睛一眨也不眨地盯着前方。

"毛主席！"

"毛主席！"这三个字像闪电快的从一个口里传到另一个口里，从一个心里传到另一个心里；眨眼，就传到后边几十里路上的部队行列里了。

按压不住的激动，在部队行列里膨胀着。欢呼声立刻就要爆发，可是现在正是紧张的战争时期，为了保守秘密，战士们不能喊"毛主席万岁！"但是他们举起拳头，摇天动地地呼喊："万岁……万岁……"巨大的兴奋激荡着天空，无数火热的眼盯着前方；无数的臂膀摇动，像风吹动大森林一样。

"我们有党中央和毛主席！"战士们凭着这个信念，熬过许多艰苦的日子，连续打击了比我军多十几倍的敌人。多少平凡的人，在紧急关头因为想到党中央和毛主席，干出了惊天动地的事迹。可是现在党中央和毛主席就在眼前啊!

周大勇跟他的战士看不见毛主席,原来毛主席和中央机关插到他们团的行列前面走去。

战士们急得直催前面的人:"快走,不要拉开距离!"其实谁也没有拉开距离。他们都紧紧挤着,脚尖踮起,尽力伸长脖子朝前边看。他们恨不得插上翅膀飞到前面去。

突然,战士们看见前面山头上,老乡们挤得黑压压的,仿佛那些老乡们是猛然从地缝里冒出来的。战士们真眼红老乡们站着的好地方。

周大勇急得直跺脚,喊:"老王,老王,真急死人!每一次我们不是在前就是在后,总看不见毛主席和中央的各位首长!"

战士们也好,王成德也好,谁也没听见周大勇嚷嚷什么。

这当儿,也急坏了第一连的小鬼——三牛、小成。他们人小个子低,向前看是脊背,向后看是胸膛。他俩想闪出队伍行列,可是前后的人,把他俩挤得架在空中,脚不着地!小鬼们差点急得哭出来!

"万岁……万岁……"欢呼声,从部队前边流下来,又从后边涌上去,摇天动地。

战士们用全身力气唱:"东方红,太阳升,中国出了个毛泽东……"

歌声在山峰间回荡,招起了轰轰的响声。

走了十几里路,战士们的唱歌声变成热烈的议论声。每个人都觉得:不管自己是不是看见了毛主席和他的战友,可是今天毛主席和他的战友跟他们一块行军,这在他们一生中也是最光荣、最不能忘记的事情!而且他们都觉得:今天看见毛主席和中央机关从这里经过,跟将要进行的什么大战有关系。想到这里,他们又起劲地唱起歌了:"没有共产党就没有新中国……"

天空,成群的鸟雀,忽上忽下欢乐地飞舞着。阵阵凉风吹来,山坡上沟渠里的高粱、包谷叶子沙沙作响,像是这些庄稼在经过一阵大的激动以后,也亲密而急切地议论什么。

七

八月一日,西北野战军从绥德城西的大理河川出发,过了无定河,不分日夜一直北上,向长城身边的榆林前线挺进。

行军中,战士们都兴奋地谈着贺龙将军。因为,今天出发以前,西北野战军的指战员,在大理河川开了个大会,纪念了"八一"建军节。在这会上贺龙将军讲了话。

贺龙将军在陕甘宁边区战争时期,是西北军区司令员。战争中,有时候他和彭副总司令一块指挥西北野战军打仗,有时候指挥地方兵团对敌斗争;还不断地组织晋绥陕甘宁五省的人力物力,支持西北解放战争。西北野战军,大部分是贺龙同志当年领导的红二方面军——抗日战争年代的一二〇师。几个月前,才归彭总指挥。但是彭总指挥起来得心应手。这里头,包含着党、贺老总和他的战友的几十年辛勤培养的心血啊!贺老总的名言是:"我们任何人带领的部队,都是党的军队,调到哪里,归谁指挥,都积极自动,毫无问题。做不到这一点,就不配做共产党领导下的革命军人。"这洪钟似的声音,至今仍在这征途中行进的勇士们耳边轰响。

赵劲和李诚,骑着马走在本团部队前边。他俩马头并着马头。有时候,他俩扭转头,看看身后热烈谈话的战士们。显然,他俩也是长久地谈过贺龙将军的。因为远在洪湖苏区时代,赵劲就给贺老总当警卫员;抗日战争开始,李诚这些青年学生参加了部队,于是他们都成了贺老总的部下。贺老总多么喜欢有知识的人啊!当他发现李诚作战勇敢、工作很有创造性,便把李诚从连队的文书提升为指导员,并对当时担任营长的赵劲说:"我交给你一个'墨水罐子',你要打破了,我可要找你算账!"

赵劲说:"老李,这次进行榆林战役传达也传达了,动员也动员了,可是我总觉得上级有点什么没有告诉我们。"

李诚说:"不见得吧!旅党委会上杨政委不是讲得很清楚吗?我们在陇东、三边分区把马鸿逵马步芳结结实实地敲了一下,现在又去敲榆林的敌人。把胡宗南这些帮凶都敲掉,那往后的事就好办了。特别重要的是:榆林城,是陕甘宁边区后门上的'反共堡垒'。蒋介石、胡宗南一直对它很重视。因此,我们一围攻榆林城,胡宗南匪徒一定增援。我们只要能把胡宗南的主力部队拉到长城线上,那就造成我们消灭它的机会。这叫拉长线钓大鱼!"

赵劲说:"榆林战役的意义,恐怕还不光是这些。我觉得贺司令员这次来……"

李诚说:"这有什么奇怪?哪一个重要战役贺老总都来参加呀!他什么时候也忘不了咱们!"

赵劲说:"不。你知道党中央就在大理河川驻着。听说党中央前几天召开了个会,毛主席、周恩来同志、任弼时同志、彭总、贺总、习仲勋同志和西北局负责同志都参加了。我看,这次榆林战役是全国什么大计划内的一部分,要不然,就是配合全国……"

"那该是中原又有什么大进攻,要不,就是陈赓兵团要从风陵渡渡黄河,向西安突击?"

赵劲说:"也说不定。或许是陈赓兵团将有什么行动。总之,一定有什么出敌意料的……"他手在空中画了个大圈子。"属于战略性的……"

翻山越岭经过两三天的日夜行军,西北野战军一部进到三岔湾附近。

三岔湾是榆林城南二十里的一个主要据点,是榆林城的门户。

这个村子四面都是沙漠。敌人一个团,固守三岔湾。

早晨,三岔湾枪声炮声响成一片。蒋匪的美国造飞机也急急忙忙地赶来轰炸。

前响,战斗一阵比一阵激烈。送弹药的运输员和担架员朝前边奔跑。电话员们满头大汗地来回跑着拉电线、查电线。

一条东西走向的沙梁上有好几个大碉堡,赵劲那个团的战士正在向敌人攻击。忽然,狂风卷着黄沙直向我攻击部队迎面冲来。

枪声、炮声和敌人飞机轰炸的声音汇成了一片巨大的吼声。风沙烟雾遮得天昏地暗。

战士们在风沙烟雾中忽隐忽现,勇猛冲锋。

周大勇率领他的战士,配合兄弟部队攻下了四个碉堡。但是当他们进攻到离"五号大碉"一百五十公尺的时候,被敌人火力按倒在平漠漠的沙滩上。

掩护周大勇他们的炮火还继续发射,但是炮手、重机枪手,让大风吹得睁不开眼。重机枪有的还在发射,有的被沙子堵住打不响了!

周大勇卧倒在沙窝里。他双手撑住地,胸脯略微抬起,脸绷得生紧,眼盯着前方。他要为这次战斗的结局负责,要为战士们的生命负责,因为战士们躺在敌人火网下。责任的担子越来越重。

时间走着,危险也增加着。

周大勇一骨碌滚到王成德跟前,两人眼对眼看了几秒钟。

周大勇说:"电话线打断了。我派通信员给营长报告,让掩护我们的火力往前移,可到现在连回信也没有。怎么搞的呀!"

王成德指着左侧说:"看,二连攻的那个碉堡还没拿下,敌人侧射火力已经把我们跟营指挥所的联系截断了!"

周大勇和王成德尽力向正前方和左右翼看。左边兄弟部队正攻敌人碉堡;右边百十公尺的地方是一条沟,沟那面,有军号声,有自己部队冲锋的喊声。

周大勇脑子急速地转圈；汗水把脸上的沙土划成一道一道的渠渠。他像那些有胆量有经验的指挥员一样，虽然焦急可是头脑却很清醒。他非常精明地找寻敌人的弱点。猛然，脑子里闪出一个计划。他说："老王，派一个班拖两挺机枪到右边去佯攻，吸引住敌人火力，正面就好进行爆破：让敌人'坐飞机'升天。好，这里交给你，我到右前方去了。"

王成德用手死劲地压住周大勇的腰，说："你在正面，我到侧翼去。"他弯下腰，像飞一样跑去。

王成德指挥两挺机枪向敌人射击，吸引住了敌人的注意力跟火力。

这时周大勇指挥正面的战士们，正在炮弹爆炸的火光中，在风沙中，准备爆破敌人的高碉堡。

马长胜拿起第一包炸药，对爆破组的战士们说："同志们，跟我来！"

李江国扑过去推开他，说："撒手，撒手！第一包炸药是我的。"

两个人你推我拉，谁也不肯让谁。

马长胜是越急越说不出话的人。他跺着脚，说："李江国，你——"

周大勇喊："不准争夺！李江国带第一组去！"他的声音这样严厉，连脾气执拗的马长胜也不敢吭气。

李江国抓住二十五斤重的炸药包，向他身后的战士们喊："跟我来！"

第一名，第二名，第三名，第四名，几个矫健的影子，在炮火、烟雾和风沙中前进了！敌人工事中吐着火舌，炮弹爆炸的黑烟柱一直顶住了天，爆破手们前进的道路又被封锁得风雨不透……

李江国带领爆破小组，跑到离敌人碉堡四五十公尺的地方，他让敌人的手榴弹震得跌倒在地,昏过去了!一个战士的炸药包被子弹击中爆炸了……其他两个战士被敌人的火力按倒在地下,头也不能抬。

一股冰冷的感觉,一直透进周大勇的心脏。他很想把自己的全部力量,都添给趴在敌人火力下的爆破手们。

周大勇猛地回过头来,正要喊第二爆破组上去,马长胜一步抢前,喊:"连长!"他那执拗的脸上,出现了严肃果断的神情。这神情是那准备以生命去换取胜利的神情。

马长胜带领第二爆破组的四个战士,一口气跑到李江国跟前。李江国在地下一动也不动。马长胜像每个在激烈战斗中的人一样,这一刻没有一点心疼李江国的情绪。他向前跑去。前边是火,是烟,是下雹子一样的手榴弹,是打飞了的铁丝网……爆破手们跑到离敌人工事的外壕三十公尺的地方,突然,马长胜被爆炸了的地雷震得掼倒在地。

马长胜从地上蹦起来,喊:"前进!"他没有感到疼痛,只觉得浑身麻木,头昏眼花。他什么也听不见,记不得别的任何东西,只记得"爆破"。他跑着,对身后的战士喊:"爆破!"

马长胜鼓起全身力气一纵身,向敌人碉堡扑去,他身后的两个战士没上来——他们永远上不来了!

他周围有成百颗手榴弹在爆炸,他的衣服被炸成了絮絮。他在危险包围中,安上炸药,拉响雷管,往后滚了两滚;一片绯红的火光一闪,轰隆一声,烟雾冲天,碉堡垮下了一大片。

"不行,不行,还得一包炸药。"马长胜躺在地上想。他眼里直冒火星,浑身盖满沙土、石块;烟雾罩着他。是活是死他不管,只固执地想:"一包炸药,再来一包炸药!"

突然,浓烟烈火中喷出来一个人。那人一阵旋风似的,弯下腰抱着一包炸药,贴在敌人碉堡上,拉响雷管,往后一滚,正压在马长胜身上。马长胜一看是李江国。他一转身抱定李江国——这世上最亲的人,正要喊什么,轰隆一声巨响,一切都从记忆中消失了……

周大勇举起驳壳枪,身子往后一仰,伸展左臂用力向前一挥,喊:"上呀!"他跳起来,飞一样地率领战士们扑上去……

敌人放弃了高碉堡,乱得像一窝蜂一样朝后跑。周大勇知道建制被打乱的敌人,就失去了战斗力量。他率领战士们猛追敌人……

八

各兄弟部队紧密地配合起来把敌人从三岔湾四面的沙梁上,压缩到三岔湾村里。我军四面猛攻三岔湾,不到半小时敌人就被全部消灭。

赵劲跟李诚从沙梁上往下走。赵劲手里提着皮带,一边走一边用皮带打着身上的沙土。李诚走在赵劲后边,不停地呐喊,向打扫战场的人员吩咐什么。

周大勇、王成德和第一连的战士,带着八九十个俘虏从战场上走下来。

王成德指着后边沙梁上一个残破的碉堡,说:"团长!攻那个碉堡可费了点周折!"

周大勇说:"拿下那个碉堡,李江国、马长胜可真是加了一把劲啊!"

站在一旁的马长胜一心一意地抽着个烟头。李江国精疲力竭,满脸沙土,可是他还在咕咕地笑着。

赵劲正回头望那个碉堡,卫生员三牛带领一副担架走过来。

赵劲问:"抬的谁?"

"一营刘营长！"

赵劲、李诚、周大勇、王成德连忙走近担架。李诚弯下腰叫："刘元兴！怎么，不要紧吧？"

刘元兴脸色蜡黄，半闭着眼，不能说话。

赵劲摸着刘元兴的手，手是冰冷的。

卫生员三牛像是给首长们宽心，说："卫生队队长说，子弹穿过肺，生命不一定有啥危险！"

赵劲背着手站在那里，什么也不问，什么也不说，有一种感情，深深地震动了他。他那冷淡、刚毅、严峻的脸上，闪着凶猛的火。他这样子看了让人畏缩、害怕。

李诚摆了一下手，三牛就领上担架朝临时手术站急急走去。

大伙走下了沙梁。担任主攻任务的一营伤亡大些。因此，李诚没有和赵劲一块回团部，他一直向一营走去。

李诚到第一营营部驻的院子里，碰见团政治处组织股长。组织股长说："二连指导员挂花了，我和张培商量，先让组织股干事刘云暂时代理二连指导员。行吗？"

李诚说："行。让他暂且代理，回头报告旅党委。杨主任呢？"

组织股长说："看，他不是正和张培谈什么？"

李诚走到杨主任跟前，说："部队一个钟头以后就出发，连续作战。政治处的干部要火速分配到各连队，帮助整顿组织。"

杨主任说："谁能闲着？真恨不得把一个人分成十个人使用。保卫股的人全部去押俘虏了，民运股的人正打扫战场，宣教股的人都在二营，组织股的人统到了一营。"

"三营呢？"

"三营有我负责。另外，旅政治部李科长还带四个干部在三营帮助工作。"说罢，杨主任一摆手就走开了。

李诚跟杨主任说话的工夫，张培一直静静地站在旁边，不说话也不吭声。

张培左手缠着绷带,因为左手五个指头被炸去了三个。他眉头子有时候动一下,嘴边和鼻尖上就冒出一串串的汗珠。俗话说,"十指连心",也许他手上的伤痛得厉害!

李诚口气枯燥地问:"刘元兴负伤了,你也负伤了!营里的工作……"他想算着,头微微偏着,眼睛盯着墙根。

张培望着政治委员。他的眼总是那样温和、谦逊。他一只脚在地下慢悠悠地前后移动,说:"他负伤了,工作担子我们就统统挑起来!该怎么干还怎么干。说到我的伤,全不碍事啊!"他微微一笑,像是安慰政治委员,可是他手上伤口裂痛的感觉,又不自觉地爬上眉尖。他摆过头去。

李诚,是因为焦急还是因为疲乏,总归,他像猛烈战斗罢的每一个人一样:脾气很凶、面容枯燥,不愿意说话。他瞅着张培那清癯的脸膛,头用力地点了一下,说:"部队马上要出发,你立刻召开营党委会。一刻钟以后,我来参加。"

李诚低着头,边走边筹思什么。他从昨天晚上到现在没有休息,口干舌焦,鼻子像要喷出火。

张培一面让通信员通知营党委会的各委员来开会,一面找来周大勇,要他把第一连缴获到敌人的那些重要文件、电稿,亲自送到团司令部去。

团部离一营营部只有五十来公尺,周大勇三跷两步就走到团部了。

团部驻的院子好红火:挤着清点武器的人,这里喊,那里叫,人人都紧张得快丢了魂。俘虏们坐满了一院子,脸都灰溜溜地吊着。

周大勇走到一间房子里,只见团参谋长卫毅盘腿坐在炕上,衣袖捋在肘子以上,一边写战斗报告,一边指挥院子里的人。有时候,卫毅还把头从窗口伸出去,大声地给参谋们吩咐事情。身边的电话铃,不停地响,他也不停地拿起耳机,简单地讲几句话。满头是汗,但是毫不忙乱。他沉着紧张精力饱满的神气,显出他朴实稳厚的性子和充沛的工作热情。一个参谋扒着窗口报告:"参谋长,俘虏来的团长带到了,你是不是要审问他?"那个参谋大声报告了三次,卫毅才听懂,就说:"停会再说,现在顾不上。"埋下头又刷刷地写起报告了。

周大勇想把材料交给卫毅,可是插不上手。

这工夫,进来一个参谋。他是从各营了解战后情况回来的。

参谋报告:"参谋长,营级干部阵亡二名,负伤一名,连级——"

卫毅摆了摆手,说:"停会再讲,你先去清理武器。"

参谋说:"六连的……六连副指导员卫刚同志牺牲!……"

周大勇忙问:"卫刚?不能吧?"

这位参谋以前和卫刚一块在旅部工作过,两人交情挺亲密。因此,卫刚牺牲,他很难过。他望着周大勇,眼泪滚滚而下!

卫毅没有听清参谋的报告,也没注意参谋还在那里站着。他还是边写报告,边向窗子外面的人吩咐事情。

那位参谋把一片血迹斑斑的纸,放在卫毅面前。

团营党委的同志们:

我是一个青年的共产党员,缺乏锻炼,但是我知道自己的神圣义务。

今天听到敌人侵占延安的消息,我哭了,夜里睡不着。我誓以流鲜血、拼性命的决心,保卫党中央和毛主席,消灭美国走狗蒋匪军,使中国人民永远幸福。我希望党时时刻刻审查我的行动:看我在斗争中,像不像个共产主义战士,够不够个党中央和毛主席忠实的警卫员。假如,我牺牲了,假如,党审查我生前的一举一动,像个共产主义战士,够个党中央和毛主席忠实的警卫员,那么,我这一生便没有虚度,虽死也身心愉快。

　　同志们，不要为我难过。为我们的事业而斗争是志愿，为我们的事业而牺牲也是义务。同志们，我牺牲了，但是革命事业和中国人民却永远活着。同志们，勇敢地砍杀美国走狗卖国贼，为中国人民报仇！

　　希望党把我的信转给我哥卫毅。

　　　　敬致

布礼

　　　　　共产党员、第六连副指导员卫刚
　　　　　写于我军退出延安的第二天深夜

　　（这是给我哥卫毅的信）

哥：今天你批评我，说我的情绪不对头。道理我清楚，但是我心里难受。美国走狗占了我们的延安，他们这一群恶狗卖国贼，想打击我们党中央，想征服我们，想使我们世世代代当亡国奴。想起这，我真想立刻去和敌人拼。你听到我军从延安撤退的消息，也很难过，但是你不像我，我压不住自己的感情。哥，我有你那份修养就好了。我知道自己的缺点，我知道你对我的爱护。我对不起党，也对不起你，因为我做的事太少。哥，我虽然倒下去了，但是，我永远相信延安一定会收复，窜到陕甘宁边区的敌人一定会消灭，美帝国主义的走狗一定会打倒，人民解放的事业一定会胜利，新社会一定会建立，共产主义一定会实现。哥，我有许许多多的话要说，但是没法子说清楚。我想去找你，可是我看见你，又什么都讲不出来。哥，你要爱护身体，多多为劳动人民做事。我不愿意你看到这封信，你要看到这封信，那我们就永别了，哥！

　　　　　卫　刚　三月二十日于延安东川山沟

卫毅看了看卫刚的信。他微微耸动肩膀，脸抽动了一下，一阵剧烈的震动通过全身。他左手按住那封信，右手扼着那管笔，两手冰冷。他睁大眼睛，凝视那封信，但是什么也看不清。他觉着头上像是箍了一道铁环，那铁环不停地缩小。有什么雾腾腾的东西在眼前旋转，耳朵里塞满了嘈杂的响声。有一眨眼工夫，他觉着胸口闷气得像要爆裂，心剧烈地绞痛，思想混乱。他问自己："谁牺牲了？"想来想去还是想不清。过了一会儿，他鼻孔微微张动了一下，仰起头，脸像青铜刻的一样，没有表情。停了一阵，他那呆滞的眼光，落到那个参谋脸上（他始终没有看见周大勇站在他面前），嘴唇机械地动了一下，像是说："他完了？不会！"他的心颤动了一下，又埋下头去写报告。写了一阵，一看，歪歪扭扭不成话，他用钢笔嚓嚓拉去了两行。眼睛死死地盯着墙角，卫刚冒腾腾的样子显在眼前。他觉得，说卫刚牺牲，完全是胡扯，根本没有这回事。他又埋下头去写报告。当他写了四五分钟，再抬头看时，那个参谋还站在原地。他直想发火，一边写一边眼不离纸地说："去，该干什么还干什么。打击，我们能经受得起！就要前仆后继嘛！他倒下去了——"他用拳头猛击桌子，墨水瓶跳起来。"难过什么？把眼泪擦去，同志，你要——一参谋，俘虏是五百六，还是五百七？捉住的敌人团长是不是叫张效武？嗨！俘虏数目要搞清，旅部又打电话催哪！"他摇了摇电话，讲了几句什么，接着，又叫人，又忙着吩咐事情。他的声音是森严的，微微颤动的；感情是不平衡的。

周大勇望着卫毅那朴实稳厚的脸膛，想着卫毅那无穷无尽的工作精力和热情，心里沉甸甸的。他想："我一生一世都要把参谋长这样的人，记在心里。"

周大勇走出团部。他记不清自己怎样把材料交给参谋长的。他眼前只有卫参谋长那忙碌的形象和卫刚那气刚刚的脸膛！

周大勇走到河槽里，见团卫生队长一边用河水洗手上的血，一边气汹汹地批评他身边的军医。军医好像很不服气,和卫生队长吵起来。

周大勇停住脚步,听到他们说话中不断地提到卫刚。他就跑过去问:"卫刚怎样?"

卫生队长说:"怎么样?说起来真气死人!敌人飞机把十来颗大炸弹扔在卫刚周围。卫刚头上负伤了。伤并不重,血却流得不少,最倒霉的是他被沙子埋住了。后来,医生和卫生员把他从沙子里刨出来,都说他牺牲了。嗨嗨!我偏偏不信他会牺牲。"

周大勇被兴奋和吃惊的感情,同时抓住。他急迫地问:"那么卫刚还活着?是吗?是吗?"

卫生队长说:"死活还不一定,不过目前还不能把他放在阵亡人员名单中,最少我希望如此!"

第五章　长城线上

一

西北野战军八月五日进到榆林前线,六日拂晓打响,东起秃尾河边上的神木、府谷县,西到长城跟无定河相交处的波罗堡,全线向敌人进攻。经过日夜的猛烈战斗,消灭敌人两个团、两个营和四个县的反动地方武装以后,西北野战军各部,纷纷向榆林城下挺进。接着,对它进行了两个通夜的围攻。

我军总是夜间攻击;白天主攻部队撤退,只留少数部队坚守已经夺取的城郊阵地,监视敌人。

第三天拂晓,主攻部队撤退的时候,周大勇率领的第一连被留下来,协同兄弟部队,坚守榆林城西郊的阵地。

周大勇趴在一个土丘上,观察了一下周围的情景。黄沙丘上,到处都是发黑的弹坑;许多工事和交通壕,都被炸垮了。他身边一排柳树上的枝叶,都让子弹打光了,晚上栖居在树上的小鸟都被子弹打死,掉在树下。周围有几棵大树,让炮弹连根掘起掼在一旁。晚上战斗原来这样激烈!

太阳露头的时光,敌人开始了猛烈的轰击。炮弹撕扯空气,发出撕心裂胆的怪啸声。炮弹炸处,火光升腾,飞溅的泥土唰唰落下,硝烟熏得人眼睁不开!

周大勇滚下土丘,穿过烟雾,跳到工事里,喊:"同志们,准备手榴弹,敌人要反扑咯!"

战士们紧张地在战壕里活动起来。

敌人反扑的兵力并不多,因此很快就被击退。

敌人不间断地轰击,不间断地反扑,一直闹腾了六个钟头,但是毫无结果。

晚上,我军又向榆林城发动了攻击,枪炮声像狂风一样裹住了榆林城。敌人在城墙上惊慌地吼喊,还把棉花、羊毛、被子蘸上油,点着,扔在城墙外,火光包围着榆林城。

周大勇率领第一连战士,抬上云梯,向榆林城西门攻击。他们攻击到离城墙百十来公尺远的地方,突然,从泥水里滚过来一个营部的通信员,拉住周大勇的衣服,说:"营首长命令:你连撤回进攻出发地。"

周大勇浑身是泥,口干舌燥,心火挺盛,直想揍通信员两拳头。他嗓子沙哑地问:"为什么?"

"谁知道!反正是营首长的命令。"

第一连的部队撤回进攻出发地。

周大勇趴在泥水里,炮弹在他周围爆炸,泥土、树枝、石块,刷刷地落在他的背上。他恨恨地咬紧牙,血在全身涌流,胸膛里像有什么东西要炸裂。他想:"撤退!搞什么名堂嘛!"

这时候,周大勇听见趴在他后边的担架队员——老乡们,在叽里咕噜地议论:

"咱们队伍不打榆林啦?"

"谁说不打啦?你再胡说,我就要抽你的筋!"

几个黑影噌噌噌地爬到周大勇身边。

"连长,为什么撤退?我们非打上去不可,非剥掉这帮卖国贼的皮不可!"马全有的声音。

"连长,我们死也死到榆林城头上!"李江国满肚子的怒气。

周大勇用拳头在地下一捶,说:"你们挤到这里想挨炮弹?命令撤退就撤退！去,掌握部队去！"

敌人接二连三地打起了照明弹。照明弹像大电灯一样挂在天空,把城郊我军阵地照得亮堂堂的。敌人趁着照明弹的光亮,用各种炮火猛烈地射击。炮弹爆炸的火光像闪电一样撕扯夜空。

周大勇一阵趴在稻田里,一阵跳到水渠里,一阵在黄沙中匍匐前进,一阵弯下腰跃进。他朝左边跑了几十公尺,跟教导员张培碰了个面对面。张培扭转身,说:"正要找你,来！"他的左手缠着绷带,不能匍匐运动。弯下腰,冒着密密麻麻的子弹,像飞的一样,向后跑了几十步,纵过水渠,跳下塄坎,爬到一块凹地里。他的动作那样迅速轻巧,连周大勇都惊服了。

张培跟周大勇并排趴着。

周大勇问:"教导员,部队撤下来了。是不是马上还攻击？"

"倒霉的地方！泥水简直把肠肚泡成了糨糊！大勇,我们野战军全部要拉走！"

周大勇倒抽了一口冷气,腰往起一弓,像是要蹦起来,急问:"咹？全部撤走？"

张培轻轻地把周大勇的脊背压了压,说:"不要急,部队是要全部撤走——瞧这讨厌的照明弹！要赶紧设法把伤员救护下来——敌人从西面来的援兵整编三十六师,沿长城两侧向榆林城急进,现在已经进到离城二三十里的地方了。我们撤走,马上就撤走！"

周大勇牙齿咬得吱吱响,说:"我们攻了几天几夜,部队也有伤亡,莫非就能白白地便宜了敌人？"

张培说:"怎么白白地便宜了他？我们从榆林城郊撤退是为了更好地打击敌人呀。"

一溜一行的战士,从周大勇他们的身边往后走。他们有的抬着重机枪,有的背着小炮。后边有驮炮骡子的叫唤声,大约,炮兵们正从泥水里把那些大炮往后拉哩。

张培说:"团长命令:主力部队撤退的时候,我们营担任掩护。我们营撤退的时候,你们连担任掩护。你们连完成任务撤退后,往北走三几里地就是长城。团长说,派个骑兵通信员,在长城边那棵大树下跟你们联络。记住,撤退的时候要沉着机动!"

周大勇回到本连阵地上,跟王成德咬了一阵耳朵,就召集干部布置掩护主力部队撤退的事情。

不大一阵工夫,除了少数掩护部队,西北野战军的全部人马便无影无踪了,他们像乘着沙漠里刮来的风飞掉了,也像是突然入了地。

周大勇说:"老王,快到我们撤退的时刻了。这里有七个伤员,两挺打坏了的机枪跟一门小炮,你把伤员和坏武器先带下去追赶部队。我把牺牲同志的尸体掩埋以后,哗地就撤下来了。"

"对。这么办,部队撤起来利索。"

王成德撤退下去二十来分钟之后,周大勇又击退了敌人一次反扑。

周大勇完成掩护任务以后,拖着部队朝北走了三里多路,到了教导员指定的联络地点——一棵大树跟前。

榆林城墙上明晃晃的火光还能看见。敌人还加紧射击着,流弹在头上啸叫。

周大勇派通信员到处寻觅跟他们联络的人,不见踪影。猛然,他听见战马颤抖的嘶叫声。

周大勇带着战士们顺着马的叫声跑过去。他用电筒一照:骑兵通信员直挺挺地躺在马头下,马缰绳缠在胳膊上,枪扔在一边。通信员中流弹牺牲了!周大勇心里凉冰冰的了!

战士们掩埋了通信员。

周大勇跟自己的主力部队在一块的时候,就是敌人遮天盖地地扑来,他心也是稳当的:该吃就吃,该睡就睡,满不在乎。如今,他身上寒森森的,心里发毛,头发一根根地竖立起来!他焦灼地问自己:部队转移到哪儿去了呢?

天黑地暗,张口看不见牙齿。咦!在这风沙漫天的长城线上,该怎么办呢?往哪里走呢?主力部队顺长城朝东撤退了么?去到那里干什么?部队顺长城往西去了?增援的敌人是从西边来的,我们主力部队大约是去打敌人援兵咯。可是张教导员临撤退前交代任务的时光,没有半个字说到"打援"的事!周大勇心里毛辣火热地发躁。啊,在深不可测的夜里,隐藏着多少难以料到的艰难和危险呀!

他让通信员照着电筒,找寻前去的部队用石灰撒下的路标。毫无希望——收容队早把路标都擦了。有的战士趴在地上,用鼻子闻着,因为大部队过去就有骡马的粪尿味,可是一切努力全是白费力气!

猛地,沙漠里刮来狂风,狂风扯起满天黑云彩,沙石打得人脸生疼。不是好兆,风是雨的头。果真,远处的天边打起闪,雷声轰隆隆价满天响。开初,大雨点趁着风劲,打着战士们的脸,过会儿,大雨哗哗哗地倒下来。风、电、雷、雨,拧成一股劲,吼着、闪着、响着、下着。战士们让风雨裹住,迈不动脚……

周大勇带上战士们,摸摸索索向前走去。天黑地暗。战士们为了不掉队,或者三五个人拉着一条绑带走,或者把自己的白色手巾挽在身后的背包上,作为记号,使后边的人可以跟上走。他们好容易走了六七里路,淋得浑身透湿,跌得满身泥巴。再艰难,也得鼓起全身力气朝前走。

电光一闪,战士看见前面闪来一片黑乌乌的东西,像树林子一样。嘿!他们可乐啦,大约前面有人烟、村庄。走近一瞧,果真是座小村庄。

二

周大勇想把部队拖进村子,因为在这大风大雨的深夜里,很可能摸错路走进大沙漠,也可能搞错方向,跟敌人遭遇。

周大勇让战士们蹲到野外,他带了几个干部到村边侦察。村子里头有几十间破房子,门都死死地关着。听不见狗咬,没有活气。其实呢,家家户户的老乡,都吹熄了灯,捂着孩子的嘴,耳朵贴住门缝、窗眼,听动静。他们提心吊胆地生活在恐怖里:在这兵荒马乱的日子里,谁晓得哪一刻有家破人亡的祸事落到谁头上!

周大勇派出了警戒,把部队拖进了村子。

村子西北角上有个破烂的小庙。周大勇把支部委员王老虎、李江国、马长胜、马全有、三排长任世兴,召集到小庙里开会。

周大勇拧了拧裤腿上的水,又拧帽子上的水。他懒得说话,一肚子的火气跟不满意。他想不透,部队打了几天几夜,榆林城外围据点都肃清了,眼看城也快攻破啦,可是来了一道命令让撤退。这是干什么吗?说是援兵来了,援兵来了就打援兵吧!"围城打援"的办法,不是常使用吗?偏偏要撤退!哪里还不是一样打仗?

王老虎持着枪,站在雨地里,轻轻地吹着口哨,像是觉得淋雨是挺痛快的事。马长胜靠墙蹲在地上不吱声,牙齿咬得吱吱响。马全有一蹦坐在供桌上,焦急地用拳头敲打神像。他满身是火,他需要的是激烈的战斗和紧张的行动。李江国呢,一会儿把手电筒拿出来玩弄,一会儿又把帽子摘下来戴上去,像是肚子里有什么东西憋得他不能安生。他问:"老虎,你总是常有烟叶的,来,舍出来一星半点。我这嗓门呀,哎呀,我的姥姥,痒得就没法儿说了!"

王老虎说:"烟叶?肠肚都让雨水泡成了豆腐脑!"

马全有说:"江国,没烟抽能死人的事,我还没见过。你将就点吧,别来那么多的穷讲究!"

李江国说:"罢,罢,罢!不抽了还不行?"

马长胜说:"江国,你不咋晓,别人不会拿你当哑巴看。"

三排长说:"算啦,你们总是有劲争吵,听连长说吧!"

周大勇把张培在撤退时光对他讲的话,又从头到尾想了一遍,还是想不出头绪。他说:"同志们,看来,我们部队并没有去打敌人援兵。"

这才是真正让人吃惊的消息。马全有噌地打石供桌上跳下来。李江国咚地蹲在地上。连那沉着出名的王老虎,也朝连长跟前挪近了半步。每个人心里坠上了一块大石头!没人说话没人吭声,像是大伙儿都紧闭着呼吸。雨唰唰地下着,风呜儿呜儿地怪叫。黑夜把世界裹得严严的!

周大勇合计:自己心里窝火,干部们又这样发躁,那战士们又会怎么想呢?领导工作者的责任感,压住了他翻腾的感情。他说:"同志们,不用着急!"

马全有冒火了,说:"榆林城也不打,援兵也不打,这是……嗨!"他直跺脚。

李江国说:"是呀!这也不打那也不打,一股劲地走,走,走!"

周大勇鼓起全身力气,让自己说话声音坚定:"我们部队作战原则,同志们又不是不了解。上级说,我们部队转移是为了更有力地打击敌人。我们要相信上级说的话。我们走,去赶主力部队。兴许,我们很快地赶上部队;兴许,要费一番周折才能赶上部队。反正不能尽拣好的想,我们要多从不利的方面去划算。同志们,说长道短吧,千斤担子是搁到我们肩上了。"他筹思一下,又故意说:"我们脱离开主力部队,就会有人害怕敌人?反正天塌地陷我也不怕。"

李江国刺棱站起来,说:"谁又怕呢?我们多会儿也没有把国民党那些个灰鬼放在眼里!就说一时赶不上主力部队吧,天底下有的是路,咱们走,碰巧了就揍他。让蒋介石翻翻他们的家谱,看他们是什么'种',看他们是不是我们的对手。"

马全有双手往腰里一撑,硬邦邦地站在那里,接住李江国的话尾说:"敌人又不是三头六臂!我们肩膀上长着一颗脑袋,有两条腿一支枪,怕他才有鬼!走!打!"

马长胜说:"打!打!你俩是铁匠出身,光会打!"

三排长说:"对呀,走也要有个走法,打也要有个打法!"

王老虎持着枪来回移动脚步,有时用脚轻轻踏地下的泥水。他不像李江国那样慷慨激昂,也不像马长胜那样因心急性子倔而脸红脖子粗。他说:"江国、全有,雨哗哗地倒,还熄不了你们满肚子的火气?如今,咱们当紧的任务是告诉每一个党员:团结大伙儿,坚决去赶主力部队。我们只有走,走,走!要是碰到敌人,能消灭就消灭他;要消灭不了他,拔起腿就走。沉住气,不能蛮干。"

周大勇说:"反正我们人少,坐无形走无踪,要打就打,要走就走,利索得很。可是老虎也说得对:不能蛮干。蛮干,我们的鼻子和眼睛就要调换位置。江国和全有说的话,有一点是正确的:不管情况怎么严重,不论什么打熬压到我们头上,我们都经得起。同志们,我们要向战士们说清:我们主力部队撤退,是有道理的。我们打仗,就要在我们想打的地方打,就要对我们有利才打;要是对我们没有利的话,我们宁愿和敌人转山头绕圈子,也不打。"

李江国说:"连长!这些作战的道理谁不懂呢?可是碰到实际问题人心里就过不去,脑子里就转不过弯——"

马全有打断李江国的话说:"拉倒!提个头就行,看把嘴唇磨薄了。"

王老虎说:"反正我们要加紧做工作。前几天补到咱们连队的新战士李玉明,哭鼻子了。是害怕呢,还是有别的原因?问死问活他也不吭气。咦!他像是把舌头咽到肚里去了。"

三排长问:"李玉明?就是那个陕甘宁边区的子弟兵吧。不用问,部队从榆林城下撤退,他也窝了满肚子火!"

周大勇说:"老虎,你操心帮助李玉明那个小青年。"

开罢会,周大勇他们朝村子里走去。

轰隆隆地响了几声雷,雨又下得上劲了。雨呀,劈头盖脑地浇下来,顺脖子灌进去;湿衣服贴在身上。周大勇趁着打闪,看见战士抱着枪三个一堆,五个一块,背靠背,坐在泥水里。他们睡得很香甜。班排干部,有的在队伍旁边来回走动,有的脊梁贴墙站着打呼噜。

李江国跑来报告:"连长!有办法,有办法,我请来一位老乡。他给我们主力部队去做向导,刚返回来。"

周大勇把那位老乡询问了一阵,搞清了主力部队行动的方向,就向同志们喊:"站起来!"

战士们从泥水里站起来。

"啊哟,睡得多死啊,再不起来就泡成酸菜啦!"

"起床了,你们还磨蹭什么?"

"开饭了,好几个菜,谁起来迟了可没份儿!"

"扯淡,泥水里多睡会儿也好哇。谁在咋唬?"

"你还迷离马虎,连长讲话啦!"

周大勇说:"同志们,你们坐到泥水里,苦不苦呢?苦。但是我们再苦也不能惊动老乡们。同志们,我们现在就走。谁肚子饿,就把自己面袋里的面粉掏出来生吃上几把;要喝水,路边有的是雨水。"

一个战士问:"现在就吃点东西吗?"

周大勇说:"不,边走边吃。"

周大勇带上部队,踏着泥水,顺长城边的一条小路走去。他们走了五六里路，就听见枪声。眨眼，又听见有几匹马狂奔着跑来了。周大勇让战士们截住那几匹马，一问，原来他们是我军"勇敢部"的骑兵侦察员。

一个侦察员问周大勇："你们是哪个单位？'英雄部'？好，那你赶快向南，朝我们边区走。快！敌人拥上来了。再有个把钟头天就大亮了。同志！我们有任务，先走了。"

几匹马哗哗哗地朝东南奔去。

跟随着猛烈的射击，敌人恶狠狠地从西北面压下来了。周大勇很奇怪：这是哪一部分敌人？这样疯狂，进攻这样积极。走！跟敌人黏住就糟糕了！他急忙率领战士跑步向东南插去。可是一股敌人追近了他们，展开兵力包围他们。敌人像野兽一样嗥叫，手榴弹也投过来了……

周大勇率领六十多名战士，且战且退……

周大勇跟他的战士虽说跳出了敌人的包围圈，可是失去了时间，他们没有在天明以前远远地摆脱敌人。敌人紧紧地追赶着他们，用炮火封锁他们撤退的道路。

周大勇因狂暴的愤怒而发火："兵来将挡！他妈的，就算敌人满身是嘴，又能吃几个人！"

三

战斗中，情况是瞬息万变的。

拂晓，周大勇率领战士们刚击退了追击他们的敌人先头部队，突然身后打响了。他扭头朝后看，千百颗发光子弹，正迎面射来。敌人从他们身后一百公尺的地方横着往过插，敌人的身影可以清楚地看见。

周大勇脑子飞快地转动了一下："敌人插到我们后边了！"他的

心紧张得提到喉咙门口了,脸唰地变得铁青,眼睛眉毛都立起来,全身的血直往头上冲,脖子上一根根青筋暴起来。

敌人插到他们后边。敌人想用这突然的动作、猛烈的火力,麻痹他们的思想,打消他们的判断力,摧毁人民战士的意志。这时周大勇仿佛听到团长赵劲站在他身后向他喊:"周大勇,现在,你的声音,你的动作,你脸上的表情,都是干部和战士们最注意的。现在,勇敢、沉着,就是最大的本领,最大的智慧。"

周大勇命令:"就地射击!"各种思想像闪电一样闪过周大勇的脑子。他看了一下战士们。这时,要是有一个人惊叫、乱跑,那么这一个人的动摇便会出卖胜利,出卖所有的同志。但是,没有一个这样动摇的人。战士们都沉着地趴下射击。周大勇又一次感觉到:掌握在自己手里的这一支力量是强大的,不可摧毁的。

战士们是英勇的,可是在这紧急的情况下,他们非常需要指挥员镇静的命令声和响亮坚定的鼓励声。

周大勇迅速地指挥战士们占领了几块高地,就地抵抗。他向战士们喊:"我在这里!"指着脚下的土地,像是表示决心似的。"同志们,立功的时候到了!"这斩钉截铁的声音把战士们的一切军事素养、纪律观念、阶级仇恨更充分地发动起来了。"射击!向敌人射击!"战士们这压倒一切威力的喊声,又有力地鼓舞了周大勇。周大勇分明地感觉到战士们所有的力量都传到自己身上,使自己变得非常高大、有力。

周大勇清楚:在任何危险的情况下,你的全部忠诚,能让你不想到个人而想到事业、任务和战士们,那么你便能保持沉着、冷静和头脑清醒;你便能勇往直前,以无限的勇气压倒敌人,成为出众的英雄。他把帽子推在脑后,敞着衣服,提着驳壳枪,眼里射出了严厉凶猛的光芒。他刚勇得像一尊铁像。

周大勇把勇敢和镇静交给了战士们。

仇恨敌人的情绪控制了周大勇和战士们。目下大伙只想一件事：向敌人射击。

太阳快出的时光，敌人三架美国造飞机赶来了。敌机怪叫着俯冲扫射、投弹。敌机这样疯狂，俯冲下来时，擦着树梢把地上的湿沙子都扇起来了。敌人把钢铁拼命地往周大勇他们头上倾倒。各种重炮弹撕扯空气，发出怪啸声，爆炸了，尘土、石头、弹片四外飞溅，黑烟柱顶住了天。飞在高空的子弹"日日"地怪叫，打在身边的子弹"噗——噗"地钻到土里，土地被子弹打得冒起一朵朵的土花。战士们周围的土地像一锅开水在滚。大地在战士们肚皮下，猛烈抽缩、抖动。他们趴在地上，就像趴在大浪中的破船上一样。

生死的斗争，压倒了人的一切日常情绪。目下，周大勇的一切想法都变得非常简单：坚决而巧妙地打开一条生路。

周大勇跑到一棵大树下，眼睛飞快地向周围一扫：正前方的敌人有些在射击，有些在抢占有利地形，有些正在运动，看来至少一个团；身后的敌人有些平腹端起冲锋枪扫射，有些抬上重机枪飞跑，有些在做简单的工事，看来至少有一个营。周大勇抡着驳壳枪，冒着敌人密集的炮火来回跑着。他手里掌握的一个留作预备队的排，由马长胜带领着。他命令李江国带领三十多个战士占领正前方的高地，寸步不退，向敌人反击。又命令王老虎带领两个班扭回头反击身后的敌人，杀开一条出路。

王老虎接受命令后，左腿跪在地上，左手抓紧步枪，身子往后一仰，右手向前一挥，一声不吭地带领战士们，向身后的敌人猛扑！

周大勇跑到阵地中间最突出的一块高地上。李江国在这里指挥、射击、呐喊。李江国这个身材高大的勇士，站在这里像一堵铁墙一样。他的棉衣敞开，露出那又黑又脏的白衬衣。满脸通红，汗水直流。他这种英勇的姿态让周大勇产生了一种坚定、自豪的感觉。他想，敌人面对着李江国这样的人，还能占到便宜吗？他从心底里产生了一种蔑视敌人的感情。

周大勇问:"怎么样?"

李江国睁着圆彪彪的眼,盯着正前方,头也不回地说:"够他吃喝!打退两次进攻了。"

枪榴弹在天空炸成一团团的黑烟。一眼望去,全是一片烟火。

周大勇卧倒,两只手扶在地上,抬起头观察了一下李江国左右翼的阵地:左翼马全有带领一个班守在一个小庙边;右翼刚指定的代理班长李玉明,带领两个战斗小组占领着一块坟地。周大勇看了这阵势,想:"李江国是一个好样的指挥员!"他喊:"李江国,老蹲在这里还行?向敌人发起短促的反冲锋呀!"

李江国狠狠地把帽子扯下来,擦满脸的汗水,说:"抓住机会就揍他!"

战士们一直集中注意力向敌人射击,只有周大勇向李江国喊着说话的时候,他们才注意到连长在自己身边。战士们觉得连长站在他们身边,那就是不可摧毁的靠山。一股力量通过了战士们周身,他们互相丢着兴奋的眼色。

周大勇望着战士们,只见他们浑身是土,脸上漆黑。有些战士肩上、背上都是混合着泥土的血,但是他们还趴在卧射工事中射击。

人刚走到危险边沿的时候心脏猛烈跳动,可是当危险包围了他的时候,他反倒思想单纯意志集中,对本身生死问题全不在意。周大勇跟他的战士们,现在的心情正是这样。

周大勇喊:"同志们,白刀子进红刀子出,用刺刀杀出个威风来!"

战士们喊:

"连长,我们会结结实实地整治敌人!"

"老虎嘴上拔毛,有他好受的!"

"刀快不怕他脖子粗!"

敌人炮兵拼命轰击的时候,我军战士们抬不起头,敌人步兵趁这机会向前爬;当敌人炮火一停止,二三百匪徒便向李江国据守的阵地中间扑上来了。等到敌人爬到我军阵地前边三四十公尺,李江国喊了声:"打!"战士们投出了排子手榴弹。烟雾腾起了,炸弹的破片在空中呼啸。敌人有的连滚带爬地往回退,有的死死地贴在地上连头也不敢抬。

这是短促反冲锋的好时机。可是爬起来冲锋并不是容易的事;端上刺刀眼对眼戳穿敌人的胸膛,更不是容易的事。

李江国正要跳出掩体,周大勇已经抢先跳起来,用尽平生力量喊:"英雄们,冲呀!"他这喊声像晴天炸雷一样,吓破了敌人的胆,激起了战士们的威风。周大勇向前扑去,李江国也带领着战士跳出工事,向敌人扑去。烟雾、灰尘、喊声、闪着寒光的刺刀……人民战士的力量是这样猛,这样不可抗拒,好像,这不是一二十个人民战士的冲击力量,而是成千成万人民战士的力量统统集中到这小小的战场上来了。

敌人慌乱了,扭头逃跑……敌人督战队用机枪扫射他们溃逃的士兵。但是,连死亡也堵不住那像潮水一样倒流的人群……

猛烈的战斗是不间断的。敌人督战队逼迫着士兵又向李江国阵地的右翼攻击。那里,两个战斗小组支架着百十名敌人的攻击。

李江国说:"连长,你在这里指挥,我带一个班去增援!"

周大勇拦住他,说:"我去!"他不容李江国分辩,就对身后的十多个战士喊:"跟我来!"

宁金山的脸擦伤了,他提着手榴弹跟同志们从工事中跳出来。周大勇看他蜡黄的脸上还有血,就说:"宁金山,不要去,休息一下!"

"连长!我是来打仗,不是来休息!"

周大勇很想命令宁金山下去。转念一想：我们几十个人能顶一两千敌人的进攻，不就是靠这些英勇不屈的人么？人很少,现在谁又能休息呢？只好让他去。

周大勇带领战士跑到右翼阵地的时候,敌人已经突破我军阵地。李玉明正率领战士们和敌人肉搏,六七把刺刀在敌群中左冲右杀。

周大勇率领战士赶上去,大声喊："共产党员们,革命战士们,杀呀！"

战士们听到连长的声音又得到新的力量支援,很快就把敌人压下去了。

过了几分钟,敌人又开炮轰击了。炮弹爆炸声,树枝断折声。几块大石头被炸成了碎片；一棵碗粗的树被炮弹连根拔起,摔在一旁。泥土、弹片、石片,像暴雨一样落在战士们头上。

把敌人打下去了,这一回合我们总是胜利了,战士们高兴地向连长打招呼。

有的战士在议论：

"好危险！"

"危险？我们用刺刀把危险送给敌人了！"

周大勇很喜欢战士们这些豪勇的谈话。他觉得,没有他们,他周大勇是根本算不了什么的；有了他们,他周大勇就可以移山开路,打遍天下。他双手撑住土坎,紧张地观察着。在战士们看来,连长眼里射出的那两道光,就像两把锋利的刺刀。敌人要向前扑,那两把锋利的刺刀就会戳穿敌人的胸膛。

连长,他是大伙的指望。

战士们挖了一条不很深的战壕。周大勇顺战壕跑去。多怪！有的战士吹大话,有的说些没头没尾的笑话,有的战士把自己被子弹打穿的学习本拿出来整理。有一个战士在谨慎小心地修理他的坏钢笔。他一面修理一面向身边的战友夸奖他的手艺,讲述他这支钢笔的来历。有的战士在争夺那宝贵的纸烟头。

"多大的一个烟头呀!一人抽一口,不准抢!"

"同志们,有朝一日我当了纸烟公司经理,大伙都来抽烟,不要钱还管饱!"

"好,说话算话,不要变卦!"

一阵愉快、轻松的感觉掠过周大勇的心头。这种感觉使他联想起政治委员李诚说的话:一个无产阶级战士的意志力量,比敌人一个美械师强有力得多。

周大勇顺着战壕向伤员跟前走去。

代理班长李玉明刚给一个重伤员扎完了绷带,正在说什么。

李玉明报告:"连长,我枪毙了张连中!"

原来敌人一突破我军阵地,新解放战士张连中把枪一扔,向敌人举起手。李玉明严厉地喊:"张连中!"张连中没有回答,还举着手。李玉明满身的火直向头上冲,他端起枪"叭"的一声,张连中应声而倒。

李玉明望着周大勇,重复地说:"连长,我枪毙了他!连长,我心里……"

周大勇双手像老虎钳子似的,抓住李玉明的肩胛,盯住他的眼,说:"对,你做得对。无情地对付叛徒!无情地对付叛徒!"

宁金山在一旁说:"玉明!难过什么?经不起打熬的人,迟早总是要和我们分路的!"

周大勇想:几天以前,李玉明和很多陕北农民一块参军的那会儿,还笨手笨脚的。他第一次参加战斗时,趴在战壕中抱住头,屁股朝天,怕得要死。部队冲锋的时候,他没有揭开手榴弹的保险盖,就把手榴弹投出去了。可是现在,他变得这样坚定、沉着。

通信员跑来了,他满头大汗,向周大勇报告:"王老虎说,请连长赶快带上部队撤退!"

周大勇把阵地左右翼的战士,都收拢在李江国守着的阵地中间的高地上。他喊:"同志们,背着伤员的同志走前边,共产党员走后边,一口气冲出去,不准掉队!"

李江国抢前一步,说:"连长,你们走,我带两个班掩护!"

周大勇紧紧地握着李江国的手,说:"千斤担子统放在你肩上了!"

"连长,没有金刚钻,就不能揽这瓷器担。我敢担起这个担子,就有把握担出个名堂!"

周大勇说:"好。你支持十几分钟,就顺着我们走的路线往下撤!"

正是晌午,黄惨惨的太阳挂在头顶。天空朵朵云彩飞驰,地下雾腾腾的热气上升。

周大勇带上战士们向西南撤。被王老虎拦腰斩断的敌人正从两头猛攻,企图堵死王老虎他们打开的缺口。很快,两头猛攻的敌人就会合了。王老虎打开的缺口被敌人堵住了。周大勇看得分明,他趁敌人还没有站稳脚,就冒着左右的侧射火力,率领战士们端着刺刀向敌人猛冲。杀声、喊声、排子手榴弹爆炸声……敌人慌乱了,各自寻找有利地形。一个又粗又高的敌人军官,光着脑袋,穿一件黄单衣,一手提枪,一手提大刀,像个黑夜拦路杀人的恶魔一样,在烟雾中呼喊,想让他的士兵像他一样,挺起胸膛,阻挡我军。周大勇一枪撂倒了这个敌人,带领战士们,踏着趴在地上的敌人冲出去了!

很快地,李江国也带领战士们跟上来了。

周大勇率领战士们突围以后,他看到,在这平漠漠的地方,白天要摆脱敌人是不容易的。

周大勇心灵眼明地率领战士们,抢先占领了一个村子。他想:

有一个村子作依托，便可以争取时间，坚持到天晚。

坚持到天晚就是胜利。

四

村子里到处都是子弹箱、国民党士兵的烂鞋子、破军衣、乱七八糟的棉花、衣服、鸡毛、打死的牲口。烧起来的房子，冒烟吐火……老乡们跑光了。

战士们到处找水喝。可是哪里有一点水呢？敌人经过这个村子，把水喝光，把水缸打破。找水窖吧，国民党匪军把他们死去的十多个伤兵都丢到水窖里。战士们从拂晓到现在整整战斗了九个小时，米面屑没进口，肚子饿得发烧，渴得喉咙直冒火。

战士们坐在台阶上，他们把面袋取下来，一把一把地把生面粉往口里填；嘴边、胸腔的衣服上都是白扑扑的面粉。有的人还苦中作乐："多擦点粉，去扭秧歌！"

周大勇进了村子，立刻和王老虎、李江国查看地形。这是一个有三十来家人的村子。村子周围有一丈多高的围墙。村北百十公尺远，有一条东西横着的沟。村东是开阔地。村西南五十公尺远有一个小庙。小庙右侧是一条沙梁。

周大勇让李江国带领一个班配备一挺机枪固守村西南的小庙和沙梁。他跟王老虎带领多一半战士们坚守村子。

战士们紧张地掏枪眼，挖单人掩体、战壕、避弹坑。

周大勇趴在围墙上看：敌人大概有两个团的兵力从东、西、南三面向村子进攻。

敌人几十门大小炮，把成吨的钢铁向村子里倾倒。蒋贼的美国造飞机也疯狂地在村子上空投弹扫射。村子里房屋倒塌了，燃烧着。地下的土被炮弹翻起来变成了黑色的。火药味和灰尘呛得人出不来气。

敌人盲目地射击后,便开始攻击。敌人的两次攻击,都让周大勇指挥的英雄们打垮了。接着敌人便一连十多次,用机关枪赶着士兵们整营整连轮番不息地向上拥。

周大勇站在阵地前沿跟战士们并肩射击。他身上涌起狂潮般的力量,脸像锅底一样黑,眼睛喷火,满身泥土。枪弹在他头上嗖嗖地飞过,他连头也不低。他的耳朵让炮弹震得轰响,听不清子弹叫。猛地,五六颗重炮弹落在围墙边爆炸了,墙被打倒,气浪把周大勇掀在一边。他被深深地埋在土中,可是他从土中钻出来一跃而起,喊:"同志们,共产党员们,坚持打呀!"

战士直起身子投弹,有的跳出工事端着轻机枪向敌人扫射。

"寸步不退!杀死敌人!"周大勇的一切情绪、想法,都紧紧地凝结在这一点上,危险的感觉,完全消失了。

这时村西南小庙边的战士也在猛烈战斗,刺刀在阳光下闪光,战士们的身影在炮火中闪动。……

通信员小成从李江国坚持的地方跑来,上气不接下气地报告:"连长,敌人突破小庙那里的阵地……阵地……李排长说……说……"

周大勇忽地转身,一把扭到小成的胳膊,很凶地问:"你慌什么?李江国说什么?要增援吗?"

"不,不。李排长说,请连长放心,他会把敌人打下去,他会守住阵地的。他说,有他就有阵地!"

周大勇又派小成告诉李江国:"要他再坚持一小时!"

李江国指挥十二名战士,打退了二百多敌人的六次进攻。

敌人吃了亏,变得更滑头了,不再瞎扑乱闯地冲锋了。他们发动第七次攻击以前,先用迫击炮、九二式步兵炮摧毁小庙子。小庙的房顶被炮弹掀去了。敌人又用平射炮炮弹一层一层地摧毁庙墙。小庙墙壁被炮弹打成锯齿形。碎砖块、弹片阵雨似的落下来。

李江国脸上很脏,淌着汗水,嘴唇擦破了点,流着血。在这一眨眼工夫就有成十次可能死亡的危险中,他脑子里激荡起来,想唱歌,想喊,想大声咒骂,保持不住情绪的平衡。可是,他一看战士们,立刻一切个人安危的想法都飞了。"战士们需要支持,战士们望着我!"这想法给了他很大力量。他身材显得格外高大,动作沉着敏捷,神情严厉。

他号召:"同志们,这是考验我们骨头的时候了!"

他带领战士们用破砖把墙垒起来。敌人炮火摧毁了墙壁,他们又垒起来,摧毁了,垒起来……炮弹打得砖块扬起,有三四个战士的头被砖块碰破。李江国被炮弹掀起的气浪摔倒了好几次。小庙的木料也烧起来了,站在浓烟烈火中的人民战士,猛烈地奋战。

李江国喊:"同志们!手榴弹、刺刀、石头,有什么武器用什么武器。人在阵地在!"

战士们也像英雄的李江国一样:什么日常的情绪,什么个人安危,都让尖锐的生死斗争挤掉了。现在他们除了痛恨敌人、杀死敌人以外,没有别的任何想法。

战士们没有子弹了。一个战士建议:"李排长,我去连长那里领子弹!"

李江国凶狠狠地喊:"连长又不会生子弹!"

"可是没有子弹……"

"没有子弹也要打仗!"

这时候,百十个敌人冲到小庙门口。战士们瞟了李江国一眼,李江国感觉到这眼光了。他喊:"不怕死的,来!"他带着一股热风率领战士们冲入敌群,左冲右杀把百十个敌人搅得乱成一片,枪托、刺刀,猛击猛打。敌人各自逃命,慌乱得互相乱撞。李江国生擒了一个敌人,拖进庙子,从敌人身上解下子弹,又继续射击。

李江国奉命撤回村子。

太阳像是钉在西边的天空,根本不动了。每一分钟似乎都无限地延长了!

步步进逼,敌人快扑到村子的东围墙边了。

这工夫,王老虎趴在村东靠左面的短墙边,指挥七八名战士朝敌人射击。

王老虎不慌不忙地射击着,枪不虚发,枪响敌人倒。他看见一个敌人军官,在一堵短墙背后时不时地伸出头,观察我军阵地,就说:"要瞧就瞧瞧吧,还能这么偷偷摸摸地瞧!"便"叭"的一枪,把那个敌人军官放倒了。他一边打还一边数:"一个,一对,一对半,两对……半打儿……"他在一个地方打三四枪,立刻转移到另一个地方射击。靠近王老虎的战士,只见王老虎边放枪嘴里边嘟哝,也听不清他说些什么话。可是战士们的心,在王老虎手下跳得非常平稳。他们都照着王老虎的样儿射击……

战士们正集中力量打击村子东边扑上来的敌人,另一股敌人突破了村西的围墙。马长胜指挥十一个战士,想斩断敌人的突破口,但是敌人一个连的兵力拼命地把突破口撕大,突进来了。十来个或是二三十个人组成的步兵群,抢占一堆堆的废墟、一堵堵的短墙、一座座的房子。不大一阵工夫,敌人占领了村子的一半。火焰、黑烟罩住了整个村子。

激烈的战斗,反映在周大勇脸上。他的脸色一阵通红一阵发黑,一阵暴躁一阵发凶。他总不能相信,他这身经百战的人和他的战士,经历了很多英雄的搏斗以后,就能牺牲在这村子里。他想起他曾经遇到过比现在危险十倍的情况,那时候眼看走到绝路上了,可是总杀出去了。目前的危险,又算得什么?真灵验,这想法,使他对面临的严重情况又全不在意了。他全部力量又都集中在最紧要的问题上：坚持到天黑。

周大勇指挥战士们和敌人争夺一尺一寸的土地。

为了争夺一间房子、一堵墙、一堆废墟，战士都付出了血、汗，发挥了高度的顽强性和无限的忠诚。

但是，周大勇跟他的战士，终究让敌人压缩到村南段的四座院落中了。

往常，周大勇打仗的时候，一遇到攻击受挫或是部队伤亡大了，他就冒火，压不住自己的感情，因此，有时候他就不顾死活地跟敌人硬拼。目下，他浑身的血向头上冲，可是他按住了心头的三丈火，使尽力气保持冷静。这么，情况越来越危急，他反倒越来越精明、清醒。

周大勇仔细观察了一下，现在敌我只隔几堵墙；院子里到处是死角，子弹、炮弹的威胁并不大。可是敌人扔来的手榴弹像下雹子一般，猛烈的爆炸声像狂风一样吼。

周大勇从这座短墙边跳到那座短墙边。他想，在这紧急的时刻，应该让战士们觉得：连长和我们在一块！

他看着自己那些英勇沉着的战士，简单有力地鼓励他们几句。

战士们信心十足。他们只有一个念头：抬起头就射击。

周大勇从战士们打穿的墙壁中，跑到了马全有他们坚守着的这座院子。

这座院子浓烟弥漫，房顶都塌下来了。有几间房子的土墙也被打塌，木料在熊熊大火里燃烧。

这里，有的战士被震得七窍出血，昏过去了，可是当他清醒了以后，又爬起来战斗。有的同志牺牲了，牺牲者的位置上又出现了一个人在那里射击。有的人满身是血，不承认自己负伤。有的人负重伤，不能战斗，但是他有一张嘴，他喊着，鼓励奋战中的战友。有的战士把机枪打红了，他就躺在地下，侧转身子给机枪上撒泡尿,机枪支支冒热气,接着又射击。有的战士捞住敌人的机枪,扭转就向敌人射击。到处都是寻找敌人弱点打击敌人的英雄行为;到处都是猛扑、冲杀、肉搏、呐喊声……

"我们是党中央的警卫军!"

"同志们,杀呀!"

"杀呀!用手榴弹擂敌人!"

黑夜缓缓地来了!

敌人四面发动总攻击了。战士们在烟火中奋战;嘴唇焦了,耳朵震聋了,眼睛熬红了!每一个人那滚烫的心都在猛烈地跳动。他们都在呼喊、互相鼓舞:"为劳动人民战斗到底!"

周大勇从这个院子跑到那个院子。哪里打得激烈,哪里就能听到他威严、坚定的喊声。他充满感情的声音,像闪电一样划过夜空,振奋着战士们。哪里打得激烈,哪里就看到他矫健的身影。有时候他被烟火吞没了,眨眼,他又出现了,连战士们也觉得自己的连长有点神奇!

周大勇跑到左边一座院子里。这里是马长胜跟四个战士坚守着。他们把敌人的尸体垒起来,当工事利用。

火光映着马长胜的脸。那又脏又旧的单军衣,紧紧绷在他结实、宽阔的背上。他抱一挺机枪射击,旁边有个战士帮他压子弹,他的动作不快,像是在通常情形下固守阵地一样。除了手里的机枪不算,他跟前放着冲锋枪、带刺刀的步枪、枪榴弹、手榴弹、带引信的美国造六〇炮弹。

周大勇弯下腰忽地纵到马长胜跟前,问:"怎么样?"

马长胜用手背慢慢地擦着头上的汗,头也不回地说:"就这样。"

周大勇问:"敌人扑得蛮凶?"

马长胜口里像喷铁块:"再凶,也没把他狗操的放在眼里!"

周大勇一条腿跪在地上；趁着火光，他看见离自己头半尺高的短墙头上，敌人子弹打起的石块乱飞；可是马长胜半截身子露在短墙上，用肩胛抵住机枪把子在射击。他不停地吐着口里的土，吼喊着。

周大勇喊："姿势低些！"

马长胜声音浊重地说："该低就低！"

马长胜的神气、声调，让周大勇心里产生了一种愉快而严肃的情感。周大勇又一次想：敌人能把这样的战士消灭？碰他妈的鬼！

马长胜把机枪交给弹药手，说："瞄准，他一露头你就打。点发！"他的声调又缓慢又执拗，像生铁块似的有分量。

那个战士接过机枪，说："行。来一个撂倒一个，来两个撂倒一对！"

马长胜偎到周大勇跟前。他看旁边有几个敌人的尸体，横七竖八怪碍眼的。他把敌人的尸体一个一个抓起来扔过短墙，毫不费力，像扔很轻的东西似的。

他从墙边的土坎上拿起半截纸烟头，挨周大勇蹲下。他说："连长，你抽一口烟提提神。"停了一阵又说："连长，只要有二斤烟叶，我就能在这里坚守一星期。"他把这开心的话，也说得没味道。

周大勇对马长胜这戆直、固执的牛性子脾气，有说不尽的喜爱。他接过烟，点着——这时他才感觉到自己因呼吸急促手在发抖——猛吸了一口，又递给马长胜。

马长胜说："连长——"他眼睛翻了一下，感觉到敌人又扑来了。他刚直起腰，就传来喊声："杀呀！"

马长胜跳起来，捞住一颗手榴弹就扔出去。他又一把掀开正在射击的弹药手，捞过机枪，摆动着扫射。他的衣服让汗湿透了。

敌人从短墙、土堆和各种隐蔽物后面，突然爬出来，边往前跑边射击，恶狠狠地扑上来了，还乱嗓嗓地尖声怪叫……

战士们在马长胜两侧拼命地投弹。马长胜一会儿用机枪扫,一会儿用冲锋枪扫,一会儿端起步枪打远处的敌人指挥官。敌人冲到跟前,他捞起六○炮弹扔出去……机枪打坏了,刺刀戳弯了,手榴弹打光了,马长胜赤手空拳跳过短墙。一个敌人用枪托照他脑袋打来,他闪了一下,躲过敌人的枪托,又抢前一步,用蒜钵子似的拳头,照敌人脸上猛击。那个敌人跌倒在地。其他的敌人一惊,朝后一退,可是转眼又拥上来。马长胜急了,捞起一根碗口粗细一丈多长的木材,在敌群中扑打。……

周大勇被战争的火焰和狂烈的感情裹着。他不停地朝战士们前面扑,战士们不停地用身体遮拦他。周大勇、马长胜、战士们,抓起子弹箱、石头、打坏了的枪……捞起什么就用什么打击敌人。猛然,一颗手榴弹在周大勇脚边骨碌碌地打转转,眼看要爆炸,周大勇眼疾手快地把快要爆炸的手榴弹踢到一丈多远的地方,爆炸了。可是一连又有三四颗手榴弹丢到他跟前,这时光,周大勇旁边一个身上三处负伤的战士赵万胜,他看那正在地下打转的手榴弹快要爆炸,就鼓起全身力量扑到周大勇跟前。他把周大勇推开,拾起手榴弹正要给敌人送回去,手榴弹在赵万胜手里爆炸了。他满脸是血,跌倒在地。周大勇扑过去,准备把赵万胜抱到短墙右边。

赵万胜用头把周大勇顶开,说:"连长,你指挥吧!不要管我。我放倒了不少的敌人,死也够本!"

赵万胜的衣服变成了湿漉漉的血衣,烟熏血洗,看不清眉目。在昏迷中,还不断地喊:"打呀!打到底!"

这一阵不是周大勇在指挥,也不是马长胜在指挥,每一个还有一口气的人,都在自动地战斗。

情况愈来愈紧,院落的墙壁、房屋已被敌人的炮火摧垮了。敌人用大批燃烧弹向人民战士坚守的院子投掷,平地起火,天空的空气也像是燃烧起来了。战士们在大火中奋战,周大勇觉得头昏眼花,但是他看到马长胜带的战士和敌人扭打在一起:有的抱住敌人的头,有的掐住敌人的脖子,有的把敌人按倒在地……他的心颤动了,身上又升腾起火一般的力量。

五

一个脚印一身汗,一片土地一片血。残酷猛烈的战斗进行到夜里十点钟。

周大勇命令战士们掩埋了自己战友的尸体,又把牺牲了的同志的枪架起来,跟缴到的敌人的武器一块烧掉。

战士们看惯了流血时,血再不能感动人了!

战士们看惯了生命突然离开时,他们再没有悲痛了!

战士们只有一个念头:前进! 战斗! 报仇!

周大勇低声向战士们喊:"同志们,突围! 走! 打! 同志们,我们肚子里有一颗劳动人民的心,我们手里拿着武器,凭着它,我们会压倒一切敌人!"

他清查了一下人数:除了七个伤员以外,现在能战斗的只有四十五个人了。

周大勇抽出十几个战士背上伤员,准备走。

重伤员赵万胜说:"连长,你们快走,我不拖累同志们。我……我……我来掩护!"

周大勇跺着脚,说:"赵万胜,你是共产党员,你没有权利——"

赵万胜趴在地下,说:"连长,我不行了。我的血快流尽了。你们走! ……同志们,我死在你们面前,目下对我说来,没有比这更好的事情。同志们,我,尽了自己的一点点力量……去吧,同志们,去战斗!"

周大勇不容分说地喊:"宁金山,背上他走!"

宁金山扑上前刚抱住赵万胜的后腰,二十多个敌人从左侧打塌了的破房里冲出来。赵万胜突然跪起来,腰一直,把宁金山撞倒了。他蹬了宁金山一脚,说:"快走!"宁金山还没来得及爬起来,赵万胜倒向敌人爬去了。眨眼工夫,二十多个端着刺刀的敌人扑到赵万胜跟前。赵万胜喊了声:"来!"他拉响了怀中抱着的几颗手榴弹,随着爆炸的闪光,赵万胜和五六个敌人一块倒下了。其他敌人,有的跌在火堆里;有的被硝烟熏得睁不开眼,就缩到那黑暗的角落里;有的东跑西窜,互相冲撞。

宁金山跑过来抱住周大勇的腰,哭喊:"连长!……"

周大勇身上抖了一下,像是谁在他心头撕去一片血淋淋的肉。他嘴唇抖动,低声叫:"赵万胜!"

战士们紧紧地靠着,沉默不语。他们每个人都口干舌燥,耳朵轰轰响;机械地做着自己应该做的事。

周大勇猛跺脚,命令战士们投出一排子手榴弹。他嘴巴一错,从牙缝里狠狠地挤出了话:"跟我来!"

周大勇带领战士们边走边射击。战士们按口令声,不断地投出排子手榴弹。

周大勇跟他的英雄战士,杀开了一条血路,从浓烈的烟火中突出去了。密集的子弹从他前后左右掠过。敌人不断地反扑。

周大勇率领战士们跑了半里多路,占领了有利的地形。他一面让手边的战士们顶住敌人,一面派人收拢跑乱了的战士们。然后,他跳下了一个塄坎,眼光四处搜索,像找什么人,也像盘算什么重大而迫切的事情。猛地,趁着火光,他看见王老虎顺土坎走过来。瞧,王老虎迈着稳稳实实的步子,一步一步走来,像是生怕把地球踏翻了。他那不着忙的样子,使周大勇起了火,喊:"姿势放低!"王老虎没听见。他还边走边拔了把草,擦手上的泥。他走到周大勇跟前,感觉到脚下有个什么东西,就扔掉手里的草,弯下腰,捡起一板子弹,把子弹在衣服上擦了十来下,装在衣服口袋里。

周大勇望着王老虎,立刻把他刚才千头百绪的想法,变成了这样一句简单的话:"老虎,你带一个排担任掩护!"

王老虎点了点头。大火照着他们的脸膛。周大勇和王老虎眼对眼看了几秒钟。周大勇有一种强烈的想法,想对王老虎说许多热烈而豪勇的话,但是说不出来;想表示他的感谢,可是他不知道该怎样感谢王老虎,因为王老虎根本不把危险和死亡放在眼里。

周大勇给王老虎交代了任务,又紧紧地抱住他的肩胛,说:"老虎!目前这种情况下的英雄可难当啊!"

王老虎说:"你走吧,连长。敌人有两条腿,我们也有两条腿;敌人手里是枪,我们拿的也不是打狗棍。放心,有什么凶险我们也挺得住!"他表示了平时难以想到的慷慨!

周大勇给王老虎仔细交代了会合地点,他带上战士们撤退了。

王老虎率领着十四个战士,抵挡住扑到当面的上千名敌人。他们打退敌人三次轮番冲锋以后,敌人向他们坚守的阵地摔了成千发迫击炮弹、重炮弹。王老虎他们坚守的阵地烧起了一片火!

敌人步步进逼,王老虎带上战士们边打边朝西北方向撤退。

王老虎沉着坚定,动作利索。他不大喊也不乱叫,只三言两语地下达命令。

宁金山顺塄坎爬过来,把王老虎拉了一把,说:"连长带上部队朝东南撤去了,你怎么把我们朝西北带?"他声音颤抖:"你,你呀……排长,排长!你把方向搞错了!"

王老虎说:"你当我是痰把心窍迷啦?我—还—要—往—西—北—方—向—撤!"

"为什么?为什么?"

王老虎望着连长撤走的方向慢腾腾地说:"为什么?我们把敌人背上走,我们连长就能安全突围。"他还想说:"必要的时候,就用生命换取时间呗！"但是话到口边又咽到肚里去了。因为，他从宁金山那不均匀的呼吸声感觉到：宁金山的心在慌乱地跳，脸在紧张地抽动。一阵不能自制的激动控制了王老虎。他说："金山，不要难过！目下，我们是很危险，可连长跟同志们就得救啦。不要难过！"

宁金山说："排长，那我们就是泡上干啦！那我们就是……永远……永远回不去了！"

"什么？"王老虎突然抬起头，凝望着宁金山问。他的脸色光辉而刚强，那明亮的眼睛，叫人吃惊，好像他生平第一次用这样锐利的目光盯着人，好像那平时被压在心底里的深厚感情，全部从眼里喷出来。但是，他立即就把自己翻腾的感情压下去了，尽力保持自己平时那种精神状态。因为，凭多年作战经验，他知道，现在，忠诚、勇敢、智慧的全部内容就是：保持头脑清醒，沉着，把任何危险都不放在眼里，只有这样，才能在巨大的危险的阴影里，抓住微小的生还希望。他想："完成掩护任务算不了什么，还要把战士们带回去！"一种强大的责任感，控制了王老虎。

王老虎射击了。打了五发子弹，放倒三个敌人。他热烈地对身边一个战士说："放倒一个敌人就够本，放倒两个赚一个，放倒十个，二十个……嗬嗬，这账就算不来了！"他趁照明弹的光亮，朝左边看：宁金山用衣袖擦眼睛。

王老虎用手背擦擦前额上的汗，爽朗地说："当兵的还能挤鼻流水？你不流眼泪这阵地都够潮的了！不怕，有我就有你。金山，来，跟我趴在一块。"他一边说，一边在拧住一个问题想："要摆脱敌人！"他思量眼前的形势，回想过去的经验，头脑中闪过了各种各样准备撤退的办法。

战斗进行到半夜时分，王老虎率领战士们击退了敌人一次比一次凶的攻击，他手下只有九个战士、五个伤员了。

敌人又以小股部队,不断地攻击——说是攻击,不如说吸引我军注意力。王老虎脑子一转:"敌人在搞什么鬼点子吧?"他用心观察:除了敌人的机关枪吐出火舌以外,一片黑暗罩住阵地。怪呀,敌人不打照明弹,也不打信号弹了;再说,敌人阵地上也没有先前那种疯狂、混乱的喊声了。他们聚集更大的力量,用老一套的办法发动更猛的正面攻击吗?不,敌人一定是改变了进攻方式——要进行大规模的包围哩。撤退,要战士们赶快撤退!且慢,要是判断错了呢?要是我们一离开自己的有利阵地,敌人乘机直压过来,那不是上当了吗?他正二心不定,猛然看见左边很远的地方有手电闪光。无疑,敌人正在我军侧翼运动哩。

王老虎的决心马上变成命令:"撤退!我带四个战士掩护,副排长带上伤员和其他战士先走!"

副排长爬到王老虎跟前,说:"为什么让我们先走?死,咱们也死到一块!"

王老虎说:"死?你活够啦?我们刚学会打仗,我们的事业刚开始,我们活得正有味哩。不要蘑菇,赶快走!"

副排长把脸捂在胳膊上。王老虎给他说话,他也不搭理。

王老虎嗖地跳起来,抓住副排长背上的衣服,说:"我把战士和伤员们的命都交给你了。你要丢掉他们当中任何一个人,我就枪毙你。去!"他毫不留情,说得严厉、可怕而急迫。因为,只有他知道敌人想夹住我军的铁钳,在怎样急急地合拢着。他对副排长说明了撤退路线,又叮咛:"不走大路走小路,哪里难走就偏走哪里。记住!"

副排长带上四个战士和五个伤员下去以后,王老虎、宁金山和其他三个战士,射击了一阵,便悄然离开阵地,迅速地隐没在黑暗中。

王老虎率领四名战士,顺着副排长他们撤退的方向,绕来绕去向前走。走了一阵，又顺着一个渠道溜到一条干涸的河槽里。啊呀，河槽里挤满敌人，黑压压的，分不清有多少；端着枪，挤来挤去，想必是要从我军阵地侧后插上去，消灭我军。让这些笨蛋去扑空吧。

王老虎和他的战友从敌群中挤过去，在一个小渠里蹲了一阵，又爬上了一丈来高的土崖。上去一看，原来有一片开阔地。左后方，王老虎他们刚才坚守过的阵地附近，敌人还在射击，可是这里除了头顶上的流弹啸叫以外，无声无息。同志们都松了一口气，继续往前摸。猛不防，有几十个敌人跑步过来了。

一个敌人逼近宁金山问："什么人？"不等回答，又用手电朝宁金山脸上照。宁金山一枪托把这个敌人打倒了。

"啊呀！"被打倒的敌人叫了一声，其他敌人乱了一阵，盲目地射击起来。转眼工夫，许多敌人从四面八方围上来了。

照明弹和信号弹接连着升起。手榴弹炸起的烟雾裹着枪声和乱哄哄的喊声。

王老虎想："拼，不是鱼死就是网破！"他端着刺刀率领战士们向迎面冲来的敌人扑去。白刃格斗展开了！

王老虎平时黏糊糊稳晏晏的，看来不灵巧，可是现在他的任何一个动作都是敏捷而利索的。

他像一阵旋风似的，一口气捅死了两个敌人。突然，他像受到什么打击，倒在地上。他知道自己是负伤了，但是哪里负了伤，现在还感觉不出来，也不愿意去想它。他爬起来，跪在地上扔出最后四颗手榴弹。他鼓起全身力气，端着刺刀，趁着烟雾，左冲右杀。英雄的神勇吓昏了贪生怕死的敌人。

趁着不断升起的照明弹的光亮，王老虎扑到一挺吐着火舌的机关枪跟前，两个敌人机枪射手扔下机枪正要扭头逃走，他一脚踢开机枪反手刺死一个敌人，用枪托又打倒另一个敌人。敌人指挥官用枪逼着正在乱跑的士兵包围过来。王老虎独自个被十几个敌人裹住了。他的手榴弹和子弹都打完了，敌人十几把刺刀对准他，围成一个圈子。王老虎端着刺刀左右旋转，全身的仇恨全身的紧张，都集中在刺刀尖上。敌人恐怖地盯着他。他们有的是刺刀、手榴弹、子弹，但不能施展：刺刀不敢逼近，打枪又怕打中他们的人。王老虎刀尖指向哪里，哪里敌人便慌忙往后躲闪。敌人的指挥官喊叫着，朝天空放枪，威胁士兵，但是不生效。王老虎一直这样和敌人僵持了四五分钟。

在这四五分钟当中，王老虎左腿弓起，右腿蹬直，两手紧握住枪，胳肢窝紧紧地钳着枪托，像一个铁铸的人。一闪一闪的光亮，照着他铁一样沉着的脸相和炯炯的眼睛。

在这四五分钟当中，王老虎的生命力量发挥到最高度。他心头闪过了一种向来没有察觉到的感情：蔑视一切的骄傲。在前，自个儿没有当英雄的时候，口里不说，心里在鼓劲，还常常把想当英雄的想法带到梦里。待当了英雄，满身都是荣誉，可是跟别的英雄一比，自己简直算不了什么；在那伟大的集体行列中，自己也只是一小点，不比谁高一头也不比谁宽一膀。可是，目下，敌人和他面对面，用十几把刺刀对准他的胸脯时，过去那一件件的立功事迹都变成了最了不得的事。他有生以来第一次觉着，自己是个英雄是条好汉，像是比周围的敌人高大十倍。

他头不动，眼睛左右一扫，想："老子再放倒他两个！"胳膊上用足力气，握紧枪，用力拨过一个敌人的刀锋，反手一刺，刺中了那个敌人的咽喉；别的敌人一愣，他又回手刺倒另一个；第三个敌人招架了几下，也叫他一刀戳死在地上。他朝前蹦了几步，对准另一个敌人刺去，那敌人往后一退，仰面朝天跌倒在地，王老虎双手攥紧枪，刀尖朝下，猛扎下去，刺刀穿过敌人的肚子深深地插到地里面去了。他抢前一步，一只脚踏在敌人胸膛上，用力拔刺刀，不凑巧，刺刀脱离了枪！猛不防，他身后又扑上来一个身材高大的敌人，端着刺刀照他后心刺来。王老虎连忙侧身一躲，敌人扑了空。他着了急，把枪倒过来，右手抓住枪梢用力抡起枪，朝敌人脑袋上猛击，打得敌人的脑浆四溅。他连忙从地下摸起掉了的刺刀安在枪上。这时光迎面扑来一帮敌人；一个敌人端着刺刀，跑在前头。王老虎猛地扑过去，迅速地向为首的敌人胸脯虚刺一刀，敌人空拨了一下，不等敌人收枪，他猛地一个突刺，刺进敌人肚子。另一个敌人刚斜转身子，王老虎鲜红的刺刀又刺进那个敌人的左臂。其他的敌人慌乱地跑散了。

　　王老虎听到西面有喊声，他便飞身向西跑，趁着敌人照明弹的光亮，他看见宁金山正和敌人拼刺刀。宁金山大概筋疲力尽了，眼看撑不住了。王老虎不顾自己身后扑来的敌人，猛力地向正要刺倒宁金山的那个敌人背部刺去。那敌人尖叫了一声，在地下乱滚。这时候王老虎身后扑来五六个敌人。他扭转身子，一个敌人端着刺刀，恶狠狠地向他刺来。王老虎拨过敌人的刺刀，向那个送命鬼猛猛地刺去。不料，那个敌人头一缩，把王老虎闪得跌在旁边的塄坎下边去了，枪也跌坏了。这时候塄坎上面跳下一个敌人，用刺刀向他胸部刺来。英雄的意志给了人无限的力量，王老虎鼓起力气，使出最后的一把劲，用双手抓住敌人照他猛刺的刺刀，敌人猛往回一拉，王老虎两个手心裂开两条血口子。那个敌人正要回手刺王老虎第二刺刀时，宁金山和其他三个战士扑上来，结果了那个敌人。

　　王老虎松了一口气，只觉得浑身麻木得不由自己支配，脑子昏昏沉沉的。可是他立即想到，他是赶上来援救宁金山的。宁金山可安全？他叫："宁金山？"

　　宁金山爬到王老虎跟前，说："排长，排长！"

　　王老虎把宁金山拉了一把正要说话，突然听到脚步声，就喊：

"敌人!"

宁金山率领几个战士,转身向敌人冲去。

"我要起来!我要起来!"王老虎呼唤自己的力量。他浑身酥软,眼里冒火星。他紧咬牙,正往起爬,突然从塄坎上跳下一个敌人。这个敌人不偏不倚地跳在王老虎身上。王老虎鼓起全身气力一翻身,用膝盖顶住那家伙的胸脯,腾出手来,狠狠地把两个指头戳进敌人的眼睛,那敌人像被杀的猪一样尖叫。王老虎死死地用双手掐住敌人的脖子,一直把那家伙掐得冰冷死硬。

深夜里,刮起了老北风。万里长城边,英雄们战斗过的阵地上,只有点点火光和零星的枪声。

六

周大勇率领战士们冲出敌人包围圈以后,一直朝东南方向插去。

他们远远地摆脱了敌人,因为王老虎把敌人背到相反的方向去了。

他们经过一个个的村子,都不见人影。战争的恐怖不知道把老乡们赶到哪里去了!经过整整一天一夜的激烈战斗,战士们筋疲力尽,两条腿发肿发胀,像有千万条小虫在里边蠕动。口渴、饥饿、疲劳和寒冷纠缠着战士们。眼前,每一个人只想一件事:不管是田野路旁或是泥水中,只要能躺下来睡那么三五分钟,就是世界上最美好的事情!

周大勇突围的时候,一颗重炮弹在他身边爆炸,他被埋在炸起的土里,头上擦伤,昏迷过去。李江国让战士们把他背上走。

他们朝东南方跑了十多里,看见一个小村子。战士们进村以前,李江国摸进村侦察了一下。村子里没有动静,连一只狗也看不见。他觉得身上寒森森地发毛。猛然,他看见一家院子里的窗子透出微弱的灯光。李江国轻手轻脚地摸进院子,扒到窗户上,用舌尖把窗格的纸戳了一个小洞,便看见炕边上坐一位老汉和一位老大娘,他们旁边坐着一个三十来岁的女人抱个吃奶的孩子。炕角还趴着一个小孩。炕当间放一片门板,门板上躺着一个死去了的女人,脸上盖着纸,旁边点一盏灯。那要灭不明的灯光照着老大娘泪汪汪的眼。

李江国布置了警戒以后,把周大勇背到老乡的房子里。

周大勇靠墙坐在老乡炕下边的地上,流血和过度疲劳,使他昏迷不醒,脸色煞白。

缓歇了一阵,周大勇慢慢地醒了。他觉得天也转地也动,眼发黑心发烧,七窍像是冒火生烟。一阵儿,他又感到透进骨头的湿冷,全身发抖,活像打摆子。脑子里乱滋滋的:各种奇怪的形样,片断的回想,互相矛盾而又不分明的感觉。

老乡们急急忙忙地帮助李江国把周大勇脸上的血洗了一洗,又给周大勇灌了几口开水。

周大勇微微睁开眼。他的眼光和李江国的眼光遇到一块了。啊,李江国!世上还有比李江国更亲的人吗?

李江国要周大勇躺下。周大勇眉头拧成一股绳,表示拒绝。

周大勇双手撑着地,指甲钻到地里去了。他眼前冒起一团团黑雾,锐利的思想闪过脑子:"我怎么坐在这里?……我的战士多需要我呀……"旺盛的生命力量在他全身燃烧。他睁开眼,直挺挺地靠墙坐着。他觉着,现在最重要的是:直起腰坐正。

老乡和李江国把炕上那个女人的尸体抬到地上。老大娘打扫炕、铺被子。他们准备把周大勇移到炕上去。

这会儿,周大勇脑子完全亮堂了,闪上来的第一念头是:"王老虎回来了吗?"他问李江国。李江国说已经派人去联络了。

李江国跟老乡们扶住周大勇的身子,要把他抬上炕去。周大勇摇头,说:"不,我坐在这里蛮好。"

李江国知道连长的脾气,他连忙撒手站在一旁。可是老汉跟老大娘不撒手,硬要把周大勇抬上炕去睡。老汉说:"唉!躺到地下还行?你看,被子都给你铺好啦。"

周大勇摇头,拒绝人家抬他。

老大娘没奈何地说:"看你血河捞人的,唉!快上去睡。人常说饱肚子不知道饥肚子难,咱们是打上锅没米下的穷汉,晓得人在难中的苦情!快,快到炕上睡!"

老大娘善良的声音,跟那自己在苦难中还怜惜别人的心肠,使周大勇深深地感动了,但是他仍然拒绝上炕去睡。他望着老乡们那慈善的面容,说:"我,我躺到炕上会把你们的被子染上血的!"他又瞅着李江国那不耐烦的脸色,说:"不能给老乡的被子上染上血……"

李江国着急得眼里直冒火,说:"连长,上山打柴,过河脱鞋,到哪里说哪里的话。你看,现在情况这样紧张,你又成了这个样子……我简直想不通,你——"

周大勇打断他的话,艰难地说:"你呀……同志,这里是敌占区。这里的群众,是从我们身上来看我们党和毛主席的。你这人……"他咬住牙,定定神,又说:"你发什么急哟!……你皱眉眼干什么……"他鼻梁动了几下,嘴边冒出很多汗珠。他闭住眼,头靠着墙,呼吸短促而急迫。他自己的话使自己感情激动。

李江国急躁地说:"只要青山在,不怕没柴烧。眼前,只要你好好的,那天塌下来也不怕了。可是你总不顾自己——"

周大勇冒火了:"想自己?值不得。你……"他咬紧牙,摆过头去,像是对李江国生气,像是满肚子的话无从说起,也像咬牙忍受伤口的刺痛!

老大娘呆呆地望着周大勇,眼泪潸潸的。过了一阵,她坐到炕沿上,用袄襟擦着眼睛,说:"你受了这么重的伤,还惦念我们,还怕我们受扰害。唉!世上总有好人!从古到今,谁替我们的穷日子下泪呢!"

那位老汉蹲在地上,用旱烟锅在地下敲磕着说:"快睡上去!你再不要说那叫人烂心的话!解放军来我们村,也不是头一回,你何必这么见外呢!"

周大勇说:"我说不上去,就是不上去。老人家,不要难过……你们的一片好心我知道……穷苦人的一床被子,就是一家人的命!"

周大勇不停地咬牙,头上流冷汗。他使尽全部力气忍受着身上的疼痛。

不管老汉怎样制止,老大娘还是抽抽噎噎向周大勇诉说他们的不幸和痛苦。这些哭诉是周大勇听过千百遍的:地租,捐税,支差,抢劫;疾病,没吃没穿;儿子被拉兵,媳妇被强奸死;一生辛勤劳动换来的家业,转眼就被国民党匪徒抢光、烧光……说不尽的艰难,流不完的血泪!

周大勇把这老乡的房子扫了一眼,就觉得胸前压了一块大石头。老大娘个子矮矮的,瘦得成了一把骨头。她左边的地上躺着那个叫敌人保警队糟蹋死了的女人。炕上坐着的孩子头很大,胳膊可只有大拇指头粗。这孩子看来只有三岁,可是他倒六岁了。炕边坐着个三十来岁的女人,她穿着稀烂的衣服,遮不住羞耻。眼窝挺深,脖子上长着的瘿瓜有碗大。她怀里还有个孩子吃奶。孩子挺着脖子拼命地咂,咂一口,那女人就牙一咬脸一抽。周大勇的心在颤动,像是他的心让那孩子咬住了。他想,那孩子一定从妈妈的奶头里咂出了血,因为妈妈身上实在没有养分供给他啊!

这样的日月,一辈又一辈是怎样过下来的呢?周大勇眼前起了一片雾,老乡们的身子变得模糊了,像风地里的草一样在那里晃动。

周大勇凄然地淌下眼泪!这个房子就是个惨情的世界。目下,自己的伤也好,战士们经过的残酷战斗也好,比起这老乡的饥饿穷困的苦情来,根本算不了什么!

周大勇扭过头,背转灯光,说:"江国,让战士们来看看这家老乡的光景……让我们记住这痛苦!"

李江国说:"连长!不用让战士们来这家看,家家都跟他们一样!"他转过身脸朝门站着,眼泪涌出来了。

"世上当真就有这一号人!"老乡们望着周大勇。他们也感激,也奇怪。他们祖祖辈辈遇到的就是欺诈,压迫,饥饿,痛苦,看不见头看不见尾的穷日月!如今,周大勇这些人,跟他们一不沾亲二不带故,又素不相识,可是,愿意为受煎熬的穷苦人拿出自己的命来。

沉默,长久的沉默。可是在这沉默中包含着多少翻腾的感情和心绪啊!

周大勇说:"李江国,你立刻再派人去找王老虎他们。你动作快点,我简直要急死咯!"

李江国说:"早派人去了嘛,早派人去了嘛!"

周大勇问:"马全有、马长胜他们呢?"

李江国说:"马长胜和马全有带领战士放警戒去了,三排长在院子里招呼伤员!"

周大勇问:"现在支部书记是谁?"

李江国望望老乡们说:"请你们到隔壁房子里坐一阵,我们有事要商量。"老乡们走后,他说:"怎么的,你不记得啦?王老虎担任掩护任务的那会儿,你指定我代理嘛!"

周大勇眉眼一皱,伤口越痛心里越躁,他说:"你,你哪里像个支部书记?你像个石人一样站在这里,生怕我死咯!部队伤亡挺大,你还不赶紧让党员们积极行动起来,想必是你有别的好办法!你,你不行,你在情况紧的时候,弄不清自己该干什么!"

李江国急得用手搓着大腿,说:"连长,你小心伤口。你少说点话好不好?我按你的指示去办就是了!"

周大勇说:"你给我把支部委员们找来!"

"他们都在放警戒。连长,情况很紧,干部们抽不出来!"

周大勇说:"支部委员抽不出来,你把几个党小组的组长找来!快,利索点!"

转眼间,五个党的小组长拥进房子。他们有的呼哧呼哧喘气,有的担心地盯着连长的脸。

周大勇扶住墙正要站起来,李江国说:"连长,你躺下!"

"我不能躺下。没有什么,走开!"

李江国压住他的肩膀,说:"你——"

周大勇发火啦:"怎么?我负了一点轻伤就哼哼唧唧地躺下?你走开,我要站起来,我要站起来!"

周大勇用手扶墙站起来。他觉得头有斗大,两腿酥软;眼前旋转起一块块的黑雾。但是,他一看党的小组长们,就感觉到一种力量在自己胸膛里跃动。他说:"你们告诉战士们,我没有挂什么花。头上擦破了点,也不碍事。同志们!我们今天打得很惨。不瞒你们,王老虎他们还没有回来。情况还挺危险。兴许,前头还有更大的战斗。你们都是班排干部的代理人;要是他们当中有谁牺牲或负伤,你们就自动代理。"

小组长们还是不眨眼地瞧周大勇的脸,只见他鼻尖和上嘴唇的汗珠泼剌剌地往下滚。

"同志们!共产党员不是平常的人。中国没有他们,中国就要灭亡;劳动人民没有他们,劳动人民就永远不能翻身。他们活会活得很刚强,死会死得很英勇。因为他们知道,他们对劳动人民负着什么样的责任!"他看着每一个人的脸膛。"同志们,要告诉每一个共产党员:紧紧地团结所有的战士,跟敌人拼!多消灭一个敌人,我们整个阶级敌人就少一个。记住这一点就行了。同志们——"周大勇突然扶住墙,李江国连忙抱定他。

李江国把周大勇抱在怀里,他头靠着周大勇的肩膀哭了:"连长!你可不能有个三长两短……"

周大勇睁开眼,小组长们都走了。他问:"我的话还没说完呀。"扭头看着李江国,又说:"你抱我干什么?我又不是小孩子。你去找王老虎!你去,你马上去!"

李江国刚走出门,担任掩护的战士们就回来了。

周大勇又兴奋又担心,他急需要知道战士们作战的情形。他高声喊叫王老虎,可是院子里一片嚷嚷声,淹没了他的喊声。

"今天好危险!"

"危险和胜利总是老朋友!"

"我算弄清了一个大道理:你越软弱敌人就越欺侮你,你越厉害敌人就越怕你!"

"今天敌人死伤至少在五百以上!"

"嘿,烂麻拧成绳,力量大千斤,不要说我们还是人民战士!"

"看那狗操的怎样给杜鲁门报账!"

周大勇的心扑通扑通跳起来,因为在那样多的声音中,他没有听见王老虎那不慌不忙的声音。他从战士们那快活的声调猜想,大概王老虎没有什么问题。他立刻又反驳自己:"不一定,因为没有什么悲痛能够压倒战士们。"

王老虎没回来,李江国想瞎编几句话,安慰连长。可是他这号人没说过虚,如今刚想到说虚,满脸飞红,像喝了二斤烧酒。平素说话一套一套的,如今连一句也编不圆,他对自个儿生气。好吧,反正自己总要喜喜欢欢的才是,连长的心已经够重了!

周大勇正在胡乱猜想,李江国进来了。他猛然挺起腰,眼光忽地照射在李江国脸上。他想立刻捕捉住李江国的眼光,从中找到他急切等待的答案。

李江国侧转脸,避开连长的眼光,好像怕那灼热的眼光把他烧伤似的。

不用问,李江国想遮掩那撕裂人心的坏消息,可是他那不能自制的丧气样子,把什么都说清了。周大勇心里冰凉透冷,全身的血都凝结住了。王老虎牺牲啦?不能,万万不能。

周大勇想问个明白,又不敢问,可是不能不问个水落石出:"老虎呢?"

"牺牲了!"

他俩都在努力,不使眼光相遇。很长时间没人说话。沉重的空气在他们四周流动。蚕豆大的灯焰,噗晃噗晃地闪着。

周大勇问:"尸体呢?"

"大约是就地掩埋了!"

周大勇高声大喊:"大约!大约!昏头昏脑的!"

李江国恨不得长上十张口,他说:"连长,连长!我怎么说好呢?我……连长,宁金山说他们撤退的工夫掩埋尸体……黑天半夜看不清眉眼……"

周大勇口里像喷发铅块:"什么?什么?他的尸体会认不出来?王老虎要是牺牲了,过上一千年,人也能认出他的骨头。"他呼吸紧迫。

李江国搓搓手,摸摸胸脯,说:"反正……反正这一阵我也说不清,我……"还说什么呢?王老虎牺牲,他并不比连长少难过些。

周大勇背靠墙坐着,眼睛盯着老乡的炕沿。啊,这不是老虎吗?老虎负伤了,躺在一片门板上,满身是混合着沙土的血浆,昏迷不醒……突然,眼前的景象全消失了。周大勇心头涌起毛辣火热的悲痛:"我,我不能把党交给我的战士都带回去!"

他要出去亲自问问宁金山:王老虎到底是怎样牺牲的!

李江国一把拉住周大勇,说:"连长,你不要动,你……"

周大勇推开李江国,说:"我的战士,一个一个都倒下去了,我还怕什么?我还——"

周大勇扶住墙,走出院子,听见战士们在墙内墙外谈话的声音。他们都谈到宁金山,想必是宁金山在掩护撤退的作战中打得很好;想必是他们当中有些人是宁金山带回来的。可是他觉着,战士们是围在王老虎身边说话哩。王老虎呢,还是笑眯眯地咬着他的小烟锅,蹲在墙边人不注意的地方,悄然地回忆那一场恶战和卑怯的敌人。

周大勇把和王老虎一块作过战的战士都找来,一个一个仔细问过。他发现他们任何人都不能确切地说出王老虎是怎样牺牲的。战士们带回来牺牲了的同志的遗物中,没有一件是王老虎的。周大勇像作战时分析情况那样,思索了一切细节。一个令人兴奋的判断,投射出一线希望:"老虎可能还活着!"但是又有很小的声音向他说:"王老虎多半是牺牲了!"周大勇长叹了一声,猛一跺脚,头靠在凉冰冰的墙上,心里火燎滚油浇:"老虎!你当真离开我们啦?"他感觉到一种肢体被割裂的痛苦。滚热的眼泪忽撒撒地从失血过多的脸上淌下来,淌在满是血污的手上,滴在被子弹打破的军衣上,滴在多灾多难的土地上!

风徐徐地刮着。天空飘着一块块的黑云彩。簌簌簌的树叶,一直在单调而轻微地响着。路边干枯的蓬蒿,也在无声地摇摆。村外高粱地里是一片蛙声!

七

当天夜里三点半钟光景,周大勇带领战士们向东南方走去。

战士们用粗树枝扎了一副担架,要抬他走。周大勇坚决反对。开初,他扶着一根棍子走,走了十来里路连棍子也扔了。

后半夜,天气挺冷,风在枪梢上呼啸。天像一片大冰凌一样,缀着很稠的星星。星星闪着清冷的光。

一长溜黑影,沙沙沙地前进。他们带着战斗的创伤,抬着负伤的战友,有时踏着流沙,有时踩着泥水。他们苦战以后,饿着肚子,摸着黑路,顶着星星,披着寒风,艰难地行进,随时准备厮杀。

周大勇从连队行列边往前走,听见战士们低声地谈着各人在这时光的想法。有的战士说,他饿得肚皮贴住脊梁骨了,特别想吃东西;有的说,他想睡一分钟;有的说,他瞌睡得扯不起眼皮想找人抬杠。

周大勇说:"同志们,别瞎扯,听我说——"

话没落点,尖兵班的代理班长李玉明返回来报告:"发现敌人!"

周大勇忙问:"好多?"

李玉明说:"摸不清底,只见七八个影子在村边晃悠,像是巡查哨。"

周大勇一听到李玉明说到"敌人"二字,心里轰地冒起了怒火;胸膛里滚沸着报仇的情绪,身子健壮而有弹性,仿佛从没有负伤也没有昏倒过,更没有连续地苦战过。往日,战士们只有在经过休整以后,饱蓄精力出发打仗时,才有这种感觉。

周大勇让李江国指挥战士们顺一条塄坎隐蔽下来。他坐下休息了一阵,就带领马长胜、马全有到前边去摸情况。

他们顺一条端南正北的大路朝南摸去,边走边爬,生怕弄出响声。突然,"啪嚓"一声,马全有摔了一跤。

周大勇脑子还没转过圈,就把腰里的驳壳枪抽出来了。

马长胜踢了马全有一脚,骂:"热闹处卖母猪,尽干些败兴事!"

马全有蹲在地下，低声骂："哼，好臭！这些婊子养的国民党队伍，就在阳关大道上拉屎！"

周大勇脑筋一转，心里闪亮。他让马长胜、马全有再往前摸，看是不是还有屎。

马全有说："嗨呀呀，这才是！要再摸两手稀屎，才算倒了八辈子霉！"

马长胜在马全有脊背上捣了一拳，瓮声瓮气地说："摸！连长心里有谱儿。"

他们向前摸去，通向村子的路上都是牛、毛驴和骆驼拉的粪。

周大勇躺在路边的塄坎下，一声不吭。他折了一根小草用牙齿嚼着，仔细盘算。

马全有抓了把土在手里搓着，连长这股磨蹭劲，让他急躁。马长胜知道连长在思量事情，就不吱声地又向前摸去，想再找点别的"征候"。他这人表面上看是个粗人，可是素来心细。他摸到一块石头一根柴棒，脑子也要拧住它转几个圈。

周大勇筹思：这季节，牲口都吃的青草拉的稀粪，这稀粪定是今天下午拉的。天气挺热，要是牲口在中午拉的粪，早就干咯。下午打这里过去了很多牛、毛驴、骆驼。这是老乡运货的牲口？兵荒马乱的，老乡们会吆好多牲口赶路？也许，敌人强迫老乡们运粮；也许，前头这村子就是敌人的粮站？"是粮站就收拾它！"他心里这样说。打击敌人的想法，强有力地吸引他，使他兴奋、激动。可是他心里有一种很小的声音在说："就算这里是敌人的粮站，就算这里敌人不多，你还是绕过这个村子快走吧，战士们太疲劳啦！"心里另外一种声音又说："这种想法是可耻的，难道我们能放过打击敌人的机会？难道我们是抱住脑袋逃命的人？这不是给王老虎、赵万胜报仇的时候吗？打吧，打吧！多消灭一个敌人，世界上就少一个祸害！"

马长胜返转来报告:"连长,前头路上洒下一堆一堆的小米,还有一头死毛驴。我猜想,这个村子必定是敌人的粮站。"

马全有说:"那才不一定!兴许敌人粮站还在这个村子前头的什么地方呢!"

周大勇绕到村南的路上去摸,路上没有遗洒下粮食,只有很少的骡马粪。

他到村子周围看看,这村里的敌人,不像是今天行军后宿营的;也没有电话线从村子里伸出向四下里连接。看来,这个村子是粮站;村子里驻守的敌人是保护粮站的。保护粮食,目前在敌人在我们都是头等重要的事情。

周大勇他们爬回村北部队隐蔽的地方。他召集了班排干部,把侦察到的情况分析了一番,大伙儿觉得这仗可以打。

李江国不停地鼓动:"连长,干吧!打夜战,拼刺刀,敌人最头痛!"

马长胜说:"着啊!夜战,敌人摸不清虚实,啃他吧!"

周大勇浑身是劲。他早就想去跟敌人拼啦。可是敌人巡查哨为什么只注意东边?周围是不是还驻着敌人?村子里有多少敌人?情形怎么样?这数不清的问题,暂时压住了他那青年的英气。

马全有说:"连长!下决心,下决心!打仗不冒险还行?猛戳进去,准打他个晕头转向没招架。"

周大勇说:"只要判断不错,咱们就端掉这村子里的敌人!"

要打仗的消息,立刻顺着部队行列传下去了。这不是谁说了,而是战士们感觉到了。战士们有的绑鞋带,有的收拾挂包、皮带。看来,一股战斗的火劲,按也按压不住了!

战士们按压不住的战斗热情,全部流到周大勇心里了。战斗前的紧张,打击敌人的兴奋,成功的希望,英雄的业绩,这一切想法和情绪都在鼓动他。但是指挥员的责任感跟那想立刻去杀敌人的情绪在冲突;慎重和冒险在冲突。这种冲突,忽而倒向这边,忽而倒向那边,一直让周大勇烦乱,发躁。

周大勇嘴贴在宁金山的耳朵上,说:"你带个战士去,摸个敌人来,我要查问情况。俘虏要捉来,可是不准打枪,也不准弄出声音来。行吗?"

宁金山说:"还能说行不行?你需要个俘虏,就该摸个俘虏来。"

周大勇拍拍宁金山的背,说:"看你的咯!"

宁金山带着他的弟弟宁二子,朝村子跟前爬去。

宁金山说:"二子,你身上什么东西叮当叮当响哩。"

"挂包里装了个洋瓷碗,跟手榴弹磕打着响。"

宁金山说:"咳!你收拾精干点!我看你干什么都心眼死得厉害。打起仗,我老是替你操心。处处要留神。你从开阔地往前跑的时光,就要先看看前面有啥地形地物可以利用。你呀,打仗还缺一个心眼!"他摸摸二子的背,又问:"冷么?"

"冷!哥,冷是小事,俺眼皮拉不起来,瞌睡得要命!"

"二子,可不能打盹。你不是要求入党吗?我把你带出来,就有点私心:想叫你立一功。"

"哥,你入党的事呢?现在班长们里头,就数你是非党群众啊!"

宁金山说:"别提啦!我要知道那回开小差会给我带来这么多的难过,就吃屎喝尿也不干那亏人败兴的事情!人要是能用血洗去自己的过错,我愿意去死!"

"哥,听党员们说话的口气,大伙儿都同意你入党。"

"就算党员们同意我入党,目下,我也不打算入党!"

宁二子倒抽了一口冷气,问:"为什么?为什么嘛?哥,说呀!"

"不为什么!"宁金山趴在地下,把脸压在胳膊上,"我自己不答应我自己入党。看看,咱们连队上的共产党员都是些什么人啊!他们浑身是胆,在危险面前连眼也不眨。他们都有很高的想法:不光是让穷苦人有饭吃有二亩地种,还要把穷苦人引到社会主义社会去。我比起他们又算什么呢?我满身是毛病!二子,我有信心按党的路线一直朝前走。可是我的思想不够做个党员,我就不入党,哪怕我心里很难过!"他擤鼻子。

宁二子听见他哥哭了。不伤心不落泪,哥心里该是多难受啊!

二子后悔他又摸了他哥的伤疤。他掉转话头,说:"哥,俺们多咱能赶上主力部队——"

宁金山把二子戳了一下,他俩爬到了一个塄坎下边,蹲下,缓了一口气。

宁金山说:"二子,你不要操心。咱们部队打仗门道多,你看,连咱们都找不见主力部队,那敌人就更摸不清边儿。我敢保险,不出十来八天,准要打大胜仗。这经验我可多啦!"

宁二子说:"哥,俺们部队像刮风一样,忽而这里忽而那里,俺们为啥不摆开和敌人干呢?国民党的队伍都是草包,俺们和它摆开打,三天两后晌就把它收拾光啦!"

"二子!摆开打?人家几十万,咱们才有多少人?你估摸,这仗给你指挥可该怎么打?我给你说过多少遍,咱们打的是运动战,有利就打,没利就转个地方;看准了机会就收拾敌人一股子;慢慢地咱们就壮大了,敌人就垮了。不过,这仗要打好,可有一条:就是要多走路多吃苦。"

"哥,归根结蒂咱们是为自个儿打仗,苦死苦活也能撑住!你放心。"

他兄弟俩爬到村子的围墙边了。

宁金山说:"二子,你蹲下,我踏在你肩膀上,爬过墙去。"

"哥,你搭个人梯子,让我过去。"

宁金山拉了二子一把,贴住耳朵命令:"我是班长,听我的命令!"

"命令"二字真灵验,它把二子涌起的感情一下子便压下去了。

眨眼工夫,宁金山和宁二子回来了。

宁金山把背着的沉重东西,"咚"地往周大勇脚边一掼,说:"二子,把这家伙嘴里塞的东西掏出来!"

"哎呀!哎呀!不要打死我……"地下有个东西在哼唧。

周大勇问:"嗨!怎么逮了个半死不活的家伙?"

宁金山说:"不先给他几下,咋能掐住他?问吧,连长,他的嘴还作用。"他赶紧又补充了一句:"连长,这俘虏是二子亲手摸来的!"

宁二子连忙说:"连长,俘虏是俺哥抓的。"

周大勇紧紧地跟宁金山和宁二子握了手,就盘问俘虏。原来,敌人增援榆林的整编三十六师进了榆林城没久停,又顺咸榆公路南下,说是去追赶我军。这个村子里扎敌人一个大粮站,还驻一个营——两个连押运粮食去了,现在村子里只有营部和一个连。一个敌人副团长在指挥。村子周围有不高的土围子,南北都有出口。村西五里路有个村子,驻扎敌人一个团,是今天下晚宿营的。俘虏还说,我军从榆林城郊撤退以后,多一半溃散了,少一半跑到黄河边上,准备逃过黄河,所以,这个村子里驻的敌人浪吃浪喝,很大意。

周大勇估划:一打响,村西敌人会增援。不,夜里敌人一时闹不清情况,不敢乱动。他又思量夜战的特点……敌人最怕迂回、包围……他计算了自己手里的力量:一共只有三十八个人。

于是他让马全有带一个班消灭敌人的巡查哨并担任战斗警戒,又组织了向村子里突击的力量。他想:只要能插进村,胜利是拿定了的。但是他还二心不定:打响容易可是收场难啊!他决定亲自到村边再摸情况。他给李江国吩咐了几句话,就带了五个战士向前爬去。

周大勇他们摸到村北,听了听动静,躺在地上休息了一阵,又摸到村东北一条凹道边。这条凹道有六七尺深,中间有条大路一直伸进村子。

周大勇累得手脚都麻木了,头上的伤口痛得像刀子割。他趴在凹道边,把头压在手背上寻思:部队顺凹道接近村子是隐蔽些,可是对这样的交通要道敌人定会特别注意。他正筹思,仿佛听到远处有什么声音。他把耳朵贴在地下听。地很湿,传音不快,听不出什么名堂。他闭住气,伸长耳朵听:当真有声音,而且越来越近。过了十来分钟,一长溜牲口走近了。周大勇和战士们连忙躲进高粱地。他心里正犯疑,又听到有人说话:

"我们晚上行动,要多提防点!"

"再提防也不能把头用铁包住!"

"敌人!"周大勇浑身紧张了。他习惯地摸住冰凉的驳壳枪把子,紧紧地盯着凹道。凹道里过着一连串牲口,前边是一队骆驼,骆驼上骑着些背着枪的敌人,一摇一晃像是瞌睡了。骆驼后边是一长列毛驴。

周大勇脑子闪过一个主意:毛驴可能是老乡们吆着;跳到牲口行列中去,跟上他们摸进村子行吗?他脑子飞转,前思后想,左右为难:牲口行列当间有没有敌人?跳下凹道和敌人干起来怎么办?自己去执行这任务吗?头昏脑晕,双腿酥软,再说,还要指挥部队呀!那么,让战士们去叫李江国或是马全有来吗?不行,等到他们来,饭冷了菜也凉了!派两个战士跳下去么?不行,手边这几个战士经验差,事情太重大,成败就看这一着,打草惊蛇就糟透咯!

周大勇看得分明:毛驴还在过;不能犹疑,立刻动手。他要身边的一个战士火速返回去告诉李江国怎样插进村子,又给身边四个战士叮咛了一番。

周大勇朝前爬了爬,伸长脖子,眼睛一眨也不眨地盯着凹道里。毛驴一个一个打他眼前闪过。他把头上的伤口摸了摸,咬紧牙,呼地跳下去,四个战士也跟着跳下去。

周大勇一把抓住一个赶毛驴的人,低声威胁:"不准喊!"

那人慌了:"不,不,我不张声!"

"枪?"

"我是老百姓,队伍上拉我来吆牲口!"

"胡说!"

"老总!红口白牙还能胡说?老天在上,我要有半句假话,就不得好死!"

周大勇把他浑身上下搜了一番。这人头上绑块手巾,穿着光板老羊皮袄,腰带上还别着旱烟锅。无疑,是个老乡,周大勇松了口气。

赶毛驴的老乡发热发冷似的抖着。他想不透,咋着,猛不防就从天上掉下来个人?这是啥人?他跟上这帮送粮的牲口去干什么?教人发蒙!

周大勇问:"老乡,你是哪里人?"

老乡牙关子咯嘣嘣响,说:"榆,榆,榆林城……城边的。"

"黑天半夜你吆上牲口乱跑什么?"

"我给人家揽工熬活。昨黑间,联保主任派的人生拉活扯逮住我,要我支差,给,给队伍上送粮。"

周大勇摸摸毛驴驮的口袋,果真是粮食。他思量着老乡的话跟那说话的口气。

这工夫,后边一个战士上来报告:后边赶毛驴的都是老乡,每一个老乡吆四五头毛驴;最后还有一队骆驼和一些押运粮食的敌人。周大勇给那战士安顿了几句话,又问赶毛驴的老乡:"押送粮食的队伍多吗?"

"不多,老总。前边一个班,后边一个班。"

"你看我是什么人?"

"老总!这,这咱可说不清啊!"

"我是解放军!"

老乡思量了一阵,说:"呀!想不到你就是解放军。"

周大勇说:"老乡!咱们队伍开来一个师,打这个村里的敌人。你放灵动点,带我进村,成吗?"

老乡说:"啊……啊……成!我,我可没经过仗火……你当真是解放军?啊……这么的,你把我的皮袄穿上,遮掩遮掩!"

周大勇问:"后边赶毛驴的老乡可靠吗?"

老乡说:"可靠啊,都是穷人。有钱人面子大,还能挨打受气来支差?"

周大勇说:"你去给后边的老乡叮咛:让他们把战士们遮护住!"

老乡说:"这能成,这能成。"

"不光能成,还要保管百无一失,出了娄子,你们也要受拖累!"

"尽力量办!"老乡向后跑去。

周大勇跟上送粮的毛驴走近村边,听见村东打响了。嗨!大概是马全有跟敌人巡查哨接火了。

村子里边,是一片乱哄哄的喊声。

前头,骑在十多峰骆驼上的敌人,和村北口的敌人哨兵纠缠了一阵进村了。周大勇前头的五六头毛驴也进村了。他眼睛一扫,影影绰绰地看见十多个敌人,有的站在掩体里,有的站在村口,有的来回奔跑,看来很慌张。

周大勇进了村子,眼前就是一片混乱:满巷里都是紧急集合的士兵,叫喊声,哨子声,咒骂声,骡马嘶叫声,乱哄哄像天塌地裂一般。周大勇放尖眼睛四处看,浑身紧张,心脏猛跳,一种又惊又喜的情绪涌到喉咙口。他觉得眼睛格外明亮,身子格外强壮轻巧;想奔跑,想呐喊,想射击,想用大刀砍这些吃人的畜生。他让两个战士隐蔽在刚进来的那个村口,瞅机会控制住这条路。他手边只留下宁二子跟李玉明两人。

有人站在一家老乡门口的台阶上,打着电棒,手电光划破黑暗,四方探照。他破口大骂:"沉着!东边打枪,那是敌人少数溃兵!你们营长?请你们营长!慌什么?混蛋,混蛋!"

一个夹皮包的人跑到那人跟前报告:"副团长,营长马上就到!"

周大勇心里一动,寻思:"这小子是个副团长!"他向身后一看:宁二子跟李玉明眼看就要往前扑去。

周大勇一纵身,从敌人副团长侧面扑上去,手枪顶着那家伙的脑袋,"叭"的一枪,那家伙像一口袋粮食一样,沉甸甸地倒下去。周大勇脑子一闪:"好肥实的家伙!"宁二子还怕那家伙没死,上去用枪托把那脑袋砸了十几下,声音就像人拿石头砸熟透了的西瓜。

满巷都翻腾了:枪声、喊声、臭骂声、吱吱哇哇的叫声。突然,一个骑着高头大马的人,从大巷南端蹿过来。混乱裹住了骑马的人。他猛地勒住马,马提起前腿直站起来,马蹄踏住人,发出尖叫声;有人用枪托打那匹发了疯的马。那马向前跑了几步,打了一个前蹶。骑马的人手枪朝天空"叭——叭——"放了两枪,用吃奶的劲儿呐喊:"听我指挥!第二连,二连连长……"

周大勇身边的战士李玉明说了一句什么话,就从敌人群中挤过去,端起刺刀用全力向那骑马人的肋条下,斜斜地刺过去。那人猪叫一般,滚下马来。那匹高头大马一惊,就从敌人士兵头上蹿过去,嘶叫着……

周大勇让两个战士解决了敌人哨兵,把守住北村口。他跟李玉明、宁二子向大巷里的敌人扫射、投弹。

敌人摸不清虚实,有的往南跑,有的往北窜,拥来挤去,越来越乱。

这会儿,村子东边也打得很激烈。

周大勇急得通身流汗,心里油煎,他怕敌人爬上巷两旁的房子抵抗。但是失掉建制的敌人,官抓不住兵,兵找不着官,乱成一窝蜂。

李江国呼哧呼哧带着战士们从村北凹道冲进了村。一进村,他就把三挺轻机枪摆起来,顺大巷扫射敌人。

周大勇喊:"江国,先指挥战士上巷两旁的房子!"

"早上去了!"

话没落点,巷两旁房屋上的手榴弹劈头盖脑地浇下来。火光中,只见敌人纷纷倒下。满村都是战士们的呼喊声:

"缴枪不杀!"

"人民解放军宽待俘虏!"

一共二十分钟,战斗结束了。

满巷都是火光,敌人的死尸,死骡马,被子,迫击炮,小炮,重机枪……

李江国把俘虏集合起来,一清点,一百有余。他连忙又把敌人军官清出来,让战士们押上。

周大勇握住马长胜的手,说:"是你在房子上指挥战士们?打得很漂亮!"

马长胜用帽子擦擦脖子上的汗,蹲在一块石头上,脸朝墙壁,独自说:"这也不解恨!"

周大勇进了敌人营长住过的房子,想要找个俘虏来查明村周围的情况。突然,西边枪声很激烈,而且越来越近,好像立刻就要接近这村子。周大勇两个拳头支在桌子上,面色紧张。他思谋了一阵,说:"江国,去,把俘虏里头那些贼眉溜眼的兵油子挑出一二十个放掉,而且用巧妙的方法说透:我们队伍多得很,现在要朝北走!"

李江国说:"这些做法,敌人眨眼就识透了。"

周大勇说:"识透就识透吧。反正敌人得到这些乌七八糟的情况,就要分析研究。他们三分析五研究,我们就走出二三十里了。再说,夜里敌人不敢胡冲乱撞。"

战士们打扫完战场,李江国把村西放战斗警戒的部队撤回来。周大勇让战士们拿足弹药,让俘虏们背上卸去枪栓的武器,消消停停地向东南方前进了。

周大勇带上部队走了六七里路,侦察员赶上来报告,西面村子里的敌人听见东面打响,派出一个营向东伸。可是闹不清是什么原因,敌人突然退回西村,并且在西村周围急急忙忙做工事。

周大勇说:"他做他的工事,咱们走咱们的路,互不干涉!"他得意地笑了。

八

周大勇带上战士们跑了十多里,进入一座大川道。

拂晓,他们爬过一座大山就"小休息"了。周大勇刚坐下,就哇哇地吐了两口血。

李江国三番五次地问:"连长,怎么啦!"

周大勇说:"小意思,喝了几口冷风,肚子咕咕叫,吐了两口酸水。"

李江国鼻眼扇动,抽了两口气,说:"一股腥味!"

周大勇说:"塞了满肚子雨水、生面,吐出来的东西还有好味道?不碍事。你去照护战士们!"

李江国说:"连长,你吐到哪里了?来,我瞧瞧,可不敢是吐血!"他手扶在地下,用眼光搜索。

周大勇用脚把吐在地下的血噌噌地擦去,说:"你就爱多事!"

李江国心里更犯疑,说:"连长,你这人脾气真犟。你——"

周大勇说:"江国,你拿稳实点!我哪里会那么经不起打熬,像这样连续行军连续打仗的生活,我们过了多少年,早习惯了。"

李江国说:"连长,你要觉着身体不美气,就坐在担架上。你觉着战士们抬上你过意不去,就让我跟班排干部们抬上你走。再不,我背上你。连长,我跟你死里生死里长,不是一天两天,你也该对我说两句实心话呀!连长,只要你好好的,我什么都肯舍出来!"

周大勇左胳膊抱住李江国的肩膀,说:"江国!我累不累呢?累,累得要死啊!我头上的伤不重,可是刚才打仗的时候,用过了劲,伤口裂开了,头轰轰的像要炸。我想躺下来睡一大觉,哪怕我睡醒来,敌人把一百倍的兵力加在我身上都行。可是,你看,战士们淋雨,打仗,流血,吃不上,睡不成,脚板磨得见了骨头。他们连续战斗以后,还是轻伤的人抬上重伤的人继续走。江国,他们不声不吭,可是我知道战士们是在咬住牙忍受艰难哩!想到他们,我就觉得最苦的不是自己。嘘!你有时候真不懂事!江国,我想算,你应从俘虏们中间找出几个成分好的人,叫他们给战士们讲讲敌人内部情形,特别是敌人士兵受苦的情形。这对我们战士是很好的教育。"

李江国抓住连长的胳膊,急切地说:"对,这工作应当办。可是,你要多爱护身体,你要——"

周大勇截住他的话说:"走,天亮了!"

李江国把头挨着周大勇的肩膀,说:"连长,让我再说一句话,你要——"

周大勇冲起一站,推开李江国,说:"走咯,同志们!"

战士们从地下爬起来,有的伸懒腰,有的揉眼,有的站起来还继续做梦。

李江国一动也不动地背靠塄坎站着。他凝望着黎明前天空稀疏的星星,忧愁而无可奈何的心情,第一次这样烦扰他!

周大勇喊:"走咯!往后传:一个紧跟一个,不准拉开距离!"

战士们一个接一个,紧张地转述连长的命令。霎时,命令声就传到连队最后边。接着就是,急促的脚步声,呼呼的喘气声,兵器撞击声,和突然有人被石头绊了脚的声音。

周大勇跨大步走在部队前面。有时候,他闪出部队行列,看着战士们从他身旁走过。他集中注意力,听着那有节奏的脚步声和沉重的呼吸声。

走了十来里路,猛乍,战士们低声传:"注意,敌人!"

周大勇听见西边山上有骡马的叫声,一看,山头上还影影绰绰的有许多人影一直向南走。他知道这是三十六师"解围"榆林以后,接着南下,企图去打击我军。山头上的敌人并没有发现这沟里有一支人民军队。

周大勇立刻把部队按住,趴在一块高地上,把周围的地形观察了一番:这里四面是山,中间有块小平地,到处稀稀拉拉长着些枣树、柳树。一条小河,从北面山根流过。周大勇让战士们把七八个重伤员放到一个山洞里。又让马全有带领七个战士把俘虏们押到小河边的石崖下,不准俘虏们乱动。周大勇、李江国带了三十名战士,从沟渠里隐蔽的地方爬上了东面的高山。为的是敌人有什么动静,他们可以掩护伤员、俘虏们撤退。

战士们整整在山沟蹲了一天,不能生火做饭,河槽里流着水,不能去喝。因为敌人的大队人马从清早到下午,一直在西边山梁上往南走。

太阳压山的时光,周大勇从东山坡上转弯抹角地溜下来,到了伤员们睡的山洞里。他谋划,等到天黑再带上他们出发。

周大勇钻进山洞,只见卫生员三牛把生小米给这个伤员口里填一把,又给那个口里填一把。这些小米是昨晚缴获的,现在它成了战士们最好的口粮了。

伤员们因流血多,脸上都又黄又瘦,眼窝深眼睛大。三牛给伤员们换药。有的伤员腿肿得有小桶粗,发青紫色;有的伤员肚子上的伤化脓了,三牛用手一挤,那血脓就咕嘟往外流。换药的当中,伤员们咬紧牙,头上直流冷汗,但是没有人呻唤。有些人实在痛得支撑不住,就把衣服塞在口里咬住;他们不让自己呻唤出声音,影响别人的情绪。

周大勇心如刀绞,痛恨自己没有办法把一切苦难都承担起来,痛恨自己不能把战士们的饥饿、疲劳、脚痛、创伤,都集中到自己身上来。他心慌意乱地爬到一个伤员跟前擦擦那脸上的汗,又爬到另一个跟前看看那可爱的眼。

伤员们望着周大勇。

"连长,你在我们跟前,人就乐和些!"

"连长,要是没有我们这些伤员,那同志们早就大摇大摆地走开了!"

周大勇说:"同志们,再过个把钟头天黑了,我们就可以走,不定赶天明就能回到咱们边区,赶上主力部队。同志们,回去大伙看见我们该多高兴哟!"周大勇靠墙坐着,眨眼工夫,就昏昏悠悠地进入到另外一种生活里:他年轻、威武,骑着一匹枣红马,在烟雾腾腾炮火闪光的平原上飞驰、指挥、大喊;战士们朝敌人扑去:像风一样快,像水一样急……

"连长!"这声音打破了周大勇的好梦。

周大勇睁眼一看,原来黑夜和马全有一块钻进了山洞。

周大勇忙问:"你来干什么?"

马全有说:"来瞧瞧你跟伤员同志们。"

周大勇从地上爬起来,说:"你带七个战士押八十多个俘虏!你到底是跑来干什么嘛?"

"不干什么,就是想见见大伙儿!"

周大勇知道事情不妙。他出去一看,糟糕!周围山头上,都有敌人宿营后烧起的一堆堆的大火。李江国他们到哪里去了呢?

李江国、马长胜带领战士们单独活动去了。断黑,有一股敌人,突然从北边上来,进到东山梁宿营了。当李江国他们发现敌人的时候,本想把部队拉到周大勇跟伤员们藏的这条沟,可是赶不赢。这么,李江国只好带上部队,顺着个树林子朝东边山沟下去了。

周大勇走进山洞,气汹汹地说:"他妈的,碰到什么鬼!马全有,去!让战士们留心监视俘虏!"

马全有说:"爬到这山沟里多窝囊!依我说,把伤员背上,把俘虏带上,往出戳吧!"

周大勇说:"说得轻巧!你手里总共只有七个战士!"

马全有说:"不走?山头上的敌人要往下一窝,会把我们包饺子的!"

周大勇用拳头捣着山洞的土壁,说:"敌人会把我们包了饺子?敌人把你唬住咯?"他歹毒的声音中,有一种让人喘不过气来的威逼。实在说,他是因李江国他们不知下落而发火,可是他把满肚子的火气朝马全有头上泼!

马全有蹲在地上,背靠山洞的土壁,两条胳膊搭在膝盖上。他脸上的肉,一股一股地突起来。他的心像放在烧红的铁上,说:"连长,你我跟敌人拼死拼活,也有些年月了。你记一记,我多会儿在危险面前眨过眼?我要能把自己的心拿出来……"他用双手托住头,嘟嘟囔囔地说:"真不顶让敌人把我撂倒,撂倒了还省心!"

周大勇喊:"你想邪咯!"

"叭叭!"山头上,放了两枪;还有马在嘶叫。马那颤抖的嘶叫声,夜里听来,让人寒心。周大勇又沉重又紧张地说:"我们就是剩下一个人也要在敌人千军万马中杀个七进七出,不要说我们手里现在还有这些欢蹦欢跳的战士!"他那钢一样的声音,在这小山洞里冲撞。

马全有说:"一两个人目标小,你带个战士爬出去吧!伤员俘虏统交给我,就是天塌下来,也有我顶着!"

"为什么?"

马全有说:"你要在这里出了差错,那我们怎么去向党交代?我们怎么有脸见人?"

周大勇冷笑了一声,说:"你口口声声说保护我,我的命特别值钱?"

马全有说:"你头上的伤……血也流了不少!反正……"

周大勇说:"反正你不要蹲在这里跟我争辩。你去,看押俘虏去!"

马全有怯生生地说:"我总觉乎着——"

周大勇冒火了,说:"觉乎着什么?你蹲在这儿,我去看押俘虏!"他一骨碌爬起来,因为起来得太猛,所以头晕眼花,身子不由自主地轻轻地往上飘。他手撑住墙,定了定神。这工夫,马全有早走出了山洞。

马全有消失在黑暗中以后,周大勇反倒后悔:"训"马全有"训"得太没道理。他又希望跟马全有紧紧地依偎在一块。带惯兵的人,手里兵少心里就空旷旷的,胆量也不够使,连睡觉也睡不稳。

九

按节令说,现在刚立秋,可是长城边的夜里,风沙滚滚,天气冷得怕人。

周大勇跟受伤的战士们,让寒冷、饥饿、疲劳和伤口的裂痛煎熬着!

半夜时光,周大勇让通信员小成跟卫生员三牛,用被子把山洞口捂住,把昨天晚上缴获到的蜡烛点起来。他到小河里用水壶提了些水,给伤员们灌了几口,就又走出山洞。

周围的山头上有敌人烧起的营火。东山那边有枪声、手榴弹响声。东边的天空还有敌人打起的照明弹跟信号弹。"大概李江国他们不让敌人安生,跟敌人干起来了。"周大勇心情沉重。是咯,伤员们跟这八十多个俘虏,今黑间,是出不了这条山沟啦!

他在河槽里碰见马全有。马全有提着冲锋枪来回巡游。他的衣服让露水浸湿了。他那刚烈的形样,让周大勇的勇气、信心增长了。周大勇叮咛说,千万不能让俘虏逃跑一个,要不,就会走漏消息。

马全有说:"不会,除非他插上翅膀。"

周大勇回到山洞里,三牛、小成都不见了。

小鬼三牛跟小成,想捡点柴火在山洞里给伤员们煮点稀饭,可巧碰见马全有。马全有把两个小鬼训了一顿,说,烧火做饭那是成心暴露目标。

马全有跟战士们合计了一下,把各人身上所有的干粮都收集起来,交给两个小鬼,让他们转给伤员们。这些宝贝,还是昨黑间袭击敌人的时候捡来的。大伙儿给小鬼们叮咛,这点干粮只够伤员们塞牙缝,可是强似没有啊!

过了半个钟头,三牛、小成回来了。小成进了土洞,不声不吭蹲到地上。周大勇当是小鬼们跑累了,也就没理睬他们。

三牛从口袋掏出来几块鸡蛋大小的干粮,分给了伤员。

周大勇问:"哪里来的干粮?"

三牛说:"这是昨天夜间……"他在想法子编瞎话。

小成连忙搭上说:"那是马全有他们刚才捡来的。约摸是敌人在山头上行军,把干粮袋摔下山坡……"

周大勇知道,两个小鬼在胡扯,这干粮定是战士们凑合来的,也没细追根由。他问:"你们没有吃点?"

小成说:"吃了,吃得可多!"

三牛也瞎吹:"啊呀,嚼上指头大那么一点,就香得能咽了舌头!"

三牛一边说,一边嘴唇还吧喳吧喳拍。可是当他把最后两块干粮悄悄地放在连长头边,猛一抬头,眼黑头晕,山转地动,扑通一声,栽倒在周大勇身边。三牛又饥又冷又累,昏过去了!

周大勇把小鬼抱起来,忙叫:"三牛!三牛!"三牛睁开眼。他那一双黑溜溜的眼珠,疲乏地转动了几下。周大勇把那两块干粮放到他口边。三牛说:"连长,我不饿。你吃!全连人就靠你啊!"

周大勇紧紧地搂着三牛,看他那小孩子的可爱脸膛。三牛那疲劳、饥饿而瘦削的脸膛上,显出十分严肃的神情。这严肃的脸色跟他十五岁的年纪很不相称。周大勇觉得心酸!

周大勇走出山洞。半个月牙,吐出寒光。山头上的敌人时不时地放两枪。他想算:"拂晓,敌人一出发,我们就翻过东山找见李江国他们,便很快地去赶主力部队。我们的主力部队一定在这方圆活动。"这工夫,他特别想李江国跟马长胜带的战士们:"兴许,他们这会儿正在棘针林里爬着摸敌人的哨兵!李江国会怎样替我们操心啊!马长胜那牛性子,大概更憋住气在发凶!"

周大勇回到山洞里,心里焦急烦躁地乱翻腾,说什么也合不拢眼。

他身边的几个伤员,怕连长替他们操心,都咯吱吱地咬牙,忍受伤痛,只有他们在昏迷中或睡梦中,才不自觉地呻吟起来。

一个叫黄尚清的重伤员,生命快要终结了。他不停地喊:"冷呀!冷呀!"周大勇很想烧起一堆火,让他烤一烤取暖。但是不敢烧火,火光会招来危险。周大勇把自己的破衣服解开,把黄尚清抱在怀里,用自己的胸膛暖着黄尚清的胸膛。他紧紧地搂着黄尚清,他的体温传到了他身上,两颗心脏挨着跳动。周大勇觉着,黄尚清是自己的战士,是自己的同志,是自己心连心的亲人。啊,如果人可以把自己的生命,分给临死的战友,那该多好啊!

黄尚清有气无力地呻唤着。周大勇感觉到黄尚清的心越跳越没劲了。一股寒冷的感觉,通过周大勇的脊梁骨,钻进每一条血管,每一根神经。他的心被缚到一个想法上:"他完咯!"他把手塞在黄尚清衣服下面按着心脏,咽气了,那心脏也不跳了。生命缓缓地离开黄尚清。周大勇摇着黄尚清,又叫了几声……脊背靠着土崖,还是紧紧地抱着黄尚清。他有好一阵没有动,也没有感觉,脑子是白茫茫的一片!

猛然,黄尚清的形样显在周大勇眼前,他欢跳欢蹦地要求突击任务……是啊,就在今天擦黑,黄尚清伤口痛得厉害,周大勇用盐水给他洗了洗。可是再有什么办法?黄尚清的两条腿浮肿发紫。他知道自己要离开人世了,就说:"连长,我真的要完了?"他要周大勇把他枕着的一件衬衣拉出来。那件白粗布衬衣,让汗水渍成油黑的了,两只袖子破成絮絮,前襟上有一片血。他说:"连长,我要牺牲了,这一件衬衣就留给党,算作个纪念!……"突然他把脸捂在衬衣上,哭了:"我,我不能,我……"他的思想跟死亡在撞击:自己没有立过什么大功,更不是什么人民功臣,简直什么事都没来得及干!……怎么能……

周大勇轻轻地把黄尚清的尸体放下。他挨着黄尚清,并排躺在地上。

长漫漫的夜。风摇着沟槽里的树梢,吹进山洞。山头上有敌人烧起的营火,远处有一阵阵的机枪声。

时间,在痛苦的思虑中,缓慢而沉重地行进着!

小成睡定了。三牛不吱声地蹲在黄尚清身边。他跟黄尚清处得最好。黄尚清活着的时候常说:"三牛,加油啊!你够入党的年龄,我就介绍你入党。"如今,他永远不能实现自己应允下来的话了!三牛的眼泪扑簌簌地淌下来。他不敢哭出声音。他晓得,连长看见谁个在艰苦斗争中愁眉苦脸,就火儿啦!

周大勇听见三牛擤鼻子。他知道三牛的心情。三牛虽然是一个坚强的阶级战士,可是到底他还是一个小孩子。周大勇看了看三牛跟他周围的伤员,又想:这里看不见摇天动地的炮火,听不见刺刀格斗的撞击声,可是在这里坚持下来的人,也是需要无限的毅力和勇敢,因为紧张的战斗用更残酷的形式出现了!

周大勇躺在牺牲了的黄尚清旁边,他脑子里闪上来许许多多的事情。他想起他跟主力部队在一块的时候,行起军来,他的连队只不过是部队很长的行列中的一小段;打起仗来,他的连队只不过担任攻击某一个工事,某一点。那时候,连队的政治工作有指导员王成德;往上数有营长、教导员、团长、团政治委员……一切工作的重大的担子,一切艰难痛苦,是由他们承担的。他周大勇呢?在那个整体当中,即使环境再困苦,敌人再强大,心里总是平稳的。一句话:一切重大责任都有党承担,一切事情都有党的具体指示,自己只要平时努力工作,好好学习,搞好自己连队的工作,战时多动脑筋坚决勇敢地好好指挥就够了。现在呢?一切担子都落在自己肩上,一切苦处、难过都要自己统统担当起来。这里轻伤的、重伤的跟活下来的人都在想:"不怕,有我们连长呢!他会有办法的!"是的,战士们应该这样想!可是自己到底有什么办法?

陈旅长、杨政委、团政治委员、张教导员,还有那亲密的战友王成德……多少战斗,多少事,多少人的形样,都显现在周大勇眼前,仿佛那被战争生活压缩的记忆,都一齐涌到眼前,闪过脑子。是的,没有党,没有部队,没有那许许多多的战友,那自己便是一个毫不足取的人,也不定早饿死在什么屋檐下或是道路边了。他明显地感觉到:他是在革命的大家庭中长大成人的。这大家庭中的各种事情,各种人对他的影响、教育,目前给了他不能估量的勇气。

几个伤员在低声说话,三牛和小成也在咕哝什么。周大勇想让大伙跟自己一样乐起来。他说:"同志们,光看这土洞子那就看不出二尺远,要向全国看啊!"他给战士们讲,我们东北、华北、华东、中原的各路大军打了很多次胜仗,我们西北野战军也快打大胜仗了。敌人离全部垮台不远咯!

战士们在艰苦时光,总容易回想起过去的斗争生活,好像过去的艰难经历会教给人求生的办法一样。他们要求周大勇讲一段二万五千里长征中的故事。

周大勇很想说一段过去的故事,但是一时又想不起头。他回想着经历过的种种斗争,回想着自己的全部生活和那生活中很细小的事情。十多年,是啊,十多年的斗争生活中,他有时候在高山峻岭中冒雨露营;有时候又在高楼大厦里睡觉;有时候出入在炮火中;有时候又坐在庆功会上……战争真是把人生经验紧张而剧烈地压缩在一块了:希望、兴奋、焦急、愤怒甚至于生死……这一切,也许有些人活上十年、五十年才能经受到;可是这一切,在战争中,人们几个钟头就都经受过了。是的,他冷身子碰热炮弹,一枪一刀换来的东西很不少;是的,他走过了很长的英雄道路,往后还要走更长的英雄道路;他希望了不少事情,也做了不少事情,将来还要做更多的事情。现在,他待在这山洞里,有时心躁得像火燎,有时也想些琐碎的事情,但是这一切都算不了什么。现在只有一件事值得想,那就是,坚强地为自己的阶级事业战斗下去。

周大勇寻思着。他的寻思是和死亡没有联系的。他,思想开阔,想得很远:大伙儿经过这一番风险,又和主力部队会合了……数不清的亲热的脸膛、红旗、大会,说不定在什么庆功大会上,毛主席、周副主席和党中央的首长们也出现在主席台上……是啊,在西北战场的艰苦斗争中,他们不是一直和我们在一块吗?啊,这山洞突然闪起了奇异的光影。周大勇身上一阵热,明朗而崇高的思想在他开阔的胸怀中回流。他觉得自己年轻,快活,有力量,有美好的将来。

"讲呀,连长。"

"是呀,随便你说什么都可以。"

周大勇说:"同志们!现在,咱们毛主席、周副主席和党中央的领导同志,兴许正在夜行军的行列里,也兴许正在老乡的窑洞里查看地图研究敌情哩!同志们,我们尽管艰苦,但是他们总跟我们在一起,亲自指挥我们作战。要想起这,人就有说不出的高兴。同志们,他们叫不起你的名字也叫不起我的名字,但是他们知道我们。就是现在,他们也知道我们在这个山洞里受的艰难,也知道我们在这山洞里想念他们。他们是和我们心连心的呀!同志们,党、毛主席和周副主席,带领我们用两条腿走遍了全中国,让我们认识了很多事情,还让我们认识了自己。想想,我们一爬出娘肚子,饥饿、穷困,就像魂灵一样不离我们。我们没有参加革命的时候,闹不清自己活到世上到底为了什么,也不知道浑身的力量往哪里使,满肚子冤枉往哪里倒,更不知道自己受的一切痛苦是从哪里来的!可是,如今我们变成了真正有用的人。同志们,想起了党、毛主席和周副主席对我们的教育,我们就觉得现在苦一点算不了什么。咬紧牙,熬下去就有出路,敌人能把我们怎么样?我们有党、毛主席和周副主席哩!"

战士闭住气,伸长耳朵听。他们也觉得党中央、毛主席和周副主席就在自己身边。就像我军退出延安以后部队在陕北山沟里行军中，人们常常兴奋地传说的一样："我们团的前边就是九支队，毛主席在那里……周副主席在那里……党中央……毛主席……周副主席……"一想到这里，战士们心劲大了，连那些重伤员仿佛也觉得自己可以起来走了。

一个重伤员说："连长，你说得对。目下，再艰难……有我们党、毛主席和周副主席哩！"

战士们熬着黑夜，听着风的吼声。大伙觉得，风把他们的消息带给党、毛主席和周副主席，带给自己的主力部队了。

伤员们、三牛、小成都睡着了。周大勇合不拢眼，爬起来，走出山洞。他抬头望着凉冰冰的星星，只见一颗流星，拖着很长的光带子坠下去了。他一阵在伤员睡的山洞边巡游，一阵又跑到河槽里告诉马全有，要他注意看管俘虏，加强警戒。

拂晓，马全有跑进山洞报告：东边山头上的敌人开走了。周大勇出去一看，果真东边山头上的敌人，走得没有多少了，可是西边山头上的敌人还拥挤不断地向前流去。

马全有建议："谁尿他哩！咱们带上伤员、俘虏走吧！敌人要敲打，咱们就豁出来干！"

周大勇说："还要等一下，看样子东西两面山上的敌人不会过得很久。"

东山梁上的敌人，总算过完了。周大勇派人到东山梁上侦察。过了不大一阵工夫，侦察员回来报告：现在还不能走动，因为东山梁以东的山上还有敌人南下，只有再等一时，看看风色再说。

周大勇钻进山洞，气呼呼地朝地下一躺。他心情很坏，随便什么小事情，都会引起他很大的火气。

十

太阳要压山了，一天又快过去了。

"叭叭叭……"周大勇躺下去有四五分钟,就听见枪声。他打了一个冷颤,头发一根根直立起来!

周大勇刚跑出山洞,一阵猛烈射击,把他顶回来。他左右全是子弹打起的石块、土花……

原来,南下的敌人真的快过完了。可是在这转危为安的时候又出了事情:敌人行军中,当兵的不断开小差;敌人一个搜索排从北边山坡下来,转弯抹角地到处搜索,眼看快走到周大勇他们藏的山洞边了。马全有发现了敌人,心要炸了,可是他手边一共只有七名战士,还押着八十多个俘虏。他端着枪,盯着敌人,只要敌人不发现伤员们睡的窑洞,他就不开枪。

突然,石崖下的俘虏们乱跑开了。敌人打响了。

西山梁上正行军的敌人后卫部队听见枪声,就有一股子扑下山沟……满沟里都是枪声……马全有跟敌人干起来了。敌人分作几股包围他们。马全有带了三十来个俘虏想跳出敌人的包围圈……他们退却中,有一个俘虏大喊:"卸掉他们的枪,跑呀!他们人不多!"

马全有像疯了一样,冲入俘虏群中,抡起枪托,一下子就把那煽动暴动的人的脑袋砸得粉碎。俘虏们都吓呆了。马全有脚踏住敌人尸体,挺起刺刀,立眉瞪眼地喊:"有种的试试看!"他的眼睛喷火,威胁地盯着俘虏们。俘虏们乖溜溜的,没有一个敢动一下。

马全有命令一个小组押上那三十来个俘虏先走;他带领一个小组掩护,边打边朝东退。

一股敌人猛烈地向周大勇跟伤员们睡的山洞进攻。

周大勇、小成、三牛和所有能动手的伤员们都奋起迎战。敌人一面投弹、射击,一面喊:"投降呀!投降呀!"

周大勇吼喊:"瞎了你的狗眼!老子死也换你几条狗命!"

战斗继续了十多分钟。烟雾遮天,子弹打得石片乱飞。周大勇旁边的伤员有两名牺牲。小成、三牛一会儿跳出山洞口和敌人拼手榴弹,一会儿钻到洞中卧倒向敌人射击;周大勇也趴在地上,用驳壳枪射击;三支枪封锁得敌人不敢接近山洞口。

敌人不敢接近山洞口,便从山坡上把大捆树枝用火点着,滚到洞口。火焰冲天,火舌向洞里扑。"突出去!突出去!"周大勇想站起来率领伤员从火堆中冲出去。可是敌人火力封锁得风雨不透,再说伤员们也不能行动。在这绝望的情形下,周大勇脑子里涌起排山倒海的想法。他一边合计用什么办法多换几个敌人,一边又希望有什么神奇的力量出现:比如,突然下一阵大雨,把这熊熊的大火扑灭。一阵儿,他对自己说,即使敌人杀死我们,他们又能得到什么呢?敌人以为有什么东西能叫我们害怕吗?啊,死亡,死亡又有什么可怕呢?旧社会,我们像一条狗,穷困、饥饿、压迫,随时可以扼死我们;如今,我们做了许多事情以后,为什么不能英勇地死去?嘿!要命只有一条,要头只有一个!拼,拼,拼!他想让伤员们跟自己抱在一块拉响手榴弹,又想告诉三牛、小成,留最后一颗子弹给自己。突然,有人大喝:"打到最后,活到最后!"啊,这是陈旅长的声音,团政治委员的声音,张教导员的声音!立刻,周大勇也觉得,像自己这样有坚强信心的汉子,现在来想生死问题,又无益又可笑。

"打到最后,活到最后!"周大勇爬到山洞口,用驳壳枪准确地点射,一枪一个,枪响敌人倒。

这工夫,三牛、小成扑出山洞,用木棒推那洞边的柴火捆。那柴火捆都是火焰腾腾的,两个小鬼在火焰里跳来蹦去,子弹像雨点一样打在他们前后左右。敌人从山洞的上边丢下的手榴弹,在他们身边爆炸。烟、火、子弹、破片、飞溅的石头块,包围了两个小鬼。死里求生的意志强烈地鼓舞人,两个小鬼像无敌英雄一样在火里扑来扑去。

忽然，两个小鬼让烟火吞没了。周大勇想："怎么，小鬼们呢？"

猛地，小成从火里钻出来，扑进了山洞。他衣服帽子上冒烟，鲜血湿透了裤子。小成一条腿跪在地上，一只手撑住土壁，生怕自己倒下。

周大勇望着洞外，边射击边问："小成，怎么样？"

"能支持。别管我！敌人，敌人！"这时，子弹正打在周大勇左肩旁的石壁上；子弹的爆炸声，飞溅起的石头的撞击声。石头打破了周大勇的头，血顺脸往下流。

小成看得真切，他替连长担心，喊："连长，连长，往我这边靠！"

周大勇哪里能听见！他睁着虎彪彪的眼，正往前爬。小成急啦，他扑到周大勇身上。周大勇推开小成，喊："打呀！"

小成从地上一骨碌爬起来，又扑到连长身上。他觉得连长就是大家的指望、靠山。他尽自己力量遮护连长。突然，小成受到打击，一颗子弹从周大勇胳肢窝下的衣服上穿过去，打中了小成的胸脯。小成手一扬，横躺在周大勇面前！

周大勇全身颤了一下，一股火快要把心烧焦了。他向前一扑，用胸膛遮住小成的身体，寻找射击目标。

周大勇眼前就是烟跟火，别的什么也看不见。他耳边只有吼声，别的什么也听不到。突然，他看见三牛向洞口跑了两步倒下了，猛地，三牛又爬起来，还在火里跳来蹦去。三牛满身是火苗，时而他在地上打滚，时而他推开那堵在洞口的柴火捆，时而他捡起那在地下打转转的手榴弹给敌人送去。他看来那么高大、有力，动作敏捷。周大勇呐喊，三牛也听不见。

猛不防，一块让手榴弹炸起的石头又打在周大勇头上。他悠悠忽忽地靠在土壁上，干裂的嘴唇在动，仿佛在喊："三牛，三牛……"

夜深了,世界无比的安静。天气很冷,可是空气倒也新鲜。周大勇猛吸了几口气,一股冷气直冲进肚子。他完全清醒了,听见有人叫:"连长!"

周大勇喊李江国,喊马全有,喊马长胜,喊小成和三牛,可是这喊声连自己也听不见。突然,他听到声音。声音,声音,不错,是战士们的声音!有人往周大勇口里灌了一口水,他咽着水,多甜,多清爽啊!一只大手摸住他的手。他觉得又有谁用胳膊托住他的脖子。

"连长,我,李江国。是我抱你。我跟你在一块!"

周大勇寻思:"'我跟你在一块!'"多熟悉的话,多亲热的话。只有自己的生死患难的亲人,才能说出这样的话啊!他摸住李江国那只像小簸箕一样的手,握得紧紧的。

周大勇艰难地说:"江国,快,快去救山洞里的伤员,小成,三牛……"

李江国说:"连长!你放心,伤员救出来了!三牛很好。小成负了重伤,生命不一定有危险!连长,连长,你回答我呀,你说话呀,连长!"

原来,太阳刚落山的时光,李江国带上战士们摸上东山梁,准备接应周大勇他们。可是他们一爬上山头,就看见敌人向周大勇他们躲藏的山洞进攻;接着,又碰见马全有他们。李江国让马长胜带一个班控制东山梁,另派一个班钳制住西山梁的敌人。他跟马全有率领其他战士们分作两股,从山上冲下来,不顾一切地向沟里的敌人扑去。敌人被这突然袭击搞得慌乱了。李江国抓住敌人的慌乱,让马全有带了一些战士在山洞上边掩护,他率领了一些战士们向山洞扑去,抢救连长和伤员。

他们把连长和伤员们抢救出来,边打边走,一直到上灯时光才摆脱了敌人。

他们向山沟深处走去。

夜,深不可测。

周大勇让卫生员把自己头上的伤口包扎以后,就站起来扶着一个战士的肩胛,向前走去。李江国死拉活扯好说好劝要把连长背上走,任凭你磨破嘴唇,周大勇老是个不搭理。周大勇总有这个信念:一个人再累,伤再重,只要他不倒下去,他就能走,能走就能打仗。如今,自己手和头擦破点,这算什么伤!再说,在艰难困苦中挣扎的战士们,哪一双眼不是瞅着连长呢?

他的腿软酥酥的,开头走的几步,该多艰难啊!每走一步就出一身汗。一种声音在他心里喊:"你走不动!"另一种声音喊:"我走不动,有这样的事?"每走一步,他快活的心情就往上升一截,因为每走一步,就证明他打了一次胜仗——战胜了伤口的疼痛,身体的疲劳,以及饥饿和寒冷。他快活的心情在增长,自觉的意志力量在全身有力地扩张——扩张到让人难以相信的程度。战争中,这种自觉的意志力量使人干出了连自己都惊讶的奇迹。有一次战斗中,周大勇从三丈多高的城墙上跳下去,接着,又蹦过一条小河,转眼又一口气用枪托揍倒了两个敌人。战斗打罢,他望着城墙、小河,独自失笑了:"出奇!打仗的时光,人从哪里来了那么一股子劲呢?"

地面上坑坑坎坎的,有的地方滑得像抹上油,一不留神就跌跤。周大勇低一脚高一脚地走着。他回想刚才经过的风险事……嗬,没有什么绝路,我们不是又杀出来了么?世界上,有什么痛苦和力量能制服我们?没有。可是他一想到自己和伤员们从死亡里冲出来的时候,王老虎的形样就显在眼前。咳!老虎多半牺牲咯!也许,他经过一番风险也回来了。可能,很可能,战争中出奇的事是太多啦!

风吹着高粱叶嘶啦啦地响。蛐蛐儿发出短促的叫声。亮晶晶的星星眨着眼。夜,无比的安静。

王老虎苏醒了。"这是什么地方?"这个念头刚闪上脑子,他又悠悠忽忽地昏过去了。满天星星,瞧着英雄的挣扎,土地听到他的喘息。躺在这里的人,也许有种种想法和希望,可是这一切像是都要终结了!

过了两三个钟头,也许是过了两三分钟,他又恢复了知觉,感到自己还活着,心里产生了一种强烈的生的欢乐。他鼓起心劲,像是要抓住那随时可以离开他的生命似的。他动了一下,口干舌燥,脑子发胀,天转地动;身上像被千百条绳子捆着,每一个汗毛眼都扎着一根钢针。胸部压着很沉重的东西,透不过气来。身子下边的血水把土和成了泥,黏糊糊的又湿又潮。头上渗出了冷汗,汗水冲着脸上的泥土,流到眼里流到口内。口里是咸的,眼里发涩。他想用手擦汗,但是两条胳膊像两根木头,一个个手指都像粗木棒,全身都是迟钝、机械、麻木的。

千奇百怪的裂痛,反倒使他清醒。他感到一种难受的血的压迫,真想把胸腔撕开。有一种什么东西在全身回荡、燃烧,接着来的是麻木而持续的疼痛。他极力思索着,各种乱滋滋的形样跟各种片断的印象闪过脑子,飘飘忽忽,不相连贯,像做梦一样……拼刺刀啦!什么人跟敌人拼刺刀啦?……这是什么地方?这不是安塞县真武洞吗?啊,这样多的人在开祝捷大会。周恩来副主席向他走来了,彭副总司令向他走来了。周副主席和彭总眼里闪着又严肃又亲热的光,他们还伸出了手……"是呀,是呀,我就是王老虎……"突然又看见周大勇,同志们;那不是马全有?看,看,他脸上的伤疤……激动的感情通过王老虎全身。"我在战场上躺着!"他的思想回到今天的战斗上来了……那些印象、事情、形样还是飘飘忽忽的,尽力抓也抓不住……

近处，一堆堆的蒿草在摇摆，像是有人影在移动；远处，团团的磷火，时而飞滚，时而熄灭。

"我一个人躺在这里？同志们呢？我像担任什么掩护任务？对，我捅死了几个敌人……同志们呢？……嗬！那不是连长……"他又一次感到非常快活。但是接着又感到一种阴森森的寒冷，一种可怕的恐怖袭击他。

这个浑身是胆的好汉，这个以沉着出名的英雄，这个钢铁铸成的人，感觉到一种没有经验过的孤单、害怕。他因为周围都是尸体而害怕？不，躺在尸体堆里，这不是第一次也不是第十次。他是感到死亡临近而害怕？不，他不是第一次也不是第十次战胜死亡。对啦，这是因为离开了部队！

"啊，离开了部队，离开同志们，人就变得这样无力呀！是呀，指导员有一次讲课还说：'有些人和同志们一道的时候，情况再险恶，他也有力量，因为他为大伙儿着想。可是当他让敌人包围或孤立起来的时候，他就失去了力量，因为他开始为自己着想。'我王老虎是这种人？不，不，我不是这种人。"

"必须离开这里！"这思想牢固地控制了王老虎。

英雄的意志这样有力：他忘记了满身的伤痛，感觉到精力非常旺盛。他摸着找寻枪。枪到哪里去了？他摸到了摔断的枪托。这枪托上的每个小记号，都该多熟悉啊！

他想着，只要能挪动一寸就能挪动一尺，有一尺就有一丈……挪动，挪动，只要能挪动，就会脱离危险。可是挪动一下，全身裂痛！口渴，渴，渴……咳！这又算得什么？他望着天空，想辨别方向，想找北极星。啊！星星多亮呀！可是它为什么满天乱转，不停地跳动呢？

他爬着爬着，像是过了很长时间，可是还没爬出三尺远。他呢，倒觉得自己爬了好几十里路。

挪动这样迟缓,可是他心里紧张焦急得像跟敌人拼刺刀似的,他爬了多半夜,爬到一块流沙地里。流沙地里爬行起来还好:没有尖石子,没有蒺藜子,但是,在松软的沙土里,向前爬一尺向后溜五寸。他想起部队向三边分区进军时过的沙漠。哎呀,那沙漠呀,像一片大水一样,一直伸到天边。要是这也是一片大沙漠,那就算糟了。他的心颤动了一下,可是立即又想:"管他什么沙漠,我要往前爬,要往前爬!"突然他发现前边一团影影糊糊的东西,忽高忽低。"那是什么?是连长派人找我来了?"一想到这里,连队欢乐的生活,立刻又活灵活现地展现在眼前。"可是为什么那个黑影在原地不动呢?对啦,兴许那是敌人的警戒吧……"他仔细听着,毫无动静。他绕着那黑影爬到它侧面。啊,原来是一堆黄蒿,要不,就是一堆骆驼刺。他爬近一看,是一堆黄蒿。口渴啊,多难受的口渴啊,舌头又干又硬,鼻子里喷火!他用手把蒿草下边的沙刨开,果真找见了湿沙子。他把嘴捂在沙子里吸呀吸呀,什么水分也吸不出,但是脸挨着湿沙子倒怪舒坦的!他想抽烟。啊,那五寸长的小旱烟锅,到哪里去了呢?它在王老虎参加部队前的岁月中,它在他参加部队后的万里征战中,没有一时一刻离开过王老虎。它,是王老虎一切生活、思想和英雄事迹的见证者。啊,不能分离的小伙伴——旱烟锅,你到哪里去了呢?

一休息下来,全身的筋肉跟各骨节像割裂一样的痛。他昏昏悠悠,生命像是要离开他。而且它在离开他之前,还把它全部的经历最后展示一下。二十九年的生活一眨眼就都闪过了。

一位手艺精巧的泥水匠,从蒋介石、阎锡山的奴隶变成了日本强盗的奴隶。奴隶是人当的?一九三九年他参加了贺龙将军率领的一二〇师,当了一名侦察员。在敌人戒备森严的太原城和汾河流域的县城内,他旁若无人地经常进进出出。他胆大包天的作为,神出鬼没的智谋,使敌伪汉奸终日惶恐不安。敌人把他看作是心腹大患,而在人民群众的心目中,他是三头六臂、刀枪不入的无敌英雄。当年,贺老总曾多次在"晋绥"举行的"群英会"上,拉着王老虎的手,对指战员和民兵英雄们说:王老虎是我们军队的光荣,人民的骄傲,是中华民族英勇不屈的象征。一次战斗中,子弹打穿了肺。他带上二等残废证,回到家乡,当了民兵。就是这时节,他爱上了乡妇救会主任任冬梅。早早晚晚,两个人,唱着小曲,从前山转到后山,山连山川连川,柳荫下小河边,多少心腹话,说也说不完。一九四三年春季,王老虎跟冬梅正要张罗着成亲,敌人来了一次"奔袭",把他们冲散了。他俩好长时间,谁也闹不清谁的下落。有一天,王老虎摸黑夜赶回村子,一阵射击把他顶出来,日本强盗在村里筑了炮楼。王老虎连夜翻了几架山,在沟渠里找到区政府的干部们,也找到了冬梅。

冬梅趴在老虎肩上,哭着说:"老虎,敌人把房子烧了,把家里人杀光了!你快上咱们部队去,逃出去一个算一个,我不死,总等着你!"

如今,冬梅该是二十六岁了。她还在等着王老虎。

血和力量的狂潮在王老虎全身涌流,生命的火烧得更旺了,英雄的意志振奋着他。王老虎咬紧牙向前爬。

突然,阵阵大风卷起黄沙围住他呼啸着,旋转着。他向四处看,雾气腾腾。天空轰响着千百种声音。他闭住眼睛,一层厚厚的沙土盖在身上。他定定地趴下,只求风不要把他刮走!

他的衣服也让露水浸得透湿,打了一个冷颤,昏迷劲过去了。他睁开眼一看:太阳多亮啊!沙地里万点金光齐闪,怪耀眼的。前边不是密密实实的庄稼林吗?他向前爬,太阳一会儿比一会儿热。他爬到一块高粱地里,想:"这里有庄稼,那不远的地方就有人家……"新的希望带来新的力量。

风吹高粱叶沙沙地响,晶亮的露水珠从高粱叶上滚下来。各种小鸟在四野里叫。头上是一片蓝漾漾的天。啊，天是那样高，一朵朵云彩轻轻地擦着蓝天飘浮。他想啃高粱秆里的甜心，那是可以咂出很多甜水的。他还是一个孩子的时候，就常这样啃呀！他用手去扳高粱秆，嘿，两只手肿得有砖厚，手心里让刺刀割破的刀口，填满了沙土。肘子、膝盖都是血淋淋的。不看倒罢，一看可就全身软瘫了。突然，他听见骡马嘶叫的声音，接着就是脚步声。他从高粱林的空隙中望去，咦！原来是国民党的队伍在路上过。他习惯地抓枪，可是哪里有枪呢？他恨自己：为什么不在战场上捡个手榴弹呢？唉，既不能自卫又不能动弹，睁大眼活生生地等死，世界上没有比这更让人难过的事了！他盯着敌人，满身的疼痛都感觉不到了。他看见一个当官的用马鞭抽一个士兵的头。他看见那些士兵背的东西很重，弓起腰呼哧呼哧朝前走……伙夫挑着锅……驮炮骡子……突然，一个敌人士兵钻进高粱林，四下张望，向王老虎跟前走来。这怎么好呢？王老虎浑身通过了一阵震动。他圆睁着眼，死死地盯着走来的敌人。他想猛跳起来扑上去，可是身子不由自主啊！他想在身边找一根棍子，哪里会有什么棍子？好啦，好啦，他抓到一块石头。他想："行，有这块石头，我就要换他一条命。"出奇，那个士兵慌慌张张，丢下枪，脱去军衣露出了便衣。接着，就弯下腰，像兔子一样顺高粱林溜掉了。哎呀！原来是开小差的。王老虎正要爬着去捡那根枪，猛然，从旁边冒出来一个人，抢先捡去了枪，而且发现了王老虎。

　　王老虎心里一惊，立刻又镇静下来，啊，这是个老乡嘛！王老虎朝后一看，还有几个妇女，蹲在高粱地里用手捂着孩子的嘴。她们也吃惊地瞧着王老虎。

　　王老虎低声说："老乡！我是解放军……"他昏沉沉，像是他身下的大地化消了……掉到万丈深沟里去了……耳边还有呼呼的风声……

十 一

周大勇他们翻过两架山,顺着一条山沟向南走。突然,他发现两面山上都是宿营的敌人。敌人烧起一堆堆的大火,照得山头通亮。

战士们带着三十来个俘虏,抬着伤员,顺山沟悄悄摸去。他们走得非常快,但是没有一点声响。命令不断地从前面传下来:"不准说话!""不准抽烟!"

路随山转,周大勇他们从一条小山沟转到一条大山沟的时候,发现四面山上都有敌人烧起的火光,川道里也有敌人烧起的一堆堆的火。周大勇看了看周围的地形,他乐啦:部队向榆林城进军的时候,经过这地方。这里向东南走四五里路就是陕甘宁边区的米脂县境。

一个小山岔里,有一片枣树林。他把部队带到那里。

周大勇对马长胜说:"我们要突出去。你把每个重伤员的担架检查一下,要扎结实,不要半道上出娄子。抬担架的人还要背自己的全部东西,因此要选身体强的战士。"

周大勇刚给战士们交代了突出敌人圈子的任务,派出去侦察情况的李江国,喜盈盈地回来了。他捉来一个敌人士兵。他说:"连长,这个俘虏知道敌人的口令,让他给我们做向导,带我们走出这条沟。我给他讲好了,他要调皮就宰掉他。这,是吓唬人,实在呢,我倒给他做了很多工作,他满口应承'为人民服务'一趟。"

"我定要把我的战士带出这最后一关!"周大勇想。他又转向战士们说:"同志们,前边就是我们陕甘宁边区。咬紧牙,我们要突破最后一关。同志们,前边走一个排,后边走一个排,抬伤员的人跟俘虏们走在队列中间。马全有带二排担任掩护。"

战士们有的绑鞋带，有的收拾背包，有的摸着子弹带，看自己还有多少子弹。

部队正要出发，李江国报告："连长，有两个重伤员牺牲了！"

周大勇直挺挺地站在黑暗中，没有吱声。他把手里拿的一根很粗的树枝，一截一截地折断。咬紧嘴唇，直到出血。李江国当是连长没有听清，他又报告了一遍。

周大勇指着身旁的一棵树，低声说："掩埋在这里！"

马全有像疯了一样豁开人，走近周大勇，报告："连长，这是'蒋管区'。埋，我们也要把自己的同志埋到陕甘宁边区的土地上。"他停了好一阵，又说："连长，我们把牺牲的同志背上走。"

战士们争相说话：

"连长，我来背！"

"我来背！"

周大勇心里流血，眼里流泪，说："同志们！全中国哪里没有埋葬烈士的骨头？"他用脚跺地。"这里，这里，就埋在这里。我们的同志，一个接着一个，为建立新中国牺牲了！为共产主义牺牲了！……掩埋在哪里也一样，谁也不会忘记战士们流的血！谁也不能忘记战士们受的痛苦！"他低沉的声音，使空气震动。"我们忍受了多少难以忍受的煎熬！我们亲爱的同志有多少倒下去了！我们，我们用自己的血，把中国刷洗了一遍，我们……"感情在他宽阔的胸脯里冲流，心里有什么东西在颤动，许多锋利的思想从头脑里闪过。他的声音猛地激昂起来："战斗，困苦，血，汗，死亡，什么都吓不倒我们……同志们！并不是每一个战士都能看见自己亲手创造的事业的胜利，可是没有英雄们的流血牺牲，阶级压迫的痛苦就不会结束，新社会就不会到来。同志们！为人民而来为人民而去，这就是我们的志愿。"

李江国他们掩埋自己同志的尸体时，战士们热泪滚滚，持着枪向那把生命付出来的同志致敬！

黑暗,黎明前无边的黑暗。

大风卷着沙土,摇着树林,发出凄厉的吼声。伫立在黑暗中的战士们的衣襟,被风吹得扇起来。

周大勇绕着自己战友长眠的地方,沉重而缓慢地走了几步。他摸摸那新覆盖上去的湿土,百感交集。这里躺的人把自己的未竟之业,留给活着的人了！这里躺的人,把自己日夜不离身的伙伴——武器,留给同志们了！周大勇,永远,永远再也听不见他们对他说:"连长！有什么任务交给我。"周大勇,永远,永远再也不会看到他们那朴实而淳厚的容颜了！

突然,周大勇从一个战士的枪上拔下刺刀,把树皮砍去一块,做个记号。他在心里说:"亲爱的同志:我们一定还要来这里看你们！"他背靠那棵树干站着,长久地背靠那棵树干站着。

战士们掩埋了同志的尸体,刻下纪念的标志,抹着眼泪,擦着脸上的血。他们背负着历史的担子,祖国的嘱托,人民的苦难,自己的仇恨;他们,要继续战斗继续前进！

周大勇胸中的火,那混含着仇恨和悲痛的火,烧得更猛烈了。他注视战士们,天黑地暗,看不清眉目。但是,他觉得他看见了战士们那又黑又瘦的脸膛,看见了那破破烂烂的衣服,看见了那露出骨头流着血的脚丫子。他低声喊:"出发！"

战士们都没动。

周大勇又喊:"出发！"

部队出发了。李江国用手枪逼着那个俘虏走在前边。那个俘虏一边做向导,一边回答敌人问的口令。这样,周大勇和他的战士们通过了几条小山沟,夜里四点钟的时候,他们走在一条大沟里的道路上。

战士们一股劲地跑步前进,沙沙的脚步声和小河里的流水声搅在一起。

敌人在川道里十字交叉的大路口烧起大火。周大勇他们快跑到大火跟前的时候,敌人打响了,接着,枪声四起。敌人还到处打照明弹和信号枪,互相联络。

周大勇敏捷地左右看:两面山上都是敌人!他一手提驳壳枪,一手提手榴弹,低声朝后传:"准备手榴弹!""跑步!"

战士们一口气跑过了川道,翻过一架大山,摆脱了敌人。

马全有他们完成掩护任务赶上来和周大勇他们会合以后,天已亮堂堂的了。他们大摇大摆地顺着一条川道向前走去。

几天来,周大勇很少说话,脾气很凶。今天他肩上的担子减轻了一半,心里特别舒畅。他也感到一种特别严肃的心情,这是因为一个连队从成千上万的敌人中间杀出来了;这是因为几天几夜的苦战,证明了敌人不行,他跟他的战士是不可征服,不可战胜的。他满心眼都是自豪与骄傲,俨然像个指挥百万大军的英雄。他瞧瞧战士们,啊,部队行列没有往日那样严整;战士们步伐是沉重而混乱的,衣服是破烂的;一个个的脸膛都又黑又瘦,头发很长,眼窝挺深;脸上、嘴唇上、耳朵梢上,都起了薄而透明的白皮!但是,在那破衣服上,武器上,黑瘦的面容和那渗出血的绷带上,都显露出了英勇的战绩和生命的光彩。

他们回到陕甘宁边区的土地上了。

战士们突然精神一振。他们兴奋而激动地凝视着山川和流水;这里的一草一木,都觉得无比亲热,连那光秃秃不生寸草的黄土干山,也是看不够,爱不够啊!

各种鸟儿在树梢枝头唧唧喳喳地叫。有几只喜鹊叫了几声,尾巴一翘,直冲东南飞去。高粱、糜子、谷子,今年长得不强,可是一眼望去还绿臻臻的。瞧,它随风摇动,不是在向战士们打招呼吗？河槽里黄泥水滚滚东流,想必是河的上游下了大雨。河水不深,可是它奔腾、冲激着,一个个的大漩涡,展开了,再向前奔流,河边飞溅一绺绺白色泡沫。河两岸被水淹没了的小绿草,露着头在水中挣扎。有几棵柳树,枝叶倒垂在河面上,浪花溅到树的枝叶上又淌下来。

陕甘宁边区的山川土地,要说多美就有多美!

周大勇迈开大步,走在部队最前头。他敞开衣服,一边舒畅地呼吸,一边用左手搓着胸前的汗泥。要不是河水发浑,他倒要跟战士们跳下去洗个澡。

有的战士踏上陕甘宁边区的土地,心劲更大了。他们边走边呼喊、唱歌。

周大勇看出来:苦战中取得的胜利,鼓舞着战士们,但是部队行列越拉越长了。不用问,有些个战士松了心劲,仿佛他们一踏上陕甘宁边区的土地,所有的力气也刚使尽。有的战士落下去了,有的干脆坐下歇息起来。

周大勇返回去,走近两个坐下歇息的战士,说:"走啊,同志们。"

张耀成说:"连长,饿啊,我半步也走不动啦!两条腿呀……"

李六娃说:"连长,你看我的腿、脚!我胸脯的伤口!……连长,我再没有气力了!连长!你看这伤口……我知道,我不能和大伙就伴了……"

周大勇觉得两条腿有千百斤沉,里边有万千条小虫钻动,但是他听了这个战士的话,疲劳的感觉猛然消失了,只觉得心里一阵绞痛。他扶住李六娃的胳膊,说:"走啊,同志们。我知道你们,你们走得动!"

张耀成跟李六娃朝前走去了。

李六娃一跛一跛地走着,每走一步,眉头就拧一下。他每走一步,周大勇心里都像针扎。他知道李六娃每走一步,是忍着好大痛苦!他说:"六娃,我来背你!"

"不,连长。你扶上我就够累的啦!"

周大勇扶着李六娃,把他的一切东西都背在自己身上。他们走了一里来路,周大勇就满身淌汗。是啊,这一阵带一根针也有八十斤重!

李六娃说:"连长,咱们歇歇,你看后边那两个同志又落远了。"

李六娃蹲在地上。周大勇向后边两个战士招手。

那两个战士走上来,往周大勇旁边一蹲,一骨碌就躺到地上了。

"连长!我用尽了吃奶的劲!"

"连长!说什么我也走不动了!"

周大勇觉着两只脚像塞在开水锅里,又烧又痛。他把鞋子一脱,不看还罢,一看就倒抽了一口冷气:两只脚红肿,脚后跟裂开口子,那口子里钻进很多沙子;脚掌上打起了许多大血泡,一个挨着一个。他怕战士们看见,连忙转过身去。可是李六娃看见了,就说:"连长,你的脚肿得怕人!"

其他两个战士也连忙爬起来,问:"怎么啦?"

周大勇说:"没有什么!"

李六娃说:"没有什么?你总是说没有什么!"

一个战士把衬衣撕下一片,说:"来,连长,把你的脚包住。"

周大勇把两只脚板平放在地上,往起一站,用力一踏,扑哧一下,两只脚板上的血泡破了,溅出了血水。他说:"革命嘛,不流几身汗几点血还行?走,同志们,把你们的东西都给我背上。走!我们不能掉队。"

几个战士往起一跳,其中一个战士扶起李六娃。

"连长,走,咬住牙走!我们有一口气,就跟你走到天边上!"他们望了一下周大勇那坚毅而光芒四射的眼睛,向前走去。

突然,周大勇看见前边有四个妇女抬着个什么东西。她们后头跟着几个小孩,提着水罐。那几个小孩向周大勇他们望望,又跑上去给那几个女人打了个招呼。几个妇女向旁边山沟闪去了。

周大勇犯疑,他跑上去一看,几个妇女在那里站着,她们抬的东西不见了。周大勇问:"老乡,干什么去?"

那几个妇女打量着周大勇,只见他的灰军衣让血、泥浆糊得花里胡哨的。

周大勇说:"看什么?我是咱们队伍上的!"

一个四十来岁的女人,朝前跑了几步,问:"可真是……?"

"是呀,我就是咱们部队上的,你瞧瞧这灰军衣嘛!"

几个妇女都亲热地围上来了,其中有一个还哭了:"哎呀,前边大川里尽是榆林城下来的敌人!真是……"

那个四十来岁的女人说:"同志,这里有咱们一个伤员!"

周大勇一听,愣了一下,就跑上去,把草拨开,看见一片门板上躺个伤员:脸浮肿、蜡黄,下巴和脖子里有些干血疤,但是那闭着的眼睛还是似笑非笑的。周大勇一条腿跪下去,抱住那伤员,脸挨住脸,喊:"老虎,老虎!"

王老虎不能回答同志的呼唤!

周大勇把手伸到王老虎的衣服下,感觉到那心脏还在有力地跳着,只是那肚子上像是凝结着黏糊糊的血液似的东西。他揭开衣服一看,王老虎浑身都用破布条捆着,到处还涂着黄灿灿的什么东西。

那个四十来岁的女人说:"这个同志到我们家里,他叫我把南瓜瓤子抹到他的伤口上。他说,他打日本鬼子的时节,常是那么治伤哩!我们就照他说的法儿……"

周大勇问:"他怎么能落到你们家里?"

一个妇女说:"我们的家,离这里二十来里路。那里是白区和咱们红区交界的地方。昨黑间鸡叫头遍的时光,白区有五六个庄户人把这个同志抬来了。他们说:'我们一天一夜才转到这里。你们该能把他转到咱们队伍上去?'我说:'咋不能,咱们是红地的人呀!'……"

第六章　沙家店

一

无定河两岸,听不见往日上灯时光的牛羊叫唤,听不见孩子们的吵闹声,也听不见成年人高唱信天游小调;倒是叭叭叭叭的枪声响了个不歇气!

黑夜和战争一块儿来到无定河两岸!

八月十五日夜里十二点钟前后,在镇川堡北边一条山沟中的窑洞里,一位纵队司令员照着蜡烛注视着作战地图。他清楚:我军在西北战场上立刻要从防御转入反攻了,可是在这迈进反攻的第一步的时候,西北战局演变得格外复杂和艰险。

司令员把蜡烛放在身边的窗台上,来回轻轻地走着、筹思着。他两天两夜没合眼了,眼里网着红丝,眼皮有点发皱。他的脸瘦岩岩的越发黄了。

司令员身边的一个参谋靠墙站着,头微微低着睡熟了。

司令员又端起蜡烛,眼睛紧张地在地图上转动。

旅长陈兴允和旅政治委员杨克文走进来,一声不吭地站在司令员身后。陈旅长推起帽子,用左手轻轻地搔后脑壳。杨克文盯着窑洞的角落在紧张地思量什么。他俩口干舌燥,又疲劳又焦急。他俩把指战员激愤和焦灼的情绪全给带来了。这窑洞刚才还是很清静的,目下却充满着一种捉摸不定的闷气。

原来,胡匪整编三十六师(军),顺长城增援榆林,很快地进了榆林城,而且又马不停蹄地从榆林南下,准备打击我军。

西北野战军从榆林城郊撤退以后,就准备在榆林城南四十里的归德堡附近,消灭从榆林南下的三十六师,但是敌人滑得像泥鳅一样,一溜就钻入鱼河堡,我军没有捞住敌人。昨晚间,部队翻山过岭又运动了一夜,准备在鱼河堡到镇川堡中间的公路上,消灭西北战场上骄横一时的三十六师,可是又没捞住战斗的机会。

西北野战军从八月初向榆林前线开进,到今天整整十五昼夜了。战士们在这十五日十五夜中,不是浴血奋战就是急行军转移。榆林城快要打开了,上级可又决定撤退;现在说是打三十六师,可是屡次不能下手;再加上踏沙窝、冒风雨、饥饿、寒冷、疲劳,因此战士们急着要打仗,恨不得把敌人抓住撕碎!

"今天晚上是非打不可了!"陈兴允和杨克文觉着,司令员也在谋虑这个问题。他俩心情紧张,眼里闪着说不清的躁气,可是怕打断司令员的思索,所以不声不吭地站在那里。直到杨克文打了个喷嚏,司令员才注意到他们。司令员亲热地跟他们握手,要警卫员给他们搞水喝。

杨克文气愤地说:"哼,三十六师这样骄横!"

陈兴允咬牙切齿,说:"它骄横?我们偏要摸摸老虎屁股!"

司令员心情沉重。他看看他俩那刚毅而焦急的脸色,说:"很恼火?要不得,同志!我们能把敌人拖到这无定河边,就是很大的胜利。从全国范围看,我们吃点子苦把敌人背上,是很有意义的。何况我们还在想办法整治它哇!"

"我们能把敌人拉到这里,就是胜利。这一点我们早就知道,可是……"陈兴允、杨克文一边这样想,一边又觉得司令员的话里有话,可是司令员既然不说明,那就是不便说明。他俩按压住想要探问的心情,可是,不由得又想:也许陈赓兵团从风陵渡渡过黄河向西安……或许刘邓大军又有什么出敌意料的……

司令员问:"部队宿营咯?"

陈兴允说:"宿什么营啊!部队统统在下边沟里摆着,准备继续走!"

司令员打开白铜烟盒,陈兴允、杨克文各取了一支烟,他也取出一支。他把烟的一头在烟盒上用力磕着,说:"是的,不但准备走,如果侦察员刚才报告的情况确实的话,我们还要准备打。"他对杨克文说:"你回去掌握部队。要是情况确实,要是彭总命令打,部队就立刻出发。赶拂晓也许会干起来。"又对陈兴允说:"野战军司令部就挨着你们后卫部队驻,彭总在那里。你去汇报情况,接受任务。情况是这样的:今天,我们准备在镇川堡和鱼河堡之间消灭敌人,可是敌人不是一直顺咸榆公路直扑镇川堡,而是绕了一个圈子——从鱼河堡渡无定河,沿河南岸的党家岔下来。看样子,敌人或许是明天拂晓再渡无定河,占领镇川堡。"

陈兴允说:"这些情况我清楚。"

"不,问题不在这里。"司令员指着地图,说,"刚才,据侦察员报告:钟松率三十六师师部又两个营从无定河北岸向镇川堡推进,两个团在河南岸掩护。这情况是不是可靠,还不一定。我已经再次派人去侦察了,不过,你先去向彭总请示,也许彭总那里还有新情况。"他看了一下地图,又说:"如果侦察员报告的情况是确实的,如果彭总决定打,那我们赶拂晓就在镇川堡以北,截击钟松的师部和他的两个营。可是,还有问题:假使这一仗可以打,打起来对我们有多大的好处?……"他来回轻轻地走着,思量了很久,又说:"总之,你给彭总把情况报告一下。总部怎么决定,我们就怎样执行。"

陈兴允和杨克文互相望望,脸上闪着按压不住的兴奋,像在沙漠行军中,猛然发现草地跟流水似的。

杨克文说:"我想,要是侦察员搞的情况确实,这仗就一定要打。因为再捞不住这个战机,敌人赶天明溜进镇川堡,那就麻烦咯!"

陈兴允说:"打!要是搞得好,捉住钟松那才热闹!"

司令员看了一下表,说:"现在已经是一点钟了。兴允,时间急迫,立刻去。对咯,你带上一个参谋。如果情况确实,如果彭总决定打,那么,彭总讲的部署情形,你就让参谋绘成图,立刻带回来,我们就布置!"

陈兴允出了窑洞,下了山坡,翻身上马,领上参谋和骑兵通信员兴冲冲地出发了。

他们沿着河槽的小路催马前进。

陈兴允知道,敌人虽然是愚蠢的,但也是凶恶的。

这时,从西北战场的全局来看:敌人主力第一军、二十九军等部七个多旅六七万人,从南向北,沿咸榆公路遮天盖地地扑上来,准备配合从榆林南下的整编三十六师,把西北野战军压缩在米脂以北的葭县地区,一举围歼。这就是说敌人十多万,向西北野战军缩小包围圈,而西北野战军兵力很少,十分疲劳,又没有粮食吃。敌情是严重的,紧张的。战局发展到非常艰险的阶段——虽然陈兴允还不知道,两三天以后西北战场的形势会变成这样:敌人控制了陕甘宁边区的所有县城和绝大部分地方;只有在米脂县以北,长城以南,黄河以西,无定河以东的地区中间约有南北三四十里,东西五六十里的一块地方,是全部西北野战军能够自由活动的地区。中国共产党中央机关、毛主席和周副主席也在这个地区当中。

陈兴允放松马的嚼口,让马踏小步走去。他想:"情况相当不妙呢!"可是当他想到敌人围歼我军的狂妄计划时,心头涌上了愤恨和轻蔑敌人的感情。他自言自语地说:"算盘打得挺不错,哼,活见了鬼!"他的声音这样高,连跟随他的参谋也奇怪地问:"七〇一,你说什么?"陈兴允说:"见鬼!"参谋摸不着头脑地又问了一声。陈兴允说:"说什么?说敌人占不到我们的便宜,他们一定要倒霉!

一定要倒霉!"

陈兴允仔细思量,他觉得战胜敌人的勇气、信心自己是很充足的。不过目前怎样扭转这艰险的战局,他还说不出具体的办法来。于是他把一切希望都放在这一点上:"看今天拂晓这一仗吧!把钟松这家伙捞住再说。"

现在是一点半,三四个钟头以后就要进入战斗了!陈兴允耳边响着他临出发的时候,司令员叮咛的声音:"时间紧迫!"一想到这里,心里又焦灼起来了。

陈兴允用力扯着马的嚼口,双腿磕着马腹,让马猛跑着。嗒嗒嗒的马蹄声,敲破了深夜的宁静。战马的铁掌磕碰石头,溅出火星。

二

陈兴允在河槽里下了马,把马交给通信员。那匹久历沙场的骏马抖了抖身上的汗水,又用一个前蹄在地上刨着。他怜惜地摸了摸马的透湿的鬃毛,便和参谋一道,回答了哨兵的盘问,上到半山坡上的一个破烂的村庄。

他立刻就要看见西北战场的统帅了。他压不住自己心里的兴奋,感到精神很紧张。

他在多次的体验中,深切地感觉到:彭总善于在艰难困苦的关头,扭转一切危机的局面。彭总能预见由于艰难困苦而产生的那种新的力量;那种新的力量是很厉害的制胜武器。

陈兴允让参谋留在窑洞外面,他随着一位野战军司令部的参谋走进彭总住的窑洞。

警卫员点起了蜡烛,照亮了窑洞。

窑洞空旷旷的。它让成年累月的炊烟,熏得乌黑。墙上挂满作战地图。靠窗子跟前,放着张破旧的桌子。桌子上堆着一叠叠的文件材料。窗台上放着些老乡们日常用的瓶、罐,还有揉卷起角的小学课本。窑洞靠后的左角里,放着窑主的粗瓷瓮、破谷囤跟一些农具。

这里多宁静啊,连针掉在地下都能听到!

陈兴允觉着奇怪、惊讶。东是黄河西是无定河,南北是遮天盖地扑来的十多万敌人。目前形势是复杂严重而又紧急的。胆小的人会张皇失措,就连自己这在战斗生活中过了整二十年的人,也感到心情沉重。可是这里的气氛又是这样宁静!

彭总躺在窑后边地上铺的干草上,盖着一件破旧的大衣。他站起来,缓缓地把大衣披在身上。

陈兴允举手敬礼以后,就急切地望着彭总的面容。

彭总微微点头和他握手。

陈兴允觉得彭总的手是有力的热情的,彭总的脸色是庄重、朴实、从容的。

彭总凝视着陈兴允的脸,问:"外面很冷吧?"他倒了一茶缸开水,递给陈兴允,又看着他一口一口喝完,然后接过茶缸,低声而缓慢地问:"有什么事?"

陈兴允说:"我们司令员要我来报告情况,接受任务。"

彭总安详、稳实地站在那里,像在深深地思索着什么。

陈兴允看看彭总,心里猛地豁亮起来了。彭总那丝毫不露形迹的镇静、乐观情绪传到他身上了。

彭总端着蜡烛站在地图下,回头望着陈兴允,问:"情况怎样?"

陈兴允指着地图,说:"据侦察员报告,敌人有两个团沿无定河南岸推进。河北,靠近我们部队这边,钟松带他的师部和两个营,今天夜里十二时顺咸榆公路下来,准备天明进占镇川堡……"

彭总瞅着蜡烛的火舌,静静地听着。

"我们司令员让我报告情况以后,向彭总请示;如果彭总决定打的话,就让我接受任务:把河北敌人的师部和两个营敲掉,搞得好或许还可以捉住钟松。"

彭总左手端着蜡烛,右手放在背后,还是静静地听着,一句话也不插问,什么也不表示。他巨大的身影映到拱形的窑洞顶上,一动也不动。灼热的蜡油,一滴一滴地落在他手上,可是他像是丝毫没有感觉到似的。

彭总带着深思的神情,听完陈兴允的报告。又盯着地图,专注地思索着。

陈兴允看看表,就立刻觉得心焦得像油煎:已经两点钟了,如果打,赶五点钟部队就要进入战斗,但是还要调动部队,部署……他仿佛觉得,左腕上的手表"宗!宗!宗!"的声音特别响,而且是每响一下都像谁用拳头击着他的心脏。他真想把时间抓住让它暂时停留一下。但是彭总严肃、慎重、冷静的神情,仿佛向他表明:现在,冲锋陷阵容易,忍耐却更艰难,但是必须忍耐,不要着急。

陈兴允望着彭总面孔的侧面,他觉得彭总比四五个月以前苍老了。彭总鬓角的黑头发中,像是有一些白发,眼角的皱纹也增多了。

彭总是严肃、冷静、耿直而刚正的。第一次站在这位伟大军事家面前的人,都有一些敬畏的感觉。但是,他一开口说话的时候,声音又那样平静、坦率和亲切。他说:"钟松率领三十六师师部和两个营走河北?这倒是一个新情况。"思索了一下,微微摇头,说:"不可能吧!"说罢,他又沉入深刻的思索之中了。

彭总思索了一阵儿,说:"不过,也有可能。钟松这家伙很骄傲,他不服刘戡的指挥。"他望着陈兴允又补充了一句:"钟松和他的顶头上司刘戡闹独立性啊!"他爽朗地笑了。

彭总叫来司令部的一位科长,问:"还收到敌人的什么消息?"

"电台上再没有收到什么,我们继续在收听。"这位科长说罢话,就退出去了。

陈兴允觉得,彭总周围的人都是准确而从容不迫地工作着。因此,他产生了这样一种印象:这围绕着彭总的首脑机关,是有力的,宁静的,兢兢业业的,工作效率很高的。

"假设有这样的情况吧!"彭总把蜡烛放在一旁,望着地图,扳着指头计算什么,过了半分钟的样子,说,"从河北推进的敌人至少有一千几百人,我们一打,敌人向河边一靠,河南岸的敌人一定支援。这样,我们即使歼灭了敌人,捉上七八百俘虏,我们也要伤亡二三百。另外一个可能是:我们一打,敌人往后一缩,我们什么也捞不到,反而对我们是一个暴露。"他侧转着身子,看着陈兴允,说,"我们暴露了以后,南边敌人主力七个多旅向北一靠。敌人挤在一块不动,我们想啃也啃不动,目前又缺粮食吃。更重要的是全国战争形势向我们提出了重大的要求……这样看来,我们即使有打的可能,这一仗还是不打好。"

"嘀!这一仗不打?"陈兴允想着,感到震惊。

彭总亲切地注视了陈兴允好一阵,问:"你说这一仗打不打?"

陈兴允有些发窘。他不安地说:"总部怎么决定,我们就怎样执行。不过战士们早就等着打了,他们恨不得把敌人一口吞下!"

"一口吞下?从来没有这样的事噢!"彭总微微摇头说,"我说吗?不——打,不打。"他说头一个"不打"是拉长声音的,缓缓的,商量的;说第二个"不打"是肯定的,坚毅的,大山一样不能摇动的。

彭总把蜡烛放在桌子上,背着手来回慢慢地走了几步,说:"也许你们还会这样想:敌人到了眼前为什么不打?"他走近地图,用手指在无定河跟黄河当间,画了一个圆圈,说:"党中央要我们部队集结在这一坨,就是要摆出决心过黄河的样子给敌人看。我们要迎合敌人的心理,加强敌人的幻想,培养敌人的骄傲,使敌人发生错觉而后战胜敌人。"他慈祥地望着陈兴允的眼睛。"一个指挥员,尤其是一个高级的指挥员,要养成战役、战略观念和企图心,不要因为局部利益而操之过急。要看到胡宗南的主力被我们吸引到这里,成为一步死棋,这对全国战局是大有用处的。"他看着自己慢慢移动的脚步,像是等待陈兴允说话。

陈兴允想起了部队这几天夜里不断地行军转移,迅速秘密地变换位置,封锁消息,欺骗迷惑敌人等等。这一切惯常的做法,在目前也像有特别不同的重大意义。他明确地意识到彭总在谋虑一个什么更大规模的战斗哩。这更大的战斗,还是一个极其复杂的战略计划的一部分。陈兴允想在今天拂晓作战的心情完全消失了。接着,他想起了一连串的事情:过去每一次战役前,彭总定要召集旅以上干部来开会,讨论作战计划。会议中,彭总指着地图,提出好几个作战方案,说明每一个方案的优点和缺点,有利和不利的地方。他说话总是简单、有力、准确的。说完以后,让大家尽量发表意见。他呢,一动也不动地坐在人们不注意的地方,听取、思索大家的意见。他正直质朴笃诚谦逊的性格,使人觉得:他有一种不愿被人注意、不愿显出自己的崇高愿望。其实,这一仗怎样打,他心里早就有了底,但是他还是让大家讨论、争辩。讨论、争辩中,哪个干部发表了切实可行的意见时,彭总的眼光就落到了那个干部身上。那眼光是那样可敬可亲。仿佛,那些有益的意见,彭总都毫不遗漏地吸收了,化为他的智慧了。哪个干部提出与彭总的作战计划相反的意见时,彭总就精力特别专注地侧耳静听。这神态仿佛表示出这样的意思:"一个指挥员,要能听下级干部和战士们的相反的意见。否则,你就拒绝了你的先生。"有时候彭总还说:"大家都以为自己经验少,据我看,身经百战的人经验不能算少了。可是,在座的哪一位仅止身经百战呢?"有时候他启发大家:"讲啊!同志们!一百条意见中,有一条意见可以用,那也是宝贵的。"有时,彭总也盯住某一个正在发言的干部,说:"不会这样简单吧,要讲具体一点!"在这样的场合,彭总偶尔也有趣地插一两句什么话,接着会场中就是轻松的笑声。

彭总思索了一阵,把眼光从地图上移到陈兴允脸上,坚毅地说:"敌人来势汹汹,初看起来蛮厉害,其实这恰恰表示了蒋介石统治机构没有前途。他们是背着棺材来打仗的。他们倒霉起来,就会一败涂地,不可收拾的。"

彭总具体而扼要地分析了敌我情况以后,最后把分析的各点加以总括。他说:"敌人的阴谋是显然的:企图在无定河与黄河之间的狭小地区'围歼'我军。"他指着地图,又说,"你看!敌人三十六师天明以后进入镇川堡,一军、二十九军今日已进至绥德城。如果我们现在不打,南边北上的敌人主力,一定分三路推进。"他讲的,显然是他和这西北野战军首脑机关的人,分析过很多确实可靠的材料,经过多次思考和反复讨论得出的结论。可是,他还边讲边衡量着每句话每个字的轻重和准确性。

彭总手指在地图上画着,坚定而沉静地说:"敌人如果很慎重的话,一路从绥德出发,顺咸榆公路,经过米脂到镇川堡与三十六师会合,然后向东经过沙家店、乌龙堡向葭县地区推进。"他的手指在无定河跟咸榆公路以东挪了点,又说:"一路由绥德出发向东北经吉镇店,向葭县地区推进;另一路由绥德向东经过义合镇,然后顺黄河向北直扑葭县;敌人以为这样分路合击,就可以在葭县地区一举歼灭我军。可是,敌人分兵妄动,我们则集结隐蔽,瞅准机会歼灭其一路。你看,这样打法好不好?"

"彭总把敌人未来的作战计划,倒给具体地画出来了!"陈兴允微笑点头,一股兴奋的热流流遍全身。他深刻地感觉到"战争主动权"原来是这样具体生动的东西。他想,哪怕在某些情况中,猛看起来你是站在绝路上,但是你能很快地恢复主动地位,能紧紧地抓住战争的主动权,那么,胜利确定是你的。相反的,你站在被动地位,纵使你手中有百万大军,纵使世界非常广大,那你也会被击溃被消灭,在战争的决斗中输得干干净净。目前,彭总就紧紧地抓住了这个法宝。

陈兴允觉得彭总那庄严刚毅的身躯,那锐利深思的眼睛,大概在敌人看来是非常可怕的。因为他和他的战友指挥着敌人:让敌人按照我们指定的路线、时间,走到我们指定的地点,全军覆没;因为他率领着战士们把敌人提在这里,拉到那里,直到把敌人拖得七死八活的时候,狠狠地猛扑过去,将敌人一网打尽;因为他按照党中央的意图,率领两万二千精兵,把几十万美国装备起来的蒋匪军,打得团团转。

陈兴允望着墙上的地图,他觉得彭总在那幅普通的自己每天与之打交道的军用地图上,也看出了自己所不知道的好多东西。他脑子里闪过了一个想法:彭总的头脑中,该藏有多少战胜敌人的智慧啊!他熟悉敌人,像熟悉他自己的十个手指一样。这位严谨庄重的将军,是怎样巧妙地摸熟自己部队和敌人部队的脾气呢?他又是怎样巧妙地摸熟自己部队和敌人的情况,而从中找出它们的规律呢?那严肃深沉的眼光,怎样拨开事物千变万化的现象而攫住它最单纯的本质呢?……

彭总锐敏地察觉到陈兴允的思想活动了。他打量着这破旧的窑洞,说:"根据党中央的指示,就在这里,我们前委的同志们,研究了怎么才能打好这一仗。不仅研究了怎么打才能打好,也研究了打不好了下一步怎么办。敌我双方十几万军队集中在这狭小而贫瘠的地区,没有粮食,多雨的季节又到了。搞得好,就能转危为安;搞不好,就得把部队拖过无定河,向西插去,说不定还得再过草地和沙漠。那当然就有一番更艰苦的周旋了。不过,算不了什么噢!"他背着手,来回沉稳地走了几步,又说:"陕甘宁边区是个穷地方,但它是我们的铁打江山。这里的一百五十万人民,就是一百五十万战斗员,这个'兵力优势',敌人永远赶不上。人民群众宁愿掉头,也不给敌人泄露我军的任何情况。他们把自己的一切都献给了革命事业。我们的部队好,不仅觉悟高、作战英勇,而且你在指挥上有漏洞,他们就主动积极地弥补了。这种力量是无法估量的。"他停住脚步,凝视着陈兴允。"有这么好的军队和群众,——陈兴允同志——我们怕什么?"

接着,彭总又仔细而深有兴致地问陈兴允:跟随贺龙同志长征中在红二方面军当师长和抗日战争中在一二〇师当团长时的种种情况,以及老婆、孩子是不是还在山西兴县住着……

陈兴允一面回答彭总的询问,一面在兴奋而激动地思索着……

彭总再一次用商量口气问:"你看刚才讲的这样打法好不好?"

陈兴允高兴地回答:"很好!"可是又想:"彭总怎么老是问我?……"

彭总看破了陈兴允的心事,说:"我们的主见,你可以推翻;全部推翻也好,大部推翻也好……"他望着他,像一位循循善诱的教师,又说:"个人,少数人,想到的事情是非常有限的,而且常常是靠不住的。因此,指挥机关提出作战方案,它就应当先设想各种理由来推翻它,然后请别人来推翻它。这样反复辩证以后,所定出的作战方案,就是比较正确、比较成熟的作战方案。但是,实战还要对它做最后的检验。"

彭总走近电话机,把蜡烛递给陈兴允。他摇电话,要陈兴允那个纵队的司令员讲话,可是野战军司令部和这个纵队的电话,因路途遥远还没有架通。彭总又要管电话总机的人,给他接另外两个纵队的电话,然后他把电话耳机轻轻地放下。

彭总挪过来一个文件箱子,坐下来,两手放在有很大补丁的膝盖上,望着脚上破烂而有泥巴的陕北老乡做的布鞋子,边思量边说:"如果敌人像我们所判断的:分三路向前推进,那就有大仗打。而且只要这一仗打得好,我们就可以扭转陕北战局,同全国各战场一道进入反攻。"

电话接通了,彭总给各个纵队打电话。他是还像刚才给陈兴允讲的一样:具体地,一层一层地分析了敌我情况,然后把分析的各点总括起来说,敌人三十六师师长钟松,今晚会不会带两个营走无定河以北?他肯定地说,他的判断是,不会的。他又说,假设钟松带两个营走河北,那么打有什么不好,不打又有什么好处;如果不打,下一步又怎么办?他又是一层一层地分析了各种可能和对策。他给这一个纵队讲了,又给那一个纵队讲。陈兴允觉得:从彭总那耐心、仔细、从容而庄严的讲话听来,好像他肩膀上挑的不是西北战场全盘责任的重担,倒像是同志们在冬天夜里,围着火炉谈论工作和学习的心得。

彭总打完电话,站起来,要陈兴允把蜡烛递给他。彭总接蜡烛的时候,看见陈兴允手上长了一个疣子。彭总说:"啊!你这里长了一个瘊子。"他右手伸出来,指着自己眼角下说,"我这里也长了一个。你把它拔掉,它又顽强地长出来了,乱弹琴!"

陈兴允抿住嘴,不让自己笑出声音来。

窑洞门外有人喊:"报告!"

彭总低声说:"进来!"

进来的同志,是个精明而有胆识的青年军人。他像是从很远的地方赶来的。虽然进来的时候,他擦去了脸上的汗,可是他满脸通红,呼吸紧迫,衣服上还有点点的湿泥巴。他向彭总报告说:"情况完全证实了。彭总的判断是准确的。敌人害怕我们截击,所以今天经过鱼河堡以后绕无定河右岸(南岸)推进,现在进至镇川堡十五里以上的党家岔、下盐湾一线。看来,敌人准备天明渡过无定河侵占镇川堡。"他指着陈兴允,又说,"这位同志带来的情况不确实。不确实的原因是:河北河南有两个村子,村名字的声音相同,所以当敌人到了河南岸那个村子的时候,他们纵队的侦察员以为敌人到了河北岸的那个村子。这完全是误会。"

确实的情况证实了彭总刚才对敌情的分析判断分毫不差。但是彭总脸上没有丝毫惊奇的神色,他反倒更加深沉地思索起来。

"啊!一切都在彭总的意料中。"陈兴允兴奋、激动。这不光是因为他具体感觉到未来胜利的巨大规模,而是他深切体验了毛泽东的军事思想被生动运用而产生了战争的转折点——从防御进入反攻。这战争的转折点,是非常复杂奇妙而又惊心动魄的。敌人声势浩大,步步进逼,高喊一战全歼我军,结束陕北战争。我军处境万分艰险,稍一不慎,就可能全军覆灭。可是突然战争的车轮要扭转了;敌人就要像摄氏寒暑表上的水银柱,突然从一百度降到零度似的垮下去。

不错,按某种理由说,胜利在战斗打响以前就确定了。

彭总侧转身子,问那个青年军人:"还有什么新情况?"

那个青年军人掏出小本子,看着,说:"老乡们给我们抓来五个敌人的谍报人员,经过审问,又一次证实:敌人根据他们空军的侦察报告,把我们在葭县附近正在渡黄河的地方机关干部、家属、学生,当成我军主力部队。"

彭总把墙边的那个文件箱子搬过来,坐在桌子跟前,把摆在桌子上的材料、敌情报告、电报,一份一份翻着看。有些材料的字很小看不清,他就凑到灯前眯缝着眼睛看。

过了一阵儿,他凝视着墙上的地图,用右手把左手蜷着的指头,一个一个地扳起来,又一个一个的压倒。计算着,思索着。

他稳晏晏地坐在那里,身子一动也不动。

彭总把看过的材料,一叠一叠整齐地放好。他站起来来回踱了几步,说:"敌人,尤其是钟松,因增援榆林自认为是有功之臣,骄傲狂妄,轻视我军,因而也就易受片面和虚假情况的引诱,相信自己的主观臆断,分兵妄动。这样的人指挥军队,没有不打败仗的。"他轻蔑地笑了笑,又望着陈兴允和那个青年军人,说:"任何地方,我们都可以学到东西。敌人的错误,我们也要引以为戒。"

那个青年军人,还拿着小本子,当彭总眼光落到他身上时,他又继续报告:"除了空中侦察,敌人获得我军情况的另一个办法是,查问我们最近释放的俘虏,特别是我们有意释放的敌人军官。"他把小本子急急地翻了几页,"我们昨天晚上,又把四个俘虏军官带到适当的地方释放了,而且给他们暗示:我军已有一部分过了黄河。"

彭总说:"适可而止。这些做法,有经验的军人会识破的。"

那青年军人亲切地望着彭总,说:"是适可而止呀!"

彭总背着手,来回踱步,思量着,重复地说:"适可而止!适可而止!"像是这句话含义很深,他很喜欢它。

那个青年军人敬了礼,出去了。

彭总看着地图,又扳着指头计算了一阵。然后眯缝着眼,望着摇晃的蜡烛火舌,说:"蒋介石因进占延安而在战略上所犯的重大错误,现在到自食其果的时候了。你看是不是呀?……"

彭总亲切地说话,让陈兴允拘束的感觉消失了。陈兴允有时候贪眼地望着这位眼里闪着威严光芒的人民战士,望着这位艰苦朴素的劳动人民的儿子,望着这位意志和力量铸成的人。有时,他也看看那映在墙上的雄伟身影。

四点半钟了,蜡烛快烧完了,火舌摇晃着。一阵阵的清风,带来了山间野草野花的香味。夜晚是深远的,宁静的。

窑洞门外喊了一声:"报告!"进来了一个做机要工作的干部,送给彭总一份电报。彭总让他把电报放在桌子上,可是那个同志说:"三号,这电报也是九支队发来的。"

彭总接过电报仔细看了一阵,脸上显出思索的光彩。他望着窑洞墙壁,仿佛眼光通过墙壁看到很远的地方。这是今晚九支队来的第五封电报。

陈兴允愣了一会儿,他想:"九支队?那不是中央机关的代号?啊,是毛主席和周副主席来的电报?"他觉着一种强烈的激动感情在汹涌,那颗军人的心在猛烈地跳动着。猛抬头,只见彭总望着他,就说:"彭总,还有什么指示,我可以走吗?"

彭总点头说:"可以!"他和陈兴允亲切地握手,又说:"三十六师是逃不过去的,我们很快就要同它交手的。"

陈兴允走出窑洞门,彭总送他出来,和他肩并肩,边走边叮咛:"请你告诉战士们,胡宗南看我们部队还不很充实,给我们送兵和武器来咯!"

"好的,彭总!"

彭总站在崖边,他能听见陈兴允往山坡下走的脚步声和沟里战马的嘶鸣声。他背着手,巍然地屹立在那里,望了望哨兵的身影,又仰面凝视着北国漆黑的夜空。塞外刮来的风,把他的大衣的一角,微微扇了起来……

陈兴允缓缓地骑上马,让马信步顺河槽走去,他沉入深思中了。参谋几次小声问他:"七〇一,这一仗不打吗?"陈兴允根本没有听见。

河水哗啦啦地顺山沟流去,忽而在左,忽而在右。后半夜天气有些冷,但空气却挺清新。山间野草野花散放着更浓的香味。

陈兴允让马有节奏地踏着小步前进。他觉得自己满脑子都是印象和心得。因为感情太激动,所以这印象和心得一时又整理不出个头绪。他只觉得兴奋、感动、信心充足,学了很多东西,像是自己忽然聪明了好多。

他把马的嚼口用力一拉,马跑了一阵,他又放松了马的嚼口,那匹枣红马又踏着小步走起来。

沿着大川道,处处都屹立着哨兵。他们不时地发出威严的喊声。露宿的战士们都抱着枪在河两岸睡着;炊事员背着锅,头垂在胸前拉鼾声。所有的驮炮牲口,都静悄悄地站在河滩里,连个响鼻也不打。各级指挥员和政治工作人员,在部队旁边来回走动。一切都显示着随时准备:走,打!

陈兴允让马沿着小河走去,他可以听见战士的鼾声;说梦话的声音:"跟上……不……不掉队!"

陈兴允想:"多么紧张啊!战士们够累了!可是只要一声命令,这些忠心赤胆的战士,就会一跃而起,扑向敌人!"

陈兴允从彭副总司令想到战士们,又从战士们想到彭副总司令。他想起彭总说的:敌人可能分三路来,我们要打一次大仗;如果这一仗能打好,我们就能扭转西北战局,同全国各战场一道进入反攻。

他想到彭总接到九支队的那封电报。那是党中央、毛主席和周副主席的来电吗?一定是的;胜利的全部思想,都在那电报中,怪不得,彭总心里那么稳,那么有把握。……他觉得浑身都是热烘烘的力量,一夜没合眼,可是一点也不瞌睡。

远处有狗咬声、鸡叫声。陈兴允想:"天快明咯!"

他回头向参谋和通信员喊:"跟上!"双腿猛磕马肚子,马跑开了。

更深夜静,嗒嗒嗒的马蹄声,特别响亮,中听。

战马的铁掌,磕碰着石头,飞溅出火星!

拂晓,陈兴允回到纵队司令部,准备向纵队司令员报告彭总的指示和意图。

司令员说:"电话架起来了。彭总在电话中,已经仔细地给我讲过了。"

挂在墙上的地图下,丢了一二十个纸烟头。地图旁边的窗台上,丢着三四个烧得不能再点的蜡烛头。大约,司令员在地图下消磨了一个通宵。

司令员端着蜡烛,看了一看墙上的地图,又一口一口地吸着烟,显然心情很激动。

陈兴允猜想:"又有什么重大的事情发生了?"

司令员向外看,黑暗已经悄悄地从他身边逝去,黎明爬上了窗子。他吹熄了蜡烛,说:"兴允,中央机关、毛主席和周副主席,就在我们驻地以北二十里的梁家岔。我原来想让你派一个勇敢、机动的团级干部带一个营,去给中央机关和毛主席担任警卫工作。现在不要了。马上要打仗,抽不出人来,我把纵队警卫连派去了,要他们去找任弼时同志接头。我很担心,因为毛主席知道我们派去了人,他就一定要把战士们打发回来。毛主席绝不让我们把部队从战斗中拉出来去担任警卫工作。"

陈兴允一听到中央机关、毛主席和周副主席就在自己跟前,就在最近这几天他屡次经过的梁家岔,心头涌起一种不能抑制的欢腾情绪。他想起彭总接到的那封电报。他觉着,当彭总和他谈话时,毛主席和周副主席就在他们身边,现在毛主席和周副主席像是又在这纵队司令部。

陈兴允说:"司令员,你把纵队警卫连派去,那纵队直属队用什么掩护?我派一点部队来好吗?要么,我带一些部队去把警卫连换回来。咳,说呀,只要你点头就行。"

司令员大声笑了,他说:"有什么关系?难道敌人敢啃我们直属队?对咯,你想去看望咱们毛主席和周副主席?兴允,过几天有的是机会噢!"

三

十五日后半夜,镇川堡北面十五里——无定河南岸的下盐湾村一带,驻满了敌整编三十六师(军)的部队。

离下盐湾不远有个小村,村当中有一座院落。进了院子大门,迎面是齐整整的五孔石窑洞。这是当年地主的住宅,后来分给农民。如今,三十六师师长钟松和师司令部的一些重要头目住在这里。

正中一孔石窑洞里,墙上挂满了作战地图。有几个参谋人员站在地图边,念着西北野战军的部队番号,并在图上查看位置。有时,他们低声交谈着,从那乐观的声调听来,他们对这正在查对的情况是摸熟识透的。现在还要来查对一番,只不过是为了完成例行差事罢了。

钟松坐在行军床上,带着吃饱喝足以后的懒散劲,脸色是沉着而得意的。有几个军官坐在小凳子上,其中有一个不停地打饱嗝。地下扔了很多纸烟头、破纸片和几个"杜鲁门"牌子的空烟盒。看来,他们刚开完一个什么会议。

钟松站起来剔了剔牙缝的饭渣,说:"榆林的酒,味道还好,但是并不有名!"

一个高个子军官说:"是的,师长。听说榆林的栽绒毯很出色,我们也没得及见识见识!"

钟松走到地图下,漫不经心地瞅瞅那些个参谋人员,来回踱着。他左手伸在空中,指头弹动,像敲什么鼓点子。他像是满意自己,满意那作战地图和参谋人员,就连这石窑洞他也觉得住上很舒适。

那个四十来岁的军官,矮个子,满脸起皱。他看见钟松蛮有兴致地打量窑洞,就很识眼色地说:"师长,像窑洞这样原始的住宅,也有它别致的地方,冬暖夏凉啊!"

钟松无意谈这些题目。他说:"刘军长的来电,你们看过了吗?其中大有文章!哼,哼!……想起来不愉快!在延安开的一次会议中,刘军长曾当众讥我长于议论。其实,我是不能不议论的。我以往反对,现在也反对那弥漫在指挥部的恐惧敌人的情绪。"他自负而又讥讽地说,"某些靠运气爬上去的人,没有四五个旅的兵力,就连三五公里也不敢移动;至于夜间,那就几乎是带上六七个旅也不敢行军,不能作战!……这也差不多成了恐惧共军的流行病,真可耻。"他气愤得脸腮抽动。

钟松旁边坐的人,都尊敬而有趣地望着他。他们知道钟松是朝刘戡、董钊那般兵团指挥官放箭,但是有的人唯唯诺诺,有的人只用热烈的眼光表示钦佩钟松的意见。

那个低个子满脸起皱的军官,避开谈胡宗南的指挥部和兵团指挥官刘戡等人的题目,从正面提起了话头:"我们一个师越过沙漠地带,增援榆林,使共军措手不及而土崩瓦解。这简直是剿共战争的创举、范例!"

另一个军官附和:"钟师长高超的指挥和铁的决心,是这次进军成功的关键。"

钟松说:"的确,增援榆林之捷,会给那些葬送胡先生事业的人一些教益。同时,这也给全国剿匪战争提供了新方法。同事们常说,共军行动迅速,飘忽不定,难以捉摸。这种说法是有夸大成分在内的。其实,用兵贵乎神速,这是军事常识。但是,我军能做到这一点的人却寥寥无几。我们此次增援榆林,可谓神速,惟其神速,才使以行动神速著称的共军措手不及,狼狈周章。"他翻起眼望着窑顶,"听说蒋主席明天要飞到延安,和胡先生一起指挥此次的大战;因为此次大战中,我军如能打击或消灭共党中央和他的军队,那全国战局将会有多么重大的变化呢?诸位,好好干!我们大大地出人头地之日来了。"

那高个子军官说:"蒋主席要来?太好了!师长,我们全靠你提携。……说来真叫人佩服:我师在钟师长指挥下,屡次受到胡先生称赞。此次我师增援榆林,使陕北战局改观之后,蒋主席还传令嘉奖。如果我们三二日以内,能肃清陕北之共军,那么,钟师长将成为怎样伟大的人物呢!"

钟松说:"老头子和胡先生对本人是非常器重的。不过,本人除了雄心勃勃的劲头以外,别的方面谈不到……"

那个矮个子军官两只手搓着,来回走动,仿佛钟松的话,使他大受感动。他说:"钟师长功在党国,有目共睹,有目共睹!"他慎重而严肃地思索了一阵,又说:"本人不止一次说过,我师伟大的战功,不在以往而在未来。这未来即近在咫尺。"他以很小的步伐,迅速地走到地图下,指着图上葭县一带的地区说:"师长!按第一个情报,共党中央在葭县附近。共军主力未能攻克榆林,缺乏粮食又极度疲劳,现在已将山炮及笨重武器埋藏山间,有渡河东窜的征候……第二个情报:共军未能攻克榆林,伤亡惨重,其所谓主力已渡过黄河,王震率其残部三千人在米脂县以北地区活动……师长——"

钟松没有扭转身子,手在身后向那地图边正在讲话的军官摆着,表示:这些他都熟知。

高个子军官说:"胡先生刚才来的电报中,就说得很清楚:两个情报有其抵触之处。但是,共军未能攻克榆林,伤亡惨重所剩无几,陷于被动地位,这是确实无疑的。假如敌人已开始渡河,我军即可半渡而击;如未渡河,我迫敌背水一战。如此,我师将会创造震惊全国的战绩。"

钟松坐在行军床上,手托住下巴思量了一阵,长出了一口气,说:"咦!我部是以大胆进攻而为友军所惊服。但是他人惊服之余,岂知我们花费的心血?我们任何大意疏忽,都可能被敌人利用。这样沉痛的经验是很多的。和共军作战,要勇猛大胆,也要万分小心。例如,我军从鱼河堡出发,我主张不顺公路南下,而渡过无定河沿河南岸和公路平行推进。诸位曾提出过异议:何必这样绕圈子?其实,这是以防万一的,这是不得已的!因为和共军作战太不易!共军,这简直是世界上最凶顽最狡猾的敌人。有时候,你清清楚楚地看到他被消灭了,可是他突然又扑上来扼住你的脖子。你简直说不清他们是一种什么人!"他猛地站起来,说,"有我无敌,我们是和共军势不两立的。为此,我要求我的部下,扫除对共军的任何恐惧观念!我也要求我的部下铭记:勇于进攻,胆大心细,使敌人无隙可乘,作战则百无一失!"

那个矮个子军官说:"是啊!钟师长雄才大略,雄才大略!"

钟松两臂交叉起来抱着肩膀,表示有些凉意。随即有人给他披上一件草绿色绒夹衣。

钟松说:"明天渡无定河,镇川堡唾手可得。我军一进入镇川堡,就立刻经沙家店、乌龙堡东进,和刘军长率领的队伍会合,最后扑灭共军!这样猛进,看来危险,实际上是安全的。因为,共军已摸到我军行动规律:迟缓。而我们行动迅速,就会出敌意料。"他得意而自信地重复:"出敌意料!"

那个矮个子军官试探地问:"刘军长不是来电说,要我们在镇川堡暂时休息,充分研究敌情以后再东进?"

钟松说:"他已经是惊弓之鸟了!看,这是胡先生刚发来的电报。他说,蒋主席要我们握紧这千载难逢的机会,最后消灭共军,结束陕北战争。胡先生也电示刘军长,要他率领队伍十九日到达乌龙堡与我部会师。"

另外一个军官问:"不是说,刘军长派一部分队伍顺咸榆公路北上到镇川堡与我师会合后,我们进入北线的大军才分头向葭县地区推进吗?"

钟松说:"我只对胡先生负责。我拒绝了刘军长的命令,因为他这没有远见而胆怯的做法可能贻误军机。我不仅拒绝了他的命令,我还要刘子奇率我师一二三旅先火速向乌龙堡推进。我要向胡先生证明:刘军长率他的二十九军全部人马还不能到达乌龙堡的时候,我师的一个旅便提前赶到了。"

那个矮个子军官大吃一惊,说:"师长!我记得方才会议上你似乎没有明确地提到这一点呀!子奇兄率一二三旅首先东进,似乎有分兵推进之——"

话不投机,钟松做了个截止对方谈话的手势,又指着自己的鼻子,说:"各位相信我好了。行兵贵乎神速。神速!这是成功的要诀!"他走到地图下。亲自端着蜡烛,在黄河跟无定河之间画了个大圈子,说:"看,诸位!我云集在北线的十万大军分路合围,全部消灭共军,指日可待。诸位,我师将士虽然备尝苦辛,但是我们将在中国军事界获得光辉的地位。这是现在即可预加论断的。作战如下棋,预测不出几着还和敌人交手,岂不可笑!"他迅速地转过身来,又说:"两三天以后,陕北战场将会出现怎样的奇迹啊!现在能理解这一重大事件意义的,只有蒋主席和胡先生。"

那个四十来岁的矮个子军官哈着腰,说:"师长的英断,本人十分敬服。我们即将完成的丰功伟业,不仅会使全国战局改观,而且会被写入战史,成为兵家的美谈!"

钟松高高地举起右臂,环顾周围的人,兴奋地说:"如果达到了这一目的,那就要感谢蒋主席和胡先生对我们的栽培。"

将校官员"啪"地脚跟一靠,胸脯挺直,两臂下垂,五指并拢贴住裤缝,仿佛蒋介石和胡宗南进了窑洞,到了他们面前……

四

  白天,敌人的飞机在米脂县以北葭县以南,黄河和无定河当间的地区,反复地侦察,但是他们在这一片波涛起伏似的黄土山地里,是看不出什么名堂的。不要说集结在这里的各路大军,就是连一个老乡、一头毛驴也看不到。山坡上或者川道里的一个又一个村庄,也都不见炊烟,像是远古洪荒的地域。可是晚上呀,这一片山地里就变得热闹了。老乡们,男女老少仿佛从地底下钻出来似的活动开了:有的帮部队碾打粮食;有的帮部队烧火做饭;有的帮战士们缝补衣服;有的扛着枪四处巡逻;有的扛着担架,急急地奔走……成千上万的人民解放军,也在紧张地运动。山头上山沟里,到处都是步兵、炮兵、骑兵。步兵在山沟行进,脚步声沙沙地响;战士们紧张、低声地转述命令:"跟上!""不要跑,迈大步跟上!"炮兵部队上山的时候,驮炮骡子哼哧哼哧喘气;炮兵战士们用手推着炮筒,给牲口使劲。一队队的骑兵侦察员和三五成群的骑兵通信员,从部队行列边的河槽里跑过去,马蹄嗒嗒嗒地响着。马蹄下溅出的火星,吸引住步兵战士们的注意力。

  步兵战士们悄悄议论:

  "这些老总们真抖哇!像首长一样,抬脚动步就是马!"

  "哎,我干过那活计,也不松快!"

  "是呀!我们这一阵儿两条腿驮着身子走,一宿营可就睡大觉。他们?宿营后还要喂牲口,半斤八两一个样!"

  这时候,如果有人突然用照明弹把这山沟都照亮,那便会看见:这些部队有南来的北往的,东走的西去的,穿来插去;有些部队在三岔沟口拥挤着抢路走。哎呀!这该多么混乱!其实,这一股一股的部队,都是按统一的号令向自己目的地走着。这真像一盘棋,随着棋子的走动,棋势仿佛变幻莫测,其实它是有规律的。

夜里四点钟,陈兴允那个旅的部队,在一条偏僻的山沟里宿营了。

少数放警戒的部队上了山,其他的战士们都在山沟里的路两旁睡着。战士们有的枕着背包抱着枪,一个紧挨一个睡;有的蹲着背靠背睡;有的因为冷蜷缩着睡。他们有的人睡得很实在,像是大炮也震不醒;有的拉鼾声;有的牙齿咬得嘣嘣响;有的含糊地说梦话;有的因为脚痛有病,在梦里轻轻地呻唤。河槽里炊事员们有的抬水,捡柴,有的在油布上给病号擀高粱面。火苗舔着大行军锅的锅底,从锅的周围升腾起来。指挥员和政治工作干部,有的站着靠树干睡那么三五分钟;有的把驳壳枪木套栽在地下,坐在枪套上,双肘支住膝盖,双手托住下巴闭闭眼;有的在战士们旁边来回走动,哪个战士低声呻唤,他便跑过去,摸摸那个战士的头,很久很久地蹲在那个战士身边,听那不均匀的呼吸声。没有睡的人,都不停地仰起头望着夜空。天气阴沉沉的,现在,怕的就是下雨!

宿营后,旅首长住在半山坡上的窑洞里。这窑洞,想必是远年住过人,如今没有门窗,墙角挂着蜘蛛网。可是住在这里比露营就舒服得多啦!

参谋们正在旅首长住的窑洞里挂作战地图。

旅政治委员杨克文坐在马褡子上,他双手撑住膝盖,头微微偏着,眼睛盯着墙角,像是要看清那墙角有什么东西在活动。

陈旅长在政治委员面前来回走动,有时候用左手搔着后脑壳。

机要员送来一份电报。

旅政治委员飞快地看了一下,走到地图边,指着镇川堡附近的一个村子说:"老陈,这里有二百多石粮食。司令员要我们派一个连去掩护群众把粮食搞出来。看样子,我们动手迟了,明天中午这些粮食就会落到敌人手里。"他把电报交给陈旅长,又说:"司令员还说,粮食转运出来,拨一部分给我们!"

陈旅长把电报看了看,说:"不要说给我们一部分粮食,给一斗粮食我们也干!"

杨政委说:"不给一粒粮食,咱们也要干。老陈,从哪个团抽一个连去执行这任务呢?"

陈旅长说:"要赵劲派个连去。电话架通了,让参谋长告诉他。"

夜里四点钟的光景,周大勇带领战士们,顺一条山沟向前走去。在前沟里,他就听见兄弟部队的同志说,自己团的队伍驻地离这儿不远,可是走了十多里路还没走到,真是心急锅不滚!

猛乍,周大勇看见,沟渠右边半山坡的一个窑洞里吐出灯光。他乐了,向灯光跑去。可是哨兵问口令的喊声挡住了他。

周大勇不乐意地说:"我们执行罢任务刚回来,怎么会知道口令?"

哨兵问:"你是谁?哪一个单位的?"

周大勇说:"我是'英雄部'第一连连长周大勇。"

一个参谋在黑暗中答话了:"周大勇?来,来!"

周大勇走过去一问,知道这里是旅司令部驻地。闪亮的窑洞里住的旅首长。他问清了去他们团的路线,正要转身走,又听见旅政治委员在窑洞中喊:"外边是周大勇?进来!"他扭头向陈兴允说:"老陈,凑巧!我们不是要派点子部队去掩护运粮?周大勇他们也许可以去。"

三四天以前,陈旅长在电话上听到团长赵劲向他报告:周大勇和他的连队下落不明。当时陈旅长愣了一下,便喊:"派人,立刻派人去找。你一定要把我的战士们找回来!"这几天,他常常一言不发,独自苦思,就算周大勇完了,可是要把那形样从心里挖去是不可能的。有时候,他又连连向旅政治委员说:"周大勇很机灵,保管出不了什么娄子。"旅政治委员从话音中听出,陈旅长说这些话只是为了安慰他自己。现在,周大勇在外头说话的声音,给陈旅长带来很大的高兴。陈旅长为了表示自己的乐和心情,正在盘算用些什么严厉的话来"溇"周大勇。

可是周大勇一进来,陈旅长的心猛烈地抽动了一下,一切兴致都跑得精光。

陈旅长和旅政治委员从头到脚打量周大勇,像是第一次看见他。

周大勇头上缠着绷带,脸又黑又瘦,两腮陷落,眼窝、鼻眼里尽是沙土,让火燎过的黑眉毛变成黄的了,眼睛倒是显得更大了。他身上的衣服花里胡哨的,有泥巴有血迹,有火烧的洞,有子弹穿的孔。衣袖打肘子往下都被火烧去了;裤子从膝盖以下撕破几绽。那光脚丫子有血有泥又肿,看起来格外厚、大。

他直挺梆硬地站在首长们面前,微微抖动嘴唇,想说什么,可是那干燥发肿的嘴唇不听使唤。

陈旅长和旅政治委员互相望了望,默默不语。

变了!大变了!可是周大勇那双眼睛还闪着无穷无尽的顽强的光。它像是在说,残酷的战斗并没有熄灭青年的英气;也像在说,艰难和痛苦并不能折服为理想而斗争的人。

旅政治委员左手搭在周大勇肩膀上,叫了声:"大勇!"他的眼光在他脸上转动,头轻轻地左右摆动,什么话也说不出来。

陈旅长抓住周大勇的胳膊,说:"站到这里干什么,还没累够!坐下,好好歇歇,坐下!"

陈旅长不看周大勇,来回走动着说:"看得出来,打得很苦!打得很苦啊!战士们呢?"

"外边!"给首长说话就是这样坐着?周大勇想要站起来。

陈旅长一把按住他的肩膀,和他肩并肩坐下。警卫员端来一碗水,旅长接过来递给周大勇。

周大勇端着水,手直打颤。嗬!那手肿得像发面饼子,有干血痂有泥巴。

杨政委听说战士们在窑外边,就急急地走出去了。

陈旅长说:"回来咯!我知道你们会回来的。你们团长派了所有的侦察员和十几个骑兵通信员去找你们。你没碰到?倒霉的事常是往一块凑合的。战士们全都回来啦?当然,并不是所有的人都会回来。这是可以想到的!可以想到的啊,同——志!"

陈旅长用左胳膊揽着周大勇的肩膀。这,让周大勇挺不自在。他刚参加部队还是个不懂事的孩子时,旅长这样规劝过他;他在二万五千里长征中走不动的时候,旅长这样鼓励过他;他过雪山草地饿肚子哭鼻子的时候,旅长这样安慰过他。可是自从他下连队当了战士以后,多数场合旅长对他是蛮严厉的,有时候简直严厉得不近情理,叫人受不了。因此,周大勇常想看见陈旅长,可又躲着他。

陈旅长呢,他看见周大勇这副死而复生的样子,心里有一种强烈的疼爱和激动。他对周大勇有一种特别的感情——父兄对子弟的感情。他不只是亲眼看着他从一个讨饭的孩子成长为一个英雄,而且是和同志们一道儿把他抚育成人的。

陈旅长说:"大勇,告诉我,你们打得苦吗?一路上的情况怎样?"

周大勇那勇敢自豪的眼,变得纯真、羞怯,还带点稚气。两只手好像变成多余的东西了,放在哪一块也不合适。他毫无目的摸着衣角,说:"没有什么,完成了掩护任务,我就把战士们带上赶主力部队。路上,敌人戳打了我们几下,我们也戳打了他们几下!"

陈旅长问:"你说得多轻松!——你看我吧,不要老看着墙壁——你们从榆林城郊撤退时,敌人一定反扑了。路上也许和南下的三十六师猛干了几场!"

周大勇用衣袖擦着脸上的沙土,拘拘束束,舌头像短了半截。他说:"和敌人碰打几下,那是免不了的!再说,部队就是为打仗用的,不打仗还叫什么部队!"

陈旅长的心剧烈地动了一下,再没有问什么。他一边朝灶火台跟前走,一边说:"你看,三十六师多积极,现在进到米脂城以北三十里的镇川堡了。"他从灶火台上端起一个碗,走到周大勇跟前。

嘿!三个熟土豆,周大勇像看见酸杏子一样,几天来第一次感觉到口里有了唾沫。

陈旅长指着土豆,说:"来!你三口就会把三个土豆吞下去的,不过要慢慢嚼。你几口吞下去,连它的味道也尝不出来,那多可惜!"

旅长递过土豆来,周大勇往起一站,伸手去接。因为起来得太猛,眼前突然一团黑,还啪啪地爆火星子。他连忙用手扶着墙,微微闭了一下眼睛,当他睁开眼的时候,看见陈旅长脸色非常严肃,眼睛一眨也不眨地盯着他。周大勇望着墙壁盘算:首长们大约在地图边站了多半夜了,兴许米面屑也没沾口,这三个土豆准是陈旅长、杨政委和参谋长的口粮。

陈旅长说:"吃吧!多妙啊,三个土豆!"

周大勇心虚口松地说:"我不饿!"

陈旅长大声喊:"什么?真是要不得!"

周大勇连忙抓过三个土豆,再没敢说二话。旅长的眼睛多尖啊,谁还能瞒哄了他!

周大勇拿起一个土豆刚咬了一口,几个战士的影子闪在他眼前:他们就是那昨天说"连长,饿啊,走不动了"的人。周大勇当时对他们说:"走啊,同志们,我知道你们,你们走得动!"

周大勇乏得像摊泥。他把土豆拿在手里,就头低在胸前睡着了。

陈旅长背着手,站在周大勇跟前。他那炯炯的眼光,长久地停留在周大勇脸上。他像是在周大勇身上发现了某种事物,某种深深地动人的事物。他甚至于惊奇自己以前不曾体会到它。

杨政委走进来,轻轻地走到陈旅长跟前。两人不吱声地望着周大勇。有时交换着感动的眼色。

窑洞里,除了周大勇那从甜睡中发出的舒畅而均匀的呼吸声以外,静得能听见人们的心脏跳动。

陈旅长双手塞在裤兜里,来回稳实地走着。杨政委还站在原地,轻轻地呼吸,生怕惊醒周大勇。让他多睡一分钟,只有军人才知道这一分钟的睡眠多美,多难得啊!

杨政委低声说:"给累坏咯!我刚才和战士们谈过,他们很惨烈地打了几天几夜。还带回来一些伤员和俘虏。我让政治部和卫生部马上派人来安顿!"

陈旅长和杨政委走到墙壁上挂的地图边。陈旅长看了看地图,说:"派人去掩护运粮的任务,绝不能让周大勇他们去执行!"

"要得。我们另派别的部队去。"

周大勇睡得正香。他梦见他率领战士们猛烈地向敌人冲锋,突然一颗炮弹轰的一炸,炮弹掀起的土把他埋住了。他一惊,醒来了。睁开眼一看,首长们站在地图下。在首长面前就呼呼地睡大觉!他怪不好意思地站起来。也正在这一刻,他听见陈旅长和杨政委的话尾:不派周大勇而派别的部队去执行什么任务。

周大勇向前走了两步,说:"有什么任务一定交给我们。"

陈旅长和杨政委回头一看,周大勇气昂昂地站在他们身后。

陈旅长把周大勇上下打量了一番又一番,说:"你偷听我们谈话?鬼得很。你睡了一觉?这就是战士们说的:'骑马坐轿,不如扳倒睡觉。'我知道你睡得多舒服!"

杨政委说:"离天明还有半个钟点,你们在这里吃了饭再回去。不在这里争取吃饭,那你会后悔的。"

周大勇问:"任务呢?"

陈旅长严厉地瞅了周大勇一眼,没吭声。他转过身去,来回走动。

杨政委笑了,说:"老陈,这小伙子听见任务就没命咯!没有任务,有任务也不给他!是么?"

周大勇说:"七〇一,要有任务,就交给我们,我们打得苦,可谁又打得不苦?"周大勇眼光转向旅政治委员,请求着。

陈旅长说:"任务!任务!任务有,但是不能交给你们。你不要看杨政委。他不是说他不支持你的要求吗?"

杨政委望着周大勇那急迫的神气,突然变了口气,说:"老陈,不,我支持周大勇。不畏惧艰难困苦的人,是不会为疲劳制服的。好在路不远,来回五六十里,任务也不大。"

陈旅长说:"老杨,这可不行!"

杨政委说:"你让他回到团里去休息,可是部队马上就出发。说老实话,他们回到团里,要饿肚子走路;可是去掩护搞粮食,虽然走几步路,"他指着肚子,"这问题可解决了!"

五

周大勇接受了任务,乐得不行。他走到河槽,想找支部委员和干部们,把上级的决定告诉他们。

黑暗罩着世界,湿润的空气在夜空流动。河边一堆堆黄蒿、苦艾和马兰草微微摇摆着。战士们有的背靠背挤在一块儿睡着;有的就躺在那全是鹅卵石的河边拉鼾声,萤火虫在战士们头边飞蹿。周大勇摸摸一个战士的衣服,衣服是潮湿的。他想叫起干部和支部委员们,可是又想让他们多睡一会儿。他在心里说,我在河边来回走一百步,再叫醒他们。可是走完一百多步,他决定再走一百步。……

突然,有人喊:"冲呀!冲呀!"

战士们习惯成自然地抓起枪,一骨碌爬起来,互相问:

"什么事情嘛?"

"把敌人捞住了?"

"问我干什么?我又不是司令员。"

"发什么火!你吃了火药啦?"

…………

周大勇喊:"同志们,谁说梦话惊动了大家?"

宁金山边揉前额边说:"谁,谁?我梦见了打仗——他妈的,我头上碰了个大疙瘩——睡,睡,咱们再睡。"

有的人嘟嘟哝哝地咒骂宁金山;有的人咕咕地笑:"宁金山头上碰的疙瘩,一定比地雷还大!"

周大勇找来马全有、李江国、马长胜等人,把任务告诉了他们,大伙就分头给战士们传达。闲闲雨又下起来了。村子里的鸡叫了。河岸上有军人和担架队的老乡在过来过去地走。紧张的生活随着紧张的日子又开始了。

陈旅长找了旅司令部的四科长来,劈头就说:"我们有些同志整天喊为共产主义奋斗,可是遇到具体问题的时候,他常常就缺乏共产主义精神。陈德,你呢?"

四科长高大而瘦削。他的一只眼睛,抗日战争中被子弹打瞎了。左眼忽眨着,莫名其妙地说:"我?我还感觉不出我哪一块缺乏共产主义精神。"

陈旅长说:"果真是这样?那就好办。明天,啊!今天,今天司令部人员的吃饭问题怎么解决?"

四科长笔直地站在那里,兴冲冲地说:"老乡们给我们搞来一筐子土豆,四个南瓜,一斗谷糠。另外,旅党委有通知,十分没得办法,可以宰杀牲口充饥。——到今天为止,除了驮炮骡子,全旅的牲口已经宰杀了很多。骑兵通信员差不多都变成步兵通信员了!——我们司令部的同志们总算凑合着宰了一匹老马,已经煮熟了。七〇一,你放心,今天保证同志们吃上一顿饭。当然,吃饱吃不饱,那可不敢夸口噢。"

陈旅长手一挥,说:"马上开饭!饭可不是给司令部的人员吃,是给河滩坐的第一连的战士们吃。"

四科长倒抽了一口冷气,忽眨着左眼,说:"七〇一,分粮食也好,分什么也好,旅供给部总是先战士后干部,先战斗部队后机关。当然,旅党委会规定的这原则没错。可是司令部的同志们也是苦到家了!昨天整天他们是没有闻过饭的味道。啊!这,你并不是——"

陈旅长脸色突然变了。他说:"我了解,因为我也没得东西吃,同志!"

四科长急得前言不搭后语地说:"七〇一,不是我……你看……晚上煮肉,炊事员肚子饿得咕咕叫,可是他们连一口也舍不得吃!我看——"

陈旅长严厉的眼光,直逼得四科长想钻到地缝去,他不容分辩地命令:"开饭!立刻!"

四科长迟迟疑疑地看了看旅长,又看自己的胸脯,狠了狠心,说:"好!"

陈旅长知道四科长的心情。这位经过长征、遍体伤痕的红军老战士——四科长,为了让同志们多吃一口饭,他常常是当着同志们把饭舀到碗里,又背着同志们把饭倒在锅里。司令部有很多人变成夜盲眼,他就是一个。今天司令部的同志们宰的那匹老马,就是他的乘马。

陈旅长赶到窑洞门口,把手放在四科长脊背上,边走边说:"不要小气,贺老总给我们从河东运送的小米,马上就可以到。明天嘛,这样,你再想点办法?"

四科长叹了一口气,说:"我的心都快劳干了,也把咒念完了!"

陈旅长说:"嘘——不要摆出这副没奈何的样子。你难?你肩上只挑着司令部人员的吃饭的担子。而那些旅团干部呢?纵队司令员呢?彭副总司令呢?毛主席和周副主席呢?他们挑着什么样的担子呢?人常常觉得自己遇到的困难是世界上最大的困难,这都是由于缺乏锻炼。好咯,你去尽力想办法。万一没办法,就让司令部的同志们把皮带勒紧点。饿肚子,对我们并不是新鲜玩意儿,同志们不会有怨言的。想想吧,第一连的战士们苦熬苦战了几天几夜,马上又要去执行任务。陈德,他们才真正叫苦啊!你、我和司令部的同志们,那算是最安逸最享福的咯!"他望着天空,任雨往脸上淋。他的声音充满感情,"我们的战士,把自己的全部生命、青春、血汗,都交给了人民事业。他们即使去赴汤蹈火粉身碎骨,也积极自动毫无怨言。一个人,望着他们就不知道什么叫艰难畏惧。一个人比比他们,就觉得自己贡献太少,就觉得自己站在任何岗位上都不应该有什么不满意。"他站在那里不动,停了很久,又说:"人面对他们,还有什么个人打算,那会羞愧而死!"像是他跟前没有站着什么人,只是独自个儿说这些话似的!

一大行军锅的稀饭——糠、土豆、南瓜和各种各样的野菜搅起来煮成的饭。饭锅旁边放了一筐子马肉。肉和饭的那股香味呀,直往人鼻子里冲。哪怕你离它一百公尺远,也能闻到喷香味。

四科长陈德让旅司令部的刘副官掌勺子给战士们分饭。他呢,两只袖子卷到肘子以上,手里拿了一把刀子,割起一块肉就喊:"看司令部炊事员这份手艺啊!吃吧!吃吧!不要钱!"一会儿又喊:"不偏谁不向谁,是肉是骨头,各碰各的运气!嗨,嗨!啃完的骨头不要乱扔,瘦骨头也能熬出四两浮油!"

周大勇喝了一碗稀饭,分到了四两来肉。肉,他一口也吃不下去。昨天晚上,他吃了首长们半个土豆(他把两个半分给几个战士了),谁知道首长们有多少个钟点米面屑没沾口啦?他想找块纸把肉包起来给首长们送去,可是衣服透湿,哪里会有块完整的纸!低头一看,破衬衣吊下来一片,他"哧"地一撕,用布包着肉。

他看见陈旅长和旅政治委员并肩站在河边的高地上,就躲躲闪闪溜进旅首长住的窑洞。他把肉放在灶火台上,乐得正要往外蹦,有人一声喊住他:

"搞什么鬼?回来!"

听这口气,喊叫的人定是位首长。周大勇的心嘟嘟跳,脑子还没有转过弯,就迅速地扭转身,立正站直了。嘿!仔细一看,原来是陈旅长的大个子警卫员,坐在灶火角,满不在乎地摸着下巴。

周大勇松了口气,说:"老资格,你这个死家伙吓了我一跳!"

警卫员挤眉弄眼像是抓住谁的短头了,问:"你干啥?"

周大勇说:"我们全连战士给首长们送来点肉。喂,大个子!首长们要问起你,你一口咬定说是炊事员同志送来的。你要说破真情,我可要揍你。"

警卫员问:"揍几下?"

"二十四下。"

"揍哪里?"

"把你的鼻子揍歪!"

"全不碍事!要嘴吃饭,要鼻子扯淡哩!"

周大勇说:"那你这家伙是成心要跟我捣蛋咯!"

警卫员把左拳往上一举,脚跟"啪"地一靠,说:"我向连长同志宣誓:不泄露军事秘密!喂,喂,还有:谁要再能给首长们送来半斤肉,我给他跪下磕响头。"

周大勇走出窑洞。连阴雨越来越大了。他走到河槽里,只见战士们方方正正地站了一片。

战士们的头发都很长。他们多半是二十来岁的小伙子,可是胡子却长得黑茬茬的。衣服都稀烂,十个人就有九个人是光脚丫。但是他们那一双双鹰一样的眼,都闪着渴望战斗的光。

陈旅长和旅政治委员,站在战士们前面,看着每一个战士的脸膛。

蒙蒙雨变成了吊线雨。云彩缠在山腰。

旅政治委员讲了一段话。陈旅长又讲话了。

陈旅长刚毅的眼睛注视着战士们的脸,足有两三分钟。他说:"同志们,你们是为了劳动人民利益敢于上刀山的英雄!"他低沉的声音充满感情;紧咬着牙,铁一样的下巴微微抖动。"你们回来咯。并不是你们连队所有的人都回来了!亲爱的同志们,多少年来,我们历尽人间艰苦,牺牲了许多同志。我们走着一条血的道路。中国人民的苦难,都集中地表现在人民战士身上咯。可是不论怎样流血牺牲,忍饥受饿,我们总是勇往直前,相信胜利,相信我们事业的正义性。亲爱的同志们,不论在任何艰难困苦的情况下,党、毛主席和周副主席,总是满怀信心地告诉我们:我们要胜利,旧社会一定要打碎,新社会一定要在我们手里建设起来!因此,我们的军队就有许许多多排除万难、为了全体而自我牺牲的伟大战士。"他的每句话都充满着鼓舞战士们的热情。他把那奔流在自己血管里的力量,通过语言注入在每个战士的心里。

周大勇像一尊铁像一样站在战士们前面,眼睛一直望着陈旅长。他心里那滚沸的感情,变成了希望立刻去猛烈战斗的烈火。

旅政治委员那锐利的眼,一直望着周大勇和战士们。是的,他们都是些普通的人,但是他们都经过战火的烧炼;在他们那朴实的外表下隐藏着多么深刻的思想和感情!他们曾经是被人踏在脚下的人,可是如今,他们能撕破昏暗的天,让太阳的光辉普照大地。那一个个平凡的脸膛,也都是一部人民斗争的活历史。中国革命最伟大的成就,不就是培养出了这些人么?

　　陈旅长讲完话,战士们立刻把他围起来。他和战士们亲热而激昂地谈着最近就要展开的一场大战。这工夫,他像是那许多士兵中的一个普通士兵。

　　周大勇计算了一下,今天是八月十七日,他要完成了抢运粮食的任务,在今晚和明天早晨赶回来的话,还可以参加一两日之内就要进行的大战。

　　他带上战士们急急地出发了。

六

　　八月十七日后半夜,部队经过五十里急行军以后宿营了。可是休息了半个钟头,又接到命令:三点半出发。

　　陈旅长处理了一些必须马上处理的事情以后,躺在马褡子上打算合合眼。

　　杨政委看看表,躺下去。他悠悠忽忽地说:"老陈,抓紧时间,还有半小时的好觉睡哟!"

　　陈旅长没有回答,他的眼皮已经拉不起来了。

　　陈旅长睡了没有十分钟,一位参谋送来一份纵队司令部的作战命令。他坐起来使劲地张起眼皮,伸手接住命令。

　　他正要借参谋手里的灯看命令时,听见旅政治委员含含糊糊地说:"不会便宜它,我们……揍它……"

陈旅长轻轻地叫:"老杨,老杨。嘀!做梦也是紧张的!"

陈旅长看了看命令,瞌睡、疲劳一扫而光。他脸上显出异样的光彩,拍着膝盖,喊:"老杨,起来!妙,妙透咯!"

杨克文敏捷地爬起来,以为来了提前出发的命令,说:"走咯?半小时也不给睡?"

陈兴允把命令凑到杨克文眼前,高兴地说:"彭副总司令说敌人要分三路来,敌人就分三路来了。敌人执行彭总命令的准确性比我们也不差。"

杨克文揉揉眼睛,仔细地看着命令,说:"这有什么奇怪!彭副总司令指挥敌人的事,你和我并不是第一次才体验啊!"话是这么说,但是,他也掩藏不住自己心里的高兴,"老陈,你看,彭总多么巧妙地避免在不利情况下和敌人作战。他会把我们军队的各种条件和力量充分地利用,充分地发挥,而善于避免敌人的长处利用敌人的弱点打击敌人。老陈,我们把敌人拉到我们想要进行战斗的地方了。要狠狠地敲他一下,让胡宗南知道自己姓什么!"

陈兴允坐在马褡子上不吭声,他回想起了八月十五日夜里会见彭总的情景。现在彭总大概正在端着蜡烛,查看地图。当他看到敌人完全按照他老早就下了的判断向前推进时,他,一定还是毫不惊奇的,或者又更加深沉地思索起来了。

陈旅长和杨政委站在地图下。陈旅长查看敌人进攻的路线;杨政委念着命令上写的一大篇敌军番号。陈旅长把前两天敌人主力集中的咸榆公路上的绥德县城,用红蓝铅笔画了一个大蓝圈,然后再从大蓝圈开始,在黄河以西无定河以东画了三个向东北伸展的蓝线。他说:"老杨,胡宗南的算盘打得挺不错吧!"

杨政委冷笑,说:"什么挺不错,完全是按我们指定的路线走啊!"

他俩大声笑了。更深夜静,他俩铜钟似的笑声,显得特别响亮和欢乐。

离部队出发时间只有十分钟。旅参谋长到赵劲那个团去了。陈旅长打了电话要参谋长马上回来。接着,电话员便撤机子收电线;警卫员们在收拾旅首长的行李;参谋们在摘墙上挂的作战地图。

杨政委说:"老陈,敌人真是瞎子摸鱼,他要去的地方鬼都没有一个!"

陈旅长想着沙家店以北地区我军集结的位置,说:"这简直是送上门来了,敌人的侧翼完全暴露在我们的面前。你想想看,我们一伸手就能全部捞住三十六师呀!"

部队集合在沟槽中,准备出动。各级政治工作干部,利用出发前的时间,向战士们讲今晚行军应注意的事项。

旅长和旅政治委员走到赵劲那个团的队伍旁边,看见了团长赵劲。

陈旅长喊:"进入战斗你们可要露一手啊!彭总计划得再好,我们打不好也是枉然!"

赵劲说:"放心,彭总计划好了,那我们就不顾一切地打出个名堂。"

陈旅长高兴地问:"说得好。你一个人这样想?"

赵劲说:"我一个人这样想有好大用处?战士们都这样想啊!"

杨政委喊:"李诚!看起来,战士们一个个都嗷嗷叫。"

李诚说:"战士们想打仗简直想得快得病啦!请战书送来好几百件。不过,有些人也产生了不耐烦的情绪!"

杨政委说:"战士们想打仗这是好的。部队什么时候都要保持一股想打仗的劲头。可是你们要向那些对行军不耐烦的人进行解释:运动战就是要运动嘛!再说,捞住一个如意的战机,并不是那么容易的。"

陈旅长走过来插问:"卫毅呢?"

李诚说:"给团直属队同志们讲话哪。他不会让自己没事干。"

陈旅长称赞地说:"他应该提起来做我们旅的副参谋长。一个知识分子出身的干部,这样忠诚朴实,这样勇敢无私,真是难得得很哪!"

李诚说:"你不是说,你和杨政委在纵队党委已经提过了么?为什么现在还不见分晓?"

杨政委头猛一摆,说:"走,走!回头再说吧!先把部队拖上去。"

天明了。部队向野战军司令部指定的位置前进。

陈旅长和旅政治委员杨克文骑着马,在部队行列最前面并排走着。他俩骑的那两匹枣红马,高低大小、毛色都是一样的。山沟间道路平坦的地方,两人便纵马奔驰。那两匹身材不大的战马跑起来,尾巴扬起,又快又平又稳。旅长和旅政治委员勒着缰绳,身子略略向后仰着,风把他俩披的棉衣扇起,看来是满威武的。跑了一阵,他俩又马头并着马头让马踏小步走,好像比赛看谁的马好。

早饭时光,部队宿营。

像每次战斗前的情形一样:命令、走路、擦枪、开会、讲话、炊事员做饭……这一切用两个字就统统包括了:紧张。

陈旅长、旅政治委员、旅参谋长,分头到各团召集营以上干部传达了作战命令。

陈旅长和杨政委坐在一棵沙果树下。他们旁边站着旅司令部的一科长和几个参谋。

作战地图铺在地上。陈旅长趴在地图上,用手量距离,用红蓝铅笔轻轻地画着敌人的态势和我军的部署。

米脂以北的镇川堡到乌龙堡,是正东正西七十来里。敌人整编三十六师摆成了一字长蛇阵,由镇川堡出发东进,准备和他们进到黄河边上的主力队伍会合。现在三十六师的先头部队一二三旅已经到了乌龙堡。三十六师师部率一六五旅等部,还在离乌龙堡三四十里的沙家店一线。

我军总的部署是:彭总命令一个纵队和地方部队的两个团插到乌龙堡与沙家店之间的当川寺,准备斩断一二三旅与三十六师主力部队的联系。我主力部队部署在沙家店以东地区,只要三十六师师部及一六五旅等部由沙家店东进一步,就钻进了彭总的"口袋阵"。

陈旅长念着敌人的番号,在地图上轻轻画着记号。他觉得这次战斗是很有把握的。杨政委站在旅长身后,弯下腰,双手撑住膝盖,从旅长肩头望下去,盯着地图。

杨政委说:"哼,整编三十六师,是胡宗南'最能打的主力师'。它在我们西北战场上还没有碰过大钉子。这一次我倒要瞧瞧它的狂妄骄横!"

陈旅长站起来,摆手要参谋们收拾地图。他擦着头上的汗,用帽子扇风,说:"好啊,让胡宗南的王牌——三十六师尝点苦头!"他看看天空,又说:"这样闷热!可不敢下雨,老天!"

杨政委揉揉膝盖,说:"我的关节又疼起来了,不是好兆头,很可能下雨!"

警卫员端来几碗开水,掏出几个小米搅糠皮做成的窝窝头。

旅首长正要吃饭,旅部机要科长送来一份电报。他们挤在一块,急切地看着。

电报上的大意是:八月十一日刘邓大军跃进千里,向大别山地区挺进,威震长江南北;后天(八月二十日)陈赓兵团准备在洛阳、陕县之间南渡黄河,挺进豫西;我陈粟大军也转入外线作战,彻底粉碎了敌人在华东战场的重点进攻,出师鲁西南,有力地配合了刘邓大军的作战……我人民解放军在黄河以南,长江以北,东起苏北,西至汉水的广大原野上,将要全面地转入大反攻……

杨政委一跃而起,说:"老陈,利用五分钟时间,召集团一级干部传达这消息!"

陈旅长说:"要得,要得。"

骑兵通信员纵身上马,飞出去传达命令。旅参谋长情绪高昂地喊着参谋们,要他们通知附近的干部们。

眨眼工夫,干部们纷纷跑步赶来了。

杨克文背着手,眼里闪着机敏清澈的光。他看着干部们,最后,眼光落到身材高大的团参谋长卫毅的脸上。卫毅乐呵呵地微微耸了一下肩膀。杨克文想:这卫毅不管从哪方面看,都像个勇敢、诚朴和勤奋的工农干部噢!

干部们脸上都有特别急切的兴奋的气色。

杨政委激动地说:"同志们,我们盼望的日子来啰!七月初,刘邓大军带头进入反攻;现在,我们全面的大反攻就要展开了!"

干部们眼睛一眨也不眨地望着旅政治委员,往前拥挤着。他们那破旧军衣下面的心,都兴奋得嘟嘟跳着。他们期待这一天,期待了多少日日夜夜啊!"大反攻"的路,是他们血一滴汗一滴走出来的。

杨政委干脆简单地讲述了全国各战场的形势以后,说:"同志们,战争才不过打了一年多,美国杜鲁门政府支持的蒋介石就垮下去了。同志们,刘邓大军势如破竹;陈粟大军正在鲁西南激战;陈赓兵团就要渡过黄河,挺进豫西;胡宗南的老巢——西安也将迅速变为前线。两三天以后,蒋介石和胡宗南就会知道什么叫厉害。同志们,现在你们可以看出:党中央、毛主席和周副主席命令彭副总司令把胡宗南的主力部队,从延安调到这长城边的战略意义咯!同志们,我们不仅把敌人拖到这里,还要打一个胜仗。如果我们在陕北把这一仗打好的话,第一,可以扭转西北战局,转入反攻;第二,有力地配合了其他战场,首先是有力地配合了刘邓大军和后天强渡黄河的陈赓兵团。同志们,毛主席、周副主席和彭副总司令亲自指挥下的西北野战军,立刻就要创造出伟大的战绩。同志们,你们去告诉英雄的战士们:要不怕艰苦,不怕牺牲,猛冲!猛打!为西北解放,为全国反攻打一个漂亮的歼灭战!我们要告诉战士们:他们英雄的功勋会被写到中国人民斗争的历史上去的!"

骑兵通信员们在山坡上、在沟槽里到处飞跑,传送消息、命令。他们把马打得这样快,当他们上山的时候,人们觉得他们是马蹄腾空飞上去的;当他们在沟里跑的时候,近处看,马的肚皮贴住了地;远处看,人和马成了一条线,像一支出弓的箭一样。这时,每一个干部战士的心情,都像那骑兵通信员们一样的紧张和昂奋。

各级指挥员、政治工作人员,有的抡着拳头,有的手里拿着军帽挥着向战士们讲话。

欢呼声四起:

"全国大反攻万岁!"

"中国共产党万岁!"

这时候,是干部们用自己的热情鼓舞战士们呢,还是战士们用自己的信心鼓舞干部们呢?这是谁也说不清的。因为讲话、举枪欢呼、表决心、喊口号已拧成一股巨大的吼声,激荡着黄河和万里长城身旁的千山万壑!

沙家店东北的小山沟中,步兵、炮兵、骑兵、担架队……像发了山洪一样向前流去。

团参谋长卫毅站在沟岔的河岸上,手撑在腰里,一手提着驳壳枪,注视着跑步前进的战士们。

战士们有的扛着迫击炮筒,有的背着炮盘,有的抬着重机枪,有的扛着子弹箱……

卫毅扬手高喊:"往下传,把枪衣脱下!把枪火帽卸掉!"

战士们奔跑着,当他们经过卫毅跟前的时候,都严肃兴奋而激动地用眼睛向他打招呼。他们像是对卫毅表示:"参谋长!要大反攻呀!"

卫毅像每次战斗前一样,觉得自己浑身汹涌着狂潮一般的力量。他想:"多好的战士哇!带上这样的战士,还有不打胜仗的道理吗!"

猛地,一阵从万里长城刮来的大黄风,狂吼着滚过山头,风沙打得战士们的眼睛都睁不开,衣服被风吹得扇起来;迎风前进的战士们,都弯下腰往前钻。

大风不但带来了黑压压的云彩,而且把黑云彩吹到一块,一下子就天昏地暗了。真像有谁猛地用一片黑色大布,把天遮盖起来了。

战场上凑巧的事可就不少啊!西北战场上,每次打仗必定下雨。有些地方,旱得一年四季不见雨水,可是部队一去,正要开始打仗,马上就大雨瓢泼。战士们笑着说:"咱们是龙王爷噢!"

团参谋长卫毅急急地向前跑去。他想:"狂风暴雨要来了!"

不管黄风怎样吼,天气怎样暗,步兵、炮兵还是一溜一行地由北向南,朝沙家店以东的常高山一带急急地运动……

闪电撕破昏暗的天,炸雷当头劈下来,仿佛地球爆裂了。大雨从天上倾倒下来,霎时,满山遍野,变成白茫茫的一片。山洪暴发了,响声就像黄河决了堤。

狂风暴雨中,西北战场决定性的战斗展开了……

天傍黑,我军把敌人一部击溃了!

大风大雨,天黑地暗。我军所有的部队,不但不能对敌人进行什么攻击,追击,而且上不能上,下不能下,都站在山头上淋雨。

闪电！闪电！电光把无边的黑暗撕破了。雷声炸,狂风滚,沟里的洪水直吼叫,像天塌地裂一般。雨,雨还是拼命地往下倒,像是猛烈的闪电光把天给劈开了,天上所有的水都倾泻下来了!

站在山头上的战士,就像站在大瀑布下面一样!有些骡马滑倒,摔到深沟里去了,饲养员在那里大声哭喊。兔子、地老鼠等动物,都被雨水灌得从土洞里蹦出来四处乱窜,撞在战士们的脚上和腿上。

团参谋长卫毅从二营指挥所里出来,迈着大步,顺一条山梁向北走去。他满身是泥,湿漉漉的衣服贴在身上,鞋子被泥拔掉了,光着脚板,左裤筒从膝盖以下被圪棘刺撕得吊下了。他弯下腰把那膝盖以下的破裤筒狠狠地撕下来,用破布擦擦头上往下流的雨水。他走了五十多公尺,迎面就碰见赵劲。

卫毅说:"暴雨,你看这暴雨……团长!政委呢?"

"三营去咯!"赵团长背着风雨站着。他恶狠狠地咒骂天气。

卫毅说:"倒霉的雨!……"接着,他像安慰自己似的又说,"团长,反正雨对我们不利,对敌人更不利,因为我们事先布置好敲他;敌人呢?在山上行军,突然大雨来了,又遇到我们突然攻击,非常狼狈。"

这时,政治处的组织股长,从三营带来百十个俘虏往团指挥所走。卫毅插过去简单地询问了一下情况,回头对赵劲说:"团长!百十个俘虏就有五个营九个连的番号,我看,敌人大概混乱得连头也抓不住了!"

赵劲用手擦擦头上的雨水,说:"敌人的侧翼部队是被击溃了,可是我们没日没夜等待的战斗就是这样!……狗娘养的,碰到什么鬼呀!碰到什么鬼呀!"

"暴雨把一切都搅乱了!下一步怎么办呢?"这个问题绞着赵劲和卫毅的心。因为,我军前边是黄河,后边是无定河,身边是优势的敌人,这一仗只能打好不能打坏啊!因为,集结在晋西南、后天就要突破黄河天险的陈赓兵团,等待着沙家店的捷音;因为,西北这一仗,是全国大反攻的一个组成部分,人们把一切希望都放在这一仗的胜利上。可是暴风雨把战士们用生命、血汗交织起来的希望,变成了痛苦的激愤!

卫毅和赵劲分手后,向第一营阵地走去。

风还刮,雨还下,电还闪,雷还响……

雨乘着风,威风劲更大,喷得人连气都喘不上来,一股一股的冷气,钻到肚子里,传到周身去。狂风吹,大雨浇,战士们的破单衣贴在身上冻得打哆嗦!

第一营教导员张培和战士们一块站在山头上。他的打摆子病又犯了,浑身发抖。他想:"病能摔倒我么?不能。一会儿,雨不下的时候,我们还要继续战斗。"他在泥水中走着,尽力地想着战士们。电光一闪,他看见第一连的战士们抱着枪背靠背坐在泥水中。有些战士光着膀子,他们把衣服脱下来裹在机枪上了。一个战士坐在泥里抱住枪,用衣服裹着头,右手打着拍子,口里唱:"不怕风吹雨打……嗨呼嗨……我们打不散也拖不垮……嗨呼嗨……"张培挺了挺腰,好像他要摆脱那纠缠他的打摆子病。他尽力向远处看,前边是黑乌乌雾腾腾的一片。闪光又划破漆黑的天,雷声震得人脑子麻木。他趁闪光又看到前面:连长周大勇来回跑着,还兴致勃勃地向战士们喊:"同志们,风雨、饥饿、敌人,都唬不倒我们!不怕热、不怕冷,能走、能饿、能打,这是我们的传统作风!同志们!什么高山我们没有上过!什么大河我们没有过过!什么艰难我们没有经过!同志们!眼前这点困难算不了什么,完全是小意思。同志们,小心枪口上堵上泥,我们要随时准备战斗。"

"什么?什么?上级命令收兵,那就是有收兵的道理嘛!你怨天怨地干什么?你急,谁又不急呢?"张培又听见周大勇对什么人吼喊着讲话。

指导员王成德喊:"同志们！站起来,面向连长,这样就背着风雨啊！好,唱一个歌！"

战士们唱:

> 向前向前向前！
> 我们的队伍向太阳。
> 脚踏着祖国的大地,
> 背负着民族的希望,
> 我们是一支不可战胜的力量。
> …………

歌声给了战士们力量,他们反复地唱着。

电一闪,又显出了那站在急雨泥浆中唱歌的战士们,显出了那站在战士们面前的周大勇和王成德。张培觉得,周大勇和王成德那雄赳赳的姿势对战士们就是最有力的号召。张培虽然浑身发冷,牙关子直打架,可是,他一次又一次地想:"病,绝不会把我摔倒的！我们立刻就要进行战斗。暴雨是下一阵子,它马上就会停止的！"

张培踏着泥,淋着大雨回到营指挥所。他觉得浑身发冷,头昏眼花,可是他勉强地支持着。脚下扎了一根刺,很痛。他低下头拔掉刺,可是一抬头时,天也转地也转,眼发黑;他失去了控制自己的力量,悠悠忽忽,像掉下无底的深沟……

营部通信班长连忙扶住张培,喊:"小山子,快去报告四一号或四二号,就说教导员不行了！"

电光猛一闪,通信班长看见张培躺在泥水中,眼闭着,下巴颤动,雨水从他脸上往下流。

张培猛然心里又豁亮了,他用颤抖的手推开通信班长,说:"喊什么？——雨,快过去了！——沉不住气！小山子,回来！"

正说着,团参谋长卫毅扑嚓扑嚓踏着泥水走过来了。他问:"张培,怎么样,雨淋得够呛吧?"

张培说:"不,不要紧。战,战,战士们情绪挺高。"

卫毅听见张培声音有些发抖。他问:"打摆子病又犯了么?"

张培说:"哪,哪里!病没有犯,只是,只是身上有些冷。"

卫毅把他的警卫员披的一条麻布口袋,拿来给张培披上,就顶着风雨,踏着泥水向左翼走去。他边走边喊:"准备好,同志们!雨不会下得太久,过一会儿再跟他拼!"

通信班长三跷两步赶上卫毅,说:"参谋长!张教导员病得厉害,请你想个办法。他刚才昏倒了。我们要向团首长报告,他把我们溇得下不了台!"

卫毅返回来,喊:"张培,让通信员把你背到团指挥所去。四一号在那里挖了个小窑洞。你去,营里工作我来暂时代理。"

张培说:"别听通信员们瞎扯!没有那么严重。"

卫毅问:"确实?"

张培说:"哄你干什么!"他走上去,用全身力气握了握卫毅的手,说:"看!我的力量还足吗?"

卫毅说:"反正我要派一参谋来临时代替你工作,你到团指挥所去休息一下。"

"不要,参谋长,不要派一参谋来。"

卫毅走后,张培把通信班长叫来,狠狠地"训"了一顿,说:"谁叫你去告诉参谋长?"

通信班长说:"教导员,你的身体真是不行了!"

张培说:"什么叫不行?你们怎么只看见我?战士们那么艰苦,你们为什么看不见呢?战斗下来,我要结结实实跟你们算账,糊涂透啦!去,告诉各连连长:好好掌握部队,今晚还要继续干;雨,毁不了我们的战斗!"

七

从沙家店镇子往东跳过四五个山头,半山腰有几个窑洞,当年住过人,后来老乡们放柴草用。它如今成了三十六师师长钟松的避难所。

钟松从山坡上的指挥所走下来,浑身湿透了,裤腿、衣袖上沾满泥巴,这位中将整编师(军)长,没有少跌跤。昨天到今天,他像被心火烧焦了似的,脸上起了很多皱纹。那一条条的皱纹从眼角拉到脸腮,像是用钢笔画上去的很多粗线条。网着血丝的眼睛喷着怒火。

钟松进了窑门,他的旅长、参谋长,还有一个团长都在那里等他。他双腿叉开,提着两个拳头,谁也不看。眼眉像抽风一样直动弹。

将校指挥官们一个个满身都是黄泥巴,他们的眼光都集中在钟松身上。那些眼睛都是充血的、紧张的、焦虑的。只有那个团长虽然漆黑的脸上溅了点泥污,可是满不在乎,仿佛在场的人,只有他有独特的魄力和胆识。

突然传来一阵猛烈的机枪声,空气战栗着,有几个军官像触电一样,浑身一动,伸长耳朵谛听。讨厌啊,雨后的枪声特别清脆,特别刺激神经。那个团长没有伸长耳朵听,也不惊奇。他在打量钟松。钟松的脸色是坚决严厉的——他外边穿一件草绿色咔叽布军官服,内边套件士兵的黄布军服,贴身是陕北老乡的黑粗布烂棉袄。

"他为什么穿件老百姓的衣服?啊,我们队伍打了败仗,他就可以化装逃跑!这小子呀……"这个新奇的发现,才让那位团长着实发慌了。他鼻孔一张一张地直动弹。

钟松有时把手放在前额上,闭着眼,像是头痛。地上铺着张地图,他趴下去,飞快地扫了一眼,骂道:"共军,可恶!狡猾!可恶!"

那位旅长很沉着地说:"天不作美呀!要不下雨,我们或许已经推进到乌龙堡了。"

钟松气疯疯地怨天骂地:"陕北,最落后!我打了多年仗,像陕北这样可恶的地方我没有见过!我没有见过!遍地是山,风雨无常,老百姓刁顽极了!"

那位旅长后边的一个人插话:"现在看来,刘子奇指挥的一二三旅,就不该远离我师主力先向乌龙堡推进。"

钟松说:"我不是请各位来做无谓的埋怨!这几天蒋主席和胡先生,把很大的希望放在我和诸位身上。……现在,现在我们要特别沉着!"

钟松的参谋长走近地图,说:"沙家店实际上已处于敌人包围之中——"

钟松打断参谋长的话,说:"被包围?说这话为时过早,现在只能说有被分割包围的危险。我已命令刘子奇不顾一切牺牲,率领一二三旅冒雨从乌龙堡返回来,向沙家店靠拢,向我们靠拢。"

一个军官说:"沙家店与乌龙堡之间,已发现敌人,子奇兄恐怕不能靠拢我们。"

钟松一步抢前,恶狼似的吼道:"你昏了?共军实力情况,难道我们一无所知?沙家店与乌龙堡之间的敌人只是少数钳制兵力。共军,共军向来是高度集中而不分散兵力的。我要诸位保持冷静,且勿夸大敌情,且勿夸大敌情!"

那个旅长说:"如果刘军长有同舟共济的精神,率领他的五个半旅尾随刘子奇向我们靠拢,则万无一失。可是刘军长来电称:大雨阻隔,不能行动。"

钟松说:"大雨阻隔不能行动?我会记住这笔账……不怕他保

存实力……胡先生已电告他,二十日——明天下午不能到达沙家店,就要把他提交军事法庭审判。还有,胡先生明天要坐上飞机,在沙家店的上空,指挥我各路大军。"他东看西瞅,又说:"诸位,为了慎重起见,我们要在沙家店坚持一天暂不东进。坚持一天毫无问题,我的部下是能打的,是有牺牲精神的。胡先生也答应派全部空军支援我部!"

那位旅长问:"这就是说,固守待援?"

钟松说:"固守待援。积极的,积极的,我们尽力抢占沙家店周围的山堡。这样,这样,敌人如果向我军进攻,就让他一个一个夺取山堡,我们即可换来时间。现在,时间,时间……各部抢占山头后要死守……与阵地共存亡。不论哪一级军官,擅自放弃阵地,就地枪决。不是本人无情,而是处境万分危险。望诸位传达我的命令,直至士兵!"

紧急召集的旅党委会议开了二十分钟就结束了。干部们都在焦急地等着陈旅长回来,因为旅长到野战军司令部开会去了。

有的干部在议论昨天的大雨和未来的战斗,有的干部坐在地上,用拳头支住下巴,苦苦地思量什么。

旅长陈兴允一进窑门,干部们的眼光,嗖地都集中到他脸上,像是立刻要从他脸上看出:昨天的战斗是烂包了,可是明天怎么办呢?

一连串的问话拥到陈旅长耳边:

"旅长,还打不打?"

"旅长,敌人呢?溜了吗?"

…………

旅政治委员杨克文问:"老陈,看见彭总了吗?他说什么咯?继续打吗?昨天一敲打,引起什么变化?"

陈旅长哈哈大笑。他爽朗的笑声,在这窑洞里长久而怪中听地回旋着。他取出一支烟,把烟的一头在烟盒上磕碰着,悠闲地说:"我在野战军司令部遇见一个同志——郑世德。他以前在一二〇师司令部工作,这里认识他的人很多。他刚从晋西北过来。他说:这几天贺龙司令员正在黄河边忙着工作。贺老总问到我们旅好多同志,特别问到篮球健将卫毅。抗日战争中,我们一二〇师有个著名篮球队,叫'战斗队'。卫毅是 10 号,和一位刘大个打后卫。贺老总夸奖说,这两个后卫像两座钢筋水泥的碉堡。是不是,你们说呀!"

杨克文说:"你看的是旧皇历。现在卫毅不是打后卫,而是打前锋——在西北战场上冲锋陷阵啊!不管怎么说,贺老总对卫毅的印象是蛮好的。"

卫毅微微耸了一下肩膀,淳厚的面容上有点发红。他憨厚地笑了笑说:"三七年冬我刚参军,贺老总就看上了我这个大个头。后来硬是把我从侦察队调到师司令部当参谋。这样要组织师部的人打球就方便了。从解放战争开始到现在,再没有看见贺老总,而且连一封信也没写过哪!"

陈旅长说:"贺老总会原谅我们的。他知道我们忙,也知道我们懒!"

干部们心里着急,很想快点知道明天的仗怎么打。但是大伙从陈旅长说话的神气和脸色看来,情况像是还不太坏。

陈旅长说:"我们到了野战军司令部住的村子,彭总还坐在树下边和老乡们谈话。男的女的老的少的围拢他。有一个小孩还趴在他背上,数他头上白了的头发。老乡们给彭总讲什么种庄稼啦,陕北的山啦,秋天的雨啦。彭总笑着,像听得蛮有味道似的。后来,彭总和我一道向他住的窑洞里走去。他说:'陈兴允同志,我们要像扫帚一样供人民使用,而不要像泥菩萨一样让人民恭敬我们,称赞我们,抬高我们,害怕我们。泥菩萨看起来很威严、吓人,可是它经不住一扫帚打。扫帚虽然是小物件,躺在房角里并不惹人注意,但是每一家都离不了它.'彭总还一边走一边学着说陕北的方言土语,讲述这里的人情风俗。"

  干部们都互相瞧着,脸上显出兴奋、感动和思索的神情。

  陈旅长走到地图跟前,说:"我们毛燎火烧的,总部的人倒像是放了假似的悠闲。同志们,并没有开什么会议,彭总只是分别和去的干部谈了话。彭总集中力量消灭敌整编三十六师的决心不变,计划不变,总的部署不变。"

  旅政治委员杨克文问:"老陈,可是昨天大雨打断了常高山战斗以后,我们的力量、部署暴露了,彭总的意图也暴露了!"

  干部们相互交换眼色、点头,像是表示:旅政治委员说的,就是他们最着急最担心最焦灼的事。

  陈旅长说:"陕北的气候变化快,战局变化更快呀!这变化有时候连我们也搞不清,可是彭总和野战军的各首长一开始就掌握了这变化的规律。今天,彭总分析敌情的时候,我才知道他不但早就掌握了这规律,还准备了应付战局变化的各种方案。昨天战斗以后,战局急速地变化了。胡匪整编三十六师一发现他们面临优势的我军时,就赶紧请示胡宗南。坐在千里之外的胡宗南就命令他们:不顾一切地收缩后力,在沙家店周围山头上做工事,等待增援。"陈旅长指着地图上的沙家店以东三四十里的地方,说:"这是乌龙堡。三十六师的前卫——一二三旅进到这里的时候就慌峪。因为,他们到乌龙堡并没有和刘戡率领的五个半旅会合。那位兵团司令刘戡呢,还在乌龙堡东边三四十里的黄河边上乱转。一二三旅感觉到自己前边挨不着刘戡后边挨不着钟松,有陷于危险的孤立。接着,一二三旅也知道钟松在沙家店被围,这更慌峪。现在一二三旅正回头向沙家店靠拢。听说,敌人整连整排被山水推走,也不能阻止他们回头窜。这帮匪徒真是不顾命地在挣扎咯。"

赵劲站在旅政治委员身后,他说:"旅长,实际上三十六师现在正向彭总的手掌里集中。"

李诚说:"这是很明显的!"他看看卫毅。卫毅耸耸肩,憨厚地笑了笑,表示同意这样的看法。

陈旅长说:"昨天晚上,彭总得到情报:东线,一二三旅回头增援,刘戡率五个半旅尾随一二三旅也向沙家店地区靠拢。彭总还让我们纵队和兄弟纵队,坚决依照原来的计划消灭沙家店的敌人。他只根据这新变化,稍稍变动了一下兵力。"

他又指着地图上沙家店以东七八里的常高山,说:"彭总抽调了两个旅在常高山伏击回头增援的一二三旅。"他又指着乌龙堡和常高山中间地带,说:"原来,彭总就放了×纵队和地方部队两个团在这里。他们昨天的任务是:抗击回头向沙家店靠拢的一二三旅,保证主力全歼沙家店的敌人;今天,他们的任务是:放一二三旅回头增援,到一二三旅进入我们常高山伏击圈的时候,他们从北向南插下来,堵住尾随一二三旅推进的刘戡那五个半旅,保证主力全歼一二三旅和沙家店的敌人。同志们,这就是彭总根据新情况摆的新阵势。"

干部们哗哗哗地鼓起掌了!接着,又是一片热烈的议论声。这一刻,每一个指挥员,都想把自己急切而欢乐的心情告诉他的战士们。

八

早晨,风还是刮得很起劲,可是它掉转方向朝东南吹去,把满天的黑云彩都给吹开啦。蓝漾漾的天,一片一片的打云彩里露了脸。一股一股的太阳光,像宝剑似的从云彩缝直插下来。山头上山沟里,升腾起白蒙蒙的雾气。

一路路的部队在沟渠和山头上运动。西北野战军的主力部队,从四面八方向沙家店地区接近。

前响,打沙家店正北六七里的山头上,西北野战军前线指挥所发出了彭德怀将军的命令:

> 亲爱的同志们:消灭三十六师是西北战场由战略防御转为战略反攻的开始,也是收复延安,解放大西北的开始。我们前线指战员应勇敢作战,务于本日黄昏完成歼灭它的任务。
>
> 　　　　　　　彭德怀　八月二十日

强将手下无弱兵,猛烈的战斗在沙家店方圆的山头上展开了。那用小块白纸油印的彭总的作战命令,在我军阵地上雪片似的飘飞着……

战斗刚打响时,陈旅长这个旅的任务突然变动了:跳过一条沟,紧急地向沙家店东北十多里的张家坪山沟中前进,准备从那里投入战斗。

人马从山沟的小路上向前流去。

陈旅长、杨政委带着旅指挥所的人员,站在沟里河岸上的一个小庙边。

杨政委喊:"赶快运动!听,枪声很近。"

陈旅长把头上的帽子往上一推,抢着一根小棍子,喊:"赶快投入战斗!"他看看右边陡峭而根本没有路的山坡,命令身边的一位团长:"你们的部队从这里上!"随即,他又盯着前面那个高山头,想让赵劲团的部队直扑上去。可是,前去的路上挤满了兄弟部队的战士、担架队、驮弹药的牲口,赵劲团的部队虽然拼命往前挤,运动的速度还是非常慢。

陈旅长指着对面高山头,命令赵劲:"你们先派个得力干部带点精悍的部队，不顾一切抢占那个山头。快！"

话没落点，卫毅高大的身躯出现在塄坎上。他衣袖卷在肘上，双手叉在腰里，高声对侦察排的战士们喊："跑步，跟我来！"他迈开稳实的大步从拥挤的人群中向前插去了。

杨政委指着卫毅的后影，对陈旅长说："卫毅上去啰！"

陈旅长说："哦，卫毅上去咯？"

旅参谋长说："是啊，卫毅上去咯！"

河槽里的小道上拥挤着士兵、大炮、牲口……有些指挥员暴跳喊叫着，向那些挡住他们去路的人发火。命令声、叫喊声、战马的嘶叫声。

卫毅带着二十多个侦察员，向张家坪南山上爬着。卫毅在侦察员前头走，他迈开大步，稳晏晏地，看来走得不快。可是侦察员们和他的警卫员弯下腰，拼命地跑着也赶不上他。

山头上，雾气蒙蒙，天空一片片的黑云彩在飞驰。这时候，满沟的部队都运动到这座山根下，可是突然在部队的头顶上——卫毅正上的这个山头上——张家坪南山，枪声激烈起来了。

卫毅带着二十多个侦察员一口气跑上山顶。嘿呀！敌人铺天盖地地拥来了。他们恶狠狠地射击着呼喊着，顺山梁直向卫毅他们扑来。

卫毅从警卫员手里夺来冲锋枪，哗地扫射了一梭子。他手朝下一压，侦察员们忽地散开卧倒，一阵猛烈地射击。

卫毅一条腿跪在地下，用尽平生力量喊："同志们，顶住敌人呀！"他又命令通信员："喊部队上来！跑步！"

通信员滚下山头，在半山坡乱跳乱蹦地喊："快呀！跑步上来！跑步上来！"

部队拼命地向山顶爬。

卫毅率领侦察员们和敌人拼起了手榴弹。

卫毅看得很清楚:敌人如果占领这个山头,就会把自己旅的大部分人马压在沟里。这样,部队展不开,窝在沟里挨打,那结果是怎样可怕啊!同时,也将因此影响整个战局。卫毅被一种巨大的责任心控制了。他觉得自己要替西北战场决定性的战斗负责。他觉得毛主席、周副主席、彭副总司令、本旅战士、西北战场全体战士,把他看作是骨肉亲人的全边区的人民群众,都在望着他,都要求他把最大的忠诚拿出来。

卫毅飞快地扫了敌人一眼,敌人黄煞煞的一片。他扑到侦察员前面,又抡出二十发驳壳枪,呐喊:"绝不后退一步!"他的眼虎彪彪地盯着敌人,射击着,指挥着。

"嗖——嗖——嗖"突然下降的气压,夹着短促刺耳的啸声和滚热的气流,从天空劈下来;随着炮弹轰响声,烟雾腾起了。

这时,卫毅从烟雾中冲出来,他的思想顽强地拧住一点:"争取每一秒钟!"他感觉到自己的身体,突然格外巨大和宽阔,像是一座火力很强的高大碉堡,可以挡住一切冲击。敌人的面貌完全可以看清。敌人指挥官的声音,也可以听见。可是他觉得敌人在自己面前都是很小很小的。

他看见身旁有一个侦察员"拼枪"打得真好:不瞄准平腹端起枪就打,像练习刺枪一样,可是每一发子弹都不落空,他一伸出枪梢,敌人就倒下。卫毅想:"战斗下来,要奖励他!"突然那打"拼枪"的侦察员,沉重地倒在卫毅身上。卫毅正在跪下射击,猛然觉得有什么东西压在自己背上,他胸脯一挺,摆开那沉重的东西,向前跑了几步,他想:"行,真行,'拼枪'打得好,要奖励他。怎么的,不见他哪?"

子弹在头上"嗤——嗤——"叫,炮弹在身边轰轰爆炸。一团团的黑烟,有时把卫毅吞没了,有时又把他吐出来。他身边的侦察员不断地有人倒下。目下,他手边还有多少人,他也不知道。他只看到,漫山拥来的敌人被阻止住了。一个手里提着望远镜的敌人倒下了,一个端着刺刀的敌人跑到离他十来步远的地方,被他用枪撂倒了。突然一颗燃烧弹,在卫毅眼前爆炸;他的衣服着了火,吐着火苗,他一骨碌在地上来回滚了几转,火还在燃烧。他脱掉衣服,扔在一边,光着膀子投弹。突然他胸部受到打击,他被猛烈地掼倒在地,脑子一闪:"怎么,我负伤了?"他看看天,天上一块块的黑云向东飞驰。"瞎扯!我没有负伤!我不能负伤!"他看到一个战士从他身上跳过去,喊:"四三号挂花了!同志们听我指挥!""共产党员,一步也不后退!"

"捅呀!捅呀!""绝不后退一步!"战士们的喊声震天撼地。

卫毅脑子急速地转动:"好哇,我的战士!"一股力量从心里升腾起来,流遍全身。他双手扶着地爬起来。天、地、山……一切都是绿的,活动着的。他想:"战士们需要我的声音。"他鼓起全身力量喊:"同志们,绝不后退!"这热烘烘的声音,从战士们耳朵里流到战士们心里。

突然卫毅发觉警卫员在身后抱住他。他暴烈地喊:"去!参加投弹!顶住敌人!"

卫毅一条腿跪在地上,指挥,投弹,当他喊一声或投出一颗手榴弹的时候,胸脯的伤口就嘟嘟地冒血。他觉得头晕,天转地动,一团团的黑东西在眼前打转。身子不由自主地往上飘。他一只手支在地上,用另一只发抖的手射击。他喊,他觉得自己是用浑身力量在喊,但是这喊声连自己也听不清似的。头晕、飘摇,一切都在眼前消失了……但是他没有倒下。他一条腿跪着,一条腿撑着,两手扶地,头低在胸前,一动也不动。奋战中的侦察员们,觉得卫参谋长是在看自己胸前的什么东西。

一千多敌人,分作十几股向卫毅他们包围,正在这万分危急的时候,赵劲、李诚带着部队上来了。他们跑到卫毅跟前时,一看卫毅的样子,一切全都明白了!

　　赵劲从卫毅身旁扑过去,头也不回地向前扑去。他的脸抽动、发青;喷火的眼,看来很可怕。"用刺刀捅呀!"他大喊了一声。

　　战士们像潮水一样盖下去了……他们像自己团长一样,一个个脸色铁青,咬紧牙关,怒火冲天。他们赶上了敌人,有的战士把刺刀从敌人后心穿到前心;有的战士把轻机枪的皮带挂在脖子上,平腹端起机枪,像割草一样,把敌人扫得一片片倒下……

　　赵劲带领部队冲过去以后,李诚抱起卫毅,用全身力量紧紧地抱着。血从卫毅胸脯上泉涌般地流下来,浸透了李诚的衣服,浸透了这战火反复烧过的土地!虽然,卫毅已经停止呼吸,心脏也不再跳动,可是李诚总觉得他没有死。他摇他,把自己的脸贴近卫毅的脸,呼唤着,他以满腔的希望呼唤:"卫毅!卫毅!卫毅……"可是,卫毅永远不能回答同志的呼唤了!

　　李诚眼珠发直地盯着卫毅的脸,胸膛里有一种什么东西在猛烈地撞击着。炮弹在他周围爆炸,子弹在脚下噗噗地叫,他听不见也看不见!

　　李诚摆了一下头,要卫毅的警卫员把卫毅的尸体背下去。可是警卫员一言不发,提着驳壳枪向前跑去。

　　李诚喊:"回来!"

　　警卫员喊:"政委,让我上去!让我上去!我……"他用左手狠狠地扯自己胸前的衣服,又要向前冲去。

　　李诚喊:"回来!我要你把他背下去!"

　　警卫员提着手枪直挺挺地僵立在那里,脸色难看,眼睛通红,任凭子弹从他前后左右穿过。

　　这时,跑过来一个通信员,弯下腰,想把卫毅的尸体拉过暴露在敌人火力下的地段。

　　李诚气愤地喊:"你,你直起腰把他背下去!"

通信员说:"政委!反正他——"
李诚火啦:"反正什么?直起腰把他背下去!"
赵劲团的部队猛烈地攻击敌人,一连夺下三个山头……

大炮吼叫,一阵比一阵猛烈,钢铁向敌人头上倾倒。大炮声把机关枪声压得简直听不出来。山脉摇晃着。敌人还击的千百发炮弹啸叫着划过天空,爆炸了,灰尘烟雾弥漫,太阳昏暗无光。

陈旅长和杨政委把旅指挥所设在卫毅牺牲的山头上。山炮阵地就在旅指挥所左边一个山头上。

山炮在猛烈地向敌人发射。炮筒每吐一发炮弹,炮身就往后一退又伸向前去,喷发出火舌,雷也似的吼着。沉重的炮弹,远远地飞去,在敌人头上撕扯空气,恐怖地啸叫。当部队攻击的时候,炮弹总在敌人阵地前沿爆炸;当部队攻占敌人阵地的时候,炮火步步延伸,炮弹就在敌人阵地纵深爆炸;当敌人溃乱的时候,榴霰弹就在敌人头上爆炸。

神勇的人民炮兵,受到战士们衷心的感谢和称赞。

这一天敌人真是急了,十多架美国造的飞机在战士们头上轮番不息地扫射、轰炸。飞机给山炮阵地上投了二百多颗炸弹。炮手们光着膀子,戴着草帽子。飞机扫射的子弹打穿了他们的帽子,但是他们还是"四千四""四千五"地喊着距离,发射着炮弹。炮兵营的教导员在喊:"同志们,要快!要准!要猛!"

战士们互相鼓励:"猛摔呀!用杜鲁门的炮弹揳杜鲁门的走卒!"

土地被炸得发抖,钢铁碎片尖啸着飞溅在空中;沙家店周围几十里的地区里都升腾着烟雾、火光。

抬头四望,红旗在烟火中忽隐忽现;四处都有激昂的冲锋号声;西北野战军的英雄们都在勇猛地向敌人攻击……

战斗猛烈地进行的时候,彭德怀将军一直站在沙家店北面五六里的一个山头上。那里是彭总的指挥所。

彭总左右站着野战军的几位首长。他们周围有避弹坑、掩体，交通壕里还有一二十个野战军司令部的人员。指挥所左右的山头上，还有总部警卫营的战士们在那里趴着。

电话铃响着，人们来回走着。在这战斗激烈的时刻，彭总周围形成又紧张又宁静的气氛。

彭总沉静、严峻地站在那里，观察着，思索着。

一位首长放下电话耳机，从堑壕里跳出来，站在彭总旁边，用望远镜观察了一阵沙家店地区，说："刚才，我和各纵队联系了一下，一般地说进攻还顺利。"

彭总提着望远镜，指着沙家店东边，说："东面！"又注意听东面的枪炮声。

那位站在彭总身边的首长说："东面也顺利。"

彭总有时查看铺在地上的地图；有时在专线电话上沉静地和前边的高级指挥员讲话，听取战斗进展的报告，下达命令——他轻轻地在耳机中讲话，但是他每一句话一传出去，就像电闪雷鸣似的轰响在战场之上。有时候，他用望远镜观察着那些在主要阵地上向沙家店地区敌军攻击的部队的进展情形；有时候，他背着手听沙家店东边七八里地方传来的炮声；有时候，简单轻松地嘲笑敌人几句："胡宗南这个志大才疏的饭桶，什么都想要，什么都舍不得，结果把一切都丢得精光！"他身边的几位首长都笑了。

突然，九架飞机在前边山头上俯冲扫射了以后，从东边绕过来了。

指挥所的一位首长说："三号，飞机过来了。你站在这里太显著。"

彭总抬头看了看那美造红头飞机，说："他现在顾不上干涉我们！"他来回走了几步，又说，"大概，驾驶员现在也让胡宗南骂得昏头昏脑,因为胡宗南这一刻像热锅上的蚂蚁。"他稳重地摆了一下手,笑影从他那镇静、自信、庄严的面容上闪过。

过午时分,一个电话员从堑壕里伸出头报告:"三号,电话!"

彭总走过去,坐在堑壕边,拿起电话耳机,声音冷静而刚毅地说:"我,三号。"

耳机中送出这样的话:"三号!我,'勇敢部'。东线回头增援的一二三旅全部歼灭,活捉敌人旅长刘子奇……整个战斗进行了不到两个小时。……"

原来,我埋伏在沙家店和乌龙堡当间的那支部队的指战员,站在山头上看着一二三旅从他们面前走过去以后,从北向南插下来,斩断了一二三旅和刘戡率领的五个半旅的联系。然后,他们分为两支:一支部队阻击住刘戡率领的部队;一支部队把一二三旅送到沙家店东边七八里的地方——我军伏击圈——使一二三旅在已经望见钟松率领的部队的时候,全部被歼,无一漏网。

彭总轻轻地放下电话耳机,站起来,拍了拍身上的土,脸上闪过人们很难察觉出来的兴奋光辉。

他在专线电话上,向毛主席和周副主席报告了战斗进展的情况,又平静地对旁边一位同志说:"把这个消息通知各纵队。"从他那庄严从容的脸色看,仿佛这个初步胜利,完全是意料中的。

过了个把钟头,情况突然变得紧张了。这紧张并不是说前边的枪炮声更猛烈了,不,枪炮声一直就猛烈得像大风吼;这紧张只是从指挥所人员的举动、脸色和眼神上表现出来的。

彭总屹立在那里,长久地用望远镜观察着;一会儿有参谋向他报告:"三号,敌人在报话机上向胡宗南直喊:'一〇一,一〇一,万分危险……'"一会儿又有一个参谋报告:"三号!胡宗南直叫起名字臭骂钟松,不准他突围……"

彭总说:"是咯,这位总指挥胡宗南,连军事秘密也顾不得要啦！"

下午两点钟时光,我军向各个山头上进攻的部队,已经拿下好些个重要的山头。

旅指挥所不断地向前移着。

陈旅长说:"老杨,再往前移吧!"

杨政委说:"移吧,越靠前边越好!"

这是老习惯,每次打仗他俩总是尽可能把旅指挥所往前移。

旅参谋长把帽子推在脑后,满头大汗地来回跑着。他把指挥所组织得有条不紊,使指挥员活动时得心应手,而且他还在指挥山炮等火力。做参谋长的人,既要机动勇敢,又要勤奋耐劳,而且还要善于组织各种力量,团结各种各样的人。这位旅参谋长就是这样的人。

杨政委指着赵劲那个团攻击的山梁,拍着陈旅长的背,高兴地呐喊:"老陈,看!那是哪一个连队,指挥的多好哇!看!那几个战士动作多巧妙!好,好!那几个战士应该当战斗英雄!"

陈旅长脸色铁青,望远镜吊在胸前。发动攻击以后,他和旅政治委员对面说话,都要大声吼。

原来旅政治委员指的正是第一连的部队。周大勇、王成德指挥着战士们向敌人猛扑。战士们冲到敌人阵地前沿,敌人用火力正面封锁,有几个战士很机动地跃到侧面,把手榴弹投到敌人堑壕中,然后趁着烟雾,猛扑上去占领了敌人阵地。敌人跳出了堑壕,展开了肉搏;经过十分钟激战,第一连占领了那个高山。残余的敌人滚下去了。

陈旅长和旅政治委员看得真切,旅长着急地喊:"上去咯,敌人垮下去咯!真气死人,为什么不向纵深插?这帮小家伙!"话未落点,只见高山头后边的一个山头上突然闪出了红旗,出现了自己的部队。原来当周大勇和王成德快攻下第一个山头的时候,第一营教导员张培带了一个连,从敌人右翼绕过去,不但截住了第一个大山头上退下来的敌人,而且趁第二个山头上的敌人不防备的时候,猛戳上去,占领了敌人阵地。

陈旅长看到自己部队的一把尖刀插入敌人阵地纵深,他抓起电话耳机,因为太紧张手有些抖,汗从脸上往下流。他擦了擦脸上的汗,扯起嗓子喊:"山炮营!"电线被炮弹打断。旅长喊:"一科长,去!要山炮向敌人纵深发射呀!快,快!"

六门山炮一齐叫开了,每一发炮弹都击中敌人的要害。

陈旅长高兴地喊:"打得好!打得好!不要停止,再给他几十发!"

这时,敌人想压制我方炮火,就一连丢过来百十发炮弹。这些炮弹都落在旅指挥所周围。

杨政委说:"老陈,敌人照顾我们了,转移个地方吧!"

陈旅长说:"走,转移!"他虽然口里说"走,转移",可是还拿着望远镜在看。

敌人的炮弹在他们周围爆炸,七架飞机在头上俯冲、投弹、扫射。当飞机俯冲发出怪啸声时光,杨政委把陈旅长一把拉倒压在身下,喊:"卧倒!敌人会把你——"话没落点,敌机俯冲下来,千百条火箭穿下来,陈旅长刚才站的那个地方被子弹打得冒土花。

陈旅长大声笑着说:"老杨,你又给了我一条命!"

杨政委说:"这样说你也给过我十几条命咯!"

突然,几发山炮弹轰地落在他们跟前爆炸了。

杨政委一面吐着口里的土,一面喊:"老陈!"

陈旅长揉着眼在咒骂。

他俩带着旅指挥所的人员,弯下腰向左边跑去。指挥所转移了地方。

五点钟了,太阳离西边山线只有几竿竿高。

陈旅长用镜子观察前面部队进展的情况。各团都进展得很快,只有赵劲团的队伍在第七个山头上和敌人纠缠着。怎么搞的,赵劲他们攻击那个大山头,已经攻了有一个钟头!他们攻上去,敌人反下来,攻上去,反下来……这猛烈的搏斗,反映在陈旅长脸上。他的脸色一阵光彩而兴奋,一阵又紧张而严峻。

杨政委跑过来,脸挨着旅长的肩膀,说:"老陈,赵劲那里不对头呀!我要电话,可是他们指挥所只有一个参谋!"

陈旅长双手撑在堑壕沿上,手指深深地抠入土里,那铁一样的下巴,微微抖动说:"彭总要我们在黄昏全部消灭敌人。"他看了看表,"赵劲搞什么鬼!"他跑过去要赵劲团指挥所的电话,电话要不通,一个参谋带了个电话员去查线。陈旅长又用镜子观察赵劲团攻击的那个山头,脸上闪过疑惑的气色,他思量着说:"敌人这么拼命,恐怕有名堂!"他爬过去,扳住旅政治委员的肩膀,说:"老杨,看出来了吗?赵劲攻的那里有问题!"

杨政委一直观察着赵劲团的攻击部队,他也觉得那里发生的事有蹊跷。他说:"是咯!我们的部队最少冲了十几次!老陈,我看,赵劲大概敲到敌人要命的点子上啦!"

陈旅长觉得政治委员的话证实了自己的判断。他很高兴地抓起电话耳机,喊:"赵劲!是呀,我,七〇一。唉,是咯!我知道你鼓了好大的劲。敌人很顽强?嗯,他顽强,我们能战胜他,那就证明我们比他还顽强。好部队总是拣顽强的敌人敲。嗯,什么?嗯,是呀。你觉得敌人是——"

电话中回答:"完全不是,七〇一,我倒觉得,我掐住敌人脖子咯!"

陈旅长喊:"赵劲!赵劲!你真有这样的看法?快,想一切办法查明情况。赵劲,最好抓个俘虏问问,立刻,我等你的回话！快。"

过了十多分钟,电话铃得嘟嘟地叫起来。陈旅长一把抓起耳机。急问:"赵劲,嗯,怎么的?钟松,三十六师指挥所,一六五旅指挥所……都在那个山头上?好啊!好啊!"

电话中送来赵劲的声音:"七〇一,这是敌人最后一个山头。是呀!我们很快拿下它。对呀,把钟松给你捉来!一定。"

陈旅长喊:"我——"电话线让敌人炮弹打断了。

陈旅长觉得他必须马上赶到赵劲团去亲自掌握部队,攻击三十六师师指挥所占领的那个山头。因为攻下那个山头,全部胜利就捞到手了。

这时候,电话铃又响了,陈旅长抓起耳机喊:"赵劲?——"赵劲刚回答了一声"嗯……",耳机中又传来另外一个人的口音:"赵劲,你要向你们旅长报告我到了这里,有什么必要?怕什么!子弹又没有长眼嘛……"

"哦,彭总到赵劲团指挥所了?"一阵感动而震惊的感情,随着电流流进陈旅长的心里,飞快地传遍全身。他在耳机中喊:"赵劲,三号在你们那里?你要注意保护他,而且不能让他再往前头摸。我马上就去咯。"赵劲大概拿着耳机和彭总说什么,陈兴允只能断断续续地听到彭总那镇静而从容的声音:"很好……一鼓作气,求得全歼……不要替我操心,我又不是新兵,还要班长带领我学打仗……"陈兴允把全身的力量集中在耳朵里,听彭总说话。

陈旅长扔下电话耳机,说:"老杨,我去了。"他跃出堑壕。

杨政委一把拉着他,喊:"你不能离这里,我到赵劲那里去,带领他们拿下那个阵地;你掌握炮兵,配合我攻击。我去咯!"他不容陈旅长分辩,以军人特有的矫健、敏捷,向炮火激烈的地方跑去。他一阵跑,一阵滚,又一阵匍匐前进。不一会儿,他的身影让炮火的烟雾遮住了。

五时一刻,陈旅长那个旅配合兄弟部队向整编三十六师最后一些阵地发动总攻击。

　　这是最紧张的时刻,人们经过整日激烈战斗,嘴干舌燥,神经紧张到极点。枪炮声好像山洪暴发,吼成一片!英雄的人民战士在强大的炮火掩护下,一次、二次、三次、四次……反复地在冲杀。杀声、喊声摇天动地,耳朵震得只是嗡嗡响。

　　战士们突上去了。刺刀、手榴弹、肉搏……占领敌人阵地的号声响了;战场上响起了欢呼声;红旗在烟火中忽隐忽现。

　　部队突破敌人最后的阵地以后,太阳已经落了。全部控制了敌人阵地的时候,已经断黑。

　　敌人阵地上到处都是被摧毁的地堡和堑壕;到处丢着尸体、大炮、机枪、子弹箱和烂鞋破衣……有的部队冲上敌人阵地后,立刻就去追击了;有的部队还在清点人数,整顿组织;有的部队还在清查俘虏、武器。

　　陈旅长赶来了,他问了向导,知道此地是沙家店以南十二里的凤山。他要参谋们把地图铺在地下。一个参谋用手电筒照着地图。

　　陈旅长看着地图对旁边几个干部说:"你们的部队全部追击去了么?"

　　一个干部说:"这里还有一些部队打扫战场。"

　　陈旅长说:"把其他事情放下,统统去追击!"

　　西北野战军所有的部队都在猛追溃乱的敌人。

　　周大勇率领第一连攻下敌人最后一个阵地时,就没有停止,继续追击,不顾一切地向敌人中间插。他心里有数:"敌人是被打散了的,再多也没有什么战斗力。"他让战士们按上级规定的记号:把白手巾绑在左胳膊上,从山头上追到沟里,从沟里追到山上;见了敌人就往中间钻,钻到中间就四面开花往外打。敌人往山下滚,往沟里跳,互相践踏,狂呼乱叫。到处是敌人的牲口、死尸、伤兵、炮、枪支、背包,到处是一堆一堆放下的武器和挤在一块等待收容的俘虏。周大勇不停地派战士把俘虏们往后带。他一共捉了多少俘虏,自己也记不清。

追了七八里路以后,周大勇一清查自己身边的战士,只有马全有掌握的一个班了。他正清查人数,眼前黑乎乎的拥来很多人,有人还低声喊:"谁?"

周大勇脑子一转,连忙把身后边的战士一推,要他们包围敌人。他回答:"自己人!"大摇大摆地往敌人跟前走。

一个敌人怯生生地问:"哪,哪一部分?代,代号?"

周大勇忽地扑上去,照一个敌人鼻子上猛揳了一拳,那人跌倒在地,周大勇抢前一步用脚踩住。

脚下的人喊:"你是谁?你是谁?哎哟!"边喊边咬周大勇的腿肚儿。

敌人甩过来一颗手榴弹。

"啪!"周大勇给了脚下的敌人一枪,又一脚把那死尸踢得翻了过儿,朝另一个黑影扑去。

马全有带着战士们从敌人两翼呼呼地喊着扑上来。敌人又投过来几颗手榴弹。战士们回了他一排子手榴弹。

有几个敌人跟着一匹大白马猛窜。有骑马的,这个什么大官?说不定就是三十六师(军)师长钟松。周大勇不歇气地穷追。猛乍,他影影糊糊看见一个敌人扳住马鞍正要上马。周大勇推倒两个敌人,一步抢前,揪住那个正要上马的人。那家伙也精,脖子一缩,往旁边大沟中一滚,呼隆隆下去了。周大勇一看手里,扯下了那家伙的一片衣服。他连忙往沟里甩了几颗手榴弹。接着,他扭头,飞起腿踢倒那牵马的敌人,又用膝盖顶住那人的胸脯,问:"滚下去的是谁?"

"长官,长……高抬贵手!滚下去的,是,是师长,钟,钟松……"

周大勇好气愤啊!问:"真是?"

"我不说假话!长官,我是个跛子。长官!钟师长三处带伤,满身是血。你看,这是他的马。我,我是马夫!"

周大勇打着手电筒,又从地下捡起他撕下的那片衣服。一看,是衣服前襟,前襟的口袋中有钟松的名片、蒋介石的嘉奖令、胡宗南来的一份允诺提升他的电报等杂七杂八的东西。

"追!追!追他个屁滚尿流!"周大勇带着战士从沟边往下摸着,要去摸索。他边走边独自嘟哝,满肚子的火气,"他妈的,到手的金子变成了铜,没捞住这泥猪癞狗的小子才丢人!"

宁金山说:"连长,三十六师叫咱全给收拾了,你还长出气!"

周大勇喊:"啰嗦!快往下溜,捉住钟松才算干净彻底!才算无一漏网!"

九

早晨,当陈旅长睁开眼睛的时候,阳光已照在窑洞的窗户上了。他看见旅政治委员从马褥子上爬起来,走出去了。他一时记不清他们昨天晚上怎么从战场上回来,又怎么躺在这窑洞的草堆上睡到现在。闪过他脑子的最明显的念头是:胜利捞到手了!

瞌睡还在缠磨他。他舒展了一下身子,浑身各骨节都痛,耳朵里有各种嘈杂的声音。他咳嗽了一声,嗓子是沙哑的,又干又痛。这二十多天人们是在一阵旋风似的紧张中过活的。他想,胜利,好不容易啊!二十多天,日夜急行军,冒风雨,忍饥饿,侦察,判断情况,制订作战计划,开会讨论,表决心,摸地形,挖工事,冲锋,肉搏……一件件的事情像放映电影一样,从陈旅长脑子里闪过。他想:所有这一切都是为了那几个钟头的战斗啊!一切意见,计划,决心……每一个人是胜利地活下来,还是英勇地牺牲,也都在那战斗的几小时中猛烈地经受考验。他又想起了很多战士干部的脸膛,想起团参谋长卫毅。想起了敌人遮天盖地地扑来,卫毅用无畏的英雄气魄挡住了敌人,直到忠诚的烈火烧至最后!像战争中常有的情形一样:在紧张战斗的时候,即使最好的同志和最亲爱的人牺牲了,人都很少有怜惜和难过的心情,可是战斗打罢,想起那些牺牲了的同志,人就会心如刀绞,流下眼泪。这时,陈旅长想起卫毅和其他牺牲了的同志,一阵悲痛袭上心头!他从铺上爬起来,好像要赶走自己脑子里一切翻腾着的思想感情似的!

电话铃响了,他拿起电话耳机,说:"嗯,好,让周大勇把俘虏来的高级军官和缴获来的文件带来见我——正十二时。嗯,整顿组织;嗯,弹药要立刻补充。对呀!准备继续战斗!怎么?对的,对的。……"

陈旅长像一切指挥员在战后的情形一样:浑身疲乏,脑子轰响,脸色焦黄,眼窝陷下去了。但是,他总强打精神干完自己应该干的一切事情。

陈旅长到了赵劲团的团部,看见该团政治委员李诚。陈旅长沉下脸问:"赵劲呢?"

"到一营去了。"

陈旅长停了好一阵又说:"卫毅牺牲了!"下边一句话没说,但实际上是责备:"这要你们负责的!"

李诚侧过头,望着一边,没有说什么。他知道这是无谓的埋怨,这是由悲痛变成的激怒!

陈旅长走到门口又返回来,望着李诚那瘦削而阴沉沉的脸,说:"我们要为活着的人着想,我们没有权利为已经倒下的人悲痛!当然——"他左手伸出来用力往下一压,再也无法说下去。他后悔自己又提起卫毅牺牲的事情,显出不愿再谈下去的神情。"李诚,派一个参谋带我到一营去。我要去看看我的战士们!"

陈旅长走后,卫毅的亲兄弟卫刚和卫毅的警卫员走进来。卫刚头上脖子上都扎着绷带。

李政委问:"你回来了?"

卫刚说:"三岔湾战斗中,敌人飞机扔的炸弹把我的通信员炸掉,把我也炸得死过去。同志们都说我完了,可是以后卫生队的同志们又把我从土里刨出来,送到医院。我昨天半夜里赶回来,现在还在政治处住着。我——"

李诚说:"这些,我知道。我问你为什么不多在医院住几天?为什么这样快就回来?"

卫刚搭拉下眼皮,说:"快?我倒是回来得太慢了!"

李诚往日像千年的柏树一样坚实,摇不动,可是目下,痛苦搅得他心乱如麻。他突然双手扳住卫刚的肩胛,望着他的眼,声音抖动地说:"卫刚,再大的打击,我们也经受得起!经受得起!经受得起!……"

卫刚的样子,这样像卫毅。李诚觉得站在他面前的人,不是卫刚而是卫毅。卫毅像是微微耸耸肩膀,诚朴而淳厚地微笑着说:"政委!战士们劲头挺足!"卫毅的警卫员把马褡子搬进来。李诚想:"他是用门板给卫毅把床支好了?"直到现在他还想不通:卫毅那样气刚刚的人,就能撇下自己的事业,永远离开了自己的同志?不会,这是绝对不会有的事情!

卫毅的警卫员说:"李政委,参谋长只有一条老布被子,我们给他裹上了。现在要盖棺材,你是不是再去最后看一看他?……再去最后看……"

李诚猛地摆了一下头,说:"不!"

警卫员还迟疑地站在那里。

李诚大喊:"我不去看!我不去看!你走开,你走开!"

李诚很快地来回走着。

突然,卫刚头顶住墙,哭了,大声哭了:"哥!让我替你去死!让我……哥!"

李政委自言自语地说:"一个非常优秀的人倒下了!……党的事业需要他,非常需要!"他的胸口有什么东西激烈地涌动,血液在血管里急速地奔流。他的眼睛死死地盯着窑洞的角落,卫刚什么时候走开,他也不知道。

突然,门外山头上齐放了几排子枪,随着枪声又是低沉悲痛的歌声:

  起来,饥寒交迫的奴隶,
  起来,全世界受苦的人!
  满腔的热血已经沸腾,
  要为真理而斗争!
  旧世界打个落花流水,
  奴隶们起来,起来!
  …………

李诚立正站着,两眼涌出了热泪;大颗的泪珠从战火烧过的脸上滚滚而下,滴到胸前的衣服上!

他木然不动地站了半个多钟头。

他走到窑洞门口,看见战士们押着一群一群的俘虏,从沟渠里过;河槽里也有许多战士,来来回回忙迫地干着什么。山头上有很多游击队队员和老乡们,找寻敌人丢的枪支和子弹。

他点起一支烟,猛吸了几口,就向连队走去。

为了忘却悲痛,他需要把自己投入工作,投入紧张热烈的连队生活中去!

李诚顺着山沟走去,有时候走进棘针林里,衣服给挂破了;有时候踏到泥水中,鞋子给湿透了。到连队去,到底到哪一个连队去,他也说不清。突然,在山沟的转弯处,他碰见旅政治委员杨克文。

杨政委炯炯闪光的眼盯着李诚说:"陈赓兵团正敲潼关的大门,快戳到胡宗南的老窠啦!"他扭转身子,指着山沟的深处,又说:"瞧,李诚!"

李诚顺着杨政委指的方向望去,只见露营的战士们争着阅读什么传单,高兴地呼喊:

"陈赓兵团全部渡过黄河!"

"西北大反攻万岁!"

"全国大反攻万岁!"

…………

李诚心头涌起一种剧烈的激动的感情。他想:我们用重大的代价换来了一切啊!

第七章　九里山

一

大进军开始了。战士们漫过沟渠、山冈，从北向南踏着大反攻的路，勇猛地追赶敌人。部队行列中，飘飞着各色各样的油印传单。传单的内容大致是：胡宗南的命根子整编三十六师让西北野战军消灭以后，董钊、刘戡率领的七个多旅，像热锅上的蚂蚁，挤在米脂县北边的山区，团团打转。

米脂县以北的山区，人烟稀少，粮食很缺；这会儿，秋雨又三天两头不歇气地下。蒋贼军人无粮食，马无草料，饿得要死，冻得要命，又胆战心惊生怕和三十六师落了一样的下场。正在敌人这要命的节骨眼上，陈赓兵团突然强渡黄河，打到豫西，向敌人展开猛烈攻势；洛阳危急，潼关吃紧，胡宗南的老巢西安，像一只快沉的破船，在风雨中飘摇。

敌人五六万人开始从米脂城北的无定河边全线溃逃了，沿途修建工事，轮番掩护退却，准备逃回延安……

彭副总司令率领西北野战军主力，从米脂以北地区出发，沿咸榆公路以东黄河以西地区，日夜南下，准备赶到敌人前头，插到敌人防守空虚的延安附近，打击敌人。另外，彭总命令一个纵队绕敌人右翼，插过无定河，沿咸榆公路对敌人进行侧击、堵击，延迟敌人南逃的时间，消耗敌人力量，让敌人每走一步都要付出重大的代价。

奉彭总命令,从敌人右侧前进的这个纵队,上至司令员下到每个战士,只有一个念头:赶到敌人前面去!

战士们从白天到黑夜,从黑夜到白天,不歇气地急行军。他们一阵翻山一阵过沟;好大的山好陡的坡啊,战士们爬着上,溜着下。

逃窜了一整天的敌人,晚上宿营在山头。他们烧起一堆堆的大火。

敌人盲目地射击,冒诈地呐喊:"你们上不来!"其实,他们什么也没看见。

我军从敌人烧着火的山下穿过,从敌人的眼睫毛下边悄悄地向前流去。这样多的人马又是这样轻巧,有严密组织的军队该是多奇妙的整体啊!"不准抽烟,不准说话。"这一道一道的命令,战士们都是贴住耳朵往下转述。说来也奇怪,首长们传下来这命令后,连那驮炮骡子、又踢又咬的牝马,也都悄悄的不嘶叫了。你要伸长耳朵听,只能听见沙沙沙的脚步声,牲口蹄子咯嗒嗒的响声,兵器轻微的撞击声。你要瞪圆眼睛看,只能看见数不清的黑影子和战马铁掌击起的火星,还能看见萤火虫在草丛中乱窜。

战士们一连翻了五六架大山,渐渐地,敌人在山头上烧起那一行一堆的营火,落在部队后面了。

战士们的衣服让汗水浸湿了;湿衣服凉冰冰地贴在身上,冷得上下牙齿直磕碰。

深更半夜了,战士们眼皮上坠了千斤石,腿像两根木橛,脚底板热辣辣地发胀。他们的腿机械地向前迈进。有的人眼一闭睡着了,脚虚踏一下又惊醒了。有的人还边走边做梦:梦见自己冲入敌群投出几颗手榴弹;梦见敌人飞机俯冲下来,乱箭似的发光弹在飞;梦见炊事员煮了一锅热腾腾的土豆,给大伙均分……直到自己的头,碰到前边人的背包上,这才把梦给打断。

天空黑沉沉,闷闷雨又下起来了。

战士们赶到无定河边,正是夜里四点半。他们连衣服都没来得及脱,就手拉手蹚过了水淹到胸膛的无定河。当纵队的后卫部队过河时,天已大亮,山头上敌人用机枪封锁河面,有些同志在河心负了伤,水面上浮起一股股的鲜血!

拂晓,雨停了一阵,可是吃早饭时光又稀里哗啦下大了!路两旁山坡上的大小石头,被雨水洗得精光发亮,像涂上油一样。沟渠里的路上有很深的泥浆。战士们一个个都淋得像从河里捞出来的。他们的鞋子时常被泥浆吸掉;有的人还不停地跌跤。

战士们眼窝深陷,脸黑瘦,浑身是泥。他们顶着雨,光脚片踏着蒺藜、石头子前进;有不少人走拐了腿。

第一营教导员张培把他的马让给有病的战士骑。他步行着,衣服让雨打湿,贴在身上。他的脸又瘦又黄;打摆子病又犯了,浑身不停地发抖。可是他还不断地给指导员们吩咐什么,还强打精神鼓舞战士们前进。

张培和周大勇肩挨肩走着。周大勇腰里的皮带上,吊着拳头大的一块东西。他不停地摸着它。昨天晚上部队大休息的时候,地方干部和群众千辛万苦地给部队搞来一些杂粮和酸菜。炊事班立刻就煮饭。战士们刚闻到饭的香味,又奉命出发。于是,大伙就把那黑豆、高粱、谷子和酸菜搅在一块煮成的稠疙瘩饭,用手巾、破布包起来吊在皮带上,准备随时拿来充饥。

周大勇说:"教导员,你吃点东西吧。"他指着腰里的东西。"虽然只能吃个半饱,但是这也算最好的早饭。"

张培说:"不,再好的东西也咽不下去!大勇,悄悄给你说一句话,我累得要死!简直不敢想到病,一想就半步也移不动了。我有一阵独自琢磨:我要是躺下去不能再给党工作,那够多难过啊!我过去为什么不把一分钟当一年使用?啊!大勇,一个人趁自己精力旺盛的时候,就应该尽量为党工作。是吗?"

周大勇说:"是啊,尽量把工作责任往自己肩上担,你越担得多,就证明党的事业越需要你。不过,为了更好地为党工作,现在你应该去休息。"

张培和周大勇谈到战士们的英勇事迹,谈到党员战士带病帮助别人的情形。仿佛,张培不谈这些事不想这些事,就寸步难行。

周大勇瞧瞧张培,只见雨水从张培瘦岩岩的脸上往下淌,只见张培的脸色一阵青,一阵红,一阵又发白。疾病在折磨人哟!

突然,团政治委员出现在张培和周大勇身边。他像从土地里陡然钻出来似的。真怪,到处都有他在场。打仗的时光,你在弹药所碰见他,在冲锋出发地看见他;宿营的时光,你在炊事班碰见他,在战士睡的窑洞边看见他;行军的时光,你又在每个战士身边看见他。

李诚说:"张培,你必须去休息——我说过有一百次了!"

张培微微一笑,说:"四二号!刘营长负伤以后,营部就是我一个人,我忍心丢下工作去休息?"他看看政治委员和周大勇,又抹抹脸上的雨水,说:"战士们当中,生病的人也不少啊!我能咬住牙,他们也能咬住牙。斗争这样紧张,躺在病床上是很难活下去的!"

"真是!让我怎么说呢?"李诚气愤地把帽子扯下来,拧了拧水,又戴上。他低着头,扑嚓扑嚓踏着泥水,走得挺快。他让一个骑兵通信员把马交给张培骑,便朝前边走去了。

二

日夜急行军,从敌人侧翼赶到敌人前头的这一支部队,现在插到绥德县和清涧县之间的九里山了。

九里山是咸榆公路的咽喉,敌人逃回延安必经的道路。

战士们一登上九里山,就顶着大雨构筑工事。

他们很快地做起了纵深挺宽的强大工事。山头上，到处都是炮兵阵地、掩蔽部、伏地碉和像蜘蛛网一样的交通壕。

屋檐吊线的连阴雨，不歇气地下着。天气黑咕隆咚的，人走在这样的黑夜里，就像跳进了烟囱。

李诚从团指挥所摸出来，走到第一连阵地上。

周大勇和王成德领着战士们正在挖工事。战士们一面站在泥里挖掘，一面排水，还急切地谈论什么。有的战士换班下来，便蹲在泥水中抱住膝盖睡觉，鼾声呼呼响。这时候，即使敌人炮弹落下来，火光冲天，也休想打断他们的睡梦。

李诚钻到战士们挖好的一个伏地碉中。他用手电筒照着看：伏地碉的内壁上，战士们铲平一块二尺见方的地方，上写"记功牌"。战士们都争着向他报告："四二号，我们的碉堡叫'胜利碉'，他们的叫'人民战士碉'。我们给这些碉堡命名的时候，还举行了'命名典礼'呢！"

李诚说："好呀！同志们，告诉你们连长，就说你们给自己的碉堡命了名，我也代表团党委正式批准你们的命名。"接着，他又想："'命名典礼'，真有意思！让别的连队派代表到这里参观一下才好哩。"

战士们高兴地顺着战壕往左右传："团党委批准我们给自己碉堡起的名字！"

左边掩蔽部里，也传出一阵阵的声音：有的人提出立功入党，有的提出了打击敌人的办法。右边掩蔽部里，有的战士一根一根地擦着洋火，趁光亮艰难地写挑战书；有的正在讨论立功计划，渐渐地，热烈的发言变成了英雄的宣誓：

"坚决完成阻击任务！"

"不让敌人前进一步！"

"坚守九里山配合陈赓兵团作战！"

一切意志和智慧的力量，统统发动起来了。

李诚站在交通壕岔口，望着北面黑突突的山头。他没有觉着凉丝丝的雨水顺脖子往下流，心头掠过一种强烈的感情。这就是，一个政治工作者，当他看到共产党人用全部心血、精力传播的思想变成了不可战胜的力量的时候，产生的一种愉快和自豪的感情。

李诚离开一连的阵地，向左前方走，碰见了团长赵劲。

赵劲和李诚相跟上，顺着蛇形交通壕向前走去。

他俩向左前方走了百十公尺，就停住脚顶着黑夜和细雨，注视九里山北面的敌人阵地，默默不语。长城外刮来的风，卷着他俩的衣襟。他俩除了有时看见敌人机关枪吐的火舌以外，其他东西根本看不见，可是还是一动也不动地望着。李诚想：我们不会蹲在工事中挨打，防守中会主动向敌人反击的；反击中敌人炮火猛烈，炮弹撕心裂胆地爆炸，战士们趴下了，政治工作者如何使战士们想起他们的决心、誓言、荣誉，如何使战士们听到党的声音而勇气百倍。他说："敌人是今天下午赶到九里山北面的，他们现在干什么？"停了一阵，他边思量边说："老赵，现在敌人的官兵在想什么呢？"

赵团长有口无心地回答："嗯。"

赵劲正在谋算天明后的战斗。他想象着：敌人的攻击开始了……自己的火力按住了敌人，战士们跳出战壕，扑向敌人……

赵劲和李诚听见咝咝的啸声，两个人很习惯而机警地卧倒了。一颗重迫击炮弹在他们身后爆炸了，火光冲破漆黑的夜空。

他俩顺着一条电光形交通壕，走到本团左翼的阵地前沿。这里跳过一条小沟就是敌人阵地。

夜更深，天更黑了。有时候，一两个红绿的信号弹划破黑暗的天空，稀疏的枪声打破了深夜的宁静。

两个黑影出现在三连的阵地上。

没有声息，人们都在竖起耳朵细听着动静。猛地，子弹在头上

"日——日——"地飞过。风也一阵一阵地刮来。右前方远处的山沟里有微弱的狗咬声。

李诚跳在工事中和一个排长谈话。

赵劲低声问哨兵："有动静没有？"

"敌人大概睡觉了。听，简直鱼不跳水不动！"

赵劲问："刚才不是还打枪么？"

一个战士指着正前方说："刚才，那边机枪打了几枪，又打了五发信号弹，还有人晃着手电乱跑。"

"好远？"

"二百多公尺。"

赵劲背着手直挺挺地站在工事上。

一个战士说："四一号，敌人不停地瞎打。你来，站到我这个掩体里观察。"他跳出单人掩体。

"我站在这里危险，你站在这里还不是一样危险？"赵劲凝视前方说，"你们要注意观察，还要搞清友邻部队的位置和你警戒的范围。"他沉思了一阵，又说："警戒还要往前伸！"

带班的干部说："前边的塄坎上已经伸出了一个小组。"

赵劲和李诚摸下塄坎去，那里三个战士趴在掩体中，端着枪盯着前方。赵劲、李诚检查了工事。工事做得很好：很牢靠，又能发挥火力。

李诚摸摸战士的衣服，衣服让雨水淋得透湿。他弯下腰，又摸摸一个战士的光脚丫子，啊，那脚丫子凉冰冰的。李诚不禁心疼起来了。他说："告诉你们连长，要他派人送点麦草来，铺在掩体里。"

李诚、赵劲把周围的地形仔细地摸了一番，贴住耳朵研究了一阵，又返回到本团阵地中间地带的前端。这里有的战士蹲在战壕中，有的战士持着枪雄伟地屹立在黑暗中。

"口令！"远处传来雄壮的喊声。

敌人"啪啪"打了十几枪。

赵劲和李诚含糊地答应了一声口令,就弯下腰,呼呼呼地跑到哨兵身边。

李诚问哨兵:"我答口令,你听清了没有?"

"没有!"

李诚说:"对呀!这样远问口令连你也听不清回令!"

赵劲接着问:"你说,敌人听见我们的口令好不好?"

那个战士说:"要让敌人听见就糟了。"

赵劲说:"对呀!那么你为什么七八十公尺远就大声问口令?"

这时周大勇、王成德听说团首长来了,就急急地赶来。

王成德和李诚在谈什么。周大勇听见那个战士和赵团长谈话,他就不吭气地站在一旁。

赵劲说:"你喊得很威严。军人就要有这股雄伟的劲头。可是哨兵发现了动静,多少公尺远才低声问口令呢?这问题请你们连长给你讲,因为这是他的责任。"

"好。"

赵劲转过头,对站在他身边的周大勇说:"我们什么时候才能随时随地教育战士,在每个工作细节上对党负责呢?"

周大勇没吱声,他的脸齐脖根红了;惭愧的感情,在袭击他。

赵团长和李政委顺交通壕向本团指挥所走去。

这时,已是十二点半钟了。枪声渐渐地响密了。

三

九里山南北都是小川道。咸榆公路从北边的小川道爬上山,又弯弯曲曲地向南边川道里伸展去。这一带的山看不出分明的脉络,一眼望去,尽是起伏的山头。九里山像是一条东西横着的山梁。这条山梁,比起周围的山梁来,算是又高又平的了。

九里山阻击敌人的这个纵队,能直接参加战斗的不过两三千人,但是这两三千人要用勇敢、智慧和巧妙的战术构成一道铜墙铁壁,阻击住五六万敌人,而且要阻击六七天。

拂晓,战斗打响了,平均一个人民战士顶住二三十个敌人的激烈战斗开始了。

九里山的正面是赵劲这个团和兄弟部队坚守着。他们从天黑打到天明,从天明打到天黑。不断头的秋雨也是从白天下到黑夜,从黑夜下到白天。

一天晌午,部队趁大雨攻击敌人,夺下一个山头,捉到一批俘虏。俘虏们一个个都饿得皮包骨头。

周大勇正要派几个战士把本连队捉的俘虏送下山去,猛抬头,看见陈旅长走来。

陈旅长淋着雨,踏着泥浆,走得很快。他的衣服上溅上了很多泥巴。日夜惨烈艰苦的战斗,熬得他脸色黄瘦。他的络腮胡子长了半寸多长,胡子上滴滴的水点往下落,缺乏睡眠的眼里布满了红丝。他总是乐观的充满精力的,仿佛让人觉得,疲劳、艰苦、饥饿、淋雨、冷冻总不能制服精力旺盛的人。

自从战斗开始,陈兴允跑遍了九里山上本旅坚守的各个阵地。有时他整夜价,从这个营、团指挥所跑到那个营、团指挥所,查问着、命令着、吩咐着。他用简单锋利的话句,把一切有疑虑的人,都激发起来了。有时候他突然出现在战壕里,出现在冲锋出发地,出现在炮火激烈的地方,严峻而昂奋地指挥那场恶战。

陈旅长边走边高声向战士们打招呼:"同志们,困难吗?"

"七〇一,算不了什么!"

"算不了什么!"

陈兴允很喜欢战士们这充满英雄气概的话语。他说:"确实算不了什么。我们困难,敌人更困难。敌人有的部队两三天也吃不上一顿饭。同志们！我们遇到的困难是暂时的,可以战胜的！"

他的样子,他的一举一动,都给了战士们一种又奇妙又巨大的力量。

陈旅长到了赵劲团的指挥所。这时他脸色铁青、冰冷。他问："张有强呢？"

赵劲说："到三营去了。"

"要他马上回来！"

赵劲立刻就给三营指挥所打电话。

一个参谋把一幅作战地图铺在地上。陈旅长一条腿跪下去,双手撑住地,眼睛盯着地图。过了一阵,他抬起头,低声说了几句话。又拿出烟盒,抽出一支烟,把烟的一头在烟盒上用力地磕了几下,吸着,沉思着。

张有强原来是赵劲团的一参谋。自从沙家店战斗中团参谋长卫毅牺牲以后,他就代理团的副参谋长。

一个钟头以前,陈旅长打来电话,要赵劲团派一个营插到敌人中间的地区去活动。恰好张有强在团指挥所接电话。当时,他一再强调困难,说抽不出人。最后陈旅长严格地批评了他,他才磨磨蹭蹭地接受了任务。

张有强钻进了掩蔽部,他浑身让雨淋得透湿,帽檐上滴着水。

陈旅长盯住掩蔽部的墙壁问张有强："你讲讲,到底有好大的困难？"

张有强心里谋划："我把实际情况讲一讲,大概旅长就会了解我们的困难。"他很有条理地把本团的困难情况讲了一番,最后,总括起来说："一切都很困难;战斗非常激烈,今天光团指挥所的人,就和敌人拼了三次手榴弹！"

陈旅长铁一样的下巴,微微颤动。他直盯着张有强,眼里射出两股严厉的光。他说:"'人很少,抽一个营出去活动,我们团就很难作战。'可以这样说吗?"

张有强怯生生地分辩:"确实困难,确实——"

陈旅长打断他的话说:"困难? 我们这些人,不是为克服困难而来的吗?"他望着掩蔽部外面,又声音低沉地说:"有些干部遇见的情况,本来困难得要死,可是他不空喊,他想办法克服困难,他有战胜困难的气魄。只有这样的人,才使人尊敬!"他突然转过脸来,那铁钳子似的眼光又钳住了张有强。"我们最困难的时候,也是敌人受不了的时候,谁能熬过这困难的最后几分钟,谁就是胜利者。你想想,国民党这些败兵,听到身后枪响,心里是什么滋味? 我们在这里多顶一天,敌人会饿死多少啊。我们在这里多顶敌人一天,陈赓同志渡过黄河的部队,在豫西会有多大的进展啊! 为什么你的眼睛只看到你们团而看不到我们整个的事业呢?"他紧闭住嘴,停止说话。显然,他在尽力压制感情,使自己冷静。他的脸色黑煞煞的,眼睛闪着清冷而刚毅的光。过了好一阵,他又说:"我问你,我们一个人顶着二三十个敌人,如果不用各种手段打击敌人,还能坚守住这九里山? 还能完成六七天的阻击任务? 你认为纵队党委指示,派一些部队插到敌人中间去活动是没有道理的吗?……战士们知道目前忍受这些艰难的意义,因此,他们有无限的勇气,他们要求用一切方法痛击敌人,消灭敌人!"陈旅长盯着张有强,盯了足有一分钟,说:"你没有战士们的英雄气概!"他的声音为那被压制的感情冲击而微微有些抖动。

陈旅长走出掩蔽部,站在战壕里,望着北面炮火激烈的地方。

赵劲和张有强跟着走出来。

赵劲是听惯了命令声的。他具有军人的心肠和习惯。因此,他对旅长这种爽直、尖锐的责备和那带着权威、命令的口气一点也不反感,可是有一种灼热的痛苦抓住了他,这种痛苦是那不能原谅自己的责任心引起的。

赵劲脸色严峻,那由心里涌上来的难过爬上了嘴角。他说:"旅长!我想,你知道我们有勇气正视自己的错误!"

陈旅长眼光温和了,他说:"你们团党委要让每个同志确实了解:我们敢于取得胜利,也善于取得胜利!"

赵劲跟上陈旅长打仗有好些年头了;远在二万五千里长征中,他们就并肩出入在炮火中,同志的情谊就牢靠地建立起来了。赵劲深深地知道,你对自己的职务忠实,把任务看得重于生命,旅长就支持你,鼓励你。一个战斗英雄牺牲了,旅长会痛苦得水饭不能入口。当你负了伤,旅长能整夜守着电话机等候医生报告伤势,还百忙中骑上马到医院看你;他会命令医生说:"你一定要救活他,党交给我的无价之宝不是别的而是干部。"可是你要动摇畏缩,不坚决执行命令,旅长便绝不留情地按纪律办事。想到这里,赵劲又产生了一种惭愧的心情。他觉得,自己比起旅长那种忠诚坚定来,该多渺小啊!

雨越下越大了,满山头上雾腾腾的,十来公尺以外什么也看不清。枪声、炮声一阵一阵地轰响着。

陈旅长说:"赵劲,我已经说过了:你们今天晚上要派一个营插出去。"他指着九里山正北一片山地,说:"插到敌人中间去,积极向敌人进攻,配合正面阻击部队打击敌人,延迟敌人南逃的时间。这样,我们彭总率领的主力部队,才能插到延安附近摆好阵势,打击敌人;我陈赓兵团的大军才能大放宽心地在豫西扩展攻势。"

陈旅长向炮火猛烈的地方走去。赵劲望着陈旅长的身影,直到看不见。他直挺挺地站在交通壕上边,听不见那狂风似的炮火声,看不见前面的烟雾升腾,也感觉不到雨顺脖子往下流;旅长那宽阔、高大的身影仿佛一动也不动地屹立在他面前。

四

赵劲钻进掩蔽部,打电话把政治委员李诚从阵地前沿请到团指挥所来。

李诚满身是泥,身上还有硝烟味;嘴唇上裂开一些小口子,渗出了小血珠。警卫员递给他一茶杯水,他接过来一下子就倒在口里,下巴上滴着水。

赵劲把旅长的意图告诉李诚以后,说:"今天晚上就让周大勇带一个营插到敌人中间去活动。"

电话铃响了。李诚抓起电话耳机,听了一阵回头对赵劲说:"旅首长要我立刻去旅指挥所。"

赵劲给各营打了电话:要每个营抽一个连队出来,临时组成一个营,去执行新任务。

李诚告诉通信员:"第一连离这里近。你去叫周大勇同王成德来,并且要他们把第一连的部队从火线上撤下来。"说罢,他就朝旅指挥所所在地跑去。

周大勇和王成德气昂昂地跑步来了。团首长叫他们干什么,通信员已经给他们露了个话头。他俩兴头蛮大地钻进掩蔽部。

周大勇和王成德肩并肩作战好几年,相互救过命。就是现在,有必要的话,他俩都能为救对方而慷慨地拿出自己的生命。可是,当他俩弯下腰进入掩蔽部的一眨眼工夫,赵劲就察觉到:如果这戳到敌人中间去活动的重大任务,不是由上级决定,而是征求周大勇和王成德的意见,看谁愿意去,那他俩是谁也不会对谁让步,尽管这种心情从他们的举动上看来,并不那么显眼。

赵劲把当前的敌我情况和派部队到敌人中间去作战的任务讲了以后,说:"王成德,你留下帮助你们教导员指挥第一营。"他又对周大勇说："你带三个连队插到敌人中间去活动。"赵劲说得很简单,像战争中常有的情形一样:人们用一个简单的手势说明很多意思,用三言两语说清很复杂的思想。

周大勇声调平静地说："好!"

过去,周大勇得到了别人得不到的艰苦任务,眼睛高兴地闪亮,心里翻腾着战斗的欢欣,恨不得马上就走。可是,目下他要指挥三个连队的事,使他必须深思远虑,使他心情沉重。

离团指挥所百十公尺的地方,枪声、喊声正炽烈地搅成一片。突然,李诚咕哩咕咚地跳进交通壕里,然后一纵身钻进了掩蔽部。

赵劲问："敌人照顾你咯?"

李诚说："照顾我是小意思,敌人照顾旅指挥所了。我到他们那里,旅首长亲自率领旅指挥所的人马,打退了敌人两次进攻。好热闹啊!"

旁边一个参谋说："敌人全线都在举行轮番冲锋!"

赵劲瞅了那位参谋一眼,说："什么轮番冲锋,简直是打摆子!"

赵劲的眼睛又严厉又冰冷。他盯着周大勇和王成德,对李诚说："就这么干吧!我刚才给他们谈过了。"

李诚说："旅首长指示:让周大勇暂时代理营长职务;马全有暂时代理一连连长职务。"

赵劲看了看手表,问："周大勇,你还要做什么准备工作吗?"

周大勇说："除了给战士们交代任务,还有什么要准备的?全部家当都随身带着,说走,提起脚就走咯。"

赵劲把周大勇看了一眼。他的眼色没变脸没动,可是心里却感情汹涌。是咯,他们除了身上的破单衣、背包和日夜不离身的武器以外,确实再没有别的什么东西。今天是这样,多少年来都是这样!

赵劲像是有什么话碍口说不出。过了一阵,他说："周大勇!

一营现在人不多,你把一连带走,那就更成问题咯。因此,第一连还要抽出一个排留下。"

周大勇乍地一愣,像是有什么非常严重的事情落到他头上了。

赵劲想:"抽一个排他就那么心疼!是咯,也怪不得他,现在一个战士顶十个用,他手里的人的确不多啊!"他脸色依然严厉地说:"不要发蒙!第一连现在算是人数顶多的连队。"

周大勇说:"昨天团里给了我们五个新解放兵,我们又把炊事员、通信员都放到班里去了。现在第一连总共才有……"

李诚说:"留下一个排吧!正面阵地总是重要的,哭穷也没有用。"

周大勇说:"那,那就抽第一排吧!"

"得啷啷啷……"电话铃尖锐地叫起来。赵劲拿起耳机,听见二营副营长急迫的声音:"四一号,敌人把力量统压在我们头上了!我们已经打退了敌人七次冲锋……人员少,弹药送不上来……营长左臂挂花……叫他下去,他把我骂得好惨……四一号,给我们一点部队,一个班也好。"

赵劲厉声喊:"沉着!不给你一个兵,你也要顶住!咹,听见吗?"他摔下耳机,走出掩蔽部。周大勇和王成德也跟着走出去。

赵劲端铮铮地站在交通壕上边,眼里闪着激怒的冷光,望着左面雾腾腾的高山头,那里枪炮声炽烈地吼成一片。他回过头,脸色阴沉沉地说:"你们的人呢?"

周大勇说:"右边崂坎下面。"

赵劲望着炮火猛烈的地方,头也不回地喊:"通信员,喊一连一排过来!跑步!"

霎时,一排排长李江国带着战士们跑过来。李江国前额上有了三道皱纹,外表上也显得老成了。他自己也感觉到自己肩上的担子重了,所以尽力表现得稳重。可是他总时不时地露出那无牵无挂的心情跟那爱说爱笑的习惯。

赵劲问:"全排都拖过来了么?"

李江国站得梆硬溜直,喊:"报告,全拖过来了!"

赵劲问:"多少人?"

李江国向前迈了一步,挺起胸脯,一字一板声音洪亮地报告:"连我一共七名。"脸上红彤彤的,神气十足。他瞧着赵劲的脸,像是表示:"团长,好大的一个排呀! 不论和哪个排比起来,也是挺棒的!"

赵劲把李江国那又勇猛又老练的样子瞅了一眼,就跳下交通壕,钻进掩蔽部。他把电话机摇了两下,刚说:"二大队,我马上……"电话线断了! 他摔下耳机,从掩蔽部钻出来。

赵劲严肃亲切地把周大勇瞅了好一阵,就跳出交通壕,对第一排战士们喊:"来!"他率领战士们,向那烟雾滚滚的左翼阵地上,飞一样地跑去了!

五

天黑地暗,大雨哗啦啦倒下来。

周大勇带着三个连出发了。战士们扶着,拉着,滑下了九里山。他们从九里山西边一个山坡溜下去,然后向东北拐,想从敌人阵地的结合部,插到敌人中间的一片山区去。

周大勇走在部队最前面。未来的战斗、胜利的希望、英雄的荣誉,在周大勇心里激起了一种剧烈的兴奋心情。可是他尽力压制这种感情,集中思想,预测着这次行动中可能遇到的困难。

周大勇率领部队向北走了三里多路,前面闪出两座大山夹着的一条小山沟。敌人不停地向沟口射击,防守得很严。部队被阻住了,战士们都趴在泥水中。周大勇带四个战士去摸情况。他们在泥水中爬来爬去,突然,碰到了敌人的鹿砦、障碍物。他卧倒,把帽子往脑后一推,擦擦脸上的雨水,脑子里一盘算,又率领战士们向前摸去。他边走边注意观察地形;虽然天气黑咕隆咚,可是他对自己走过、摸过的地形都能很好地了解。因为,一方面,周大勇他们在战争中生活惯了,熟悉各种地形;另方面,他们在战争中养成一种极敏锐的感觉,而且常常在黑暗中用这种感觉代替眼睛——在伸手不见拳的夜战中,也能准确地分辨出哪个是自己人,哪个是敌人。

周大勇把情况搞清了:山头上有敌人一个营,半山腰有敌人两挺重机枪紧紧地封锁着这个沟口。

周大勇命令马全有夺取敌人的两挺重机枪,开辟前进道路。他说:"你带上三四个战士上去,人多了目标大。你们完成任务以后,立刻通知我,我就不顾一切地拉上部队往内揳。全有,记住,抓紧时机就是胜利!"

马全有带领宁金山、宁二子等战士,端着冲锋枪提着手榴弹,巧妙地摸上敌人阵地,解决了敌人。

周大勇得到马全有他们解决了敌人扫清前进道路的消息,便带领战士们朝北边山沟猛插进去。

雨还是不歇气地下着。周围的山头上,敌人乱喊乱叫,盲目地射击。周大勇率领部队,往沟内插了一二里路又和敌人干起来了。战士们边打边走,直向敌人阵地纵深戳去,慢慢地敌人的喊声、射击声落在他们的后面了。

周大勇率领部队,拂晓时进入九里山东北方向的一条狭小的山沟。除了放警戒的战士,其他战士们都钻在山崖下边睡觉了。

周大勇知道自己处在好几万敌人中间,时刻有被包围的可能。他放不下心,也睡不着觉,在沟渠里来回走动,筹思着种种事情。

战士们插到敌人中间的第二天夜晚,周大勇集中力量,袭击了敌人一次。接着,当天晚上,他又让三个连分头去袭击敌人,各连队完成任务回到指定地点时,天就亮了。

周大勇坐在山崖下,深深地谋虑什么。他旁边坐着一连代理连长马全有。马全有靠在石头上,睡着了。周大勇的眼光,有时落到他脸上。

现在周大勇眼里,常有严峻的神色。这神色和他二十四岁的年纪很不相称。好像他在战争的道路上提前成熟了。如今,他仿佛能在转眼的工夫,准确地预测出某些重大事情的艰难、复杂和变化,并且可以掌握它。他的一举一动已开始随经验的确信,显露出冷静的特点,身体里饱蓄着生命力。这生命力使他获得了很难估量的胆识和魄力。

九连连长检查了警戒,从山顶上下来,边走边喊:"卫刚,快下来!周营长在等我们!"

卫刚头上、脖子上还缠着绷带。他左手按住腰里摆动的驳壳枪,从山坡上连跳带蹦地跑下来。他问:"王连长,昨晚上你们把敌人狠狠地揍了一顿吧?"没等王连长回答他又说:"真痛快!晚上咱们分手以后,我们爬到一个山头上,嘿,摸到敌人的炮兵指挥所,手榴弹劈头盖脑地往敌人头上浇,一阵好揍啊!狗杂种,他可犯到我们手里哪!告诉你,昨晚上我要不是怕违背营长的命令,就还要往敌人阵地纵深插哩!"

九连连长说:"卫刚,你当连长倒比当指导员更合适。"

卫刚说:"是嘛,我缺少股耐性。为这,李政委没有少'溇'我!我哥也没有少'溇'我!"提起他哥哥卫毅,他脸色突然变了,显露出悲痛的神情。

参加会议的干部们来齐以后,周大勇把敌情分析了一番,便问:"下一步怎么办?"

卫刚说:"就照这样干:白天隐蔽,晚上出来活动。反正在夜战中,敌人没有便宜讨。瞧,我们总是一出手就消灭他一大堆!"

他热情地看周大勇,希望他支持自己的意见。而周大勇却望着红泥沟渠,在顽强地思量什么。

九连连长摇头说:"有再一再二,可没有再三再四呀,这一块地区是不能再活动了……"

九连连长的话还没说完,卫刚就刺棱站起来,准备反驳人家的意见。

周大勇手在空中压了一下,说:"卫刚,沉住气!"他边思量边说:"这里朝西南走二十多里就是九里山,我们在这里活动能直接配合九里山的主力部队作战。可是九连连长也说得在理,你尝着个甜头就啃住不放,那是要吃亏的。"

马全有生硬而倔强地问:"那怎么办?"

周大勇拔了根嫩草,在嘴里嚼着,盯着石壁,筹思了好久。他说:"战斗中,在一定的时间一定的条件下,最危险的地方也会成为最安全的地方。我们再朝北插,再朝敌人阵地纵深插。这,看来冒险,实际上比这里更能有力地打击敌人,还比较安全。"

卫刚猛烈反对:"万万不行。照你的意见办,那不是把原来的计划都推翻得一干二净?"

周大勇说:"卫刚!计划是我们订的,我们是它的主人,根据实际情况,我们可以修改它。现在就决定部队向北插他十来里路。好,注意警戒,晚上出发!"

六

晚上,周大勇率领部队悄悄地向北开进。

马全有带着一帮战士,走在部队前边,侦察情况。碰巧,他们在山沟转弯处,捉住三个敌人开小差的士兵。马全有从三个敌人士兵口中查明:翻过一条山梁,朝北走五六里是一条大沟。那里有个叫李家凹的村子里,驻扎敌人一个旅直属队,掩护部队少,非战斗人员多,还有很多行李、弹药。马全有火速把情况报告给周大勇。

周大勇再三盘问了俘虏,分析了情况,便决定去袭击敌人。他带上战士们,爬上一座高山。他们四下一看,南面枪炮声很紧,北面有敌人烧起一堆堆的火,东面和西面照明弹一颗跟一颗划过夜空。敌人搞什么鬼哟!

周大勇把兵力分成三股。他指挥第一连和第六连从东南向西北分两路戳下沟。九连连长带领第九连在山头上担任战斗警戒。

夜里三点钟,周大勇指挥的部队摸到一个小村子里,突然打响了。敌人一听枪响,乱成一团,人踏人,马踏马,鬼哭狼嚎地乱呼喊。

周大勇他们袭击敌人时,看见有一股敌人乱七八糟地向沟北一个小村子跑。他带着战士们紧紧地追赶着敌人。突然,山坡上跑过来一个人,喊:"嗨!你们是不是掩护部队?"

周大勇脑子一转,说:"是的。喂,你是不是旅部的传令兵?来,抽一支烟。"他不慌不忙地吹着口哨,向敌人跟前走去。

那人跺脚,叫:"快一点!参谋长急死了,祖宗三代地咒骂你们。快走!"

周大勇心里笑了:这才是送上口的肥肉。他说:"啊呀!我们也是急得找不见他呀!走,他在哪里?你带我们去!"他拍着那传令兵的肩膀,老兄老弟地瞎扯起来。

敌人的传令兵把周大勇他们带进村子里一个小院墙边。

马全有一巴掌,把那传令兵打得滚到地下,卸掉他的枪。

周大勇手一摆,六连连长卫刚指挥战士们爬上窑顶。他便带领马全有等人,直向一个点着灯的窑洞中冲去。

周大勇冲到窑洞门口,眼一扫,就看见一个军官模样的人坐在那里喘息不定地骂:"岂有此理!岂有此理!这是什么掩护队伍呀!快,快,快派人到山头上去看。也许是我们的人发生误会打起来的!慌什么!……你这个卫士,是饭桶!你把我的皮包丢了。皮包里有一斤来的饼子,你丢了叫我怎样活哩!"他把那卫士踢了一脚,又双手搓着,来回急急地走动,像站在烧红的铁板上似的。"简直是风声鹤唳……西安不保,延安更难说,而我们的大军又被堵在这里……前去不能,后退无路……我们不被打死也要全部饿死在这里!"突然,他尖锐地喊叫:"谁让我们来这里送死?谁让我们来这里送死?……天呀!只要能回到西安,我到街上拉黄包车也行!"他用头磕墙壁。

马全有冲进去,用枪逼住站在窑洞墙角落的敌人卫士。周大勇猛扑上去揪住敌人军官的领口,差点把他提到空中。

周大勇用枪逼住那人,问:"你是什么人?"

敌人军官被这突然出现在面前的人震愣了。他留神看了一下,还没有认清来的是什么人。他嘴一撇,露出黄刺刺的金牙,用那惯于作福作威的口气说:"我是上校副参谋长,我奉旅长命令在这里指挥旅部的人员。你是哪一部分的?敢这样蛮横!你要造反?"

周大勇把敌人军官的领口抓得更紧了,心里又腻歪又好笑。他喊:"发什么蒙!我们是人民解放军。我们的部队已经把你们包围了,不怕你插上翅膀飞上天。赶快让你手边的旅直属队人员在门外场子里集合。你说半个不字,我就砸碎你的脑壳。"他那黑煞煞的脸色,看了叫人畏缩。

那个敌人军官不知道对他眼前的情形不相信还是故意装模作

样,反正他头上尽管流冷汗,可是脸色越来越傲慢。

周大勇抓住他的领口往后一推,往前一拉,用驳壳枪对准他的鼻子,喊:"要死,我立刻敲掉你;要活,就乖乖地把你们所有人员集合起来。"这声音,充满威胁和可怕的力量。

上校副参谋长看着那对准他的枪口,头在发昏。他说:"还有什么人啊!统打散了。好,照办!我手边只有一个卫士班。好,照办!"接着,又失魂落魄地嘟囔:"天上来的!简直是从天上来的!"他不相信自己的眼睛似的向周围乱看。

周大勇端着扳起机头的驳壳枪,两腿微微叉开站着,像在地下扎了根。他那对凶猛的眼里射出两股剑一样的冷光。

敌人副参谋长的眼光和周大勇的眼光碰到一块,他不由得后退了一步,两手垂下,缩着脖子。他看清了,周大勇比他高一头宽一膀,像一堵铁墙。他生怕周大勇往前一扑,把他压碎。

"天上来的!简直是从天上来的!"他唧唧咕咕地支吾了半天,还是下了命令,把旅部的一百来人集合起来。这帮人里头有政工人员、军需人员、军医、伙夫、马夫、卫士等等。

战士们很快就把敌人的武装解除了。

周大勇让马全有押着敌人副参谋长往窑洞门外走,可是刚出门,那个副参谋长往旁边一滚,顺着小路,沿河槽跑了。周大勇站在崖边,顺着那个敌人军官奔跑的脚步声,"叭"地打了一枪,接着就有"啊呀!啊呀……"的呻唤声传来。周大勇顺着那呻唤声再给了一枪。

一个战士用捡来的敌人的手电筒往沟里一照,说:"营长,你打得真准,那上校大人到美国领赏去了!"

这时候,周大勇听到了山头上我军掩护部队发出的撤退信号。他烧掉了敌人的武器、弹药和行李等,带上俘虏们赶快上山。他一分钟也没耽搁,按时撤出战斗。

他带上部队上了山以后,猛地,听到左面山头上打得很激烈。他很疑惑,可是他还是带上队伍,继续向原来约定的会合地点跑。突然,他碰见一个通信员。

通讯员上气不接下气地说:"坏了,周营长!我们王连长带的部队,跟敌人增援部队黏到一块啦,现在撤不下来。"

周大勇问清了九连受攻击的情况。他让十个战士把俘虏们带上,回到部队曾经隐蔽过的那条偏僻的山沟里去。然后对战士们讲:"同志们!第九连跟敌人黏住了,我们去增援!"

周大勇带上部队向炮火激烈的地方跑去。他从侧翼猛击敌人,减轻了敌人对九连的压力。

天快亮的时光,周大勇让通信员和九连连长联络,准备趁敌人摸不清底的时候,协同起来反击,把敌人压下沟去,好撤退。可是几次的联络,都失败了。

九连连长带着第九连边打边撤,在快天亮的时候,摆脱了敌人。

天明以后,周大勇指挥的第一连和第六连的战士们因地形不利,没有摆脱敌人。敌人一千几百人配合着强大的炮火,向他们步步进逼。

艰苦的战斗展开了,平均每一个人民战士,顶住几十个敌人的战斗展开了!

周大勇率领战士们战斗到中午以后,情况变得更恶劣了。敌人三架战斗机冒着恶劣的天气,前来助战。敌人一个团的兵力统统压在周大勇和他的战士身上了。

周大勇他们且战且退,当他们退到一个山梁上的时候,周大勇一看:正面是敌人,后面是望不到底的大沟,右面是悬崖,左面还是悬崖。绝路一条!这种情况,对经受过种种考验的周大勇,没有很大的震动。他心里充满自信和镇静。

卫刚一看这倒霉的地形，就急躁了，呼哧呼哧出气，脸涨得火红。他一跳三尺高地喊："跟这帮卖国贼拼！拼！"他直要不顾死活地朝前扑。

周大勇一面命令马全有率领第一连顶住敌人，一面用望远镜观察周围的山势。战斗经验告诉他，现在格外需要头脑清醒和冷静的思索。他脑子转了几个圈，一个计划闪上心头：把战士们的背包绳子跟绑带续起来拧成粗绳子，让战士们一个一个拉着绳子溜下沟。可是，他转念一想，不行——白天，大伙就是溜下沟，敌人也会劈头盖脑地压下来！天黑以前，只能先撤退一部分队伍。周大勇让卫刚把战士们的绑带和背包绳子都收集起来，拧成一股粗绳子。他说："卫刚，你带六连下去——"

卫刚像被火烧了一样，喊："你们都走，让我顶住敌人，让我顶住敌人！"

"不准说话！听命令！"周大勇喊，"你带六连下去，找一条冷山沟隐蔽起来。"他指着西边——敌人后边的山头说，"天一黑，你就带上战士们从小沟岔运动到敌人后边去，向敌人发起突然攻击。记住：国民党的兵，最怕屁股后头有枪声；而且夜战中，少数人突然勇猛的攻击，威力很大。去！小心谨慎多动脑筋。去！你就是剩下最后一口气，也要完成任务！"

现在连队的人数都非常少，所以卫刚率领战士们拉住绳子很快地就溜下了绝崖。

周大勇想："坚持到天黑，坚持到天黑！这山梁很狭窄，炮火威胁大，可是敌人兵力展不开！"

周大勇命令战士们加强工事，拼命抵抗，寸步不退，争取时间！

半天的激战中，周大勇始终有一种愉快的心情，而且随着战斗猛烈程度的增长，这种愉快的心情也越来越强烈，因为，敌人很快就会尝到身后枪响的滋味了！

敌人不仅由西向东顺山梁攻击,而且周大勇他们左右面远处的山头上,也有敌人的各种炮火向周大勇他们坚守的阵地轰击。我军阵地上,炮弹坑一个挨着一个,黄土烧成黑土。战士们的脸都让烟火熏得锅底一样黑。周大勇看见马全有、宁金山、李玉明等战士被炮弹炸倒埋在土里,可是他们一骨碌又从土里钻出来了。周大勇想:一个老战士比十个没有战斗经验的人还有力!他的战士在他眼里,成了非常高大的人。

周大勇坚决的喊话、愉快的声调,让战士们产生了一种奇妙的安稳心情。

敌人不间断地用炮火轰击,不断地冲锋。他们接近我军阵地时,周大勇就指挥战士们,用集中的突然火力和手榴弹杀伤敌人。

每次反击的胜利,哪怕是很小的胜利,哪怕是打死一个敌人,都让周大勇信心更增加,勇气更充沛。

离天黑还有半点多钟。天空一层一层的黑云彩,越堆越厚了!

这时候,一班长李玉明坐在周大勇身边,用急救包裹自己脖子上的伤。

周大勇问:"玉明,可以支持吗?"

"行,营长。"李玉明从口袋里掏出点东西,对周大勇说,"营长,这五千元缴给你,要是我下不来,这就算我最后一次缴党费。"

周大勇没有接李玉明递给他的钱。过去,战斗前,这样的事常有:战士们把自己的日记本或心爱的东西交给指导员,说:"这些东西留给党作纪念!""请指导员一定转给毛主席!"如今周大勇想不起指导员王成德以前是怎样处理这类事情的,不过当他看见李玉明把自己的东西当最后一次党费缴、当遗物留下的时候,他不感动,也不想去鼓励他,反倒很不高兴。他本想照他平常爽直的脾气说:"玉明,把你的钱拿回去。我不准你这样做!"但是他压住自己的感情,使这话没冲出口。他趴在地下,问:"唔,玉明!为什么现在缴最后一次党费?"

李玉明说:"营长,谁的头也不是铁包的,打仗这事,那是没有准儿的呀!我现在缴了党费,牺牲了也不后悔!"

周大勇摇头说:"你想错了!你要永远相信自己的力量:我能揍倒那些美国走狗,他们揍不倒我。——瞧,宁二子那挺机枪的位置很重要。——玉明,要有这样的信心:我能消灭敌人,我能回来缴党费,我能战后参加庆功会,在庆功会上,同志们老乡们指着我说:'看呀,他是一个陕甘宁的子弟兵。'——敌人乱喊叫什么啊?——玉明,你是立过一次功的,我们连队也是四次得过'英勇顽强'旗帜的;记住你的光荣!记住咱们连队的光荣!看,玉明!敌人扑上来……"

天快黑了。敌人知道夜里就不是他们的世界,所以集中全部力量很快地压过来了。

周大勇手边的战士越来越少了。对这,他不但不恐慌,反而信心更高了。因为,人数很少,可是担的担子更重——平均一个人顶住一百多敌人,这说明手执美国武器的敌人是虚弱的,而他周大勇的战士却在战争中百炼成钢,精通了打击敌人的本领。

敌人发起了轮番冲锋。猛烈的爆炸,乱飞的子弹,摇晃的大地,滚烫的空气,越来越高的喊声……使人头昏眼花,神经麻木。

马全有脸黑得像锅底,眼里像是冒火。他那干梆硬铮的身子,有着无穷无尽的顽强的力量。目下,他显得格外利索、精明、勇猛。他说:"营长,你带几个战士下去吧。给我几个战士,让我顶住敌人,最后没办法……"他看看身后的深沟。

周大勇说:"跳崖?你想邪咯!你现在不是战士,也不是班排干部,而是代理连长,你要为全连队着想。——看,宁金山怎么趴在那么一个地方射击呢?快,快让他转移到右边。——全有,再坚持一二十分钟,我们一块撤!"

周大勇跟战士们一块战斗,根本不是他指挥战士们,而是"人自为战",能抬起头的战士,就拼命射击,拼命投弹。周大勇头上的旧伤口裂开了,血从脸上淌下来,他把帽子扯下来擦了擦血,又跟战士们一块投弹。敌人丢过来的手榴弹,周大勇就眼疾手快地拾起来,又给敌人摔过去。这些摔过去的手榴弹,都是一出手就爆炸,可是,真正的英雄就能抓住这转危为安的一秒钟。

突然,一颗重炮弹在周大勇左面爆炸,他连忙跳到刚炸开的弹坑里,转眼,他刚才趴过的地方就落了好几发炮弹。

周大勇由于丰富的战斗经验,由于坚定的决心,由于意志的集中,由于紧张的指挥,由于想到保存自己的战士而杀死敌人,所以他丝毫没有感觉到有什么牺牲的可能。他的情绪越来越昂奋,精力越来越充沛,思想越来越单纯,行动越来越沉着,仿佛他变成了力大无穷,一手可以提起这条山梁的巨人。

战斗,一秒钟比一秒钟更猛烈的战斗,考验着每一个战士的意志。

子弹密密麻麻地打来,敌人排射的炮弹,啸叫着,爆炸了,烟雾遮天。在这每分钟有上百次牺牲的风险中,每个战士的思想、意志、力量都发挥到紧张的最高度;每个战士的心里都是最激烈最紧张的小战场:决心、仇恨、怒火、拼命……仿佛在这生死关头,战士们把十年的生命力集中在一秒钟里使用!

击退了敌人大小二十多次攻击以后,每个战士只剩下三五发子弹,有的战士只剩下一颗手榴弹了,像是再过几分钟,他们生还的希望就没有了!

马全有火气越来越大,脑子轰轰响。他立眉竖眼,脸相变得十分凶猛,十分可怕。他喊:"猛打呀,猛打呀!"

周大勇飞快地向前跑了几步,扯起嗓子向战士们喊:"同志们,我们是保卫党中央和毛主席的英雄!绝不后退一步!"

这会儿,指挥员的声音,就是劳动人民的声音,就是党的声音,就是毛主席的声音。

一股巨大的力量从战士们心里腾起,他们爬起来,挺起刺刀,迎击扑来的敌人……

擦黑,天空有各种鸟儿急急地飞过,远处火光闪闪。沉重的大炮声,轰隆轰隆响。

马全有说:"营长,卫刚那一手,不一定有效。你带上几个战士拉住绳子先下吧!"

周大勇提着手榴弹,望着敌人的阵地,望着敌人阵地后边黑乎乎的山头,一动也不动。

马全有说:"下吧,我掩护!"

周大勇还是没有吭声。他多么焦灼地等待着敌人身后的枪响啊!

"糟糕!卫刚大概没有捞住机会!"周大勇让战士们掩埋了同志的尸体,又把伤员用绑带放下沟底去。他说:"马全有,你带两个战士支撑一两分钟,我带着战士们一下去,你们立刻就下来!"

马全有说:"对。你走,你快走!"

周大勇把战士们收拢起来,正要拉住绳子溜下沟的当儿,敌人乘虚从阵地中央突过来;周大勇和马全有他们让敌人截开了!

周大勇看得分明:自己手下战士很少,可是马全有手下只两个战士。眼看马全有他们是走到绝路了,周大勇在今天的战斗中,第一次产生了激怒暴躁的感情。

断黑,十来步远还能看清东西。周大勇和他的战士们射击着,想尽力和退到左边崖畔上的马全有他们接上头。但是周大勇率领战士们攻击敌人的时候,却感觉不到马全有他们的动作。他想:"怎么的,出了娄子?"

突然,敌人后边响起了枪声,眨眼,又是稠密的手榴弹爆炸声。

敌人慌乱了,扭头就跑,互相冲撞,大喊大叫,像天塌地陷了。

"啊呀,枪声!"周大勇跳起来喊。

"同志们,追呀！追呀！"战士顺山梁向西追去。

天空升起许多敌人打的红绿信号弹;很多照明弹挂在天空,耀得人眼痛。趁亮,周大勇看见一群群慌乱的敌人,还看见山梁上到处都是敌人的尸体、背包、子弹箱、手榴弹、门板、木橼、单人掩体、机枪工事、炮兵阵地……

战士们都把自己的枪背上,手里端着夺自敌人的美式冲锋枪,他们朝一群群慌乱的敌人扫射。一顿好揍啊！

周大勇率领战士们追了几个山头,迎面就碰见卫刚他们。

卫刚猛地拦腰抱住周大勇,喊："营长！痛快,痛快,痛快！我们把敌人打了个稀烂。夜战,夜战可真够味！营长,我碰到很多游击队员,他们说,有几十支游击队,像我们一样,钻到敌人肚子里乱搅。嗨,营长,咱们赶紧追击呀！"

周大勇说："不能再追了。马上收拢战士们,准备敌人反扑！"他思量了一下,又说,"没有游击队的配合,我们哪里能把敌人搅得这么乱？不过,咱们赶快返回去,伤员还在那边山崖下边哩。"一想到这儿,他的心猛然一抽,因为追击中,他没有看见马全有他们跟上来。

周大勇和卫刚他们回到原来作战的山梁上,没找见马全有他们。他想:兴许他们下了沟了！他率领战士们拉着原先放伤员的绳子往下溜。天黑地暗,对面看不见人,好不容易啊！他们下了好半天,下到一个断崖上,大伙的衣服叫棘针挂破了,手掌磨破了,脚板擦热了！一看,前面还是断崖,再下去才是沟底。周大勇估摸："我们下了这么久,崖又能有多高呢？"他往下扔了一块石头探听了一下,当真不高。他就率领战士跳下去了……

崖呀,崖有三丈多高哩！

马全有和周大勇他们被敌人截断联系以后,他率领两名战士顶住敌人。幸亏,马全有占领的小山嘴子三面是沟,敌人只能从正前压迫,而且兵力展不开,也不能包围他们;可是三个战士,顶住成千上百的敌人,终究是困难的事。

敌人向马全有他们进逼,情况变得非常危险……

马全有、宁二子和梁志清趴在地上拼命地向敌人射击,向敌人投弹……

最后,他们退到绝崖边!手榴弹、子弹都光了,眨眼工夫,凝聚了心里的一切紧张:光荣牺牲或是伸长脖子让敌人杀死!

马全有两手狠狠地攥紧枪,牙一咬、嘴一咧,猛跺脚,一个使人血液凝结的想法闪过脑子:"跳崖!"

战士宁二子和梁志清都紧紧地抓住马全有的胳膊。马全有直挺挺地站着,死盯住敌人。他想,这样死去真是太窝囊,再有子弹还要换他几个。他喊:"把枪栓摔掉!"两个战士"哗啦"一声把枪栓卸下来,朝沟里扔去。马全有抓住枪梢抡起来往地上猛掼,枪没掼断。他猛地扭转头,一把抓住梁志清的肩膀,问:"你是党员?"

"是,连长。"

马全有头一摆,眼睛指着身后的绝崖,说:"党需要你的忠心。"

梁志清凝视着马全有,足有十几秒钟的工夫。然后,他向崖边走了几步,喊了声:"连长!"一滚就下去了……

宁二子突然抱起马全有的腰,说:"连长,连长,咱们死活都要在一块,咱们一块……"

马全有把宁二子推了一把,没有理他,只是用血红的眼,凝视着敌人。

宁二子抱住头,猛一跺脚,滚下绝崖!

这工夫,敌人射击着,呐喊着,扑来了。马全有直挺挺地屹立在那里,直到敌人靠近了,才把破枪朝敌人摔去,敌人一惊,忽地趴下了。马全有退到沟边,转过身,像投水一样,一跃而起,扑下去了……

黑洞洞的夜,枪声一阵一阵响。大风顺沟刮下来,卷着壮烈的消息,飞过千山万岭,飞过大河平原,摇着每一户人家的门窗告诉人们:在这样漆黑的夜晚,祖国发生了什么事情!

七

周大勇跳下崖,昏迷了好一阵。他清醒以后,率领卫刚和战士们摸到马全有他们跳的绝崖下边,找着牺牲的同志跟活着而受重伤的同志。然后,他们摸到九里山东边的山沟了。这里往北有敌人,往南有一条山沟通到清涧县大川。他们从敌人中间摸出来了。

他们拐进一条沟里,找见几个冷山洞。嘿呀,山洞里有很多逃难的老乡,真是深山有亲人啊!

老乡们都忙着给自己的部队烧水做饭。他们觉得和自己的部队住在一块,那就天塌下来也不怕了。从他们那欢天喜地的面容看,这一支部队是永远和他们住在一块不会走了。

周大勇把马全有等伤员接到窑洞中,又让卫刚出去布置警戒,他坐在窑洞里的地上,从身上摸出一片纸,准备写什么。老乡的小油灯要灭不明。他喊:"通信员,把捡到的敌人那个手电筒拿来!"

通信员负伤的右手用绷带捆着。他走近周大勇,说:"手电筒打坏了!"

周大勇头靠墙,微微闭住眼睛,有气无力地说:"你不是还捡来几个蜡头吗?"

通信员点起一个蜡头。他坐在周大勇左面,端着蜡头。

周大勇写了不到半分钟,通信员打盹,头碰在周大勇肩膀上,蜡头灭了。

周大勇喊："你搞什么？"

通信员连忙又点起蜡头。周大勇刚写了两句,通信员又睡着了,蜡头又灭了。

周大勇很生气,可是没有去喊醒通信员。他狠狠地揉了揉眼,又用拳头把自己的头敲打了几下,就去招呼伤员了。

周大勇端上灯看着伤员们:有四个伤员并排躺在草上;马全有脊背靠墙坐着,上身挺得硬直,他闭着眼,脸上还是那样激烈,仿佛他是急行军以后,临时坐下睡一阵,马上就要去厮杀。周大勇心里猛地一动,他真想把马全有抱起来,尽情地喊几声:"全有！全有！"可是他没有喊也没有抱。他只是望着马全有的眼,说:"说话呀！我是周大勇。"

马全有咬紧牙,一声也不吭。

周大勇把脸靠在马全有肩头,说:"你说话呀！看,我们总在一起,永远在一起！"他使劲地抓住马全有的手,好像怕他离开似的。

马全有的汗像瓢泼,脸上的肉一股一股地暴起,脸腮的伤疤显得更分明。他牙齿咬得嘣嘣响,可是死活不哼一声。

周大勇的头挨着马全有的头,问:"挺得住吗？"

马全有从牙缝挤出一个字:"能。"他用眼表示,叫给他口里塞点东西。周大勇给他口里塞了块手巾。马全有紧紧地咬住手巾,不动也不呻唤！

周大勇望着马全有那每一个汗毛孔里都充满忠诚和顽强力量的钢骨铁架似的身躯,望着那脸上始终不变的刚烈劲儿,心里很难受,可是再看看那身上的伤,周大勇又放心了:马全有的生命没危险！

周大勇再看看其他几个伤员,有的腿上的裤子从膝盖以下统扯掉了,有的满身衣服都是子弹穿的洞,有的衣服前襟烧去了一片,在他们身上都有一股火药味直向人鼻孔扑。

周大勇想,梁志清牺牲了,可是为什么马全有、宁二子从那么高的绝崖上跳下去以后,还能活出来呢?其实,这也和战场上那经常出现的"怪事"一样:原来马全有、宁二子他们跳的绝崖尽管有十几丈高,可并不是像刀切的一样齐。这绝崖中间有的地方凸出来,有的地方凹进去。他们跳下去的时候跌到那些凸出的地方,又滚到另外一个凸出的地方——要是一直跌下去,那就全完了!

只有战士梁志清牺牲了!因为他跳下崖的时候,头碰在石头上,永远离开了人间!

周大勇和几个伤员并排躺在草上。窑外面是黑洞洞的夜。他听着沟里的风吼声和野兽的嗥叫声。想起在外边放警戒的卫刚和战士们,想起了白天那激烈的战斗,想起九连连长和九连的战士们……头老是轰轰地有点发昏。

夜深了,天气阴沉沉的。沟渠里树木的枝叶,在风地里沙沙价响。

周大勇昏昏迷迷地刚闭住眼,宁金山就进来喊:"营长,你记得李振德老伯伯吗?"

周大勇爬起来忙问:"怎么的,咱们谁还记不得他!"

宁金山说:"营长,我刚才去舀水,老乡们围定我,问东问西。猛地,我看见了李老伯伯的老伴——李玉山的妈妈。营长,你知道,她老人家是我的救命恩人!"

周大勇说:"啊!她老人家怎么能到这里呢?"

宁金山说:"可不,我也这样想!"

有人掀开窑门上挂的草帘子,进来了。周大勇站起来一看,原来是个又瘦又小的老妈妈,看来,风都能把她吹倒。她身后跟着几个妇女,有的还抱着孩子。

宁金山扶着老妈妈,说:"老妈妈,这就是我们营长!"

周大勇坐在地上。老妈妈盘腿坐到周大勇跟前。她把他的脸打量了好一阵,又摸摸他的手,说:"啊,你就是周大勇。玉山他爹常念叨你哩!唉,咱们逃到哪里,白军就跟到哪里。我是快入土的人啦,还不能安生!"说罢,她从怀里掏出个谷糠蒸的窝窝头,放到周大勇怀里。那窝窝头上,还带着老妈妈的体温。

周大勇轻轻地搓着手,不知道该怎样说些家常话来安慰老妈妈。

老妈妈指着一个近三十岁的女人,说:"营长,这是我的大女子,出嫁到九里山。前几天我一家老小逃上来,到她家躲风险。人都谋算白军打不到这里。我们一家人逃到这里刚交三天,千刀万剐的白军,可就踏着脚踪追上来啦!营长,这仗可要打到多会儿才能了结呀!"老妈妈面容愁惨惨的,长一口短一口地叹气。

周大勇让老妈妈的大女子和其他几个妇女坐到旁边的谷草上。他问:"李老伯伯呢?"

老妈妈说:"他在呢。他把我一家老小领到这里,就跟上游击队走了。他说,他三天两头来探望家里人,可一走呀,就无踪无影!如今,粮食缺嘛,吃了上顿没下顿;十家人里头有八家是冰锅冷灶。今日,天一明我打发人到前川找玉山他爹去啦。唉,说来说去,就算把他找到我们跟前,又能顶什么呢!他,也是吃了一天没有一天的人!人上了年纪,就没活法了。他呀,这一阵,说不上三句话,就吹胡子瞪眼。我是受不完的肮脏气!营长,我那大小子李玉山,你该认得嘛!他有月数时日也没信息,不晓得流落到什么地方去了。我那二小子,小名叫满满,也参加咱们部队啦。年轻人,高一脚低一脚的,谁晓得会出什么凶险!一个儿女一条心呀!这一阵骨肉离散的……"老妈妈一把一把地擦眼泪。

老妈妈旁边一个二十八九岁的女人,抱着吃奶的孩子,她说:"妈,你老人家说话就没有个完。人家周营长打了一天仗,累啦!"

老妈妈说:"给周营长说说话怕什么?他是咱们队伍上的人,

又不是外人。"她又转向周大勇,指着阻拦她说话的女人,说:"这就是李玉山的婆姨①。那一个,"她又指着一个刚交二十岁的小媳妇,说:"是我满满的婆姨。我满满娶过她,没满五个月,世道就乱啦!"

周大勇看老妈妈、妇女、孩子都眼巴巴地望着他,他想,这些个老乡都是他的亲人,他们的苦难就是他的苦难;他们需要他保护!他说:"老人家!快了,敌人眼看就要垮咯!李玉山么,你不要惦念他。他是个勇敢精明人,吃不了亏。你说满满参加部队了,李老伯伯也给我打过一封信,托付我找寻满满。老人家,满满的官名叫什么?知道他的官名,我一定尽心给你打问。打问到下落,一定给你捎信。"

老妈妈想了一阵,问满满的婆姨:"满满的官名叫什么?"

满满的婆姨躲到她嫂子身后,羞羞答答地说:"李玉明!"

宁金山问:"李玉明?他不是上嘴唇长个黑痣?"

老妈妈又惊又喜,连忙问宁金山:"你在哪里见他来?"旁边的妇女和李玉明的媳妇,都把眼光投到宁金山脸上。她们眼睁睁地等宁金山说出她们亲人的下落。

周大勇说:"你老人家不早说!李玉明就在我们第一连嘛。"

老妈妈呆痴痴地端着两手,问自己:"莫非是梦?"过了一阵,她把眼光转向那躺在草上的伤员们身上。其他的妇女也都把眼光投到伤员们身上。李玉明的媳妇更显得惊慌,害怕!

周大勇转念一想:"还有这么巧的事?兴许我们第一连的李玉明跟她的儿子是同名同姓——这种事多得很哪!"他问:"老人家,我们一连的那个李玉明,填军人登记表的工夫,说他父亲叫……叫什么来?"他用后搓前额,"啊,叫李老千。"

老妈妈说:"是嘛,他爹当年小名叫李老千,后首起了官名李振德。可叫他官名的人倒不多呀!"

---

① 媳妇。

周大勇说:"宁金山,你到山上放哨,快让李玉明下来。另外,你告诉卫刚,放警戒要多操心。"

周大勇走到窑外,站在崖边上,望望天空又望望前面的山沟。

天更黑了,对面看不见人。沟渠里的溪水潺潺地流去。山头上吼着沙漠地吹来的风,山坡上稀稀疏疏的几棵树在摇摆着。

他两手帮在腹前,压着被风吹得鼓胀胀的衣服。他觉得很冷,心想:"立秋该有月数天气了吧!"

周大勇巡查了警戒,回来躺在草上,心里很烦乱。他已经派了一个战士又请了三位老乡,去和九连连长他们联络,可是还不见信息。他听见隔壁窑洞里老妈妈、妇女们和李玉明谈话,谈得正热闹。他也想过去和老乡们谈谈。突然,一个身材高大的老汉,不言不语地进来了。他一直走到灯跟前,周大勇才认出他是李振德老人。

周大勇跳起来,说:"老伯伯,想不到在这里又看见你老人家了!"

李振德老人的眼窝更深了,看来很疲乏。可是他那固执的形样、又耿直又倔强的脾气倒没变。他说:"大勇,你好!"他蹲在地上,装起了旱烟锅,打火镰。"大勇,我走到哪里,就在哪里碰到你!"

周大勇笑了,说:"老伯伯,我也是走到哪里,就在哪里碰到你呀!"

李老汉吸着烟,烟锅吱吱叫。"不走的路还要走三遍!瞧,我们又到这荒山冷沟里避难啦!"过了一阵,他又说,"我来,是谋划把这里避难的人带到南川去。这一阵,情况时时变,谁也闹不清哪里安宁!"

周大勇说:"老伯伯,你打的信我收到咯!"

李老汉没吭声。他像那些上了年纪的人一样,脑子反应不快。

他照自己想到的事情往下说:"敌人不叫咱们安生,他也快完了。我今日个从玉山那里回来。玉山他们在清涧城北边集合了两三千游击队员。他们说,敌人退下来,就叫他好走不了。"

周大勇说:"是呀,我们要把敌人全盘端掉,让他们知道:陕北不是好来的地方,陕北人民不是好惹的!"

李老汉像是想起什么重大事情,他眼里发潮,脸上很光彩。他说:"大勇,玉山前些日子在北面川里看见咱们毛主席啦!"

周大勇刺棱地挺起胸脯,问:"当真?当真?"

李老汉说:"当真。咱毛主席还和玉山拉了一阵话。玉山呀,一提他见过咱毛主席的事,就高兴炸啦!"

八

周大勇昏悠悠地合住眼,他立刻又进入炮火连天的生活里。一个敌人端着刺刀直向他扑来,他闪过敌人的刺刀,抱住那个敌人,滚来滚去,一直滚下沟……下去了,下去了……耳边风在吼……他一惊,睁开眼,心还在狂跳。可是他眼前却是另外一幅情景:李玉明的母亲和三个老妈妈在灯下忙着:有的给战士缝鞋子,有的给伤员缝那破烂的裤子。老妈妈——李玉明的母亲,把周大勇露出脚趾头的鞋子脱下来,坐在周大勇脚边钉补。鞋子泥多,针扎不透,她不停地在那白花花的头发上磨针。她的眼不得力,一边钉鞋,一边揉擦眼睛。有时候,针上的麻绳掉了,她穿针要穿好一阵。看来,她老人家夜间做针线活,是蛮艰难的。但是她一针针地缝,一针针地纳,仿佛她的亲骨肉——儿子要到万里之外去,她要千针万针结结实实地缝;针针缝上妈妈的希望和嘱咐,针针缝上妈妈的心思和话语,让这山南海北征战的儿子平安、健壮,时时惦记着妈妈。有时候,她停住手,长久地望着伤员们,听他们梦里的呻唤声。她那昏花的眼里,闪着泪花,闪着说不尽的疼爱和怜惜!

北面传来一阵一阵的枪声。西北面炮声轰轰地像打雷。

寒森森的秋风掀起了窑洞的草帘子,蚕豆大的灯舌,摇摇晃晃的。

老妈妈们有时互相贴住耳朵说什么,她们轻声慢气,生怕扰醒战士们。这寒冷而寂静的破山洞里,有一股温暖的感情在流动。哦,这从母亲那伟大而慈善的心里流出来的感情,在苦难的时日里,给了人多少力量,哺育了多少生命啊!

周大勇一动也不动地望着老妈妈们。他仿佛置身在家庭生活中,感觉到安宁和爱抚。同时,有一种轻微的声音,震动他的耳膜。这声音,好像农家夜里的纺车声。有时候,他闭上眼睛,想再睡一觉。他疲累得各骨节都酸痛,脑子涨,但是睡不宁。他回想起万千白了头发的母亲。他——周大勇,在华北平原,在大青山岭,在黄河两岸,在长江南北,遇见过多少老爹、老妈,姐妹兄弟啊!在过去那艰难的日子里,他们有的牺牲了自己的儿子或丈夫,救了周大勇,有的用一家人的生命救了一个共产党员。他们这样做,是为着什么来?为了在他们摆脱饥饿、穷困和压迫的斗争中,周大勇和他的同志愿意上刀山,直到死亡临头也不离开他们。

夜深了。李玉明的母亲把她那稀疏的头发理了理,对其他的老妈妈们叮咛:"脚步子放轻,不要惊动孩儿们。唉,他们给熬累坏啦!"

她们轻手轻脚地走出窑洞。

"叭!叭!"北山上响了两枪。

"敌人——"一个三十来岁的女人抱着孩子提着包袱,叫了一声,从窑门外跑进来。她上气不接下气地说:"出了事啦!这山沟冷窑里,敌人也摸来啦!天老子呀!"接着,许多老乡都拥进了窑洞。

周大勇忽地站起来,说:"老乡!别怕,天塌下来也有我们顶着!"他眉毛一动,盘算了一下,提着驳壳枪朝窑外走。

猛地,一个人扑进门,跟周大勇碰了个面对面。原来是个战士。他报告:"营长,九连的同志们来了。咱们那十个看押俘虏的同志,也带着俘虏回来了。你听见枪声?我们险些跟他们发生误会。"

昨晚,九连连长指挥部队摆脱敌人以后,曾六次派人和周大勇他们联络,都没结果。后来他知道周大勇他们跟敌人黏住了,便在拂晓率领部队去增援,但是几次增援都让敌人顶回来。天亮以后,他们只好隐蔽在那十个战士看押俘虏的那条山沟。当天夜里,九连连长又派了个班,去和周大勇他们联络,大伙找了半夜,也没找出名堂。鸡叫时分,九连连长率领部队,向这条偏僻的山沟转移,才碰巧和周大勇他们遇到一块。

九连连长带的战士们和营长周大勇带的战士们一见面,就挤在一块,说不尽的喜欢说不尽的话,仿佛他们不是分手一天一夜,而是一两年。

九连连长拨开人,三跷两步,走到周大勇跟前,挺起胸脯敬了礼,叫了一声:"营长!"就什么话再也说不出来。

卫刚从山头上跑下来,一进窑洞门就喊:"王连长!你们回来啦?真不简单!给你说,咱们周营长真有几下子哩。他说:'经历的危险越大,获得的胜利也越大。'千真万确,一点不错!"

周大勇指着身边站的李振德老人说:"同志们,瞧,这不是李振德老伯伯!"

卫刚猛地转过身,两只手拉住李老汉的两只手,看老人那方脸、高颧骨、闪闪发光的深眼窝和那花白的胡子,说:"老人家,你越发硬朗了!"

李振德老人说:"我算什么哩?瞧,你是多瓷实的小伙子!"李老汉把手从卫刚的手里抽出来,又说:"你把我这一把老骨头都捏酥了。哦,力气出在年轻啊!"

周大勇兴奋地说:"卫刚,咱们第一连的战士李玉明,就是李老伯伯的儿子。李老伯伯一家人都在这里。"

卫刚两手一拍,说:"嘿!这就太巧了。刚才宁金山给我说了这件事情,我还半信半疑。"

天明前的黑暗,慢慢地消退着。周大勇告别了李振德老人和老乡们,带上战士们和俘虏,绕道向九里山地区走去。

九

今天是九里山阻击部队日夜猛烈进行阻击战斗的第七日。五六万敌人,在两三千人民战士用智慧、勇敢和意志筑成的铜墙铁壁面前,不但不能前进一步,而且碰得头破血流。

被我军阻击住不能逃跑的敌人,大批地被杀伤击毙,饿死、病死、逃散的也不少。

敌人快垮了,也更疯狂了,从昨天黄昏到今天早晨恶战一直没有停止。敌人整营整团地向坚守九里山的我军进行轮番冲锋。我军从敌人手里和敌人尸体上夺来子弹,还击敌人。我军,不分什么营、团指挥所,不分什么战士、干部,统统直接参加了战斗,在投弹、射击,在向敌人发起反冲锋。

我军阵地左翼的一个山头,是第一营昨天晚上从敌人手里夺过来的,现在他们坚守着。敌人集中了一个整编旅的火力,向这个小山头上做毁灭性的轰击。整团、整营的敌人向一营的阵地连续冲锋。到吃午饭的时候,第一营的战士们连续击退了敌人七次攻击,山坡上横七竖八地摆着敌人的尸体。

敌人伤亡惨重,但是并不死心,还在继续不断地猛攻;不讲什么队形,没有什么组织,士兵们在督战队的机枪扫射下,一窝蜂一样地向上拥。战斗一分钟比一分钟激烈。

  教导员张培,勇猛地指挥战士向敌人反扑。汗水从他那瘦棱棱的脸上流下来;眼眉直立,脖子上发紫色的血管一条一条暴起来。他抡起驳壳枪呼喊着,带领战士们,反击突破我军阵地的敌人。

  战士们又一次击退敌人攻击以后,张培和王成德跳回战壕。张培衣服敞着,手里提着驳壳枪。他脸上汗水混着泥土,看来刚强、威武、有力,动作迅速而机敏。现在他这样子的举动与他平时的温和、文雅和腼腆的神态比起来,简直前后是两个不同的人。他说:"王成德,我们把敌人打惨了!"他看看手里的驳壳枪,又说:"我这驳壳枪可真利索!一连打了七八梭子子弹也没出故障!"

  王成德说:"你给枪筒里再倒点油!"

  张培说:"冲锋枪比驳壳枪更好,以后打仗,我要使冲锋枪!敌人上来,用冲锋枪哇哇哇扫一梭子,嘿,真痛快!"

  王成德说:"嗨,你脖子上流血了!"

  张培用手擦了一下,说:"小意思!王成德,再坚持半小时,天黑,我们就完成任务了!"他把驳壳枪别到皮带上,拿起镜子望着说:"敌人又动了。看,左前方那个山头……"

  "嗖——嗖——嗖——咣——"几颗重迫击炮弹在他俩身边爆炸。烟雾、泥土,吞没了他俩。

  张培手一扬,把镜子摔在一边,跌倒在王成德脚边。

  王成德一骨碌爬起来,抱起张培。张培脸色煞白,软瘫瘫地靠在王成德肩头,慢慢地又溜下去了,仿佛他没有力量支持自己的身体。

  王成德紧紧地抱住张培。他仔细一看:张培并没有负伤,只是被炮弹掀起的气浪摔倒以后昏过去了。

王成德喊:"教导员!教导员!"张培半闭着眼,一言不发。王成德紧紧搂住张培。他觉着,只要教导员不倒在地下,也就不会有什么危险。

突然,张培身子一挺,坐直,用手捂住心口,说:"扶我一把!扶我一把!"

王成德把教导员扶起来以后,张培两手撑住战壕的胸墙,盯着敌人阵地,眼珠子一动也不动,嘴唇抖动:"坚持半小时……坚持半小时……"

敌人举行天黑前的大攻击。王成德率领战士跟敌人激战。

他们击溃了敌人最后一次攻击,天已断黑。在这一天战斗中坚持下来的人,鼻子、耳朵都让炮弹震得出血,脸让硝烟熏得漆黑。

王成德跳到战壕里,只见张培还站在那里,胸脯靠在战壕的胸墙上,头低着。

王成德扶住张培的头,叫:"教导员!教导员!"

张培昏昏沉沉地说:"坚持半小时……坚持半小时……"不晓得什么时候,他已经负了重伤,胸前和腹部满是鲜血……

王成德手一招,有几个担架队员跑上来,把张培抬到救护所里去了。

团政治委员李诚从九里山下来,顺沟渠朝团司令部驻的村子里走。他浑身是泥巴,裤腿和衣袖让酸枣刺扯成一绺一绺的。他走到团部驻的村边,正好碰见代理营长周大勇。

"我们的三个连队都回来咯。"周大勇把几天来在敌人中间活动的情形简单地报告了一番,末了,说:"真是兵败如山倒——敌人没有东西吃,士兵成群地逃散。我们回来,光是在路上捡的敌人士兵就有二百多名。"

李诚说:"你们像孙猴子一样钻到敌人肚子里乱搅,给九里山正面阻击敌人的部队可帮忙不小啊！刘邓大军和陈赓兵团在中原打得很急,蒋介石像疯了一样要胡宗南抽兵增援中原;可是胡宗南说:'增援中原？我连我都保不住！'嘿,蒋介石和胡宗南也许一辈子都忘不了九里山。"

周大勇说:"蒋介石忘不了九里山,我们更忘不了九里山,特别是九里山的人民。我们插到敌人中间,碰见了多少游击队啊！没有他们,我们是守不住这九里山的。"

李诚说:"我们所以有力量,是因为和群众在一块;离开人民群众,我们便一事无成,一钱不值。"

他俩肩挨肩顺山沟的小河边走去;警卫员和几个通信员机警地跟在后边。

天黑得伸手不见拳。枪炮声断断续续。敌人打起的照明弹,照亮了远处的山头。东北面黑乎乎的天空,忽闪一亮,炮声像打雷一样滚过夜空。

李诚说:"敌人怕夜战,一到夜里就头痛！"

小河里的水哗哗哗地向东流去。他俩像散步一样,慢慢地走着,好像还边走边听小河的流水声。

李诚说:"你走了以后,旅长经常给我打电话,问你回来了没有。他生怕你出了岔子！"

"是咯,他总说我太年轻！李政委,旅长这几天瘦了没有？你要见了他,就劝他多爱护身体。我本想去看他,同时把这意思告诉他,可是我不敢去,怕他'溇'我。"周大勇咕咕地笑了。

李诚把周大勇的两个手腕摸了又摸,站在河边,不声不吭。

"政委,摸什么？什么也没有变呀！"

李诚说:"你的心脏按照怎样的规律跳,那倒是永远不变的。可是,我觉得你瘦了！"

周大勇说:"我想,说不定你的脸又瘦成三角形咯！"停了一阵,他又说，"很多战士成了夜盲眼，晚上看不清东西！"

李诚问："你也成了夜盲眼？"

周大勇说："我呀，夜盲眼比别人更厉害！"

李诚说："我不信。你是有一副好体格的！"他转过身又说："到团部去，我让警卫员给你打盆热水，好好洗一次脚，然后再睡一觉。"

"不。我准备马上回到营里去。"

李诚说："你的家你自然很想啦！回去吧，回去把卫刚、马全有、宁二子他们的英雄事迹写成材料送来。拿这些英雄事迹教育我们，教育战士！"

周大勇问："张教导员到医院去了？"

"嗯，伤势很重！"

周大勇站在河边，望着那黑乌乌的九里山。他眼前出现了第一营教导员张培那个子不高而身体单薄的形样，那瘦棱棱的脸膛，晶亮的黑眼珠，温和的笑容，和张培往日战斗中那英勇刚毅而机敏的姿态。

"哦！陈旅长说，部队今晚十二点就出发。"李诚想起了这事。他把拳头提到胸前猛地向下一击，说："大勇，你快回去！我们要执行新任务：步步埋伏，节节阻击，把敌人埋葬在陕甘宁边区！"

第八章　天罗地网

一

　　寒煞煞的秋风,从长城外刮来。它卷着黄沙和树叶枯草,漫过万千山冈,像是急急地追赶什么。

　　我军在九里山的抗击部队一撤退,敌人就像抽开闸门的大水一样,从九里山北面顺咸榆公路向南流去。他们不久以前还是有组织的军、旅、团、营,如今差不多是乌合之众。他们没命地呼吼着乱窜,人踏人马踏马,互相冲撞,互相射击,咒骂,厮打,抢劫……有人跌倒了,呼喊救命,但是无数的脚踩过跌倒的人,直到踩成肉酱。有时候,人员骡马在山沟里拥挤得不透风,就有一帮人用冲锋枪扫射给自己开辟逃跑道路。步兵把炮兵驮炮的牲口推到沟里,夺路而走。有些军官骑着马横冲直撞,抡起手枪,想维持秩序,但是像洪水一样的人群把那些军官裹起来,向前流去。

　　逃跑,逃跑,不管逃到哪里,能逃掉就好。逃跑,逃跑,哪怕心脏爆裂了。

　　无穷无尽的山冈上,大大小小沟渠里,到处都是慌乱的人流,到处都是美国帝国主义训练的强盗。

　　大雨浇起来了。敌人翻大沟爬大山,雨淋路滑,走一步跌一跤,不时地有人滚下深沟。

　　胡匪军到处找不见一个老百姓,找不到一粒粮食,找不到一口锅一把草,连一个小盆一双筷子也找不到。敌人除了烧那窑洞的门窗,就再没有办法了。

　　敌人炮兵把驮炮的骡子宰掉填肚子,步兵就袭击炮兵,抢夺肉食。

敌人三五架运输机,冒着恶劣的气候,给他们的军队投掷大饼。这也成为敌军各部分之间冲突的焦点。有的敌人看见运送给养的飞机来了,就用机关枪控制住投掷地区,每次为那一袋一袋发霉的臭饼子,他们都要进行一次凶残的战斗;有很多士兵为那巴掌大的一块饼子,永远趴在山头上啃黄土了。

敌人抬动脚步都怕碰到地雷;生怕踏中地雷就偏偏踏中地雷。而且,只要有一个人踏上地雷,这消息就像一股风似的传到每一个敌人的耳朵里。

这帮凶神恶煞,夹起尾巴威风扫地,听见树叶响,也当是中了埋伏;听见风雨声,就当是机关枪火力突然发射;看见一堆堆的蒿草,也疑心是炮兵阵地。像是陕甘宁边区的每块石头都会飞起来扑打他们,每个山洞都张开大口要吃他们;像是陕甘宁边区的每个山头都是随时要爆发的火山;像是人民解放军随时都可能从地缝里拥出来,收拾他们。

陕甘宁边区的每一寸土地对敌人都变成危险而可怕的了!

敌人前后左右的大沟小岔里,到处都有人打冷枪,到处都有成千上万的妇女、小孩、老头,拿上䦆头、铁锨、镰刀、剪子、菜刀、棍棒,向敌人讨血债。

陕甘宁边区无穷无尽的山统统燃烧起来了!

过去,游击队是晚上袭击敌人。一支三五十个人的游击队,每次战斗打死或俘虏十来个敌人,也就是不小的胜利。这几天呀,他们大白天也从这个山头跳到那个山头,袭扰、打击敌人;一次战斗中俘虏百十个敌人,也是很平常的事。

李玉山带的一支游击队,有三百来人。

正规军总是翻山过岭抄小路飞行,赶到敌人前头兜击敌人。李玉山呢,奉上级命令,带领他的队员们从九里山以南地区开始尾追敌人,袭扰敌人。有时候,他们白天还绕到敌人必须经过的路上埋地雷，晚上侧袭敌人。

黑洞洞的夜里，下着蒙蒙雨。冷清清的秋风，丝丝地吹着。

李玉山把队伍带上山。他朝西瞭望，只见远处的山头上烧起一堆堆的营火，这是敌人宿营了。

李玉山带着队员们，向敌人烧起的火光接近。他们翻过一个山头，突然，听见敌人说话声。李玉山想：这一定是敌人的警戒部队。他指挥队员们投出了一排子手榴弹，一阵爆炸的火光中，敌人滚下了沟；六个没跑脱的敌人当了俘虏；对面山上的敌人立刻扑灭火堆，射击起来。

有些队员也不仔细看，卧倒就打，轻机枪、步枪、冲锋枪一哇声地响起来。李玉山喊也喊不住。他躁气啦，把小队长推了一把，说："屁也看不清，瞎糟蹋子弹！"他回头又喊："六〇炮！朝对面山上扔几颗炮弹！"

敌人射击得更猛烈了。几颗照明弹挂在天空，远近的山头上亮堂堂的。

李玉山趁照明弹的光亮，看清有一伙子敌人摸上来了。他一边指派几个队员到处埋地雷，一边带上队伍往后面一架山上退。到了后山上，他一清查人数，埋地雷的李老四和牛犊没回来。他气得把那爆炸组长训了一顿："不晓得你的地雷能起多大作用，先把两个人给丢啦！"

游击队员趴在山头的湿地上，伸长耳朵瞪圆眼，等着地雷显威风。

一群敌人喊叫、射击着登上对面山头；突然，轰轰响了几声，震昏了的敌人连忙朝单人掩体里和塄坎下面跳，合算那是个安全地方，不料，正踏在那里埋的地雷上，又是轰轰几声，爆炸的火光，冲破了黑夜，敌人尖声怪气地乱叫唤。

游击队员们拍手，打唿哨，喊叫着。李玉山跺脚，喊："你们这一喊,敌人就知道咱们不是正规军。悄悄的!"

这时候,对面山头上手电筒闪光,大概是敌人收拾尸体哩!

李玉山让刚才捉到的俘虏喊话。

一个俘虏怯生生地喊:"我叫李占彪。解放军宽待俘虏!兄弟们……"

敌人"叭叭"地打了几枪。

李玉山发火啦,他指挥三门六〇炮,不歇气地朝敌人阵地上发射了二十来发炮弹。敌人老实点了。

李玉山把喊话筒捂在嘴上,扯开嗓子给敌人讲了一篇全国战争形势。末了,他讲:"当官的发财,你们当兵的卖命为什么来?你们在山头上饿肚子淋雨怪可怜的。过来吧,兄弟们!过来放你们回家!"

敌人不声不吭地听着,大概在思量李玉山的话哩。

李玉山连忙组织队员,在山头上唱起来:

秋风起秋风凉,
衣衫单薄受凄惶。
秋风起秋风凉,
为什么卖命跟老蒋。

有些队员唱,有些队员还吹起笛子。冷丝丝的秋风夹着蒙蒙雨,带着这凄凉的声音,吹过了敌人阵地。对面山上,敌人的指挥官吼喊、咒骂士兵,要他们放枪。

李玉山想:"行,有作用!"

夜深了。他带上队员们,向西跳过几架山宿营了。

第二天早晨,游击队员们喊喊喳喳挤到李玉山住的窑洞里。窑门外还有人放开嗓子唱:"青草开花一寸寸高,唱上个小曲解心焦!……"有的人编一些没边没沿的笑话逗大伙儿乐。

李玉山喊:"这里又不吃油炸糕,你们拥到这里干什么嘛?"

"队部倒不能来啦!"

"看,队长眉头子拧起,该是喝了黄连水!"

李玉山没搭理他们。他心里有事:两个队员没回来,大概叫敌人捉走啦!他喊:"丁虎子,叫你派人找李老四跟牛犊,你还没动弹?"

窑门外一片声音:"回来啦!嗨嗨,队长还当你们钻进了老牛屁股啦!"

牛犊进了窑门,一蹦就跳到炕上,肩膀一摇一摇地唱:"……有心回家看姑娘呼儿咳呀,打敌人就顾不上……"李老四进来往灶火台子上一蹲,劳累得半口价送气。他到底是上了年纪的人啦!

李玉山说:"李老四,你们咋着这会儿才回来?我只说你跟牛犊落到敌人手里啦!"

牛犊说:"落到敌人手里怕什么?"

李老四说:"人兴了时扁担开花,人倒了榧生姜不辣。这多时,我就不走好运。前两天,我回了一趟家,我那老婆失失慌慌把油倒啦。我说,看,看,不出三天我定倒霉!比太阳从东面出来还准,今晚间埋地雷的工夫就碰了一头子。"

李玉山说:"你老哥多咱才能改掉你嘴碎的毛病?你往正点上拨。你们咋着往敌人手里钻?"

李老四把嘴边唾沫点子擦了擦,说:"地雷刚埋好,敌人就到跟前了。我跟牛犊朝北跑,过了一架山,我捉了一个敌人的士兵。那家伙磕头像捣蒜一样央告:'我是好人呀,老天有眼!'我发话啦:'你站起来,我要问话。'他说什么也不站起来,还说:'我是人家拉来当兵的。我是树叶落下来怕打破头的人,多会儿也没干过越辙事!'我一听他是拉来的兵,心就软啦!谁知道那家伙趁我不注意,往外一蹿,大叫了一声,眨眼工夫,蹿来一大帮敌人,把我和牛犊包围定了。我紧走慢跑,一不小心呼噜噜地滚到沟里了。牛犊呢,就叫人家逮住了！看看,多悬乎!"

李玉山说:"好家伙!你溜脱了,把牛犊给送啦!"

牛犊说:"他把我送啦,我把敌人也送啦!"

原来,临明时光,敌人发现了牛犊。牛犊眼看逃不脱了,就把枪栓卸下来,摔到沟里。然后满不在乎地背靠土坎,哼山歌。

敌人用枪逼着他问:"为什么把枪栓扔了?"

牛犊爱理不爱理地说:"我心疼它？它是杜鲁门送来的,又不是我掏钱买来的。"一个敌人用枪托照他背上猛戳猛打。他被击倒在地,可是这个十八岁的孩子又倔强地爬起来,攥紧拳头,圆睁虎眼,像是要打架。

这工夫,上来一个敌人搜索连长,说:"拉过来,先别宰他,还有用处!"

牛犊说:"你拿枪吓唬人,我们边区人民不吃那一套;你要是好说好来,那还可以商量着办!"

敌人连长一听,挺高兴,拍拍他的肩膀,说:"你知道游击队埋雷的地方有什么记号?"

牛犊说:"有记号,我记不得了,可是能认出来。"

敌人连长乐了:"好好,你给我们带路,不亏你,带路给钱。喂,你知道哪里有粮食?"

牛犊说:"外头沟边靠左首往右拐,埋了两石来的粮食。你不信我指给你看。"

敌人连长往出一走,传令兵跟了两三个。他走到沟边。牛犊说:"你看,你看。"指着沟坡。敌人连长伸长脖子朝山坡看,牛犊猛地抱住他,喊:"老子不活了,你陪我走!"两个人呼噜噜滚下沟。敌人连长连摔带怕,有八分迷糊。牛犊爬起来用石头捣碎他的脑袋,把敌人腰里的勃朗宁手枪抽出来往自己腰里一别,顺沟钻进去,爬上一座高山。

敌人连长的传令兵朝沟里啪啦啪啦的一阵好打。

牛犊上了山,歇了歇,只觉得各节骨都痛,可是他还站起来向对面山上的敌人喊:"缴枪不杀,不缴枪叫你回老家!"敌人一边射击一边追赶,牛犊放开腿猛跑。牛犊在高山峻岭上行走如飞。敌人气得肚子咕咕叫,干瞪眼没奈何。

李玉山听罢,两手一拍,喊:"牛犊,真行!我要把你的英勇事迹报告给边区政府林主席!"

牛犊说:"这还不算,敌人追,我就跑,敌人不追,我就唱:'骑白马,挂洋枪,三哥哥跟了共产党,有心回家看姑娘,呼儿嗨呀,打老蒋就顾不上。'"

二

周大勇他们那个纵队,从九里山出发以后的第二个通夜行军完了。命令一道一道地传下来:"再向敌人前面插!"

天明了,纠缠战士们的瞌睡劲过去了,部队行列中,歌声、笑声、谈话声又起来了。

太阳上了东边山线的时光,突然,前面传来了机枪声:"叭!叭叭!叭叭叭!"机枪像是信号一样,接着就是稠密的枪炮声跟爆炸声。

战士们都伸长耳朵听。他们想凭经验判断发出枪声的地方好远,战斗规模好大。

周大勇知道,这是自己纵队在前边伏击的部队又捞住敌人了。他回头看看战士们,他们像他一样,脸上有快进入战斗前的紧张、兴奋劲儿。大约过了半点钟,前边又传来剧烈的爆炸声;过一会儿,又传来战斗结束以后常有的那稀稀疏疏的枪声。

人流向前流去,这小川道像暴发了山洪一样。人流中的战马,高大的驮炮骡子,就像在急流中浮游似的。

晌午,部队又拐入永坪镇以东的小山沟前进。这些山沟可真偏僻,连一个老百姓的影儿也瞧不见。这山沟也挺安静:沟渠中,小溪水悄悄地流着;阵阵暖洋洋的风,摇着河槽的杨柳梢。抬头看,几天来第一次露脸的太阳把连绵起伏的山头,染得红艳艳的。

突然,阵阵的风卷来了歌声。战士们奇怪地朝四面瞭望,什么也看不见,可是歌声越来越近。

西边山上有人拉开嗓子唱:

　　一道山来一道道川,
　　山连山来川连川哟!

东边山上有人接上唱:

　　清朗朗的流水绿漾漾的山,
　　陕北有数不清的米粮川哟!

"谁这样高兴?"战士们正惊奇地张望,兴奋地议论着,两边山上的人又一哇声地唱起来:

　　正月里来是新年,
　　陕北出了个刘志丹。
　　刘志丹来是清官,
　　他带上队伍上横山①,
　　一心要共产。
　　二月里来刮春风,
　　江西上来毛泽东。
　　毛泽东来势力众,
　　他坐上飞机在空中,

---

① 陕北的一个县。

后带百万兵。

战士们都让歌声吸住了。他们边走边喊:"唱得好!再来一个!"

转眼间,很多人从两边山坡上跑着,跳着,唱着,吼喊着,打着唿哨下来了。他们拥挤在行进着的大队人马两旁。战士们这才看清:他们是游击队队员。这些队员,有老汉,有妇女,可是多半是二十来岁的精壮小伙子。年轻的妇女们,腰里别着手榴弹,手里拿着带有红绸子的大马刀。那些年轻的小伙子们,头上包着羊肚毛巾,腰里缠着子弹带。他们有的背着缴获的国民党匪军的"中正式"步枪,有的还背着美国造的冲锋枪。那些年老的人,腰里挂着盒子枪,看样子都是游击队的负责人。兴许,他们在年轻的时候,都是刘志丹同志领导下的身经百战的红军战士呢!

妇女们羞答答地向战士们喊:"你们穿上了鞋吗?吃到了粮食吗?那都是我们动员的。看,看,就是扬起头一股劲走,也不说一句感谢的话!"年轻的游击队员们七嘴八舌地向战士们喊:"笑什么?小瞧我们吗?我们缴获了很多大炮、水机关。大炮的筒筒有碗口粗!"

战士们高兴地喊:"祝你们胜利!陕甘宁边区人民万岁!"
游击队员乱哄哄地拍巴掌,喊:
"主力军万岁!"
"我们配合起来打击敌人!"

在这摇天动地的欢乐的喊声中,一个人豁开拥挤的游击队员,边跑边招手喊:"周大勇,你朝哪里看呀!周大勇!"

这人个子挺高,头上勒块白羊肚毛巾,上身穿件黑棉袄,下身穿条缴来的敌人的黄呢子马裤。他向前跑的时候,右手按住腰里的皮挂包,左手按住盒子枪。

"这是谁呀?"周大勇愣了。他只见跑来的人是:方脸,粗眉,高颧骨,深眼窝,胡子黑茬茬的。这面貌让周大勇想起了李振德老人。

这人把手搭在周大勇肩上,说:"大勇,咋着,正规军看不起游击队? 这思想可要整治!"

周大勇两只手像老虎钳子一样,掐住这人的肩膀,喊:"李玉山嘛! 嘿,看这副样子! 满脸都长起胡子了,为什么不用火燎一下?"

李玉山说:"撒手,老弟! 你不要我活啦?"

他跟周大勇手拉手,边笑边走边说:"大勇,这几十天,可真够人受! 看,连你头上也带伤了!"

周大勇说:"不用提,这年月谁还能松快! 玉山,我在九里山看见你们全家的人咯! 他们可真——"

李玉山急忙就问家里的情形,问老人们可好,问自己的老婆、孩子可好。还特别问起孩子瘦了没有……他问了好一阵,才说:"老弟,我有两个来月没见他们的面啦! 唉,他们一定担惊受怕,受尽了艰难!"他摸着下巴,盘算了一阵又说:"咦! 如今晓得他们的下落就算不赖! 大勇,我见了你没有旁的话,再给一板盒子枪子弹。"

周大勇把挂在身后皮带上的子弹夹往前一挪,拣好子弹给了他两板。

李玉山把子弹放在手心掂了掂,高兴地说:"一崭新! 到底是正规军能耐大。"

周大勇说:"咋着,你们现在的枪支、弹药,还不够使用?"

李玉山在周大勇肩上拍了一下,说:"大勇,不要把去年历书当经念! 这一阵漫说步枪,就是美式冲锋枪也不稀罕。不过,盒子枪子弹还弄不到手;要买,一块银洋两颗!"

周大勇说:"玉山! 敌人真像漏网的鱼一样,直往南窜,只恨他娘少生两条腿！"

　　李玉山说："灰孙子们，鬼哭狼嚎的。有人放个屁，他们也当是响大炮；听见有响动，魂就出了窍。如今，他们除了命，什么也不要了！哼，这些狗杂种也有今日！"

　　周大勇说："玉山，咱们陕北的公路都是绕川道、河槽修的。公路绕来绕去绕得很远，敌人顺公路逃，咱们是见山就翻，见河就过，抄近路走。这一来，咱们总在敌人前头——连坐汽车的敌人也走不赢咱们噢！"

　　李玉山说："人家说陕北是地无三尺平。不是夸口，我说陕北倒是闹革命的好地方。看，四处是山，四处是伏击的好地方。大勇，我的话在理吗？"他指着前面五六里的地方又说："前头是延川县曲寺郊。你们纵队的一个团，刚才在那里打了一仗。真利落，三锤两棒子就消灭了敌人一个营，二十来辆汽车，还有六辆坦克车！汽车和坦克一把火烧掉了，烟火冲天哪！"

　　周大勇扳住指头合计："敌人窜了半个多月丢了一万来人，才逃跑了二三百里。嘿，他们就像乌龟那样爬啊！"

　　李玉山说："敌人逃了二三百里，可就盘算远远离开了我们主力部队。他哪里会晓得在前头的曲寺郊又中了埋伏。"

　　周大勇说："是啊，这是敌人万万没想到的。"

　　李玉山又讲到刚才他们在前边帮助部队打仗的事情。

　　周大勇说："玉山，你们游击队可真行呀！"

　　李玉山狠狠地在周大勇背上拍了一巴掌，说："行还是不行，反正够敌人吃喝。"他又在周大勇耳边悄悄地说："昨晚间，我在岔口川里见彭副总司令来。彭总问我有什么困难，要不要枪支、弹药。我说，这一阵什么也不缺。彭副总司令让我派了几十名队员给咱们队伍带路。大勇，我看，我们队伍要在岔口地区大大地打一下！"

　　周大勇想起这十来天兜击、阻击、袭击、伏击的作用，想起部队见河涉水见山开路日夜行军的意义。他说："玉山,这十几天,我们沿路打击敌人,一来是要消耗敌人,挡住敌人,配合渡过黄河挺进豫西的陈赓兵团作战;二来是要争取时间,让我们主力部队插到敌人前头,摆好架势跟敌人算总账!"

三

敌人每天付出很大的代价,才能走十四五里路。他们八月底从无定河开始溃逃,直到九月半才撤退到永坪镇一带。永坪镇子在延安东北百十公里路的地方。岔口村在永坪镇以南三四十里的地方。敌人逃回延安必定经过岔口村。

我军在岔口地区的千山万壑里,又摆下天罗地网。

敌人好几万人进入岔口村一带,我军铁桶似的包围了敌人。

猛烈的战斗展开了。我军各部从各个山头上向岔口地区猛攻。攻击部队后面的各个山沟里,挤满了成千上万的游击队、自卫军、担架队,还有很多老乡。人山人海,像是全陕甘宁边区的群众都来这里帮助自己的军队了,比赶庙会还热闹。

山腰里走下来轻伤员,立刻就有很多老乡跑上去迎接他们。担架队从山上抬下来重伤员,立刻就有许多人挤到伤员跟前;老太太们、妇女们,连忙给伤员喂水,说些熨帖人心的话。

河槽里有很多老乡帮部队上的炊事员们烧锅,有的来回背粮食。他们熙熙攘攘地笑着、喊着。

周大勇他们的那个旅有两个团从北向南朝岔口村猛攻。赵劲那个团是旅的预备队,没有投入战斗。他们在北山梁后边的山头上一面放战斗警戒,一面帮前边攻击的部队做些事情:对空射击啦,接收俘虏啦,等等。

正式提升为第一营营长的周大勇,带着一些战士下山沟搬运手榴弹。他们下到山沟里,背起一箱一箱的手榴弹正要上山,一下子拥来几十个老乡,从战士肩上把手榴弹箱接过去,背着上山去了。敌人飞机在山坡上空疯狂扫射。那些老乡一会儿卧倒,一会儿又向上走,从他们那顽强的身影看,像是什么力量也阻止不住他们前进。

有些游击队员不停地从山上下来,报告消息:"我们队伍又拿下来一个山头!"群众一传十十传百……人口快过风。

有一群人围住周大勇问:"咱们包围多少敌人?"

周大勇说:"两个军部两个师部还有五个来旅,胡宗南的两员'大将'——刘戡、董钊那两名大贼,也叫咱们围在岔口村了。一句话,我们把敌人陕北战场的全部机动兵力都包围住咯!"

一个妇女问:"同志,同志,啥叫机动兵力?"

周大勇说:"就是在咱陕北到处胡乱窜的那些胡匪军嘛!"

一个老太太说:"天老子!他们可再不能糟践人啦!"

突然,河槽里有人乱跑。人们围住个什么,人越来越多,圈子越围越大,真是内三层外三层,围得不透风雨。

周大勇过去一看,原来老乡们挤着看俘虏——一个上校团长和五六百士兵。

周大勇一转身跟李玉山碰了个对面。他说:"玉山,看,打得多热闹!"

李玉山说:"哎呀,美扎啦!把敌人全给拧住啦。"

周大勇说:"老乡们真多,可是要好好组织。小心流弹、炮弹和飞机。"

李玉山说:"这里的游击队民兵由我负责;担架队由刘区长负责;老乡们是由我爹负责,可是他搞粮食去了。你看,那些婆姨女子们吵得多厉害。一个婆姨一面锣,两个婆姨一台戏,我对谁都有治法,就对她们没治法!"

周大勇忙问:"你爹也来了?"

李玉山说:"来啦,他老人家劲头大得很!"

周大勇在老乡们中间挤来挤去,突然听见有人叫他。他扭转身,定神一看,拉住一位老人的手,说:"老伯伯,你好哇?又在这里看见你了!"

李振德老人的眉毛全白了,眼窝更深了,方脸上的颧骨也更高了。打仗打了半年,可是好像过了半辈子似的,他老人家完全衰老了!他亲热地拉住周大勇的手,说:"我又支援前线来啦!你没想到吧!咱们满满可好?"

他望着周大勇,急切地等他回答。

"你问李玉明?他好,进步也快,现在他当副排长了。"

李振德老人用袄袖擦了擦胡子,说:"是么?后生们,三天不见大变样!"

沟渠里挤过来二三百头毛驴。老乡们有的"得儿得儿"地吆着毛驴,有的喊:"老队长!前村该是扎的粮站?"

李振德呐喊:"是呀。你们先走,我就来!"他老人家声音像敲铜钟一样洪亮。

周大勇问:"老伯伯,从哪里驮来这么些粮食?"

李振德说:"这粮食,都是山西翻身农民接济的。他们把粮食送到黄河沿上,我们又从河沿上转运到这里!一来回好几百里的路程噢!"

周大勇看见沟渠里,有一头毛驴卧下,老乡打死打活它也不起来,一个老乡提着毛驴尾巴,一个拉着缰绳,直把毛驴提起来。

李振德说:"日夜不停点,毛驴也给累坏啦!"

周大勇说:"你看,那些赶毛驴的人才辛苦哩!老伯伯,他们是谁也忘不了的人。全中国有几年革命历史的人,谁没有吃过他们生产出来的小米呢?谁没有使用过他们的毛驴驮铺盖卷呢?"

李振德说:"我常划算,我要有福气,能活到咱们胜利那一天,我就要到全中国游一转。我说我是陕北人,那就处处有亲人。"

李振德老人哈哈哈大笑,笑得泪花子直从眼里跳出来。这是周大勇认识李振德老人以来,第一次看见他这么开怀畅笑。

李振德老人把缠在腰里的包袱解下来,取出一双鞋,说:"大勇,你还记得?在九里山咱们见了面。你临走的时光,满满他妈——我那老伴,给你一双鞋。你这人呀,哎,临走的工夫,就悄悄把鞋压到干草底下。过后,满满他妈想起这宗事,就怨你!这一回,我来支援前线的时光,又把这双鞋带上。我谋划:兴许还能碰上你。给,大勇,拿去作个纪念!"

周大勇笑了。他问:"老妈妈总惦记我们。她老人家可好?家里人都好?"

李振德老人长出了一口气,艰难地摇着头,说:"家里其他的人都好,就是玉山他妈——我那老伴殁啦!"他严峻的脸上,露出永远不能消磨掉的痛苦。他缓缓地低下头,独自重复:"我的老伴……我的老伴……"他苍白的胡子抖动,闪着银色的光辉;眼泪一滴一滴从他满是悲伤的脸上淌下来!

周大勇倒抽了一口冷气,停了好一阵,问:"她老人家,不能吧……"

李振德老人望着地下,掏出腰里别的旱烟锅,慢慢地装烟,好像他不是要抽烟,只是想用这动作散散心:"她殁啦!孩儿,她殁啦!敌人从九里山退下去了,在沟里捉住她,向她要粮食。大勇,她可哪里来的粮食呢?敌人太残忍,不是人!他们把她头发用火烧起……她死的苦情!大勇,这一回乡亲们来支援前线,政府里的同志死活不让我来,说我上了年纪,手脚不灵便。大勇,我一定要来,我一定要眼看敌人死绝!"

周大勇站在那里,一动也不动。他想起那身体瘦弱的老妈妈。

啊,老妈妈一生一世,也许不忍心杀死一只鸡。凶暴的猛兽,看看她善良的面容也会掉头走开;铁石心肠的人,听见她的哭声也会下泪!可是那些美国走狗,竟能……一股火从心里冲上来,血往头上涌;悲哀、痛苦、愤怒的感情把他吞没了。他恨不得立刻去把那帮杀人的凶手们杀尽斩绝。

李振德老人把周大勇拉了一把,说:"走,到连里去!我去看看满满,和他拉上几句话就走,还有工作哩!"

战斗从白天打到黑夜。

夜里下着闷闷雨。枪炮声一阵比一阵激烈。

战斗的第三天傍黑,赵劲那个团投入战斗。周大勇带第一营攻击最后一个山堡。

天上黑乌乌的云彩,越来越堆得厚了。远处有轰轰的雷声。雷声、炮声拧在一块,像发了洪水似的轰响。

周大勇率领第一营的战士们,拿下最后一个山堡,又往沟里压下去。他听见四面都是自己部队的号声和喊声。嘿!敌人好几万人,全部让我军窝到岔口村里了。

这是最后解决敌人的时候了。

天黑地暗。突然,闪起电,打起雷,大雨哗哗地倒下来。

周大勇带上部队插到岔口村。他看见到处都挤着溃散的敌人、骡马;到处都丢弃着武器、弹药……

好几万敌人全被打乱了。有很多敌人士兵干脆趴在地上的泥水中,等待人民解放军收容。周大勇堵住一条小山沟的沟口,那山沟间,挤满了放下武器的敌人……

枪炮声,军号声,"缴枪不杀"的喊声,风雨声,山洪的冲击声,轰响在陕甘宁边区的夜空。

四

"岔口会战"结束以后,彭副总司令一面命令西北野战军的主力部队,向延安城边追击溃散的敌人;一面命令周大勇他们的纵队,插到延安以南打击敌人——即使敌人插上翅膀也不能让它从延安城逃走。

从延安到西安的惟一大路,就是咸榆公路——从延安一直向南,通过劳山、甘泉、洛川等县直达西安。

周大勇他们的纵队,就是要插到延安城南掐断这条公路,不让敌人从延安逃跑。他们从岔口地区出发以急行军速度南下。山沟里,部队、游击队、担架队和跟随部队搬运弹药的老乡们,浩浩荡荡向前流去。

这时光,彭德怀将军站在山头上。他穿一身很旧的灰色士兵衣服,膝盖上有两块大补丁,脚穿粗布鞋。他背着手,严肃沉静地望着英雄的战士们,从胜利走向胜利。有时候他来回踱着,手放在背后,反复地掐着指头计算什么。

彭总左边二十步远的地方,站着周大勇他们纵队的司令员、旅长陈兴允、旅政治委员杨克文和别的十来个干部。

纵队司令员说:"岔口这一仗,我们差点把胡宗南的命要了。"

陈旅长说:"是咯,倒霉的暴雨给我们增加了困难,要不然,我们的确会把他们全部收拾光!"

旅政治委员杨克文说:"反正我们把胡宗南在西北战场的全部机动兵力,打成一堆破铜烂铁了!"

陈旅长说:"蒋介石匪徒侵占延安的时候,他们曾在'蒋管区'各地开什么庆祝会,好像他们垂死的狗命从此得到了起死回生的灵药妙丹一样。可是现在呢?呵呵,胡宗南蛮大的威风只使了六个月就使光了!"

司令员说:"现在,西北战局让敌人头痛,全国战局更让敌人头痛。"

彭总走过来,说:"敌人是够狼狈咯,但是我们还不忙庆祝。现在,最要紧的是:不让敌人有喘息的机会,不让他从延安逃掉——进延安城是他们自己要来的,又不是我们请他来的。……"他凝视着远方,爽朗地说:"毛主席早就说过,延安会变成胡宗南匪帮沉重的包袱,而且这包袱会把他们压死。现在敌人也充分地领会了这个道理,可是他们想丢掉这包袱却来不及咯!"

一位军人递给彭总一份党中央、毛主席和周副主席的电报。

彭总反复地把电报看了几遍,深思了一会儿,微微仰面望着万里晴空,望那在万里晴空奋飞的雄鹰。然后,他深沉的目光,又凝视那远处的山头,那里有久经考验的人民战士在前进。

司令员问陈旅长:"下边沟里正过的部队,是你们旅的哪一团?"

"×团。你看,那不是李诚?"

司令员说:"要李诚上来!"

一会儿,团政治委员李诚随着通信员上来了。

司令员问:"你们团的第一营已经过去了吗?"

李诚看了看沟里正行进的部队,说:"现在我们团直属队正在过;一营是我团的后卫,还没过来。"

司令员说:"一营部队过来的时候,让周大勇上来。"

李诚派通信员下去喊周大勇。转眼间,周大勇就打着马顺山坡向上飞驰。

司令员称赞地说:"看,周大勇多威武啊!"

话没落点,周大勇便跳下马,走到纵队司令员跟前,一看,彭总在这里,而且彭总身边还站着那么多的首长。他连忙举手敬礼,心,嘟嘟嘟地直跳。可是他看着彭总那质朴、严肃的面容时,敬爱和亲密的感情便强烈地控制了他。这种感情,是从许许多多亲身经历的胜利战斗中形成的。

司令员说:"彭总!这就是周大勇同志。"

"知道。我们还谈过几次话哩。"彭总紧紧地握着周大勇的手,严肃、亲切地望着周大勇的眼,望了好一阵。他仔细地问到周大勇的身体状况、工作情形跟战士们的情绪。然后,他一边摸着周大勇那匹马的鬃毛,一边说:"周大勇同志!你二十四岁就能指挥一个营作战了。现在指挥一个营,比过去复杂多咯!你记得我们在行军中的那次谈话吗?"

周大勇说:"记得,彭总。"怎么能不记得呢?那是沙家店战斗打罢的当天晚上,部队在山沟行进。同志们那个乐呀,你一句他一句,说到战斗中各种有意思的事情,最后还说到倒霉的敌人。这时候,有一位首长和周大勇一道走,静静地听战士们谈话,有时候还插问一两句话。过了一阵,这位首长说:"敌人当然要打败仗。不说别的,就说陕甘宁边区一百五十万人民和我们的战士,能发挥多大的力量,这一笔账,敌人就始终算不清。"过后,周大勇知道说这话的那位首长就是彭总。

彭总把眼光从周大勇身上移到纵队司令员和干部们身上,再没有说什么。但是大家从他严肃刚正的脸色和那锋利深沉的眼光中,觉得他仿佛在说:"同志们!我们要学习劳动人民的正气、坚决勇敢和自我牺牲的精神。"

大家向彭总举手敬礼,准备走,彭总走过来和每个人握手。

周大勇下了山,赶到第一营的队列旁边。他骑的那匹漆黑发光的高头大马,口里吐白沫,抖擞着披散的鬃毛,像头凶猛的狮子。它竖起耳朵,头高高地朝天扬起,短促而尖锐地叫了几声;接着,又提起两条前腿直站起来。周大勇兜转马头,扯紧嚼口的一边,马在地上转圈子,他趁势跳下马,把它交给饲养员。他走到第一连队列当中,跟战士们拉话。

啊,第一连又有一百多名战士了——除了伤愈归队的老战士以外,大半是新战士。这帮新战士,有的是自动参加军队的山西的翻身农民;有的是陕甘宁边区久经锻炼的民兵;而更多的却是经过"诉苦"刚入伍的新解放战士。第一连——这支强大的力量,这百战百胜的战斗单位,让周大勇产生了兴奋而自豪的感情。

周大勇离开第一连才几天工夫,同志们就觉得他像是离开了三年五载。战士们前呼后应地向自己的营长打招呼。尤其是第一连的老战士,他们都像是有许多话要对自己的营长说。周大勇觉着,回到第一连就像回到家里一样。他不由得想起了许多事情:他跟这连队的老战士一块打过多少恶仗,一道没日没夜地走过多少路啊!大伙一块淋过雨,饿过肚子,一个锅搅稀稠;很多战士跟他顶着一件棉袄睡过觉。战场上,自己急了也骂过他们;打了胜仗也高兴地夸奖过他们。大伙一块度过的那些日子里,有过尽情的欢乐,有过慷慨的宣誓,有过英勇的流血,也有过伤心的眼泪!跟他并肩战斗的第一连的战士们当中,有许多人倒下了。那些人,各有各的脾性,各有各的经历,各有各的想法,如今,他们离开了世界,把自己未完成的志愿、理想和事业,统统留给活着的人了。周大勇想起那些殁了的人,他就觉得眼前这些战士干部,格外叫人见爱,格外宝贵,格外难得,格外刚强朴实。

周大勇喊:"同志们,再过几天王老虎跟马全有回来,就更好咯。王老虎回来当指导员,马全有当连长。老虎、全有、江国、长胜,四个人拧到一块搞第一连的工作,那是再美气也没有的咯!"

一连副连长马长胜瓮声瓮气地说:"我还差八丈远!"他歪着脖子,固执的眼睛虎彪彪地睁着。他这模样,周大勇太熟悉咯!

一连副指导员李江国说:"营长,咱们一连是你带出来的,你在营里工作,往后突击任务,多给咱们一连。"

周大勇说:"嘿,要我讲点私人感情?真是说话不怕腰痛!李江国,说正经的,你让战士们把咱们一连的旗帜都打起来呀!"

战士们把那七八面写着"坚定忠诚""机智顽强""攻如猛虎,守如泰山"等等字样的小旗打起来了。一面面的小旗,经过多次的雨淋日晒火烤烟熏,变了颜色;有些旗帜上还有一片一片的黑色血迹。该有多少次,战士们冒着敌人炮火把这些旗帜插上敌人工事。该有多少次,第一个人拿上这许多旗中的一面旗,突到敌人阵地跟前倒了,第二个人从自己同志的尸体上跳过去抓起旗……第三个……第四个……

周大勇望着这些随风飘动的旗。战士们也望着这些旗。他们想起了猛烈的战斗,英雄的业绩,艰苦的行程!新战士们也亲热地望着这些旗,从这些旗帜上,认识部队的英勇事迹,了解革命斗争的光辉历史。

一营营长周大勇翻身上马,双腿猛磕马腹,那匹一锭墨似的大黑马,像箭一样从部队行列旁边穿过去,远看起来那飞也似的马像是四蹄腾空。战士们都用敬佩亲切的眼光,望着周大勇英俊的背影。

五

九月十九日后半夜,部队经过延安正东八十里的小镇子甘谷驿。他们是要通过这个镇子,向南一拐涉过延河,朝延安东南的长满梢林的山沟前进。

陈旅长、杨政委站在街道旁边的台阶上,他们旁边站了十几个参谋、警卫员、通信员。

陈旅长看着从他面前闪过去的步兵、炮兵、弹药驮子;听着脚步声、兵器撞击声、马蹄的响声。他想:"今天夜里部队经过这个镇子,指战员们怕都有说不完的心思!"今天是九月十九日,半年前的今天延安被敌人侵占,半年以前的今天他跟上纵队司令员率领自己旅的战士经过这个镇子。就在这镇子旁边的小山沟里,战士们听到我军退出延安的消息时哭喊着宣誓:"保卫党中央,保卫毛主席,保卫延安,保卫陕甘宁边区!"而那些宣过誓的人们当中,已经有很多人为了实现自己的誓言付出了生命。

半年中,一次一次的战斗,从陈兴允脑子里闪过……是啊,在这半年征战中,人民战士该付出了多少血汗,忍受了多少艰难困苦啊!

他注视着这个小镇子,注视着这个镇子以西的天空。不错,顺着这一条大路向西八十里就是延安——我们党中央和毛主席曾经住过十多年的延安。他听着从这小镇子旁边哗哗向东流去的延河。他想:这条河是从延安流来的,从延安党中央、毛主席和周副主席住过的那些窑洞的山根下边流来的,从王家坪朱总司令住过的那个窑洞的山根下边流来的。

杨政委从街道的台阶上走下来,喊:"老陈!抗日战争时期,我从延安到前方去,后来从前方回到延安学习,来回经过这个镇子。我想:这个小镇子至少认识中国革命战士的一半以上。因为抗日战争中,人们从延安去前方或者从前方回延安,大多数都经过这里。"

陈旅长"嗯"了一声,然后又默然不语。他想起今年三月十九日,自己旅的部队经过这个镇子的时光,他和团参谋长卫毅,也说过这些话,可是如今卫毅却长眠在陕北的黄土山上了。一阵悲痛涌上他心头。陈兴允一动也不动地站在这里,沉思着这血浸过的土地!

杨克文动情地叙说他过去在延安学习、整风和参加大生产运动的种种事情。陈旅长没吱声。他望着延安的天空,心情变得痛苦而愤怒了。延安还躺在敌人的脚下,现在连这清朗朗的延河,也还流着陕甘宁边区人民的血!

陈旅长注视急急行进的战士们。

战士们一边急急地行进,一边热烈地议论着这个镇子。

这个镇子变了。它经过敌人多次践踏、烧杀、洗劫,变得荒芜而悲惨了。街上的房门、窗户板,都让敌人烧掉了。街道两旁的空地里长起半人高的蒿草。

这里阴森森的。猛地,草丛中,有灯光闪亮。那些逃不动的老年人,端着灯,战战兢兢地从草丛中钻出来,用灯光照着战士们,恐怖地看上一阵,说:"啊,咱们的队伍总算回来了!"接着就是泣不成声的哭诉——人民战士听过千百遍的哭诉:儿子被敌人杀了,媳妇被敌人强奸后寻死啦,粮食抢光了,房子烧掉了,土地荒芜了!……

陈旅长用肩膀轻轻地把旅政治委员碰了一下,说:"走啊!走啊!"

杨政委抓住马鞍,准备上马。他说:"这些美国走狗是死亡、灾祸、瘟疫……"他的声音很低,有些颤动。

部队蹚过延河以后,经过通夜急行军,控制了延安东南九十多里的南泥湾,接着,又向延安正南五十里的咸榆公路咽喉——劳山插去。

阴沉沉的天空,洒下蒙蒙细雨。远近山头上的黑压压的梢林,都让雾气覆盖起来了。

陈旅长那个旅的战士们,从梢林中的小路上汇集在山头上的一块空地里。部队补充了大批新兵,全旅又有三千多名战士了。

战士们整整齐齐地持枪站立,他们的衣服让雨打湿了。

他们从山头上往下看,白云彩在山腰飞滚。脚下是厚厚的黄叶,而树梢却挂满了红叶。阵阵秋风吹来,身上寒森森的。

旅政治委员杨克文,走在战士们面前。他那敏锐的眼光,掠过战士们的脸膛。他说:"同志们,要打仗咯!"

战士们脸上兴奋地闪光,心里涌动着战斗的欢欣。有的往前挤着,有的站在倒在地下的树干上。

"同志们,我们主力部队,把溃乱的敌人从岔口地区追击到延安城郊……收复了延安城郊的很多据点。同志们,一个月以前,胡匪军北上米脂地区'围歼'我军时,有近十万人,现在逃回延安的敌人还不到一半。"

战士们举起枪呼喊:

"消灭蒋匪军!收复延安!"

"解放大西北!"

"解放全中国!"

"中国共产党万岁!"

"同志们,听说蒋介石昨天又急急慌慌地飞到延安,可是他看到延安太危险,当天又坐上飞机飞回南京。同志们,现在,不要说蒋介石,就是杜鲁门飞到延安,也救不了胡宗南的命!"

战士们哗哗哗地鼓起掌了。掌声、口号声,震荡山谷。

"同志们,我们刘邓大军挺进到大别山地区,解放了许多县城。我们陈赓兵团解放了潼关到洛阳中间的五百多里铁路线上的十几座县城。胡宗南想从陕北逃跑,去保守西安,增援中原。同志们,上级给我们的任务是:夺取劳山,斩断敌人逃跑的道路。同志们,一九三五年底,刘志丹同志和他的战友率领陕北无敌的工农红军,就在劳山消灭过国民党匪徒的一个师。过去我们工农红军在这里显过威风,今天我们还要在这里显威风!同志们,我们要拿下劳山,我们要把蒋胡匪军的残兵败将埋葬在延安!"

战士们呼喊:

"拿下劳山！"

"把蒋胡匪军埋葬在延安！"

"发扬工农红军的英雄精神！"

一营营长周大勇、教导员王成德和副营长卫刚，站在本营战士的前面。旅政治委员讲话的工夫，他们三人定定地望着首长，生怕听漏了一句话。因为他们营是今天夺取劳山的突击营。

卫刚对王成德说："揍那些狗操的！一定拿下劳山！要是今天连劳山都拿不下来，明天谁还会把夺取延安的任务交给你呀！"他扭头又对周大勇说："你说话呀，让我带突击队吗？"

周大勇没吭声。他正回头看身后的第一连战士。他看见副指导员李江国，副连长马长胜，一排长宁金山，二排长李玉明，还有小卫生员三牛等人。他们都气昂昂的，像是马上就要去大显身手，建立奇功。

卫刚说："营长——狂风暴雨快来了，要打就赶紧动手——你净看第一连干什么？嗨，注意，旅长来了！"

陈旅长从树林子里出现了，一股巨大的力量在战士们身上流动。

旅长浑身淋得透湿，穿着一双用布条绑在脚上的破鞋子。他的连鬓胡子长了一寸多长，胡子上滴着水滴。乍看，他的脸色是严峻的。他沉默了一阵，抬起头，凝望战士们。

陈旅长向前走了两步，他那身躯——那充满顽强力量的钢骨铁架似的身躯，立刻使战士们更加振奋了，生动了。

像过去常有的情形一样，陈旅长一看见战士们，他就觉着浑身汹涌着不能遏止的力量。他觉着每一个战士都是顶天立地的人，都是翻天覆地的英雄。他在战士们身上能看到有些人看不出的出奇的力量。

旅长的眼光和很多战士的眼光遇到一起了。这眼光相遇中，他和战士们的感情交流起来了。交流的感情闪烁着火花。尽管陈旅长不一定看见每一个人的脸膛，但是战士们觉得他看见他们每一个人了。战士们，尤其是老战士觉得，他们的要求、希望、脾性、口味，自己的旅长统了解。因为，他和他们一块享受过战斗中的快乐，分担过受挫后的焦急、愤怒；他和他们一块露营淋雨、啃包谷棒子、饿肚子、光脚丫子行军，连续参加战斗；他和他们一道冒着浓烟烈火，战胜了许多次死亡！

陈旅长用手把脸上的雨水擦了擦，又把手上的水擦在身边的树干上。他说："同志们，衣服湿透了吧！"他思量了一下，"同志们，我们英勇战斗，挨饿、受冻、光脚丫子走路……"

他的话该让战士们回想起多少事啊！他说的事，都是战士们经过的：在深山森林里，在长城外的沙漠中……困难的路程，英勇的战斗！

战士们高喊：

"困难吓不倒我们！"

"党中央、毛主席、周副主席和我们一块克服困难！"

躲在战士们周围林子里的各种鸟儿忽地飞起了；林子哗哗地落下一阵大雨点，像下暴雨一样。

"同志们，世界上没有什么人比我们共产党人更热爱自己出生的土地，更热爱自己的人民。人家说：'陕北光秃秃的山有什么好啊！'可是我们为了这里每一寸土地拼命。人家说沙漠荒凉，可是我们愿意在沙漠地里奋战。我们知道，中国的每一寸土地都是我们英雄的祖先流血流汗，拼命开辟出来的。我们人民军队的战士，二十年来用自己的两条腿走遍了中国。我们知道这片辽阔的土地，有无穷无尽的宝藏。但是，我们也知道，在这片富饶的土地上，还有许许多多的人，忍受着贫穷、饥饿、屈辱、痛苦……同志们，我们哪一个人没有为这些惨情流过眼泪？正因为这样，我们才拿起武器为自己的阶级争取地位，争取人的生活。……让美帝国主义者和他的走狗们记住：伟大民族的伟大子孙，永远不做奴隶，永远不屈服！"他讲着，他的手心向下压，像是他要把旧社会的一切不平与罪恶都要压下去。有时候，他手心向前，用力地往前推，好像他要把前进路上的艰难障碍都推翻。他这些讲话中习惯的手势，好像也显示出这样的意思：不管什么大山大河，都要给我们让路；谁要阻挡我们前进，我们就要消灭他，踏平他。

他继续讲着，当他讲到敌人的罪恶和人民的苦难的时候，他胸脯略略向前，咬紧牙关，铁样的下巴微微颤动，炯炯的目光直望着战士们。战士们的眼睛随着他的姿态转动。战士们的心都随着他的话语和情绪在跳动。他的每一句话，都是战士的话。他的话，让战士回想起旧社会的痛苦，让战士们心里复仇的火烧得更大，让战士们以更强烈的感情向往明天。

陈旅长浑身都是忠诚的烈火。他那一双顽强的眼中，射出了刚毅不屈的光芒。

"同志们，美帝国主义的走狗——蒋介石这条残害人民的毒蛇快要死了，但是他临死之前还要挣扎。我们一定要用大炮、机关枪、刺刀、炸药，重重地狠狠地向敌人致命的地方打去，直到把他打死！

"同志们，现在又要打仗了！毛主席、周副主席和彭副总司令命令我们：坚决拿下延安的大门——劳山！"

战士们齐声呼喊：

"发扬无产阶级的顽强性！"

"坚决拿下劳山！"

"把敌人埋葬在延安！"

陈旅长摆了一下手，说："毛主席、周副主席和彭总在等待我们胜利的消息。祝同志们永远胜利！中国共产党万岁！毛主席万岁！战士们万岁！"

欢呼声、口号声，让这荒山梢林里充满了生气。

这一天为了保证战斗胜利，各连司务长也特别加了一把劲。他们买了许多包谷棒子，煮熟，分给每人两个。战士们利用出发前的几分钟，急急忙忙地啃包谷棒子。

有一个战士拿了三个包谷棒子送到陈旅长面前，说："我们每人分到两个棒子。为了欢迎你，我们连队的司务长给你分了三个棒子。"陈旅长接过包谷棒子，说："告诉你们司务长：每人分两个棒子，他为什么给我分三个？太不公平咯！"

转眼间，陈旅长了解了：刚才给他送包谷棒子的战士是代表了三个战士来的。他们每人少吃一个棒子，省出的三个，派人送给陈旅长。陈旅长到处找那三个战士，要把包谷棒子还给他们。可是他哪里找得到呀！

陈旅长对赵劲和李诚说："你们为什么不给我拿点棒子啃呀？"

赵劲说："旅长，我们就是来请你呀！你看，上边那棵大树下，有棒子啃，还有开水喝。"

李诚说："旅长，我们不光请人吃饭，而且还管饱。"

他们钻过树林子，正好碰见周大勇。

周大勇敬了礼，抹了抹脸上的雨水，笔直地站在一旁。

陈旅长瞅着周大勇对李诚和赵劲说："年轻的老革命，是你们团的一员猛将啊！"他爽朗地笑了。

赵劲严肃地望着周大勇，说："是的！"

陈旅长说："周大勇同志！今天你们主攻劳山，可要打出个名堂！"

周大勇站得溜直，紧闭着嘴，眼睛一眨也不眨地望着旅长，说："首长们放心，我们一定拿下劳山！"说罢，他思量着琢磨什么。

陈旅长想："战争，使他学会了思索。"他说："我知道，你会制服敌人的!"

陈旅长望着延安上空的黑云彩,伸长耳朵,仿佛想要听一听那延安城郊的猛烈的炮火声。他转过头,望望周大勇又望望赵劲和李诚,说:"你们要狠狠地打击敌人,拿下劳山。但并不是拿下劳山就万事大吉。你们还要告诉战士们,收复民主圣地延安的日子到了,解放大西北向帕米尔高原进军的日子到了!你们要告诉战士们,前去的路子还长,越接近胜利,斗争越艰苦;要让战士们永远记住,共产党教养的战士是永远无敌的!"他转向周大勇,又说:"去!我相信你们一定会打出威风来的。去,昂首前进!"

周大勇、王成德、卫刚,像无敌的旗帜一样,率领着战士们,从沟里的梢林中钻过去,向延安的大门——高耸在天空的劳山进攻了。……

旅长陈兴允、旅政治委员杨克文、团长赵劲和团政治委员李诚,带着参谋人员上了一个高山头。他们用望远镜望了望营长周大勇率领战士们进攻的枪炮声炽烈的山头,又望北方。

北方,万里长城的上空,突然冲起了强大的风暴,掣起闪电,发出轰响。风暴夹着雷霆,以猛不可当的气势,卷过森林,卷过延安周围的山冈,卷过中华民族几千年来征战过的黄河流域,向远方奔腾而去。……

一九四九年冬草于帕米尔高原之侧的喀什噶尔城
一九五四年夏脱稿于北京

"新中国70年70部长篇小说典藏"书目

书　名	作　者	书　名	作　者
风云初记	孙　犁	白鹿原	陈忠实
铁道游击队	知　侠	长恨歌	王安忆
保卫延安	杜鹏程	马桥词典	韩少功
三里湾	赵树理	抉　择	张　平
红　日	吴　强	草房子	曹文轩
红旗谱	梁　斌	中国制造	周梅森
我们播种爱情	徐怀中	尘埃落定	阿　来
山乡巨变	周立波	突出重围	柳建伟
林海雪原	曲　波	李自成	姚雪垠
青春之歌	杨　沫	历史的天空	徐贵祥
苦菜花	冯德英	亮　剑	都　梁
野火春风斗古城	李英儒	茶人三部曲	王旭烽
上海的早晨	周而复	东藏记	宗　璞
三家巷	欧阳山	雍正皇帝	二月河
创业史	柳　青	日出东方	黄亚洲
红　岩	罗广斌　杨益言	省委书记	陆天明
艳阳天	浩　然	水乳大地	范　稳
大刀记	郭澄清	狼图腾	姜　戎
万山红遍	黎汝清	秦腔	贾平凹
东　方	魏　巍	额尔古纳河右岸	迟子建
青春万岁	王　蒙	藏獒	杨志军
许茂和他的女儿们	周克芹	暗　算	麦　家
冬天里的春天	李国文	笨　花	铁　凝
沉重的翅膀	张　洁	我的丁一之旅	史铁生
黄河东流去	李　準	我是我的神	邓一光
蹉跎岁月	叶　辛	三　体	刘慈欣
新　星	柯云路	推　拿	毕飞宇
钟鼓楼	刘心武	湖光山色	周大新
平凡的世界	路　遥	大江东去	阿　耐
第二个太阳	刘白羽	天行者	刘醒龙
红高粱家族	莫　言	焦裕禄	何香久
雪　城	梁晓声	生命册	李佩甫
浴血罗霄	萧　克	繁　花	金宇澄
穆斯林的葬礼	霍　达	黄雀记	苏　童
九月寓言	张　炜	装　台	陈　彦